El absoluto

DANIEL GUEBEL
El absoluto

RANDOM HOUSE

Papel certificado por el Forest Stewardship Council®

Penguin
Random House
Grupo Editorial

Primera edición: marzo de 2017
Tercera reimpresión: septiembre de 2022

© 2016, Daniel Guebel
© 2016, Penguin Random House Grupo Editorial, S. A., Buenos Aires
© 2017, Penguin Random House Grupo Editorial, S.A.U., Barcelona

Printed in Spain – Impreso en España

ISBN: 978-84-397-3278-5
Depósito legal: B-2.200-2017

Impreso en Ulzama Digital, S. L.

RH 3 2 7 8 A

A Pablo Gianera y Luis Mucillo.
Para Ana, esta novela que imaginé
mientras la alzaba en brazos.

¿Quién es Scriabin? ¿Quiénes son sus antepasados?

IGOR STRAVINSKY

LIBRO 1

FRANTISEK DELIUSKIN

*Quizá la vida no es más que un sueño febril.
Así pues, ¿por qué no tomar a un sonámbulo por guía?*

MIKA WALTARI,
Aventuras en Oriente de Mikael Karvajalka

1

Unos meses antes de celebrarse el centésimo aniversario de sus nacimientos, el Círculo Scriabiniano-Deliuskiano de Buenos Aires encargó a Américo Rabbione (artista más prolífico que talentoso) la realización de una escultura en homenaje a mi tío y a mi padre. El día de la inauguración me sorprendió la brevedad del lienzo que la cubría: de acuerdo al proyecto original, entre la base de mármol negro y las cabezas de bronce debía existir una distancia de ocho metros. El resultado final habría hecho sonreír a mi padre. "La mayoría de los aficionados creen que la música terminó con Wagner", me dijo cierta vez. Cuando el vicepresidente del Círculo pegó el tirón al manto para descubrir la estatua que juntaba a los hermanos, vi un aleteo blanco, el brillo mortecino de la placa recordatoria y la opacidad de las dos toscas figuras fundidas en un abrazo de bloques de cemento encofrado.

"Si ese mamarracho cubista los representa", pensé, "ya no existe diferencia entre el homenaje y el insulto".

A la semana, los graciosos anónimos de siempre habían mejorado el monumento con una serie de leyendas y decoraciones multicolores pintadas con aerosol —frases puercas, flores ágrafas, estrellas polimorfas. Y como habían arrancado la placa para venderla por su valor en peso, ahora ya no hay signo que exalte las obras y las vidas de Alexander Scriabin y de Sebastián Deliuskin.

No voy a entrar por el momento en el tema de la diferencia del apellido. De Alexander Scriabin, mi tío, quizá más que de cualquier otro músico, puede decirse que durante la primera mitad de su vida buscó el mundo. Realizó extensos viajes, vivió de manera a veces audaz, otras atolondrada; si en esa primera mitad su espíritu fue expansivo y derivativo, en la segunda, la final, en un movimiento sólo aparentemente contradictorio pero de pareja intensidad, y con el mundo ya encontrado, buscó transformarlo mediante sus propios recursos; en esa tarea, de manera dramática y desesperada, concibió primero el elemento precursor de la transformación total (el acorde místico), y luego, con su célebre composición *Mysterium*, intentó poner toda su potencia en funcionamiento hasta transformar el rumbo del Universo entero. De Sebastián Deliuskin, mi padre, puede decirse que aun cuando vivió a la distancia (y a la sombra) de aquella explosión musical, debido a un cúmulo de circunstancias inesperadas tuvo que pasar el resto de su existencia tratando de recuperar los restos, girando en los vientos de la dispersión, juntando las piezas de la hecatombe. No es excepcional que esto les sucediera a uno y otro, ni que la deflagración asumiera un estilo particular. Alexander Scriabin falleció demasiado temprano y estaba demasiado lejos de nosotros como para que pudiéramos hacer algo por él; yo era apenas una niña. En cuanto a mi padre, los médicos que consulté hablaron de un proceso neurofisiológico que produce efectos degenerativos en las células del cerebro; cinco siglos atrás, curanderos y sacerdotes habrían recurrido al argumento de la posesión diabólica.

La explicación es más simple: en nuestra familia de locos pagamos el precio de la demencia para ascender a los cielos del genio.

Si uno remonta el árbol genealógico de las caracteropatías, antes de llegar al Adán común se encuentra con nuestro verdadero precursor, mi tatarabuelo Frantisek Deliuskin. Su padre, Vladimir, típico representante del espíritu aventurero que hace un par de siglos distinguía al alma rusa, fue un comerciante de cueros de reno que vio la oportunidad de hacer fortuna, cambió de rubro y se puso a trabajar para los distintos Museos de la Europa civilizada, vendiéndoles esqueletos de mamut que obtenía mediante el simple expediente de arrojar cargas de dinamita al fondo de los lagos de la estepa siberiana (desde el Baikal hasta el Kosovskoye). La violencia de la explosión desprendía del lecho rocoso los bloques de hielo antiguo en los que se conservan estas bestias prehistóricas, de modo que una serie de intentos bien concertados arrojaba por resultado la emersión de dos, tres y hasta cinco masas con su contenido intacto; después, sin temer la posible venganza que pudiera desprenderse de la alteración del reposo de aquellos monstruos que se traslucían bajo el hielo azul centelleante (un ojo trémulo temblando en la agonía, un colmillo de más de cinco metros, los pelos erizados), Vladimir "pescaba" los grandes bloques con arpones, gracias a un ingenioso sistema de palancas, sogas y poleas los arrastraba hasta la orilla, dejaba que la base del hielo se solidificara de nuevo sobre la superficie del lago, y luego procedía a picar aquellos icebergs con carozo; tenía una ventaja sobre cualquier escultor (o sobre cualquier artista verdadero), y era que en su objeto la forma venía dada de antemano. Una vez que el mamut congelado perdía su envoltorio, Vladimir lo descarnaba hasta llegar al hueso. Por supuesto, ese método de obtención de osamentas destrozó más mamuts de los que rescató para la ciencia. Pero eran épocas de abundancia y a nadie le importaba el derroche...

En su momento, el padre trató de interesar al hijo en las técnicas de la paleontología subacuática; fue inútil. A Frantisek el tiempo no se le pasaba nunca durante aquellas excursiones, el paisaje le parecía de una monotonía infinita, una extensión carente de delicadeza, los pies se le enfriaban y un mamut era un mamut era un mamut, aunque surgiera repentinamente de entre las aguas como un borbotón ebrio, una tambaleante diadema de belleza helada. Permanecía ausente, azotando ociosamente el látigo de cuero trenzado (*knutt*) que por motivos de elegancia llevaba contra la pernera del pantalón, estornudaba, imploraba por una gripe salvadora, soñaba con huir a cálidos países lejanos.

Cuando Vladimir llegó a la desdichada conclusión de que su heredero no estaba hecho para el comercio ni para la pesca en profundidades, le compró unas verstas de campo en las cercanías de Vladivostok, a las que sólo se accedía navegando Vístula arriba y adentrándose luego en el brazo retorcido de un río tributario. ¿Qué había allí? Mujiks, territorio selvático, plantaciones de naranjas, ganado vacuno. El lugar estaba ocupado desde hacía más de cien años por una tribu de gitanos, los más negruzcos entre los hindúes. La temperatura corporal promedio de esta población —superior en más de un grado y medio a la del resto de la humanidad— había generado un microclima, una especie de refugio subtropical. Frantisek inmediatamente sucumbió al hechizo del entorno. En lugar de cuidar de sus intereses consagró el tiempo a la lectura, a la contemplación de la naturaleza y a pasear en bote con los gitanos, que le adivinaban gratis la suerte o le robaban descaradamente, de acuerdo a las variaciones de ánimo. A veces pasaba las noches en las tiendas de esos amigos, escuchando sus melopeas y presenciando sus bailes. En ocasiones remontaban el río siguiendo a los salmones. Lánguidamente, desidiosamente, el nuevo propietario dejó que sus cosechas de naranjas se pudrieran en los árboles y se esparcieran sobre la tierra. El resplandor de las frutas se divisaba a la distancia, como fosforescencia de fantasmas. Durante un tiempo escandalizó a los popes de la Iglesia Ortodoxa de Irkutsk (el poblado cercano a su propiedad) cantando en el coro de una sinagoga, excitado por la visión de las curvas de las askenazis ocultas tras ropas amplias.

Por entonces, las sucesivas derrotas de los ejércitos de Rusia a manos de algunos de los enemigos históricos del país arruinaron la cotización internacional del rublo; como Vladimir cobraba la exportación de esqueletos antediluvianos en monedas europeas de valor constante, enriqueció de la noche a la mañana. Frantisek vio su oportunidad; seis meses antes había conocido a Volodia Dutchansky, un organista que pasaba por una situación económica desesperada. Inicialmente, menos por interés que por piedad, lo contrató para que le impartiera nociones elementales de contrapunto y armonía. En un mes aprendió todo lo que Volodia podía enseñarle, y luego de otro habría podido darle clases a su maestro. Para interrumpir esa actividad que ya se le antojaba superflua, asignó un sueldo al organista a cambio de que se desempeñara como remero de su barca. Además, le dictó una carta dirigida a su padre y en la que con la firma del otro ponía por las nubes sus propias virtudes musicales ("El universo no ha asistido a una eclosión de talento semejante desde los tiempos de Bach, Pachelbel, Haydn y Albinoni", etcétera), con el propósito de obtener un estipendio lo bastante generoso para poder dedicarse a la música sin preocupaciones de orden terreno.

El artilugio dio resultado. Vladimir, sorprendido por esa exaltación repentina de los méritos de un hijo que siempre le había parecido un inútil y cuyo futuro se le antojaba incierto, sintió que por sus venas circulaba renovado el orgullo de la sangre y se ocupó de asignarle una renta anual.

En honor a mi tatarabuelo, hay que decir que durante un tiempo se abocó a estudiar el arte de la composición, y hasta ocupó el puesto de maestro de música en la escuela de niñas de Irkutsk. Rápidamente se convirtió en una pieza preciosa en el complejo ajedrez de las relaciones sociales del poblado; se lo disputaban los hacendados rurales del lugar, buscaban convencerlo de que brindara lecciones de armonio a sus esposas. Esa intención, risible en sujetos que apenas podían cantar "Volga Volga", se explica por la equívoca ilusión de ascenso social que proporciona el ejercicio del arte. Y como estos kulaks querían refinarse sin esfuerzo, a todos se les había ocurrido que esa tarea les correspondía a sus mujeres; como es lógico, en la concepción de esa idea —un fenómeno colectivo— habían colaborado las propias interesadas. "A todos nos encantaba este modesto joven tan bien educado. Mi marido se convenció muy pronto de su virtuosismo", lo recomienda a su amiga una de las primeras y más agraciadas alumnas de Frantisek. Y agrega: "...especialmente por la calidad cromática de sus improvisaciones, que parecían violar las leyes conocidas de la armonía. Recuerdo que yo me quedaba en trance cuando el maestro tocaba, a menudo no podía menos que pensar: 'lleva la música en el alma'".

Las clases de Frantisek fueron un éxito; sobre todo de alcoba. En el cotejo entre el sueño y la realidad de estas mujeres (el sueño era el "modesto joven bien educado", un precursor de Chopin de largos dedos delicados y entrenados para el deleite, y la realidad los agitados y breves embates fronto ventrales o decúbito dorsales que ofrecían sus gordos maridos de barbas grasientas), el segundo término de la comparación se desvanecía irreparablemente.

El suceso de Frantisek, su arrebatadora apoteosis sexual —que él había esperado menos que nadie—, no fue, como lo cantaran tantas deliciosas páginas de la literatura rusa, un suceso frívolo que culminó de manera trágica (coito, desafío, duelo, disparo). La discreción de las damas irkutskianas hizo su parte, por lo que no hubo que lamentar desgracia alguna. La carrera de amante clandestino equivalió para Frantisek a un breve despertar. Necio es aquel que postula en el juego de la carne una satisfacción del deseo y no su incremento. Aunque desde el momento mismo de su debut en esos menesteres mi tatarabuelo había demostrado un talento, una versatilidad, una resistencia, una fogosidad y una capacidad de recuperación que superaban largamente el promedio, lo cierto es que su entrega al goce de estas aventuras clandestinas no estaba determinado por el frenesí propio del descubrimiento sino que secretamente era regulado por un severo y hasta ascético principio de indagación que más tarde se revelaría como criterio compositivo. En efecto: la variedad de camas, edredones, almohadas, pisos, pieles, olores, alientos y cuerpos que conoció en estas excursiones, lo llevaron a emprender una rigurosa tarea de reorganización de las prioridades de sus sentidos.

Del estado de sus preocupaciones de aquella época, da cuenta la siguiente conversación (o monólogo), que mantuvo con Dutchansky a bordo de su barca, en un paseo por el Vístula. El ambiente: Dutchansky rema cansino sobre un río quieto, las palas de sus remos se hunden en una aglomeración de algas, un mar de sargazos en miniatura. Frantisek se tuesta al sol, la camisa abierta, recostado sobre almohadones, mientras mordisquea una manzana roja. Zumban abejas, brillan líquenes. Sol, arriba, amarillo.

—¿Estoy viejo? —dice—. ¿O he llegado al límite último de la experiencia?

La paleta del remo izquierdo golpea sobre la zona más intrincada de un camalote, le revienta la cabeza a un sapo.

—¿Dijiste algo, Volodia? —pregunta. Dutchansky niega, Frantisek sigue—: No tengo voluntad de transformar el recuerdo de mis primeros coitos en una especie de Paraíso Perdido, pero ahora que ya poseo alguna clase de saber respecto de las modulaciones de mis amantes, confieso que el asunto comienza a parecerme un poco... —Frantisek no encuentra la palabra justa, así que Dutchansky interviene:

—¿Cómo se verificó esta incorporación de conocimientos? —pregunta.

—¡Oh! —Frantisek suelta lánguido el cabo de manzana. A cambio del "plop" del choque de ese resto contra el agua, se escucha el digestivo "gluck" de un salmónido oportuno—: Obviamente, no soy *tan* estúpido. Durante la repetición de una serie de técnicas de estimulación erótica realizadas a lo largo de mi rutina de encuentros clandestinos, pude verificar que si yo producía una serie de posiciones y de ritmos pélvicos de tempo idéntico, en cada una de mis partenaires se determinaba una serie de respuestas también iguales.

—¿Un poco aburrido? —completa Dutchansky—. ¿Has llegado a la conclusión de que el sexo es esencialmente monótono?

—Esa sería la conclusión necesaria para una mente distinta de la mía —suspira Frantisek, sintiéndose otra vez incomprendido—: En mi caso, esa comprobación me sirvió para aceptar la evidencia de que cada instrumento femenino posee cualidades tímbricas particulares, que, una vez analizadas con detención y voluntad de suma, pueden leerse como un "tema", en el sentido musical del término.

Para disimular la satisfacción que le produce el descubrimiento de su ex alumno, Dutchansky aprovecha el movimiento de remada y oculta el rostro bajo una axila.

—Pareces una gorda oliendo cebolla —sonríe Frantisek.

—¿Un tema? —dice Dutchansky.

—Sí. La totalidad de las reacciones percibidas en el coito y sus preliminares constituye ese tema.

—¿Y no hay posibilidad de variación?

—Claro —se fastidia Frantisek, que ya quiere hablar de otra cosa—. En condiciones experimentales, modificando muchísimo las piruetas, es factible extraer una variación de cada una de mis acompañantes, pero el esfuerzo excede los resultados. El problema es que bajo esa forma de trabajo, nunca podré lograr una partitura cualquiera, ¡mucho menos una composición de largo alcance!

Dutchansky, que conoce el arte de suspender una conversación para que un problema estimulante no degrade a charla ociosa, alza la cabeza, mira unas primorosas nubes agrupadas con gracia casual, y dice:

—Qué lástima. Están cayendo las primeras gotas. Por supuesto, es una noticia falsa.

—Volvamos —bufa Frantisek—. Lo único que me falta ahora es enfermarme.

Y regresaron a la casa bordeando la orilla, deslizándose a través de la lluvia de monedas de oro que dejaba pasar la enramada de sauces.

La interrupción hizo estilo. Tras el paseo, mi tatarabuelo pasó una noche de insomnio febril, de concentración en su problema. A la madrugada había llegado a las siguientes conclusiones, que anotó en su *Diario*:

"1) Cada cuerpo de mujer en coito es lo contrario de una página en blanco. Las manifestaciones sensibles del deseo ya vienen escritas en ellas, incluso con su sistema de posibilidades combinatorias.

"2) El esperable efecto de un mayor desarrollo melódico y armónico y una paleta orquestal más rica y variada no se logra con un trabajo intensivo sobre un cuerpo en particular; pensar lo opuesto es vanidad de primerizo.

"3) La variedad de registros sólo se logra de manera muy primitiva y grosera con la técnica empleada hasta el momento (enlace arbitrario y sucesivo de una y otra mujer en una presurosa travesía de cama en cama). Esto porque, sumando de a tres o cuatro mujeres en un día compositivamente útil, se pueden producir básicos efectos de complementariedad o de contraste (rubias contrapuestas a morochas, silenciosas a gritonas, etcétera).

"4, y resumiendo) ¿Cómo encarar obras semejantes a las que arden en mi imaginación? No alcanza con trazar invisibles nexos entre esos arpegios fugitivos (las mujeres casadas): debo *reunir y tener a mi completa disposición a todos los elementos de un repertorio*".

Como la situación económica de su padre había reducido al mínimo sus dificultades de orden material, a Frantisek le resultó sencillo convertir su mansión en una especie de falansterio donde un número de entre veinte y treinta mujeres magníficamente remuneradas se sometían a sus investigaciones. Sin saberlo, Frantisek era un decidido antisádico. En su experimentación excluyó de antemano toda clase de violencia, actos denigratorios, hábitos de mal gusto y prácticas excesivas que lo desviaran de su propósito de carácter hedónico y celebratorio de las alegrías de la vida. Las ropas eran de materiales livianos y suaves, de esos que se imantan con el roce; los alimentos se servían en vajilla de la mejor calidad y estaban dispuestos de manera que agradaran la vista y el olfato. Todas las mañanas y las tardes, cubierto por las prendas de Sumo Sacerdote de algún culto fantástico que le obsequiara un amigo vestuarista del Teatro de Krasnoiark, Frantisek se presentaba en el ámbito recoleto del salón mayor (tapiadas las ventanas, tapizadas las paredes con terciopelo rojo, de lino y seda las sábanas). Y aunque en el preciso ritual que había organizado para su sistema de coitos compositivos esas prendas eran casi lo primero que mi tatarabuelo perdía, el impulso a la profanación que generaban tales hábitos estimulaba a sus "instrumentos" femeninos, de modo que en aquellos encuentros siempre flotaba el espíritu de algún elemento aleatorio. En el peor de los casos, podía tratarse de una ráfaga de melancolía, un viento de otro mundo que envolvía a Frantisek en medio de su aquelarre. Pero por lo general se debía a un imponderable, el deleite transportando a alguna mujer... No vamos a entrar en detalles. Pero fundamentalmente Frantisek se atenía a su esquema, que él definía como un "programa". Convencido de que lo simple *precedía* a lo complejo, empezaba sus rituales de manera sencillísima, dedicándose a una por vez...

Conocida ya la facultad de cada mujer para constituirse en tema por pura repetición (los límites personales de la capacidad amatoria), Frantisek decidió investigar si podía organizar esos temas en una sucesión melódica. Su método fue, de tan obvio, hasta cómico. Durante su asistencia a un espectáculo de music hall había concebido ciertas fantasías tanto estéticas como sensuales en la simétrica revelación de una hilera de calzones de las bailarinas francesas, así que decidió alinear en fila a sus partenaires, cadera apretada contra cadera, las cinturas quebradas, las espaldas rígidas como tablas, las manos apoyándose en las rodillas, los pechos colgantes. Un fragmento de su *Diario*: "...A veces iba por la primera de la fila de veinte, empezando por la izquierda, y una vez arrancado el maximum de goce del instrumento elegido, me iba desplazando en orden de vecindad, hasta llegar al término de la fila. Pero otras veces comenzaba por la tercera de la hilera, pasaba a una quinta, y luego a una séptima, dejando a todas en medio de la escalada de excitación, para, de golpe y sin aviso, repetir el procedimiento con una de aquellas que, creyendo haber perdido su oportunidad, empezaba a sentir que se agostaban los elixires de su estremecimiento".

Mi tatarabuelo bautizó al procedimiento como "técnica de ejecución del xilofón", pero no se demoró en ella sino unos días. Interesado en las riquezas que podía proporcionarle el desarrollo de dos temas discurriendo en paralelo, se aplicó a evaluarlo mediante el empleo de dos mujeres ejecutadas en el mismo lecho. Los resultados parecen haber sido promisorios pero insuficientes, porque muy pronto aumentó el número de mujeres empleadas; como ya no prevalecía el concepto de sucesión sino el de la simultaneidad, esas aparentes bacanales en realidad concluían siendo un trabajo de experimentación tan agotador como exhaustivo.

"La polifonía de voces cantando cosas diferentes al mismo tiempo, eso es lo que me interesa. Es como vivir en un cielo terso de olores y pieles y gemidos", escribe. Pronto, no obstante, su entusiasmo empezó a empañarse. La multiplicidad le resultaba abrumadora. Si cada sistema sensible forma su propia gama cromática y se constituye en una larga melodía por derecho propio, y a su vez la superposición produce un sistema polifónico, a la larga su intento por llegar a un total conceptual del proceso armónico debía entrar en crisis por imposibilidad de un total de percepción, ya no sólo de producción musical y de notación. Para no hablar de los propios límites del cuerpo. Así, luego de ese recorrido, Frantisek había vuelto al principio, y ya no sabía si estaba volviéndose un compositor fabuloso, un pobre ejecutante de improvisaciones banales, o un triste degenerado. El sistema se había revelado falto de sistema.

La crisis es total y Frantisek decide cerrar el falansterio. Como buen manirroto que no piensa en su futuro, al despedir a sus mujeres-instrumentos las indemniza con sumas que están a la altura del descontrol de un rey. Algunas aprovechan esos dineros para poner fondas, tiendas de modista, casas de pensión, villas de amor y hasta comercios de artículos musicales.

Una vez vacía su morada, Frantisek se cubre melancólicamente con los ropajes de la soledad. Su ritmo de vida se vuelve irregular, ya no respeta los horarios de sueño y de comidas; se pasa las horas contemplando con mirada ausente los túmulos de ceniza fría en la chimenea, los progresos de la humedad en las paredes de su hogar. No contesta cuando le hablan, o lo hace con demoras imposibles, respondiendo a cuestiones que no le han sido formuladas. La compañía humana le molesta, pero en ocasiones, un comentario o un gesto cualquiera lo conmueven hasta el llanto y termina abrazado (por ejemplo) a la cocinera. Sufre accesos de misticismo, aunque no deja ver cuál es su objeto devocional; se entrega a un confuso panteísmo que torna divino un jarrón, un vaso de agua, la rama rota de un alerce, un par de medias sucias, una pinza de depilar, una Biblia, un fuego encendido, un grillo de jade guardado en una caja de ébano.

De aquel período son las anotaciones más emotivas de su *Diario*, aquellas donde, perdida ya toda reserva, deja traslucir su personalidad. Escribe: "No se me escapan las miradas de mi prójimo, que por reflejo vuelven aterradora la idea acerca de mi propio estado mental. Por las mañanas despierto y escucho 'ti-tú, ti-tú' (agudo, grave, agudo, grave), el canto irreal de un pájaro imaginario. Por las noches, el lecho no me procura descanso porque en los recovecos de mi cerebro se agazapan murmurando idioteces los monstruos del sueño".

Frívolo, serio, frívolo, serio, mi tatarabuelo especula durante un tiempo con poner fin a su vida. Está convencido de la necesidad de hacerlo, pero lo demora el temor a la fealdad de la mutilación. Para disimular esa muestra de íntima cobardía de rango estético, y sin nada en particular que hacer, abraza la causa del despojamiento. Subsiste penosamente; duerme abrazado a una oveja sarnosa, reparte su comida entre los pobres, se vuelve un San Francisco obsesional. Sin embargo, hay en su actitud un resto de soberbia esperanza, la lujuria de la contrición. Dice: "Quiero que me olviden", en la vanidosa creencia de que ha hecho algo por lo que se lo puede recordar. Al fin, debe reconocer que toda su aparatosa tournée por los territorios de la humildad de espíritu no lo protege del riesgo de estar a punto de convertirse en un resentido, es decir, de admitir que ha fracasado.

Un día se entera de la existencia de Afasia Atanasief, un sanador milagrero de Murmansk, una pequeña localidad costera del Mar de Barents. Para verlo hay que cruzar toda Rusia a lo ancho, una tarea para desesperados; por lo tanto, perfecta para él. La idea misma de la enfermedad es intrínsecamente optimista, porque supone la existencia de su par solidario, la curación. Apenas se decide a atravesar las distancias, Frantisek mejora su ánimo, con lo que automáticamente vuelve superfluo el cumplimiento de su objetivo. Sin embargo, como la fantasía del viaje lo estimula, escribe una larga carta al sanador, donde le explica al dedillo toda la dramática de su existencia; por respuesta, recibe un telegrama con una sola palabra: "Venga".

Frantisek hace los arreglos pertinentes (Dutchansky queda a cargo de la propiedad) y parte.

2

La rusticidad del viaje lo distrajo un poco de sus pensamientos obsesivos. Los perros siberianos que tiraban del trineo ladraban armónicamente, escandían su esfuerzo arrojando al aire pequeñas burbujas de aliento condensado, espuma y baba. Envuelto en pieles de marta cibelina, Frantisek se adormecía con los gritos del conductor o despertaba con los saltos del vehículo. Aquello era como un regreso espacial a su pasado, cuando debía permanecer días enteros de pie junto a su padre, fingiendo interés mientras éste se ocupaba de extraer sus peludas joyas del fondo de los lagos, sólo que en esta ocasión el recorrido era de superficie; incluso, según sus cálculos, en algún momento habría de pasar a pocos kilómetros de donde Vladimir dejaba transcurrir sus últimos días de explorador y magnate. Una hermosa oportunidad para esquivar el encuentro. Pero Frantisek era demasiado sensible al cálido resplandor de la palabra "familia", que en su corazón evocaba un sentimiento de pertenencia no experimentado fuera del lenguaje, de modo que, cuando su trineo estaba a punto de dar un rodeo para esquivar la localidad de Lubianka, cambió de opinión y decidió hacer la visita al padre.

En aquella época, Lubianka era poco más que el suburbio deshilachado de un centro que no estaba en ninguna parte. De haber querido tomar algún alimento y descanso en su tránsito hacia Moscú, las tropas enemigas nunca se habrían detenido allí. Las pocas estructuras edilicias que superaban el nivel promedio de la choza todavía conservaban la vaca en la cocina y el piso de tierra hollado por el chancho; pero el paisaje, a la distancia, contemplado preferentemente desde las alturas del cerro Suiski, invitaba a la ensoñación: serpenteantes centelleos del río Ubsk, bobas rocas brillan de mica, ariscos pinos cosquillean el cielo, un pequeño travieso que roba huevos en las chacras, la bala de un propietario alborotando al gallinero.

Entre esa miseria turística sobresalía, en las afueras del pueblo, la propiedad de Vladimir Deliuskin. Su distinción radicaba menos en la suntuosidad de la casa que en la diferencia de volúmenes entre la zona de residencia y el área de trabajo. Luego de que su capacidad auditiva disminuyera a causa de tantos años de explosiones, Vladimir delegó el "trabajo de campo" en manos de Piotr, su capataz de confianza, y construyó un galpón de altura comparable a la de algunas estaciones de ferrocarril, hecho con techos de chapa y gruesos pilotes de madera provenientes de árboles apenas desbastados; allí, cuando no tenía nada mejor que hacer, que era casi todas las veces, incursionaba en nuevos métodos de "descascaramiento" de mamuts, que el fiel Piotr conseguía de acuerdo al sistema tradicional y que luego le remitía. Debido a las bajas temperaturas reinantes, aunque hubiese transcurrido un mes o más desde la extracción, en el momento del arribo los mamuts parecían recién sacados. Incluso largaban el humito propio del hielo seco.

Una vez recibido el material, Vladimir cincelaba los bloques hasta conseguir una leve aproximación zoomórfica al original, luego pasaba gruesas cadenas por los cuartos delanteros y traseros, y después, mediante un sistema neumomecánico de guinches, alzaba a la bestia iridiscente y la dejaba colgando a tres metros de altura. Una vez colgada cada presa, por medio de un fuelle descomunal conectado a un caldero de bronce le enviaba constantes bocanadas de aire caliente que iban chocando contra las paredes de hielo, sometidas a un movimiento de rotación uniforme. El resultado, si descontamos las asimetrías naturales, era que el hielo se iba descongelando parejo; por supuesto, se trataba de un proceso que duraba semanas, durante las que el animal encerrado iba dando atisbos de su forma, dejando traslucir, de acuerdo a la diferencia de presión y densidad del hielo que lo rodeaba, su condición de bestia acechante o su tenuidad de fantasma; esta última se potenciaba sobre todo en las noches de luna, cuando el azul oscuro del cielo rebotaba sobre el azul profundo de las capas de hielo más antiguo; ese azul recortaba toda sombra y hacía bailar a aquellas bestias con la música delicada de las innumerables gotas de agua que rozaban el aire frío y se estrellaban contra el piso. Barro y espectros. El resultado de todo aquello, una vez concluido el descongelamiento, eran esas tumefactas masas peludas y malolientes que Vladimir destazaba y vendía sin perder ni un pedazo de hueso o de carne.

Al llegar a la casa de su padre, Frantisek fue derecho hacia el galpón. Siempre le habían impresionado esas moles, y esta vez le afectó aun más el hecho de verlas sometidas a aquella ingeniería. Ahora que ya no estaba obligado a acompañar al padre en sus trabajos, Frantisek, gracias a la distancia que proporciona el desarrollo de sus propias ocupaciones y a la contaminación emocional derivada de las expectativas del reencuentro, empezaba a descubrir que entre ambos existía un lazo aun más profundo que el generado por la sangre y el apellido. Más allá de la aparente diferencia de los respectivos intereses, bastaba con observar aquellas bestias suspendidas, sometidas a un proceso tal vez bárbaro pero sabio, a un concienzudo y parsimonioso ciclo de transformaciones, para comprender que, como él mismo, Vladimir nunca había aceptado las cosas tal y como estaban dadas. "También mi padre es un esclavo de la forma", se dijo y sintió el impulso de correr y darle un abrazo. Claro que para eso primero había que encontrarlo. Gritó llamándolo. Su voz rebotó contra los techos y volvió amortiguada, pero nadie le contestó. Durante unos minutos, mientras seguía buscándolo a lo largo y a lo ancho del galpón, se entretuvo imaginando alguna explicación para aquella ausencia. Así como Vladimir había construido un laboratorio discreto pero visible para sus investigaciones de revelado de lo existente (la extracción de mamuts de entre la masa hiélica), era posible que además hubiese armado otro laboratorio, todavía más secreto y difícil de encontrar, donde se entregaría a una nueva clase de pruebas, quizá a reorganizar lo obtenido en combinaciones nunca imaginadas hasta el momento (una bestia de tres patas, cinco colmillos, un ojo, con la cola ridículamente pequeña brotándole como un bigote de la frente); combinaciones a las que luego, mediante técnicas desconocidas, insuflaría la vida. ¿Qué se podía hacer con aquellas cosas? Largarlas al mundo como golems malolientes para ver el efecto que producían...

Frantisek sonrió ante los desbordes de su fantasía. Sabía perfectamente que su padre poseía un espíritu demasiado práctico como para invertir su tiempo en jugar a ser un demiurgo... ¿Golems? ¡Esas cosas sólo las fabricaban los judíos! Pero, ¿dónde estaba Vladimir? Frantisek se frenó en seco. Una sospecha horrible, un frío que no venía sólo de los mamuts colgantes se deslizó en su cerebro: *su padre estaba muerto*. El pensamiento no era caprichoso, si bien la lógica asociativa que lo llevaba a esa conclusión tenía un rasgo enrarecido, un sistema de ligaduras propia del "capricho" musical. En el principio estaba la palabra "mamut". En alguna zona recóndita del cerebro de Frantisek, esa palabra repiqueteaba por dos vías diferentes y desde tres idiomas en una sola dirección, una traducción única: "Mi madre". En efecto: en castellano al menos, "mamut" debe separarse en dos sílabas, "ma" y "mut". En francés, "ma" es el pronombre posesivo "mi", en tanto que fonéticamente "mut" suena igual que el sustantivo "Mutte" ("madre") del alemán.[1] Y en algún sentido los mamuts habían sido y eran las madres de Frantisek, porque, convenientemente explotados por Vladimir, habían resultado su fuente nutricia. Por eso, al establecer la relación entre "mamut" y "mi madre", de manera inevitable vinculó la temprana ausencia de ésta —muerta de fiebre tifoidea cuando él tenía unos pocos meses— con la de su propio padre; ahora bien, como él no tenía ningún recuerdo de esa muerte primera y de su propia paralela conversión en huérfano, ya que un ama de leches había sustituido de inmediato a la faltante, esta conexión sólo podía obrar de manera indirecta ya que la pobre madre no había llegado a constituirse en una entidad real para el hijo desamparado. Por lo tanto, el nexo mental que lo llevara súbitamente a pensar que Vladimir estaba muerto, no podía ser sólo y por sí mismo la palabra "mamut" (mi madre). La palabra que completó la pirueta fue "judíos". Y para eso no hacía falta ninguna traducción: al pensar que su padre *no* podía hacer golems como los judíos —a quienes por aquella época las autoridades zaristas habían vedado toda actividad comercial—, lo que en realidad Frantisek pensó es que su padre no podía comportarse como un judío *cualquiera*. Si para la mentalidad infantil y primitiva —que son idénticas— todo padre es un dios, es decir, aquel a quien todo le es dado y a quien ninguna negación limita, en el relampagueante sistema asociativo de Frantisek no ser un judío *cualquiera*

<hr />

[1] En realidad, se escribe "Mutter" pero en el habla cotidiana la "r" resulta aspirada.

equivalía a ser el *rey* de los judíos: Cristo. El Mesías. Dios, el Único, el Ungido. ¿Y cómo había muerto Cristo? Crucificado. Entonces: Vladimir, que sustituyó a la madre de Frantisek —*ma Mutte*— al ocuparse de su subsistencia —*mamut*—, había sin embargo pasado toda su vida adorando sin saberlo a la ausente, celebrándola. Cada mamut rescatado del fondo de los lagos era un triunfo, si bien parcial, sobre el destino que tempranamente había arrancado a la esposa de su lado. Y al mejorar los sistemas de extracción, al perfeccionarlos hasta el infinito, lo que hizo fue construir la saga de los perecederos pero sucesivos monumentos que la evocaban. Y —aquí la conclusión del pensamiento, del horrible temor de Frantisek— luego de pasar su vida en esa celebración nostálgica y necrofílica, inmerso en la repetición compulsiva de una acción que no podía detenerse, Vladimir había decidido pasar al acto sentimental por excelencia, volviéndose uno con su amada y fundiéndose con ella. En ese punto, tener un destino "mamita", es decir "mamut", y terminar colgando de los ganchos, equivalía a ganarse un destino divino y morir crucificado como el rey de los judíos, es decir, el dios de los cristianos.

Por supuesto, una vez llegado a esta conclusión, Frantisek no iba a detenerse a reparar en las incongruencias lógicas y teológicas de su razonamiento. Las convicciones brotan del alma. Con los ojos repletos de lágrimas, elevó los ojos hacia el bajo cielo limitado por los techos de chapa y miró en todas las direcciones, buscando a su colgante padre muerto. Yo voy hacia ti, padre, y tú me abandonas. El repiqueteo de las gotas de agua había perdido ahora toda cualidad festiva, era el ploc fúnebre y reiterado de las terminaciones. Con los gusanos festoneando en los charcos, bañándose con esa lluvia.

—¡Padre! —gritó Frantisek y dejó caer la cabeza sobre el pecho, las rodillas sobre el barro.

Cuando alzó la cara, el propio Vladimir estaba frente a él. Si se trataba de un espectro, era uno notoriamente apegado a la reconstrucción realista de los períodos de la vida: estaba más gordo, casi calvo, con la barba negra salpicada de canas, la nariz de alcohólico surcada de venas, y definitivamente más viejo. De su hombro colgaba un atado de avutardas muertas; Vladimir volvía de caza.

—¡Hijo! —dijo y se agachó y levantó a Frantisek y lo sometió a todas las muestras de la efusividad rusa: un abrazo para descoyuntarlo, un beso sonoro y húmedo en la boca, un frote de narices (importado de los esquimales), un puñetazo amistoso en el pecho y una serie de pellizcones y retorcijones de mejillas, acompañado de la frase típica:

—¡*Proshe pañe!* ¡No puedo creer lo que ven mis ojos! Mi hijo, luz de mis ojos, extracto de mis testículos, el adorado, nunca olvidado…

—Sí, tu Frantisek —lo ayudó el aludido, conocedor de que en esos momentos de emoción y en tantos otros, Vladimir sufría de momentáneas lagunas que le impedían recordar su nombre.

—¡*Bozhe moi!* ¿Crees acaso que soy un rufián desalmado que ya no conoce ni a los frutos de su propia sangre? —Y estirando el brazo trató de abarcar sus dominios y terminó apuntando con un dedo al mamut más cercano—: ¿Y? ¿Qué te parece? ¡Joyas de los abismos del tiempo! ¿Y? ¿Vuelves o no vuelves a vivir con tu pobre padre?

Para agasajar a su hijo, Vladimir organizó una cena que desde el comienzo amenazó con desembocar en una bacanal. Sobre la mesa de pino de Eslavonia había toda clase de manjares, nacionales y extranjeros. Entre las delicias locales, schmaltz, pepinos agridulces, kimmel broit, lisa ahumada; pastrom caliente y jugoso, de bordes ribeteados con pimienta roja; ácido chucrut recién extraído de barriles de madera, plétzalaj, bolitas de queso blanco con cebollitas de verdeo o con páprika, smétene fresca, salchichón de pato, salchichas debrecziner, sprätn ahumadas del Báltico, gordos y resbalosos úlikes, leberwuscht caliente y apenas amargo, relleno con aceitunas negras y nueces. Y del resto del mundo: jalvá griego, vodka polaca, bacalao noruego, slivovitz checa, guindado uruguayo, anchoas portuguesas, sardinas dinamarquesas…

Sofocado por el calor de los leños que se quemaban en la chimenea, inundado por el perfume de la comida y el olor de los cuerpos de la servidumbre que se acercaba para llenarle la copa y cambiarle los platos, Frantisek no podía menos que preguntarse por qué lo más cercano en el mundo, lo más íntimo y entrañable, tenía que resultarle siempre extraño. Su padre se desvivía por él, y él no podía menos que percibir el efecto involuntario y devastador del abismo que los separaba. De hecho, comprendió, se había ido a vivir lejos de Vladimir no para construir una vida hecha a la medida de sus propias necesidades, sino para recuperar, por la vía de la distancia y gracias al efecto ennoblecedor del tiempo, un sentimiento de amor filial que la proximidad le había negado. "Soy una basura", pensó Frantisek y al compadecerse a sí mismo olvidó otra vez a su padre, que monologaba a su lado:

—¡Qué alegría verte, hijo! No te esperaba. ¿De qué podemos hablar, a ver? Temas. El gobierno. Una banda de ladrones, salvo nuestro padrecito el Zar, que no está enterado de nada. Me da mucho miedo el destino de nuestra Santa Rusia. ¿Vas a los oficios religiosos? ¿No? Una pena. En fin. ¿A qué te dedicas, últimamente? ¿No quieres hablar de eso? Mejor. Trabajo es igual a problemas y ahora debemos divertirnos.

Vladimir dio dos palmadas:

—¡Música y baile! —gritó.

Del lado izquierdo de la galería, el clásico: dos viejos barbudos, con gorros de piel, casaca de seda, pantalones amplios y botas, entraron saltando y chillando "¡oy, oy, oy!", mientras hacían sonar el acordeón y la balalaika. Del lado derecho, primero el piecito, después el rosáceo tobillo, las gruesas pantorrillas, el muslo jamonáceo y, finalmente, el resto del cuerpo de la primera de las cinco Gracias vestidas con túnicas transparentes que permitían ver a la perfección el pesado pendular de las glándulas mamarias. Vladimir codeó a Frantisek:

—Puedes quedarte con la gorda que quieras. Con dos o tres, inclusive. Por supuesto, a veces me calientan la cama. No digo que sean limpias, pero te garantizo que todas son cariñosas, no sé si me comprendes —codazo alusivo—. En caso de feliz coincidencia, bien podré decir dentro de nueve meses que soy el abuelo de mi nuevo hijo o el padre de mi nieto. ¿No? ¿No quieres? ¿En serio te preocupan esas minucias? ¿No serás…? Ah, tienes una purga. Qué suerte para la desgracia. De todos modos, no creo que ninguna de ellas sea de lo más sanita. Plaga con plaga se neutraliza. En tu lugar, yo no desdeñaría darlas vuelta y con un poco de aceite de fresno o de manteca de cabra probar por ejemplo…

Mientras Vladimir se explayaba en una suerte de oda alcohólica sobre los encantos de sus criaturas, una de ellas —corona de laurel en la frente, párpado caído sobre la esclerótica nimbada por las cataratas— declamaba:

Pródigo hijo, hijo pródigo
Querido hijo, hijo varón
En las estepas me pierdo
A casa del Padre voy

Poema de rima asonante. Autor ruso anónimo.

En el curso de la noche, y ayudados por las libaciones, Frantisek y su padre lograron un remedo de comunión primordial. El hijo pudo confiarle al padre el secreto y los motivos de su crisis y el padre prometió acompañarlo en su peregrinación en procura de la palabra de Afasia Atanasief. Reconfortado por esa promesa, Frantisek se fue a dormir lo más temprano que pudo y dejó a Vladimir entregado a todos los excesos de la despedida. Pero a media mañana, cuando fue a despertarlo para partir, se dio cuenta de que su padre estaba completamente impedido de realizar cualquier movimiento. De hecho, el vigoroso pero ya maduro Vladimir se pasó veinticinco minutos diciendo:

—¿Quién eres? ¿Qué quieres? ¡Arañas! ¡Sáquenme estas porquerías de encima! —y recién a la media hora pudo reconocerlo.

El trineo estaba alistado, los perros ladraban. A lo lejos, en el horizonte, se veían nubes negras que aumentaban de tamaño. El viento torcía en noventa grados las copas de los árboles. Era hora de partir. Sin embargo, Frantisek tenía una pregunta:

—Padre, ¿cómo era mamá?

Vladimir hizo un esfuerzo, se frotó los ojos, buscó entre la última telaraña del arcón de los recuerdos…

—¿Cintila Alexeievna? —Preguntó con voz atenazada por el dolor o la rabia—. ¿Cómo era Cintila? —dijo. Y en vez de tener la piedad o la decencia de decir "fue una gran mujer", o "fue el gran amor de mi vida", o, siquiera, "ya no me acuerdo", Vladimir exclamó—: ¡Tu madre era una bestia insoportable! ¿Qué quieres, que te cuente o que te mienta? Me hacía la vida imposible. Con ella yo no era dueño de mi propia casa. Tenía que sacarme las botas embarradas, usar patines, la bebida estaba racionada… Me despreciaba. ¡Había que tolerar a esa liendre, a ese renacuajo escuálido! Se creía la gran cosa. Como si hubiera tenido un gran destino escrito de antemano… Esa puta polaca…

—Adiós, papá…

—¿Adiós? Escucha, hijo... Cuando yo me enfermaba, tu madre, esa santa, me decía: "Perro piojoso, ¿cuándo tendrás la decencia de morirte?". ¿Sabes por qué te llamas Frantisek? Porque el amante de tu abuela materna se llamaba así. Yo quise ponerte otro nombre, un nombre verdaderamente ruso. Pero no. Ella insistió, insistió, y ahí tienes, ¿ves? Un nombre *poilish*. ¡Vergüenza! ¿Por qué Frantisek y no Volodia o Piotr o Alexei, eh? ¿Y qué hubiera tenido de malo que te llamaras como tu padre, eh? ¿O no es un bonito nombre, Vladimir? Lo peor de esa mujer es que nunca me quiso. ¡Frantisek! Escucha... ¿Adónde vas? ¡Nunca, ni por un minuto me amó, tu madre! ¿Escuchas? ¡Hijo...!

Frantisek se subió de un salto a su trineo. Belleza incidental de los páramos. El frente de tormenta lo persiguió durante tres días y se disolvió en lluvia y granizo ante las puertas mismas de Murmansk. Como un signo de buen augurio, sobre el pueblo se extendía el manso milagro de una aurora boreal. Frantisek no tardó en averiguar la dirección donde atendía Afasia Atanasief. Era una casa modesta pero espaciosa, justo frente al mar de Barents. Sobre el frontispicio, una leyenda ya despintada alentaba: "Aquí todo sufrimiento se detiene".

Frantisek ingresó a una especie de sala; había una buena cantidad de personas, todas miserables, en la típica actitud piadosa (cabeza inclinada, manos dispuestas en plegaria). El recién llegado se inclinó sobre el paciente que tenía más cerca y le preguntó si había que esperar mucho. Con asombro, el otro le contestó:

"Por lo común, días". "Dios mío", pensó Frantisek, y se quedó dormido.

Al abrir los ojos advirtió que insensiblemente se había trasladado a otro cuarto. Estaba en una habitación vacía, si se exceptuaba un par de sillas, un escritorio, y un hombre de mediana edad que lo observaba en silencio. Frantisek sintió la intensidad y el brillo de esa mirada que le escrutaba hasta el alma. Su vida era una madeja que devanaba la mente de aquel hombre.

—Yo... —se explicó—. Vine hasta aquí...

—No hace falta que me explique nada —dijo el otro y sirvió un brebaje cargado en una tacita cascada—. *Tei mit limene.*

—Sí, gracias —dijo Frantisek, distraído, emocionado. Sorbió, se quemó. "No hace falta que me explique nada". ¡Cuánta sabiduría en siete palabras! Sin embargo, él tenía necesidad de expresarse, de justificarse. Dejó la tacita a un costado y habló:

—Quisiera averiguar los motivos de mi crisis —dijo—. Esto requiere de alguna clase de preámbulo —Frantisek esperó unos segundos a que el otro le dijera "adelante", o "continúe", o al menos "ahá". Pero su interlocutor permaneció en silencio. Evaluando que ese silencio no era desaprobatorio (aunque tampoco muy estimulante) decidió continuar a su propio riesgo—: A lo largo del tiempo he podido comprobar que cada vez que me prodigo en la actividad que estoy realizando, una parte de mí huye. Ahora bien: la ausencia en un lugar es presencia en el otro. Lo que me ocurre, y esto forma parte de mi preocupación, es que la presencia en ese otro lugar no es percibida por mí como tal, lo que, en conclusión, me deja vacío de mí mismo. Quiero curarme de esta irrealidad.

—Evidentemente —dijo el anfitrión—, aquello de lo que usted quisiera curarse es de la ignorancia respecto del lugar donde se aloja su ser. Se le enfría el té.

—Veo que ha dado en el meollo de mi problema —siguió Frantisek y dio un sorbito cortés. La clarividencia de su interlocutor lo descargaba de la mitad de su problema, y, al aliviarlo, lo impulsaba a explayarse, a desmenuzar su conflicto—: ¿Qué tiene que ver esto que me pasa con la música que no puedo crear? ¿Es un misterio? A cierto nivel, resulta muy sencillo entenderlo... Tal como le expliqué en mi carta de presentación, no sé si usted la recuerda —el otro inclinó la cabeza asintiendo—, mis fornicaciones, que eran el ámbito de experimentación llamémosle "práctico" de una operación abstracta, de naturaleza a la vez sensible e intelectual, no consistían en el lento desarrollo de una idea, no se limitaban a, digamos, la planimetría de un pensamiento melódico, sino que visualmente resultaban más bien la representación de una figura en distintas perspectivas superpuestas... Quiero decir que, como compositor, y espero que no tome lo que voy a decirle como una muestra de presunción sino como un elemento de descripción crítica, me caracterizo por exhibir una maquinaria polifónica y rítmica extraordinariamente rica y compleja...

Aprovechando que su interlocutor hizo una inspiración fuerte y suspiró, Frantisek tomó aire y bebió el resto del té. En esos segundos de reposo, descubrió que la infusión tenía un sabor exquisito. Había unas gotitas de limón, seguro; pero también algo más, algo fuerte y perfumado, que no era menta, y que por supuesto tampoco era una esencia alcanforada como la que emplean las viejas para perfumar sus corpiños y mantener vírgenes a sus perras. En forma de vapor, el olor de esa esencia subía desde el fondo de la tacita e invadía sus narinas, produciendo un efecto vivificador y mentalmente estimulante:

—Claro que la simultaneidad de planos de mi modus operandi creativo... —siguió—, podría haber sido más completa si, al tiempo que yo me repartía sobre las epidermis de mis acompañantes, las hubiera sometido a un tratamiento de profundidad y relieve, esto es, a disecciones, trepanaciones, desmembramientos, nuevos agrupamientos... —por un segundo Frantisek contempló el paisaje de sangrientas operaciones que abrían sus palabras, se estremeció de puro humanismo—. Es obvio que esta idea iguala peligrosamente el rigor estético absoluto con el holocausto universal, pero... No sé. En definitiva, ignoro si mi crisis es estética, ética, vital... —Frantisek calló. Toda su euforia había sido reemplazada por un repentino cansancio; ahora le costaba seguir con su explicación—: Además, hay algo que... Tocar un cuerpo, incluso en el mismo lugar en que se lo tocó en otra oportunidad, es generar un momento nuevo y a la vez evocar el momento anterior. Es notable: en la repetición, el instrumento, la mujer, ve énfasis, pasión, mientras que el hombre...

—No me explique más —lo interrumpió el otro. Y con tal autoridad que Frantisek tuvo la certeza de que había encontrado la solución a su problema:

—¿Qué me está pasando, maestro? —imploró.

— Le pasa que no sabe ni dónde está parado. Y no me diga maestro. Venga.

—¿Adónde?

—A la sala de curaciones. El insigne Afasia lo espera.

—¿Usted no...?

—*Niet*. El insigne es analfabeto. Yo soy el que lee las cartas que le llegan.

3

Pasó el tiempo, pasaron las generaciones, pero nadie puede afirmar que conoce al detalle lo que ocurrió en el encuentro entre mi tatarabuelo y el insigne Afasia Atanasief; Afasia nunca hizo el menor comentario al respecto, como no los hacía acerca de ninguno de sus pacientes, y Frantisek, porque luego de aquel encuentro, que en algún sentido constituye la experiencia central de la primera etapa de su vida, profundizó hasta tal punto su tendencia a la reclusión que todo saber acerca de lo ocurrido sólo puede deducirse de manera indirecta, a través del análisis del lenguaje que le era más afín.

Si en los pocos escritos musicales que subsisten de su primer período se deduce una especie de voluntad imparable por aprehender mediante el exceso y la proliferación la experiencia de una totalidad sensible y conceptual, luego del encuentro con el sanador esa compulsión por "decirlo todo" deriva en una forma mucho más amplia y serena, de neto corte sinfónico, que puede parecer vacua y convencional a los oídos acostumbrados a la saturación anterior. Pero no se trata de arpegios y glissandos. En su creación ya no hay nada que huela al exhibicionismo de la angustia y a la fe misteriosa en la importancia de la "vida interior". Lo que le sobrevino fue ni más ni menos que la explosión de la adultez, a consecuencia de la cual toda su producción posterior quedará marcada por una sobriedad y un aparente extravío que nada tienen que ver con la indiferencia, sino con una sensación de aterimiento y serenidad ante el cosmos.

En consonancia con esta nueva posición, mi tatarabuelo decidió migrar a paisajes menos transitados. Dejó que Volodia Dutchansky continuara ocupándose de su propiedad de Irkutsk y se estableció en una pequeña granja de Crasneborsk, una comarca situada en las estribaciones de los montes Urales. Para los conocidos, esa elección indicaba que por razones misteriosas había elegido flagelarse a conciencia, sumergiéndose en el cretinismo de la vida campesina. Sin embargo, aunque es cierto que la chacra rebosaba de gallinas, también lo es que en general Frantisek no se ocupaba de las tareas domésticas. A lo sumo, durante la temporada invernal se calzaba las botas y chapaleaba en la mezcla de tierra roja y de barro, un crepúsculo invertido, mientras iba en busca de leña. El resto del tiempo se lo pasaba encerrado en su cabaña, dedicado a sus nuevas obras. Para componer se ayudaba con un violín rotoso con el que lo había estafado un mujik del lugar, cambiándoselo por dos bellísimas lechonas recién destetadas. No obstante la dificultad de afinarlo y de reponer cuerdas, se enamoró del instrumento: sus severas limitaciones de ejecución estimulaban una vertiente inexplorada, la de un lirismo extremo, austero. Por supuesto, Frantisek era cualquier cosa menos un compositor "popular", pero su innato gusto por los contrastes lo habían llevado a absorber la atmósfera que se respiraba en Crasneborsk (el sol pegando sobre los macizos eternamente blancos, el amanecer, la bruma en los valles), de modo que en ocasiones, cuando ensayaba sus piezas en el violín, la música que brotaba de aquellas cuerdas torpes atravesaba la fronda y llegaba directo a las almas de los habitantes de la región. Como un efecto inesperado de esa comunión entre bellezas complejas y espíritus simples, llegó la primera caricia de la fama. En una progresión acerca de la que no vale la pena demorarse, el compositor de vida rústica despertó la curiosidad de las urbes cosmopolitas y por faltante y reluctante se convirtió rápidamente en el "imprescindible" de la temporada oficial. "Ja", decían los entendidos paseándose en la promenade del teatro de San Petersburgo donde se ofreció el primer concierto dedicado a su música. "¡Ja! Nos lo íbamos a perder…"

Por supuesto, la condición de fenómeno rural con que se presentaba a mi tatarabuelo no era más que un procedimiento abusivo para imponer de antemano una fuerte creencia masiva acerca del valor de su obra, que instilaría en las mentes de la mayoría de los melómanos la ilusión de haber apreciado "instintivamente" ese valor. Ese es, en el fondo, el sistema de la moda: un modelo de producción terrorífica de sentido, que prescinde de cualquier reflexión acerca de las complejas cuestiones que supone un criterio de calidad. Por suerte, este no era el caso de mi tatarabuelo, que nunca fue un arribista y que siempre se desentendió olímpicamente de la opinión ajena acerca de sus trabajos. Aun más: tan desinteresado estaba de toda expectativa de triunfo mundano, que el mismo día de su debut, ajeno a cualquier consideración de orden estético, recorría en bata y pantuflas las calles de la ciudad, preguntándose acerca de las razones por las cuales estaba viviendo una revolución sentimental.

Ella: veinticinco años, hija de un célebre oboísta de La Scala de Milán. Sofía Quatrocci. Fea, con sobrepeso, lunares, verrugas y forúnculos desparramados por toda su opaca epidermis. Pero era intelectualmente brillante, tenía ojos luminosos, carácter fantasioso, humor expansivo, mostraba una amplia cultura general, poseía una memoria prodigiosa y era capaz de reproducir del derecho y el revés cualquier frase que le cayera en gracia. Si alguno de sus admiradores se le presentaba bajo una fórmula gastada, ella al instante respondía:

—*Sosochid sol sojo euq ol nev* —o—: *nevloeuqsojosolsosochid*.

Aunque en ocasiones ejercía su humor sobre las palabras ajenas, nunca lo ejecutaba contra los portadores de la enunciación. Parecía considerar al resto de la existencia humana como un complemento de su propia felicidad, y no necesitar de nadie. Confesaba sin pudor (o en ese punto mentía como un cosaco) que seguía siendo virgen a una edad en que a una mujer ya se la tiene por vieja. Era una intérprete consumada. Cada una de sus presentaciones garantizaba un lleno completo. Claro que su repertorio era pésimo, lo que realzaba el mérito. Su voz creaba gemas de imperecedera belleza utilizando de engarce bosta de caballos. Con la diva, Frantisek, acostumbrado a tratar al género femenino como ganado, no se atrevió siquiera a entablar un diálogo. La acechaba tras las funciones, le mandaba ramos de flores sin tarjeta de dedicatoria. Por supuesto, Sofía sabía quién era su admirador anónimo. Le divertía tener un galán tan tímido. También le desconfiaba: existía el riesgo de que todo ese merodeo fuese un simulacro, una mascarada de seducción a cargo de un compositor buenmozo pero primerizo, con el sólo propósito de comprometerla a actuar en lo futuro en algún adefesio de su autoría.

Finalmente, el encuentro se produjo. Y fue ella quien tomó la iniciativa:

—¿Qué hacemos con lo que sentimos? —le dijo.

—No sé —contestó Frantisek y huyó.

Luego hubo conciertos, vida social, amigos en común. En una fiesta del Conservatorio terminaron lado a lado; Frantisek se ocultaba tras una copa de champagne.

—¿Eres tímido, de pocas palabras, o medio idiota? —lo provocó ella.

—Puedo hablar de música, viajes, mística, hielo, soledad. También puedo hablar de orgías y de decepciones —respondió mi tatarabuelo.

—Es decir que nunca te pasó nada —rió la Quatrocci. Luego se puso seria—: Al cantar tengo la impresión de que mi voz ocupa más espacio que yo misma, lo cual no es físicamente cierto, porque la voz sale de mi garganta, que es en sí misma una pequeña parte de mi cuerpo. A esa confusión, a ese error que resulta en un efecto de intensidad, yo lo llamo "arte", y siempre creí que bastaba para llenar mi vida. Pero desde hace cierto tiempo vengo sintiendo algo nuevo que se expande en mí, y que me convierte en una mujer distinta. Según creo, se trata de algo perteneciente al orden de las emociones. ¿Cuándo nos casamos? *¿Im a út sama em? Oma et oy.*

Los colegas compositores decidieron organizar una despedida de soltero a todo trapo. Después de examinar y descartar una serie de posibilidades festivas (llevar en troika por la perspectiva Nevski a un Frantisek vestido de mujer y arrojarlo desnudo a una fuente; bailes zíngaros y gitanas disponibles en un sucucho de las afueras; encerrarlo durante toda una noche en la morgue, etcétera), optaron por la fórmula clásica: cena de varones. Estaban todos, es decir, Constantino Balakov, Nicolai Grigorievich, Kashkin, Broluv, Leonid Katz, Voroszlav Pashulski, Anatol Schneider, Iosef Ostropov, y otros grandes de aquel tiempo cuyos nombres hoy son menos que polvo. Vodka, humo de cigarros, risas. Empezó Balakov:

—No hay dudas de que al casarse con una cantante de renombre mundial el pobre Frantisek hará un papel lamentable —puñetazo cariñoso en la espalda del aludido—. Obligado a seguirla por toda Europa desempeñando la función rastrera del esposo mantenido, perderá toda afición por el trabajo y en muy poco tiempo se volverá incapaz de contemplar siquiera un pentagrama. *¡Prosit!*

—La descripción es incompleta y además piadosa —siguió Kashkin—. Apenas Sofía se canse de su juguete nuevo, en vez de reconocer que ese hartazgo es propio de la naturaleza de todo vínculo humano, le dirá de todo a nuestro amigo. ¿Les suenan palabras como "vago", "inútil" "infeliz"?

—Yo recuerdo con todo cariño "cornudo". Mi mujer me la dice a diario —bromeó Balakirev.

Los amigos rieron suavemente. Kashkin siguió:

—El empleo de palabras como esas marca sólo el comienzo de una pequeña temporada en el purgatorio sentimental. Y conociendo el noble corazón de Frantisek, doy por hecho que, en vez de admitir que se ha casado con una arpía, tenderá a echarse la culpa de lo ocurrido.

—¿Cuánto creés que tardará ella en serle infiel? —intervino Broluv.

—¿Meses? ¿Semanas? ¿Días? ¿Esta misma noche, en su propia despedida de soltera? En cualquier caso, muy pronto —se sumó Pashulsky.

—¿Dónde está Illia Petrov? —dijo Deliuskin, inquieto—. Él fue quien organizó todo esto y…

—Petrov es un inimputable. Arma encuentros, los desarma sin avisarte. Siempre te deja en banda… —dijo Ostropov—. Pero sigamos con lo nuestro. Todas estas desgracias podrían evitarse si ella se mostrara dispuesta a vivir en las condiciones lastimosas que puede ofrecerle nuestro amigo.

—Yo no soy pobre —se defendió mi tatarabuelo.

—Cierto. Pero ella es riquísima —dijo Ostropov—. Acostumbrada al lujo y a las comodidades,

¿crees que Sofía prescindirá de todo por *tu* amor? ¿Imaginas que tolerará de buen grado los encantos del *aura mediocritas*? De seguro no va a convertirse en tu criada, así que lo más probable es que termine por hacerte su lacayo. Deberás seguirla adonde vayas, tendrás que arreglártelas para componer esas obritas tuyas cuando ella te deje un segundo libre; socialmente, te verás ejerciendo a lo sumo un papel de acompañante, serás una figura decorativa, la estola de sus tapados de visón, precisamente aquella que se arrastra juntando la mugre de las alfombras rojas. Pronto Sofía ni siquiera reparará en tu presencia. "¿Quién es el caballero que la acompaña, madame?". "¿Este? Ah. Nadie. Apenas mi marido…"

—¿Hace falta seguir con la broma? —dijo Frantisek.

—¿Broma? —se escandalizó Schneider—. ¡Despierta, Deliuskin! Como toda prima donna que adora figurarse en reinos de excelsitud porque goza como una puerca en los páramos de la abyección, ni bien te distraigas un segundo ella se someterá con absoluta complacencia a los aberrantes gustos sexuales de tramoyistas, luthiers, peinadores, profesores de canto, caracterizados por el uso de toda suerte de dispositivos…

—El *lumpenproletariat* compuesto por esos partiquinos del submundo operístico, constituye para esta clase de mujeres la representación más acabada de las fuerzas primarias de la masculinidad —agregó Grigorievich.

—Ya son las tres de la madrugada y ni siquiera hemos hablado del *tedium vitae* matrimonial… —bostezó Nikita Ziemkovich—. Mi experiencia, que voy a describir en beneficio de nuestro querido Deliuskin, indica que el aburrimiento…

Entretanto se sucedían las ponencias, Illia Petrov estaba realizando a conciencia la tarea que el grupo le había encomendado en secreto. Vestido con sus mejores galas, pintado en su rostro el gesto de la conmiseración, se había presentado al petit hotel donde residía Sofía Quatrocci para comentarle acerca de "ciertas particularidades *muy* particulares del bueno de Frantisek que hacían desaconsejable la celebración de los esponsales si es que usted desea realizarse plenamente como mujer, y ni hablar del hecho de ser madre". Petrov era eficaz, persuasivo ("Incluso yo, en más de una ocasión, he debido apartarle la mano…"). Al escucharlo, la cantante calló, palideció, negó, pidió pruebas, que con la dichosa facilidad del cínico su visitante inventó en un segundo, desde los nombres de los hombres hasta las fechas, las palabras, las intensidades y posiciones. Sofía rompió en llanto y al alba, sin pensar siquiera por un instante que era víctima de la más pesada de las bromas, abandonó San Petersburgo. Un año más tarde se casaba con un zinguero de Rostow.[2]

---

[2] Como acotación al margen. Dios, que no existe —si lo hizo, tal como descubrió mi hijo, fue en su carácter de longitud de onda que palpitaba en el centro de la masa densa y pesadísima que explotó en marejadas de fuego en el instante de la creación-, Dios castigó a Ilia Petrov por su malicia, por su envidia, por su rencor. Un día, saliendo de la bañera, el pobre Petrov tropezó, se partió la columna. De hábitos solitarios, no tuvo quien lo auxiliara. Sin nada que comer, Lila, su gata persa, había dado cuenta de buena parte de él cuando encontraron su cadáver.

Como jamás volvió a ver a la Quatrocci, mi tata-rabuelo nunca pudo averiguar las razones de ese aban-dono al borde del altar; mucho menos se enteró de que los causantes habían sido sus pares, movidos por la envidia de su talento.

El abandono lo impulsó a refugiarse en su obra; esa pérdida había abierto nuevas vetas, las venas por las que sangraba una música mejor. En ese acceso, Sofía Quatrocci se volvió musa, santa inspiradora puesta en una hornacina puramente imaginaria, figura cuyo eventual retorno (en carne y hueso) no habría procu-rado más que superposiciones y confusión. Como es lógico, la escrupulosidad moral de Deliuskin toleraba mal esas transacciones de su naturaleza psíquica, por lo que en medio del vértigo compositivo sollozaba imaginando versiones de un reencuentro imposible, sublimes interpretaciones de obras aún no escritas, protagonizadas por esa mujer a la que en rigor ya había empezado a olvidar. Sofía Quatrocci sólo des-apareció por completo cuando mi tatarabuelo acabó de componer su primera ópera, *La Marcha del corazón ruso blanco*, y debió ocuparse de la dirección, puesta en escena, adaptación, realización…

Por educación y hábitos (en el fondo, su padre lo había criado como un príncipe), Frantisek estaba lejos de imaginarse lo que significaba un verdadero descenso al infierno de los detalles. Las discusiones presupuestarias con el comité artístico de la sala, los caprichos de los cantantes (que siempre intentan ade-cuar cada partitura a sus limitaciones vocales o a sus corrompidas supersticiones estéticas), las demoras de las maquilladoras, las enfermedades contagiosas de los instrumentistas… Los ensayos se volvieron exasperantes. Una semana antes del estreno, el tenor sufre un acceso forunculoso y en pleno dueto de amor cae desmayado en brazos de la soprano; el coro se niega a cantar los tresillos y el director de orquesta exige un cambio de orden en los instrumentos de viento porque los trompetistas resultan por lo general demasiado altos y le tapan a los trombonistas.

El día del ensayo general…

Sonidos estridentes, estiramiento de cuerdas, toses ahogadas, quejidos, gases sofocados, pruebas de afinación; una contrabajista se inclina y eructa mientras estira la media de seda sobre su pantorrilla. Los pares y colegas de Deliuskin aguardan en los palcos. "La catástrofe está por comenzar", augura Schneider. Golpe nervioso, el toc toc seco del bastón de la Parca, la batuta del director sobre el atril. Un solo de flauta, el tema principal. Con el acorde de las maderas, suena el llamado de las trompetas y luego los arpegios del arpa. El ambiente de la estepa rusa, el irisado esplendor de sus nieves, nos llega con toda su temblorosa belleza. El canto de la flauta retorna, reflexivo. Pronto se escucha otra melodía sensual; ahora es el oboe. Un acorde penetrante, seguido por un salvaje estallido de sonido orquestal… "Decadente", opina Ziemkovich. "Más bien mórbida", dice Ungarev. "Técnicamente, ésta debería ser la obertura. ¡Pero lo que estoy escuchando es un preludio!", se asombra Balakov. "Sí. A mi siesta", ríe Grigorievich. "Yo no sé si esto ejemplifica un nuevo concepto del nihilismo, o de la invertebración", dice Kashkin. Leonid Katz interviene: "Sin duda, Deliuskin es el compositor más excéntrico de nuestra generación. Y el más mediocre". "Shhh... Shhhh. Se está cayendo el escenario", dice Anatol Pashulski. "No, están corriendo uno de los decorados. Lo que ocurre es que los pusieron sobre ruedas de distinto tamaño. Es para que entre... ¿¡Pero qué es eso, un boyardo!?", dice Anatol Zinoviev. "Me temo que se trata de la Merenchokova". "Pero esta mujer crece a lo ancho. ¡Por las espaldas creí que era la encarnación de nuestro añorado Pedro el Grande!". "¿No sabías que la madre, o quizá la abuela de la Merenchokova y el difunto Zar...?". "¡No te puedo creer!". "Sí. Era la única que le aguantaba las borracheras". "¡Qué garganta!". "Efectivamente. Y de esa misma escuela, o secuela, padeceremos ahora unos falsetes que ni te cuento".

Aunque la crítica no se mostró calurosa en su recepción, el público rescató e hizo propia *La marcha del corazón ruso blanco*, convirtiéndola en un éxito que obligó a que la programaran para la siguiente temporada. Más allá de sus méritos intrínsecos, *La Marcha...* es, en la historia de la música culta, el más serio antecedente de un tratamiento reivindicatorio de los sentimientos nacionales rusos, que luego llevaría a su apogeo Glinka en su ópera *La vida por el Zar*.

Un par de días después del estreno, Deliuskin decidió hacer una consulta a Avrosim Roittenburg, el médico de moda en el ambiente musical: había sentido un leve puntazo en el pecho.

—Deje de fumar —le advirtió el médico.

—Nunca he probado un cigarro —dijo él.

—Ah. Entonces desvístase.

Roittenburg apoyó la cabeza en su espalda y durante unos segundos se quedó quieto. Después dijo:

—Oy oy oy.

—¿Qué pasa? —quiso saber Deliuskin.

—Quería ver cómo resonaba mi voz. Vístase. No tiene nada, aunque para usted no es bueno el clima de esta ciudad.

El consejo del médico encajaba perfecto con su añoranza. Frantisek volvió a Crasneborsk. Allí, sin saberlo, lo esperaba una forma bastante particular de la calma. Tiempo después de su arribo, golpeó a la puerta de la granja una pintora finlandesa. Dueña de cierto oficio y no carente de sensibilidad, Jenka Roszl se especializaba en el retrato de celebridades. "No pienso pagar", dijo Deliuskin. Y ella: "No pensaba cobrarle". A mi tatarabuelo lo tenía sin cuidado la perpetuación de su imagen, pero lo tentó la idea de estar quieto durante varias horas por día; parecía una oportunidad para concentrarse en la resolución de ciertos problemas de contrapunto; además, le gustaba la sonrisa de aquella mujer, así que aceptó. Y en el momento en que Jenka Roszl daba las últimas pinceladas al retrato, le pidió que se convirtiera en su esposa.

4

El matrimonio de mis tatarabuelos fue perfecto en todos los aspectos. Ambos eran adultos y maduros, dos hermosos ejemplos del progreso espiritual que propicia el cultivo del arte. Es obvio que en su nuevo estado civil Frantisek se vio impedido de continuar con los procedimientos de investigación compositiva empleados en tiempos de soltería. Pero eso no significó una pérdida. Al contrario. Las restricciones propias de la vida de casado lo rescataron por fin de esa ansiedad sin objeto, de esa desesperación exigente. O al menos le aportaron un nuevo significado. Luego de breve luna de miel, mi tatarabuelo se entregó a los encantos hogareños. Todo se volvió idéntico: desde el matutino chorreo de la lluvia de miel sobre la manteca untada en el crocante y áspero pan de centeno, hasta la nocturna copa de kwas bebida en su sillón favorito. Esa repetición, que podía haber obrado influjos nefastos, debilitado su carácter y arruinado su impulso creador, a Frantisek le vino como anillo al dedo: empezó a componer con una fluidez insospechada, se fue convirtiendo en un músico superior, cada vez menos parecido a sí mismo.

"El matrimonio", le escribió a su amigo Volodia Dutchansky, "tiene una cualidad religiosa. En algunos momentos (no en todos, por fortuna), la regla de abstinencia, entendida como la fidelidad que le debo a mi amada esposa, me lleva a arder y consumirme como un monje de clausura".

A partir de entonces, la música fue su única orgía. Siendo como era un artista plenamente conciente de los materiales con los que estaba trabajando, se veía enfrentado a desafíos estéticos de primera magnitud. Algunas veces departía acerca de estas cuestiones con su esposa Jenka:

—Lo que me preocupa nada tiene que ver con los pianissimos o fortíssimos —le decía—, sino con el destino de la serie de procedimientos que utilicé hasta el momento.

Jenka, que por las noches cambiaba los pinceles por las agujas de tejer, daba otra puntada, suspiraba y sonreía amorosamente a su marido. Frantisek seguía:

—En mi situación, exprimir a fondo la diversidad de sonidos y combinaciones sonoras que ya he manejado hasta obtener, por pura repetición, el elixir mismo de la singularidad, es la tentación más evidente. Llevando hasta el extremo esa tentación, sería como escribir siempre la misma nota. La otra tentación es su opuesto, y por lo tanto me resulta aun más provocativa. Significa aniquilarme como autor y convertirme en una fuente pura de absorción, una especie de dios receptor, no el que crea mundos sino el que los devora. O, dicho menos pomposamente, una especie de taquígrafo perfecto.

—...

—¿Dijiste algo? No. Me pareció... Existe también una tercera posibilidad, derivada de la segunda, pero más plena y abarcativa, que es la de hacerlo todo y volverme todos y resultar el ser musical pleno y sin forma, la inconsistencia más perfecta, algo o alguien que incluye lo hecho y lo no hecho, la obra de los otros, cualquier cosa que se me ocurra escribir y, además, todo el ruido del Universo. ¿Qué piensas, Jenkele mía?

Aquí, Jenka alzaba la cabeza:

—Yo, cuando pinto, pinto.

—¿Eso quiere decir que no te preocupa previamente ni el bastidor, la tela, los colores, la paleta...? Para no hablar de la técnica de la pincelada, los estilos precedentes, los objetos a representar...

—¿Vamos a dormir, Frantisek? Ya es muy tarde...

—¡Todavía no! Hay un problema. Si elijo entregarme a la tercera tentación, pronto deberé admitir (como ya lo estoy haciendo ahora, de hecho) que la totalidad audible de lo existente es tan vasta que no hay quien pueda abarcarla (y mucho menos ejecutarla) sin alguna clase de reducción formal. ¡Imagínate que el mero registro de una pequeñísima porción del caudal sonoro universal, digamos el que discurre en este presente mismo en que estamos intercambiando palabras, supondría un empleo ilimitado de papel pautado y de copistas dedicados sin descanso a capturar automática y velozmente lo que escuchan...! Lo que en el fondo no sería otra cosa que una mera captura sensible de la fugacidad del tiempo, y ni siquiera estamos hablando de su conversión en un producto estético...

¿Alguien ve el resplandor de dos agujas sacándose chispas? Frantisek sí lo notaba, y en ese cruce podía imaginar también el absurdo de su idea, una fila infinita de escribientes perdiéndose en el infinito de la perspectiva, ropas grises y moradas orejas atentas a capturar la estática de la nada, o peor, nada más que el rumor de las plumas surcando el papel, cada uno oyendo únicamente ese rasguido, ese chasquido multiplicado a la n potencia.

—No me llenes la casa de desconocidos, Fran... —la amable voz de la razón brotaba de los labios de Jenka.

Mi tatarabuelo comprendió que la reticencia de su mujer a debatir estas cuestiones escondía, además de cierto hartazgo, un mensaje resumible en una sola palabra: "Simplicidad". ¡La simplicidad era un fin en sí misma, no el preludio de una elección más rigurosa! Aunque arborescente y deleitable, la locura es en algunos casos la elección más fácil, mientras que la sencillez es todo un trabajo. ¡Jenka era una mujer maravillosa!

¿Qué hizo Deliuskin? Cortó por lo sano y capturó lo mejor de cada posibilidad (de cada "tentación") y las usó a su antojo. Contrató a Lev Isaías Tchachenko, un retrasado mental que pululaba por las granjas buscando trabajo, y lo instruyó para que le juntara todas las basuras, brillos, objetos sueltos y curiosidades que encontrara en Crasneborsk y sus alrededores. Todas las tardes, tras una recolección concienzuda, Lev aparecía con su bolsa de arpillera repleta de tesoros: campanillas, pedazos de metal, roscas, fragmentos de bala de cañón, ramas pulidas por el agua, plumas, cepillos gastados, huesos roídos, dientes, élitros de mariposa, caparazones de escarabajo, etcétera, etcétera. Con sus manos mágicas iba colgando cada cosa del techo; en ocasiones, por puro instinto decorativo, Jenka apuntaba alguna combinación, pero en general Lev trabajaba solo; a veces, al atar una avispa seca, al colgar un tubérculo de un aparejo, el idiota silbaba entre dientes una melodía de la Rusia profunda, siempre la misma (En el tercer movimiento de *Motivo Eslavo* hay un ritornello capriccioso y de aire despejado que evoca aquel silbido).

Entonces, y gracias a lo obtenido por Lev, además de la música que sonaba continuamente en su cabeza y que velozmente trasladaba al pentagrama, mi tatarabuelo podía escuchar el sistema de relaciones y alusiones que producía esa colección de objetos que se rozaban, chocaban y friccionaban llevados por las corrientes de aire. Incluso, había algunos que giraban sobre sí mismos sin que nada los impulsara, por puro cinetismo simpático, buscando su propia afinación. Eran los objetos privilegiados del arte puro, promesas de siglos venideros que recorrían toda la escala cromática. Uno de los favoritos de Frantisek era un pequeño trozo curvo de hierro verdinegro, pura mugre y herrumbre, que colgaba del centro del galpón (ahora convertido en estudio). Había sido, seguramente, el arco sostén donde se implantaba la dentadura postiza de un noble rural, perdida en medio de una cabalgata o entre los vómitos de una borrachera. Pero ahora funcionaba como un "afinador básico", porque recogía las vibraciones de los objetos que se movían en su derredor, y podía detectar hasta la menor diferencia de tono, corrigiéndola, absorbiéndola, y lanzándola de nuevo al aire como un generoso conjunto de matices armónicos, el misterioso *bouquet*.

Por supuesto, nadie que no fuera mi tatarabuelo podría haber extraído música de todo aquello, como nadie sino Jenka pudo encontrar atractivos aquellos lugares donde el amor la había llevado a vivir. Cada día, mientras su marido se encerraba, ella se ponía sus botas ásperas y sus capelinas prerrafaelistas y, con la vista posada en las cumbres distantes, se entretenía pintando acuarelas de una sutileza tal que indefectiblemente extraviaban en la dilución o la bruma aquello que pretendían representar. A esos trabajos, que un espectador poco avisado catalogaría de inmediato como mero desperdicio de materiales, Jenka los bautizó como "aplicadas réplicas del azar". En todo caso, y excepto por un hecho del que se enterarían en los meses próximos, aquellos días resultaron el fin del período en que Frantisek y Jenka vivieron sus vidas con la sensación de que estaban a punto de alcanzar la felicidad.

Una mañana, Frantisek encontró a Lev tendido a unos pasos de la puerta de su casa, y no porque hubiera decidido dormir a cielo abierto. Ahora era formas y colores, alimento para la corte de vermes. La tarde anterior a esa horrible y fragante mañana de primavera, el idiota andaba por los campos llevando su bolsa de arpillera cargada de tesoros —un pétalo mustio, un picaporte, un resto de flauta dulce, un hongo *pileyforus* de la especie más venenosa—, cuando de pronto se encontró con Basia Oprichnick, desnuda entre los yuyos, desnuda y encendida porque el tunante de Anatoli Tarjov —un adolescente que ahora roncaba satisfecho detrás de un matorral— acababa de desflorarla; Basia se había quedado con el picante gusto de lo recién conocido y con la certeza de que aquel aperitivo podía completarse con algún alimento más resistente. Ver al idiota —robusto, viril y no mal parecido— y lanzársele encima, fue cosa de un momento. Todo habría salido a la perfección y aquellos encuentros hubieran podido repetirse para solaz de las partes, si no fuese porque, apenas regresada a su choza, Basia se dio cuenta de que a su madre no podía ocultarle *casi* nada. Angustia, incertidumbre, llanto. "¿¡Quién fue!?", gritó su madre. Basia pensó que a la larga Anatoli podía ser un buen candidato para marido y confesó a medias: "El idiota".

La jauría de vengadores de Crasneborsk cercó a Lev en su cabañita de cuento de hadas, lo arrojó sobre la ensoñada campiña de hierbas, lo desnudó, lo castró religiosamente —uno de los entusiastas pertenecía a la secta cristiana ortodoxa de los *Apokotekai*—, quemó sus tetillas con hierros encendidos, arrancó su lengua con tenazas y, después de trazarle a cuchillo los números del Anticristo y arrancarle de cuajo las orejas y destrozarle a puntapiés los tímpanos para que no oyera nunca más ningún gemido, se dedicó a sus ojos. "¡Violador!", gritó Olega Fiodorovsky Oprichnikova y tendió sus uñas. En la millonésima de segundo que distó entre la intención y el acto, Lev tuvo tiempo para entender que al ver a Basia ya había conocido toda la belleza del mundo, por lo que ahora debía pagar por esa abundancia. Cerró los ojos, no para demorar o impedir lo inevitable sino para acuñar aquella imagen, y sollozando de dicha sintió de nuevo, como la primera vez, el fresco sabor de cereza de su amada.

Un grito y ya está. Dos bolitas gelatinosas para aplastar en el cuenco de piedra donde Olega prepara la compota. Después fue el instante final. Avran Palizin, el fortachón del lugar, alzó un peñasco y lo soltó sobre la cabeza de Lev. El peñasco fue destrozando la cavidad craneana; luego de estallar en miles de astillas puntiagudas, los huesos se introdujeron en la masa cerebral del idiota (una esponja de diseño exquisito, que reproducía el dibujo de los arrecifes coralinos del mar de Kalnuk), la perforaron y comprimieron. Y así, en el último momento de su vida, en medio de su último balido de dolor, Lev escuchó dentro de su cerebro *todos* los compases de una música que ya muchos hubieran querido oír: era una especie de Anton Bruckner muy mejorado; el típico ejemplo del influjo creador que podía producir Frantisek Deliuskin en un compositor ya en pleno uso de sus capacidades. Pero lo más destacable no era que esa sinfonía se hubiera desplegado entera en un instante, ni que por su elevadísimo nivel pudiera aspirar a inscribirse con letras de oro en la historia de la música como una gran obra maestra desconocida, el secreto mejor guardado de la eternidad. No. Lo más extraño, el non plus ultra del sinsentido, el desperdicio y la exquisitez, fue que, al fondo de aquella envolvente marea de notas, Lev hubiese podido oír una voz de mujer melodiosa y distante y perdida, la voz de un amor que se iba entre tules y abedules cantando "Ochichornia", los negros ojos de Basia fundiéndose en la desaparición.

A causa del modo en que se presentaron los hechos, Frantisek ya nunca podría descubrir que Lev había sido el único discípulo que tuvo en su vida, el único continuador no parental a su altura. Lo que supo era lo que estaba viendo, algo que había que ocultar rápidamente a la mirada de Jenka. Mi tatarabuelo se quitó la chaqueta y tapó el rostro destruido del infeliz, ya bastante cubierto por una aureola de moscas y de sangre. ¿Por qué lo habrían arrojado ante su puerta? Misterios atávicos de esas regiones bárbaras. Luego se inclinó y, sin saber bien qué haría luego, cargó el cuerpo. Al enderezarse sintió una puntada doble que se abría paso por sus pulmones; aquello no duró mucho, pero cuando lo desocupó, Frantisek estaba temblando y Lev había vuelto a derramarse en el piso. "Es la vejez", pensó. "Es el dolor de esta pérdida inútil". Volvió a alzar al difunto y se internó en la fronda de coníferas de un bosque cercano; allí lo sepultó bajo un túmulo de piedras. Un observador atento habría detectado la semejanza entre el color blanco de esas piedras, su artístico jaspeado rosa, y el tono que predominó en los gargajos de Frantisek durante los siguientes días. Pero como era una persona poco atenta a los aspectos visuales de las cosas —Jenka siempre le hacía amorosas bromas al respecto, basándose en su falta de idea acerca de cómo combinar la ropa—, la relación de gama entre esos pequeños coágulos de espuma y la tumba de un muerto querido le pasó desapercibida; sobre todo porque el color rosado adquiriría una importancia propia, *la vie en rose*, cuando días después se enteró de que Jenka estaba embarazada.

Frantisek se descubrió soñando con una hija mujer, pensando en baberitos y calzones y túnicas y camisolas de raso, acuñando el violáceo terror de que con el nacimiento de la criatura su existencia cotidiana se viera aplastada por el ingreso a la atmósfera de un planetoide desconocido, hecho de materias diversas como chillidos nocturnos, explosiones fecales y llantos perpetuos. El reino de la interrupción continua. Además temía que una mujer de constitución delicada como Jenka sólo fuese capaz de dar a luz un ser angelical, alguien demasiado bueno para este mundo, y por lo tanto condenado a sucumbir a la enfermedad más leve. Trató de adelantarse al cumplimiento de esas negras fantasías, que recién empezaban a desplegarse en toda su riqueza:

—Necesitamos urgente un ama de leche que sea también institutriz y enfermera —le dijo a su mujer, y creyó que esa frase bastaba para dejar en sus manos las cuestiones atinentes a la elección.

Jenka, por su parte, dio por sentado que la brevedad enunciativa del comentario constituía una especie de comunicación que le hacía su marido, en el sentido de que se iba a ocupar de poner en marcha un proceso de averiguaciones y selección de nutrientes locales, proceso que a ella le estaba vedado debido a su deficiente manejo del idioma. Además, el requisito de la función mamaria reforzaba, a su criterio, la evidencia de que Frantisek estaba pensando en conseguir una gorda y risueña matrona rusa, una especie de gallina bataraza (o un *mamut*), puras tetas y sin cerebro. En cuanto al incomprensible agregado de una última condición, que la mujer fuese además enfermera, bueno... eso definitivamente volvía al conjunto un engorro del que sin duda iba a ocuparse *él*.

Así, tanto Frantisek como Jenka esperaron durante meses a que el otro se encargara del asunto. No es extraño que esto sucediera. Una vez concebida una idea plausible, todo el mundo mueve la cabeza buscando la víctima propiciatoria que se encargue de su realización. Y el matrimonio, siendo una institución culpabilizante y derivativa por naturaleza, genera a menudo situaciones similares a la descripta. De todos modos, la cuestión estaba lejos de resultar explosiva. A veces, por las noches, Frantisek apoyaba la cabeza en el vientre de su amada y comentaba con un dejo de aprensión:

—No quisiera correr riesgos. Tendríamos que conseguir a una persona...

Jenka, adormilada, prefería no responder, por lo que Frantisek terminaba preguntándose si al fin y al cabo la búsqueda no recaería sobre él. Y en definitiva así fue. Pero no porque se hubiera decidido a resolverlo. Un buen día, escuchándolo toser, Jenka le sugirió que visitara a un médico. Frantisek decidió hacerle caso: agarró su bastón y se fue de paseo. Por supuesto, la Crasneborsk de entonces era apenas un poblado: una avenida principal, algunas calles laterales. Un carnicero, un carpintero, un herrero, un médico.

El nudillo de mi tatarabuelo golpeó sobre la segunda "o" de Propolski, pintada, como el resto del apellido, con pulso inseguro sobre la mampara de vidrio esmerilado de la puerta del consultorio.

—¡*Avanti!* —se escuchó, en un crescendo no del todo desafinado.

Frantisek estuvo a punto de huir, decidido a no ponerse en manos de un amante de la ópera italiana, es decir, de un ignorante. Pero un nuevo acceso de tos lo dobló; justo entonces, una especie de creciente proyección ectoplásmica se desparramó sobre el vidrio, fue inyectándolo de una masa colorida. De nuevo sonó el "¡*Avanti!*" y el propio Propolski abrió la puerta, lo atrapó por la empuñadura del bastón, pegó un breve pero enérgico tironcito y lo hizo pasar. Era el primer cliente de la jornada, el segundo de toda una semana que finalizaba.

Alexei Propolski se había pasado más de la mitad de su vida quemándose las pestañas sobre los libros, aprendiendo las teorías y técnicas antiguas y modernas sobre el arte de curar, probando en cuerpos ajenos la eficacia de los mejunjes del boticario, las grageas y emplastos de la academia, los yuyos y hierbajos de los chamanes populares, mezclando y recombinando todo y adosando fórmulas medicinales de su propia invención. Pero sus esfuerzos no le habían servido para ganarse la reputación a la que se creía con derecho a aspirar. Durante un par de décadas, esa apoteosis demorada había constituido un aliciente; cada nuevo descubrimiento, cada nueva comprensión, habían sido para él como la inminencia del momento que esperaba. Finalmente, promediada la edad madura, se había dado cuenta de que la única experiencia que viviría al respecto no era ni sería la del cumplimiento sino la de la espera de ese amanecer malogrado. Había dado todo de sí, científicamente hablando, y lo único que obtuvo a cambio era una perenne sensación de amargura, la injusticia de saberse dueño de un talento que se desperdiciaba en soledad. Harto de todo, decidió enterrarse en el lugar más recóndito de la más triste de las provincias rusas, y, haciendo girar un poco el dedo del destino sobre el mapa, terminó eligiendo Crasneborsk. Por cierto, en Crasneborsk no hay nada que hacer, salvo volverse un especialista en tedios. No obstante, como no se tomaba el trabajo de imponerse una política de distracción constante, aún conservaba el suficiente tiempo libre para continuar estudiando e investigando; de hecho, se dedicaba a esos asuntos con un ímpetu aun mayor que el que mostraba en su Moscú natal. A los cincuenta y cuatro años, Alexei Propolski era bajo, ancho, profuso, rechoncho, semicalvo, granujiento, halitósico y profesionalmente brillante, y sin duda sus trabajos —en el plano teórico— habrían sido de enorme utilidad para el género humano si no fuera que su autor nunca se molestó en documentar sus descubrimientos de acuerdo a alguna clase de protocolo científico; su escritorio era un caos y las mejores anotaciones caían bajo las manos inexpertas de las variables mujeres contratadas para la limpieza, que por culpa de los ansiosos y a veces exitosos asedios del dueño de casa apenas se hacían tiempo para contener el desborde de ese basural. Como tantos otros médicos, Propolski confiaba demasiado en sus propios conocimientos y muy poco en la capacidad del paciente para transmitir información correcta acerca de sus males. De modo que apenas Frantisek comenzó a hablar, alzó la mano como diciendo "ya sé, ya sé", se rascó pensativo las escamas de caspa que proliferaban en su bigote, y sentenció:

—Exceso de humores grasos. Sedentarismo y dispepsia. Vamos a aligerar y depurar la sangre. Sáquese la ropa y acuéstese sobre la camilla —y distribuyó sobre la espalda del paciente una colección de transparentes y hambrientas sanguijuelas de los pantanos, que de inmediato se hincharon y colorearon a su costa. Luego, las fue retirando y las arrojó a un cesto—. Ya está. Santo remedio —dijo.

Durante una semana, quizá debido a la aseveración del médico, Deliuskin creyó que se había curado. Pero la tos volvió, acompañada de una sensación de debilidad creciente. Decidió hacer una nueva consulta.

Propolski lo recibió ofendido, como si la reiteración de la consulta implicara un mudo reparo a sus dotes curativas. Nuevamente lo hizo quitarse la ropa y acostarse en la camilla, lo auscultó de manera displicente, le palmeó la espalda, lo hizo bostezar, chillar, roncar y gemir, olió sus lacrimales y le sopló en la garganta. Después diagnosticó:

—El cuerpo no está tan mal, pero la mente no ayuda. Le voy a recomendar un tratamiento para soma y psique. Es una aplicación diaria, durante al menos dos semanas. ¡Hay que entregarse, mi amigo, hay que entregarse! —y le dio la dirección de una casa de baños termales en el pueblo vecino de Taganrog, famoso por la suavidad de su clima, del que años más tarde disfrutaría la zarina Elisaveta Alexeievna como un breve interludio antes del fin.

¿Es un prostíbulo? —preguntó Frantisek

—¡Ojalá! De serlo, me encontraría allí —rió Propolski, encantado de su chiste.

5

Pravda, que en ruso significa "verdad", y también "palabra justa", era un local bastante amplio, con "gabinetes a la turca", pequeños ámbitos cerrados donde sólo había una especie de cama de mármol y una toalla a manera de almohada. A la altura de los ojos de una persona de estatura normal, un cartel indicaba: "Desnúdese".

Una palabra justa no es lo mismo que una frase completa. ¿Debía desnudarse y permanecer de pie? ¿Sentado? ¿De rodillas? ¿Acostado? ¿Bocarriba o bocabajo?

—Póngase como le parezca —dijo una voz de mujer, contestando a una pregunta que mi tatarabuelo no había formulado. Frantisek se volvió. La mujer estaba ante la puerta del gabinete, con la mano izquierda apoyada sobre el vano. La derecha sostenía unas finas, flexibles y olorosas varas de mimbre asiático. Vestía una prenda entera, de lana gris, cerrada hasta el cuello por botones de ascético coral negro—. Me llamo Athenea. ¿Quién lo envía?

—El doctor Propolski —dijo mi tatarabuelo.

—Ah —dijo Athenea, con una mueca que parecía incluir tanto el conocimiento como el desprecio—. ¿Qué le pasa? ¿No está acostumbrado a estar sin ropas delante de una mujer?

Frantisek miró de frente a su interlocutora, tratando de adivinar si le había hecho una pregunta o si había soltado un comentario sarcástico. Athenea era alta, mayor de treinta años. Tenía el pelo oscuro veteado por algunas líneas de plata, los brazos flacos y fuertes, musculosos, una expresión de severidad en el rostro de líneas regulares, y una abundancia salvaje en el pecho, contrastando con la sequedad general del contexto. "Imposible saberlo", concluyó, y prefirió responder:

—No, mientras la mujer permanece vestida.

—Esto que ve es lo máximo que obtendrá de mí, si se exceptúa el tratamiento medicinal —dijo Athenea—. Haga el favor de acostarse.

—¿Bocabajo o bocarriba?

Athenea pareció considerar la cuestión:

—Se supone que esto es por su salud. Pero si no le molesta recibir algunos azotes en los testículos puede ponerse bocarriba.

Frantisek se apuró a mostrarse obediente y prudente. Apenas acostado, sintió el frío del mármol en sus tetillas. Con la cara a unos cincuenta centímetros del piso, pudo ver que a esa altura la pared estaba horadada por una sucesión de agujeros de los que brotaba un vapor constante.

Athenea probó una de las varas, azotando el aire:

—¿Listo?

Frantisek, a quien sólo había retenido en el lugar la expresión "tratamiento de salud", aceptó de golpe la evidencia de que Propolski le había mentido. Evidentemente, toda la cháchara del médico acerca del anormal espesor de su sangre y la conveniencia de aligerarlo ahora se mostraba como un elegante escamoteo del verdadero —y errado— diagnóstico: que sus males se originaban en la falta de una vida sexual tan intensa como desviada. ¡El imbécil aquel lo había enviado a un lupanar para pervertidos! Por su activa naturaleza de artista creador, Frantisek se consideraba la persona más alejada del disfrute de aquellas perspectivas eróticas, el paraíso de los funcionarios públicos y toda clase de burócratas, lo que no quería decir que no sintiera curiosidad por el particular espectro de lo humano que revelaban tales aficiones. Como fuere, ahora se encontraba sin haberlo deseado ante una sacerdotisa del culto de la dominación, y no pudo contener su interés puramente intelectual por esa práctica. Su pregunta fue de lo más oportuna. A cambio del primer golpe, Athenea debió ofrecerle su primera respuesta. Al rato de conversar, Frantisek había despejado ciertas dudas y se había enterado de que su interlocutora era un ser digno del mayor de los respetos. "Señor", le había dicho, "jamás he realizado *esa* inmundicia. Me congratulo de conocer más aberraciones que las que practico". Athenea le confió su drama: desde pequeña, había concebido una viva pasión por la ciencia médica. Pero en aquellos tiempos, las mujeres tenían prohibido su aprendizaje, por considerarse impropia de una dama la contemplación de cuerpos desnudos, aun en condiciones cadavéricas. No obstante, la interdicción no la había disuadido. De noche estudiaba la disciplina en los grandes textos de la medicina rusa, leyendo entre otros la *Anatomía histopatológica* de Tcherepnin, el *Manual Completo de Primeros Auxilios* de Temirkanov, la *Cirugía General* de Tibasenko. Gracias a su concentración y a su natural inteligencia, pronto se convirtió en una especie de "médica teórica". Habría podido diagnosticar un mal, recetar un remedio, e incluso prescribir la conveniencia o no de una cirugía, pero le faltaba lo principal: no tenía conocimiento de primera mano respecto de los órganos internos cuyo cuidado y atención constituían parte principalísima de su objeto. Para suplir esa falta recurrió a una simulación (que luego se le revelaría como una burla del destino): fingiendo ser una meretriz, siguió el trayecto de los ejércitos rusos, que se habían embarcado en una nueva campaña. Al principio, todo resultó un suceso por partida doble: las tropas del Zar salieron victoriosas en sus primeros enfrentamientos, y ella tuvo a su disposición todos los cuerpos que le ofrecía el campo de batalla. Como la guerra es cruel y médicos siempre faltan, pronto Athenea se atrevió a brindar sus servicios. Un par de curaciones afortunadas le depararon prestigio de milagrera; algunos ignorantes empezaron a murmurar que era una encarnación de la Virgen. En todo caso, el negro sobrenatural de su cabello y esa palidez de ultratumba la distinguían del resto de las mujeres. Arkadi Troitsky, un teniente de húsares, la cortejó. En tiempos de guerra las cosas suceden velozmente. A pocos días de conocerlo, Athenea ya se sabía enamorada de aquel hombre.

Arkadi era un guerrero impecable y todo un señor. La noche previa a la gran batalla de Kurland se enteró de que iba a comandar el ala izquierda de la caballería de su regimiento y esa misma noche le propuso matrimonio. A la mañana siguiente, y debido a una serie de desinteligencias entre los mandos rusos, el enemigo arrasó en todos los frentes, produciendo una espantosa carnicería. Al mediodía, el combate había terminado y las tropas rusas se daban a la fuga. Arkadi prefirió no dar la espalda a su vergüenza y cayó peleando contra fuerzas superiores. Athenea recién lo encontró al atardecer. Los vencedores se habían ensañado con él, como con tantos otros; o quizá eso que ella estaba viendo era la última prueba de amor de un hombre que no había tenido tiempo de ofrendarle sino las esenciales y ahora le obsequiaba su cuerpo prolijamente lacerado, con los órganos expuestos como en una lección de anatomía. Athenea cayó desmayada; cuando abrió los ojos, la negra noche abrazaba sus carnes frías con la fuerza de un oso, susurraba obscenidades en la lengua del enemigo. Aquella sombra fue la primera de una larga serie que la poseyó hasta la madrugada. Nueve meses después, la criatura nació muerta: todas sus pequeñas partes eran humanas. A partir de entonces —concluyó Athenea—, de sus pechos henchidos no había cesado de manar la leche de la ira.

Frantisek no era insensible al sufrimiento ajeno, y no lo fue ante la conmoción que le produjo ese relato narrado por la voz ronca y curiosamente desapasionada de la protagonista. Pero en ese momento lo afectó menos el trato que le había dispensado el destino, que el hecho de que la consecuencia de semejante atrocidad resultara tan conveniente a sus propios fines.

Aquella mujer era la empleada que necesitaba su hogar.

A Jenka, acostumbrada a las rarezas de su marido, no la sorprendió que éste eligiera a una persona de aspecto tan distante. Más que una tierna institutriz, Athenea le pareció una especie de aristócrata falsa, o peor aún, una lunática. Íntimamente, la estimó inepta para todo servicio y, segura de que su condición de dueña de casa le había ganado de inmediato la antipatía de la nueva empleada, decidió proceder como si no existiera. A su vez, Athenea creyó que Jenka afectaba con ella aires de gran dama, algo completamente impropio en una persona de verdadera categoría, y de inmediato la catalogó de trepadora y diletante. El odio fue recíproco, inmediato, pero Frantisek no se enteró de nada. A la hora de la cena, iluminadas escuetamente por la luz venenosa de las velas, a cambio de hablar las mujeres cruzaban sonrisas como puñaladas.

Pocos días antes del alumbramiento, Jenka encaró a su marido:

—No quiero que esa mujer me asista en el momento del parto —le dijo.

—¿Por qué? —preguntó él.

—No tiene sentido que te lo explique, porque esas cosas, cuando se explican, parece que carecieran de justificación. Digamos que no me gusta cómo me mira.

Mi tatarabuelo se vio enfrentado a la disyuntiva de seguirle la corriente a su mujer o afirmarse en su convicción respecto de que la presencia de Athenea garantizaba un parto "científico" y seguro; además, no era insensible al efecto anímico que podría producir en Athenea un repentino apartamiento de las funciones para las que había sido contratada. Y, por supuesto, odiaba tener que dar explicaciones en cuestiones que no dependían de su voluntad. ¿Cómo tomaría esa decisión de Jenka? ¿Como un insulto, un desdén, un despido? Horrible, horrible...

Esa cuestión, en apariencia nimia, lo perturbó tanto que, llegado el momento del parto, aún no había juntado el valor suficiente como para comunicar a Athenea lo decidido por Jenka. De hecho, no le preocupaban tanto las palabras a pronunciar, ni que Athenea se diera por despedida, sino, como ya está dicho, al efecto que esta supresión de funciones podían generar en la mente de su empleada, a la que, debido a su dramática historia, atribuía una condición crítica. Concretamente, lo abrumaba la posibilidad de tener que asistir a un acceso de demencia. Sobre todo, a la demencia de una mujer. En su esquema, todo debía tender a una armonía utópica, de modo que si al orden de las cosas le había sido sustraída o "tocada" alguna de sus partes, lo faltante debía ser necesariamente compensado por la llegada de un elemento nuevo. Aplicado al caso de Athenea, esto significaba que el hijo nacido muerto (el hijo que hubiese debido ser del valiente teniente de húsares Arkadi Troitsky y que a cambio fue concebido en el campo de batalla por obra del miembro plural del enemigo) debía ser sustituido imaginariamente gracias al nacimiento de *su* primogénito.

Por cierto, ese esquema compensatorio era el fruto no conciente de una mente que tendía al desquicio y que había llegado al punto de abolir dos planos de la realidad: uno de ellos es el que indica que los hijos pueden ser perdidos, robados, muertos, regalados, devorados, cambiados y olvidados, pero que su préstamo con fines terapéuticos no es más que una riesgosa puerilidad; el otro plano, que prueba la ingenuidad esencial de Frantisek, revela que en ningún momento se le ocurrió pensar, siquiera para aliviarse de la responsabilidad asumida, que la romántica y desoladora historia de amor y muerte que Athenea le narrara en el gabinete del *Pravda* podía limitarse a ser una de las tantas versiones del clásico relato de ilusiones y virtudes perdidas que suelen contar las meretrices a los clientes, una mentira útil para estimular a aquellos que necesitan soñar con un contacto "personal", con una vinculación menos mercenaria.

Pero Athenea *no* era una prostituta, no enloqueció en los momentos previos al parto, no se introdujo violentamente en el cuarto matrimonial ni arrancó al bebé de manos y pechos de Jenka al grito de: "¡Es mío!". Horas antes del nacimiento, alegó sufrir una jaqueca y se retiró a su cuarto. La reemplazó una vieja comadrona de Crasneborsk. Llegado el momento, Andrei Evgueni (al que, en homenaje a imprecisos antepasados griegos, Jenka se obstinaría en llamar Eugenio) fue una pequeña máscara silenciosa, embadurnada de un óleo gris y de una sangre roja, más algunos azotes de un amarillo hepático, que iba saliendo sin un gesto, sin respirar y sin moverse. Apenas asomó la mitad de la cabeza, Frantisek estuvo a punto de implorar que lo dejaran así, que no siguieran ultrajando a la pequeña criatura. Pero el cuerpito continuó deslizándose fuera del canal, una masa resbaladiza que terminó de emerger con ruido de chapoteo. Y ahí empezó el llanto de la vida.

Frantisek sintió que el nacimiento lo transformaba. "Por el sólo hecho de existir", le escribió a Volodia Dutchansky, "Andrei produce un hecho moral: subraya mi contingencia, denuncia mi nulidad personal, que durante años intenté paliar con una total entrega a mis propios problemas, mis propias vacilaciones y a mi deseo de experimentación —¿pero de qué, de qué? Todo eso ha quedado en el olvido. Ahora, el ser de Andrei cuelga de todas las ramas del mundo y me reduce a una cáscara seca, un insecto que murió luego de parir".

Es claro que Frantisek no estaba muerto aún, ni artística ni vitalmente. Se trataba, sin más, de que ahora, de verdad y por fin, toda la ilusión que había puesto en sus logros y en su propio ser, como si fuera una vasija preciosa, había reventado gracias a la paternidad, y esos contenidos empezaban a derramar su amor por otra criatura. Ese derrame, comprendió pronto, no lo hacía desaparecer. Todo lo contrario. Era una iluminación sorpresiva, el descubrimiento de nuevas perspectivas. De pronto, descubría el enorme alivio de no prestarse atención. ¿Qué es la paternidad, al fin y al cabo? Un cambio de enfoque, la organización de un nuevo sistema de valores, y, sobre todo, una interrogación lanzada al futuro, pero cuyo hilo, su línea de pesca, con plomada y anzuelo y carnada incluidos, zumba hacia atrás. Ahora Frantisek creía entender a su propio padre, toda su devoción inútil, todas sus preocupaciones, sus intentos toscos, a veces enfáticos, a veces estrambóticos, por marcarle un rumbo. A la larga, se había mostrado como un padre ejemplar. Lo había sido tanto en la esperanza como en la digna aceptación de la evidencia de que él no iba a continuar con el legado, la empresa familiar. ¡Cuánto debió haberlo amado su padre para no despreciarlo ni desenmascarar sus trucos de flacuchento niño malcriado que pretende "ser un artista"! O quizá sólo había sido una cuestión de orgullo, cerrar los ojos ante la evidencia de que el heredero de su apellido era un fraude, carne y sangre de su decepción. Y aun así, Vladimir nunca le dijo nada. Eso era algo más que agradecer. En esa tardía reconciliación íntima, Frantisek imaginó que recién entonces, habiendo convertido en abuelo a Vladimir, estaba empezando a pagar sus culpas y a volverse digno de él. Hasta pensó en escribirle una carta expresándole toda su admiración. Pero no lo hizo. Con el simple hecho de enterarse del nacimiento del nuevo Deliuskin, Vladimir adivinaría todo el resto. O quizá esto sucedería cuando lo viera desempeñándose como padre… Cosa que —esperaba Frantisek—, ocurriría pronto, porque seguramente el viejo ardería en deseos de conocer a su nieto.

Y mientras tanto, ¿qué hacer? Por primera vez, Frantisek se enfrentaba responsablemente ante la evidencia de la asimetría de un vínculo. Aunque existía una rigurosa paridad entre el tiempo que él iba a ser padre de Andrei y Andrei hijo suyo, si el curso de las cosas era el habitual, él iba a ser padre de su hijo hasta el momento de su muerte, en tanto que, tarde o temprano, Andrei iba a perder su condición de hijo para convertirse en *huérfano*.

Sin embargo, Frantisek trataba de no perderse en esos pensamientos. Tenía urgentes cuestiones prácticas por resolver. ¿Qué se hacía con un niño? ¿Qué se hacía a cada instante? Un hijo no era lo mismo que un problema compositivo, algo que desaparecía de los paisajes de la mente una vez hallada su resolución formal. En principio, ¿qué decirle a Andrei, que aún no hablaba? Quizá simplemente había que estar a su lado, viéndolo crecer, dejando que el amor hiciera su tarea. Por lo demás, no sabía cambiar a una criatura ni hacerla dormir, no debía alimentarla, no tenía la menor idea de cómo se relacionaban sus cambios de humor con sus necesidades; temía por la vida de su hijo cada vez que lo alzaba en brazos... Era de una inutilidad abismal. En cambio Jenka se había vuelto naturaleza pura aplicada a la crianza.

Frantisek la observaba, estudiaba sus gestos, archivaba en regiones hasta el momento inexploradas de su memoria las respuestas puramente instintivas que brindaba su esposa a cada demanda. No obstante la novedad de la cuestión y el interés que despertaba en él, una región de su cerebro se mantenía libre y limpia para considerar el misterio que representaba la nueva actitud de su esposa. Ella, que le había hecho el mejor regalo de su vida arruinándose el cuerpo para volverlo beneficiario del milagro de la paternidad, luego del parto parecía, no sólo ignorante de la dimensión de su don, sino, directamente, indiferente o ajena al objeto primero de su sacrificio. "Me mira como si yo ya no existiera", pensaba mi tatarabuelo. Esa cualidad súbita, la repentina transparencia de su persona, no reforzó su sensación de libertad sino su sensación de haberse vuelto una especie de despojo.

Curiosamente, al mismo tiempo que sufría este fenómeno de "prescindencia" que quizá era menos efecto de un hecho objetivo que consecuencia de su propensión melancólica, Frantisek advirtió que Athenea parecía haber empezado a tratarlo de otra manera… quizá brindándole mayor atención. Por cierto, esto también podía resultar una simple impresión suya, cualquier deferencia dedicada a su persona, por mínima que fuese, contrastaba con el hipotético abandono en que lo tenía Jenka; pero él creía estar en lo cierto al percibir esto. No era que Athenea le dispensara el trato que es de uso en una subordinada que quiere conservar su puesto y se desvive en adelantarse a las necesidades y satisfacer los caprichos del patrón, sino que a veces, sobre todo en los días en que se presentaba vestida de negro completo y con el pelo recogido en una coleta tirante, sus facciones, por efecto de esa sujeción, parecían avanzar y delinearse casi como si fueran una mascarilla de marfil pulido. Frantisek se sorprendía a sí mismo como hipnotizado por esa apariencia, que se le antojaba como una hipérbole criminal del decoro, y que de golpe, cambiando apenas el ángulo de la perspectiva, lo amenazaba con una conversión animal. El brillo pálido de las mejillas de

Athenea, la violencia con que avanzaban los huesos de sus sienes, el filo guerrero de su nariz y el increíble brillo de piedra negra y antigua de sus ojos la volvían un pájaro enorme, un cuervo gigantesco, una entidad primitiva que lo observaba desde el fondo de los tiempos con la atención a la vez ávida y ausente con que el ave de presa enfoca al conejo. Eso duraba un segundo apenas; después todo volvía a la normalidad y Athenea se retrotraía a su condición de empleada de un matrimonio que la había contratado y que ahora aparentaba no necesitarla. Naturalmente, de haber ocurrido algo semejante algunos años atrás, un Frantisek más joven habría deducido de esa mirada de mujer la fijeza propia del deseo; pero su presente de padre novato y esposo fiel lo llevaba a descartar el riesgo de la aventura, incluso se negaba a admitir la posibilidad de que esa intensidad constituyera un signo de orden sexual. "Estoy viejo, gordo, flácido, físicamente arruinado. Ya no tengo cuerpo", pensaba.

Una mañana se despertó cansado como nunca; ante el espejo del baño, lo impresionó el hundimiento de sus mejillas, las bolsas de piel muerta que se derramaban sobre sus ojeras oscuras, el resplandor eccematoso de los pabellones de sus orejas. En el comedor le resultó imposible tragar un solo bocado; el olor del café le daba náuseas. Sentado frente a su escritorio, no pudo escribir una sola nota. Somnolencia, mareo, dolor de cabeza. Se olió el aliento, las axilas. "Cadáver", exageró.

Cuando golpearon a la puerta de su consultorio, Alexei Propolski estaba sentado frente a su escritorio rengo, cuyo extremo izquierdo sostenía haciendo equilibrio con su muslo regordete. Escribía su *Tractatum de Principia Medicamentosum* (el latinazgo era de rigor en la época, aunque no se supiera de lenguas muertas), libro que antes de iniciado ya consideraba su obra magna, aquel que lo justificaría ante la posteridad. Como un literato de la zona le había indicado que el estilo reposado conviene a los escritos serios, Propolski iniciaba cada párrafo escandiendo la oración de acuerdo al antiguo y noble estilo: "Aunque, el, nombre, de, los, medicamentos, induce, a, un, efecto, simpático, que, puede, coadyuvar, a, una, remisión, de, la, enfermedad, la, experiencia, me, indica, que, su, opuesto, no, deriva, necesariamente, en, un, agravamiento, de, los, síntomas. Antes, de, impartir, recetas, no, hay, que, dar, nunca, nada...". Después, en algún momento, Propolski se olvidaba de toda prevención o directamente se salteaba una frase y caía en medio de lo que le importaba: "Ejemplo: si hacemos descansar sobre el piso un espejo enmarcado y permitimos que sobre la superficie reflectante corretee una rata (grande o chica y del color que su captor nos proporcione), la alteración de la repugnante imagen que habitualmente estos roedores ofrecen a nuestros sentidos no nos autoriza a pensar que estamos contemplando una especie diferente de...".

Los golpes volvieron a sonar:

—¡Ya va! —gritó el médico. Y siguió:

"...ni que el nombre es distinto por especulación de la figura".

"No", pensó, "no es 'especulación'". Pero la palabra no aparecía. Golpes.

"...ni que el marco contiene...".

—¡Doctor Propolski!

—"...tampoco la imagen que se forma en nuestros cerebros..."

—¿No hay nadie aquí?

"¿...Reflejo...?"

Fin de la inspiración.

—¡Voy!

Mesa y papeles volaron. Propolski ni se molestó en recoger, ordenar y numerar las páginas.

—¡Llegué! —dijo y abrió la puerta. Una mirada clínica, profesional, a su paciente—: ¿Pero cómo se dejó estar así? ¿Se cree que soy un mago que se dedica a resucitar fiambres? ¿Qué corno estuvo haciendo todo este tiempo, querido mío?

—¿Qué tengo? —dijo Frantisek.

—Los diagnósticos sólo los comparto con mis colegas. Puede ser una nefritis crónica, una calcemia, una bronquiectasia, una brucelosis, una ascitis, cáncer del peritoneo, salmonosis de Kruegger-Rand... Vamos a las cosas y no a los nombres... —dijo Propolski—. ¿Está preparado?

—¿Para qué? —Frantisek palpitó noticias de ablaciones, mutilaciones, agonías...

—Para una excursión campestre. A grandes males, grandes remedios, así que lo voy a someter a algunos de los métodos de la ciencia moderna...

Aunque el día se presentaba anormalmente caluroso, Propolski se fajó el cuello con una bufanda de lana, hizo girar sobre sus pies al paciente y se colgó de su brazo. Salieron, dejando abierta la puerta del consultorio, justo cuando comenzaba a levantarse una corriente de aire.

—¿Qué son esos papeles que vuelan? —preguntó Frantisek.

—Basura —dijo alegremente el médico.

Ya en la calle, mientras iban a paso vivo, Propolski se encargó de señalar los insignificantes pormenores de la construcción edilicia de Crasneborsk y de explicar cómo esas minucias afectaban las costumbres de sus habitantes ("un día, por una ventana rota, se vio que la muy tunante de la Ecratova avanzaba la boquita…"). Del análisis arquitectónico a la disección de la vida vecinal. En diez minutos Frantisek se había enterado de las enfermedades vergonzantes, las bajas costumbres y los secretos misérrimos de la mitad censada de los lugareños, incluidos sus animales domésticos. Y el recuento no se interrumpía; Propolski tenía una frase corrosiva para diluir la consistencia de cualquier virtud y un escalpelo implacable para cortar y sacar a la luz todo defecto purulento. Incómodo, Frantisek pensó que su médico lo surtía de esa colección de epigramas inolvidables con el mismo afán con que una mujer prepara la valija del esposo que debe emprender un largo viaje. "Me está ofreciendo todos los encantos y la variedad del mundo visto a través de sus ojos, como si fueran las últimas imágenes que debo conservar antes de cerrar los míos", se dijo. "Pero si yo me estuviera muriendo en estos mismos momentos, lo único que me llevaría a cambio es el ruido y la confusión de sus palabras".

Dominado por la tristeza propia de aquel que se coloca en el lugar de un moribundo, mi tatarabuelo estaba lejos de capturar la intención de su interlocutor. La dulzura de su fin resonaba en él como un acorde bien temperado, teñía de un manso ocre de crepúsculo lo que de otra manera habría sido una mañana dorada: sol, trigo flameando a impulsos de un viento suave, canto de pajaritos. Propolski tironeó del borde del saco de mi tatarabuelo para que se detuviera y con un gesto de generosidad bastante amanerado, estilo abanico que se abre, le regaló el panorama:

—Algún día todo esto será suyo, musicalmente hablando; nuestra querida campiña rusa todavía no encontró quien la exprese...

Zumbido bajo y constante, una mosca verdeazulada que baila en el aire. Al segundo, en retroceso, se la zampa un colibrí. El silencio carece de semitonos. Gráficamente, una mosca muerta vale menos que una corchea en el frágil pentagrama de la vida, por otra parte demasiado saturado de notas circunstanciales. "Pero hasta las moscas tienen crías", pensó Frantisek y tembló: "Que serán devoradas por las arañas".

—...si usted tiene ganas, por supuesto.

"¿Ganas de comer moscas?". De inmediato Frantisek se dio cuenta de que Propolski había seguido la línea caprichosa de su frase. Cortés, se esforzó por recordar lo dicho por el otro. "Algún día...", ah, sí.

—Si tengo ganas de componer —dijo—. Y tiempo para hacerlo.

—¿Tiempo? ¿*Tiempo*? —Las manos de Propolski mariposearon; otra prueba de que en su encarnación anterior había sido bailarín de flamenco o maestro repostero—. El tiempo, mi querido amigo, está compuesto de una serie de unidades inestables, infinitamente reducibles o expansibles; la voluntad es lo que cuenta. Le garantizo que, en posesión de una firme voluntad, cada unidad temporal se dilata como una burbuja hasta crear una forma propia de la eternidad —una eternidad acotada, desde luego. ¿Sabe qué edad tengo yo?

—No —se resignó Frantisek.

—Yo tampoco, porque no tengo lo que aparento. ¿Y quién cree, a esta altura de la civilización, en lo que dicta el calendario? En resumen: una dieta equilibrada hace milagros. Naturalmente, el mío no es un comentario religioso. Todo lo contrario. ¿Sabe cómo se reconoce a un judío? Uno le pregunta, "¿es usted judío?", y el otro le contesta: "Calculo que sí". ¿Es una broma? ¡Sí! Una de las mejores que conozco, y la acabo de inventar. ¡Otra manera de lo mismo! Usted hace idéntica pregunta y el otro le contesta: "¿Y usted?". ¡Buenísima, y también es mía! Pero... tiene muy mala cara, mi amigo. *Lajt is lebn.* ¡Alegría, alegría!

—Si pudiera sentirla... —murmuró mi tatarabuelo.

—¿Qué pasa, no le gustaron los chistes, o da la casualidad que usted es de la tribu de Abraham y le dio cosita reírse, le agarró la tradicional susceptibilidad moishe? Pero no me confunda, eh. En términos religiosos mi programa para los circuncisos no es el pogrom sino la indiferencia. En cambio sí estoy en contra del cristianismo, que convierte en esperanza el cuento bobo del resurrecto minimizando el valor de toda cura verdadera, y por lo tanto desacredita los alcances de mi profesión. De hecho, *esa* creencia (me niego a llamarla religión), es puro chantaje psíquico. ¿A quién se le ocurre que el sacrificio, la hecatombe de un rabino en la cruz puede producir la salvación de toda la humanidad? ¿Eh? ¿Qué tiene que ver una cosa con otra cosa? ¿Qué nace de la cópula de un burro y una copita de ajenjo? ¿A quién se le ocurre que alguien puede cargar con el destino ajeno? Si a usted lo mata el tiro de un cazador... ¿yo qué culpa tengo?

"Eso, ¿qué tengo?", pensó en preguntarle Frantisek, pero Propolski ya seguía:

—...naturalmente, si la receta milagrosa fuera lo corriente y no la excepción que fabula el relato, la fe se llamaría medicina y este mundo sería tenido por el Paraíso y a Dios lo llamaríamos Gran Hipócrates... En fin. Ya ni sé de qué estoy hablando. Me hace ruido la panza. ¿Tiene apetito? Aquí cerca está *Krasnaya Matrioshka*, la posada de Ludmila Orlova, una amiga mía que prepara como los dioses los platos típicos y atípicos del país. Se puede almorzar y cenar en agradable ambiente íntimo, una galería con vista al paisaje circundante, incluida en el precio de la consumición... Présteme su brazo que el camino es en subida y a mi edad ya no soy lo que era, cosa que pasa a cada momento, infelizmente...

En una cima, luego del camino de cabras, un rancho. A Propolski se le iluminaron los ojos. Frantisek giró la cabeza buscando algo de lo prometido, que no existía, salvo como tierra apisonada y en pendiente sobre la que se balanceaban algunas mesas de madera, sillas de paja con y sin respaldo, banquetas de patas cojas, cortadas por carpinteros mancos.

—El tugurio está un poco descuidado —admitió Propolski, alojando con cuidado sus redondeces— Pero los placeres sencillos son el último refugio de los hombres sofisticados.

No por el rumor de los pasos, sino por un leve movimiento del aire a sus espaldas, Frantisek se dio cuenta de que había aparecido el camarero.

—¿Kvas? ¿Cerveza? ¿Vodka? ¿Agua? —dijo Propolski—. El Kvas le va a afectar la vesícula, la cerveza es diurética pero fermenta y usted tiene el estómago delicado; en cuanto al vodka, no vale la pena extenderse acerca de su efecto pernicioso sobre el sistema nervioso en general y el hígado en particular. Sin duda, le conviene el agua, para hacer drenar las arenillas y otras calcificaciones alojadas en sus riñones. Agua para el señor y Kvas para mí, *prozhe pañe*. En cuanto a sólidos… ¿está fresco el arenque?

—Recién sacado del barril —dijo el camarero.

—¿Nacionalidad?

—Noruega.

—Y estado civil: pescado —Propolski rió de su broma. Luego, en una súbita transformación dirigida a sorprender e impresionar a su interlocutor, arrugó la frente, se encorvó como una vieja mendiga contrahecha y escondió los ojos bajo el manto de las mejillas, alzadas como un telón de astucia—: ¿Sin espinas?

—Se las arranqué yo mismo, una por una —dijo el camarero y se abstuvo de agregar "con los dientes".

—¡Excelente! —Propolski abandonó su representación de la imaginería medieval, gárgola grasienta, y se frotó las mejillas—. Vamos a empezar con una entradita de Seliodka vaina shuboy con la cebolla cortada fina y la mayonesa bien batida, que va a venir acompañada con una ensaladita ovoshnoy, siempre y cuando la nata tenga la acidez adecuada...

—No se preocupe, doctor. Con este calor, la leche se corta apenas sale de la ubre de la vaca. La nata va a estar hecha yogurt —dijo el camarero.

—Bien. En ese caso póngale sal. Los pepinillos cortados gruesos, y el tomate sin piel, que no se digiere —a Frantisek—: Quien no pela tomates siembra hemorroides —al camarero—: Y para que mi distinguido amigo aquí presente no me tome por un xenófobo, vamos a completar la picadita previa con una ensalada de origen francés, la Olivier, siempre y cuando la carne sea fresca...

—Si los señores aguzan sus oídos, en un par de minutos oirán los berridos del cerdo decapitado por el sable, herencia de mi abuelo, otrora teñido de sangre turca y enguirnaldado de tripas de jenízaro.

—¡Un patriota! —exclamó Propolski, y sin el menor cuidado se inclinó sobre mi tatarabuelo y, en voz lo suficientemente alta como para volver inútil su grosero amago de discreción, dijo—: Éste se hace el ruso blanco puro, pero por lo almendrado de los ojos, lo negro de esas cerdas pinchudas que le brotan de cabeza, mejillas y frente, y el azufre de la piel, es más tártaro que Gengis Khan —después se enderezó y volviéndose hacia el objeto de su comentario, agregó—: Un acero de buen filo evita que la carne se deshilache y el hueso desprenda materia, cosas ambas que perjudican el sabor y la consistencia del producto final. Al menos así me lo explicó un caníbal al que tuve la oportunidad de atender en la prisión de Smolensk. Ahora pasemos a los *aperitifs*… ¿Qué tal los pirozhkis de hígado y papa?

—Están para chuparse los dedos, si me permite el doctor.

—¿Los dedos de quién? —Estalló el jocoso y se volvió a Frantisek—: ¡Qué hambre que tengo, Señor! Me comería una babosa cruda, un caracol enfermo. ¡Vengan los pirozhkis, entonces, con más ajo que pimienta! O al revés. Y sendas y satinadas sopas de setas, la famosa solianka, humeante de esos frutos del sotobosque, y un par de okroshkas frías. Por supuesto, rebosante de rábano rallado y perejil, lo espero todo de la clásica e insustituible sopita de borsch, ésta sí bien caliente para que el rojo vapor inciense nuestros rostros. Y me agradaría evaluar la consistencia de un par de gribi v smetana… En cuanto a los platos principales, ya se sabe: ternerita strogonoff, kotleka pokievski, tsaplionok tabaka, ¡con mucho perejil picado junto a su tallo verde y oloroso, que despierta la pasión de las mujeres! Y algunos shasklik a la parrilla, la carne bien cocida pero las cebollitas jugosas, y un par de pemenis y otro de varenikis, y por supuesto si hay golubtsis, mucho mejor. ¿Usted quisiera además algún antrekot, *pañe* Deliuskin?

—No. En realidad, dudo…

—No hace falta que me diga más. Soy su médico. Con certeza, en los últimos tiempos su estómago sólo tolera la cuajada, ¿si? Sí. En ese caso, alguna pequeña infección intestinal anda molestando allí. Dejamos el agua, por definición inocua, y tomamos vodka puro, que mata o cura.

—¿Pongo en marcha el pedido, señor? —dijo el camarero.

—Por favor —Propolski lo aventó con un gesto despectivo de la mano—: La palabra es parte de quien la pronuncia y parte de quien la escucha, mi querido amigo, así que seguro que este *szhmutsik* se olvida de la mitad de lo que le pedí, y por el resto trae lo que se le da la gana —dijo y se recostó sobre el respaldo; mi tatarabuelo esperó con fría satisfacción asistir a la escena de su caída. Se le ocurrió que, incluso durante el instante mismo de la caída Propolski se las arreglaría para seguir propalando necedades—. A ver a ver... —dijo el médico y se tiró hacia atrás, inspirando hondo. Las patas delanteras de la silla flotaron a más de sesenta grados respecto de la horizontal del piso, las aletas de su nariz aspiraron el perfume de una íntima evocación, y luego, con un toc de decisión estrictamente espiritual, todo volvió a su lugar y Propolski no cayó sino en la cuenta de algo—: La cuestión es, ¿estará o no Ludmila Orlova? ¿Qué piensa usted, Frantisek? ¿Me habrá perdonado o soy yo quien tendría que disculparla (faltaba más...)? ¿Habremos olvidado las ofensas mutuas? ¿Opto por ir a saludarla o por el contrario es ella quien debería aparecer? ¿Convendría hacer una incursión por la puerta lateral, la del personal de servicio, o por la puerta principal? ¿Estará sola Ludmila, o no?

—Quién lo sabe —dijo mi tatarabuelo.

—Cierto, certísimo —aprobó Propolski—. El cielo no es una enagua que se alza a beneficio de timoratos. Vuelvo en dos minutos, tres. No me extrañe.

Propolski se puso de pie, enderezó la espalda, hundió el vientre, sacó pecho, se acomodó el pelo y fue derecho a la puerta lateral. Mi tatarabuelo lo vio perderse, hundirse en esa sombra, entre aquellos caldos. Pensó en aprovechar aquel momento para huir, pero no lo hizo. La enumeración más ligera de sus males lo aferró a la silla: puntadas como golpes en los riñones, la oscuridad de sus orines, una vertiginosa y salvaje estampida de ocres salpicando la loza de la taza en el momento de su mayor privacidad. Para no hablar de esos ahogos nocturnos, cuando el corazón parece querer salirse del pecho y saltar a un precipicio, y de unos alfilerazos mordientes entre las costillas… "¿Qué estará haciendo en estos momentos Andrei?", se preguntó. "¿Estará prendido al pecho de su madre? ¿Cuál es el mundo mental de una criatura? ¿Palabras como músicas, recuerdos de sabores y olores? ¿Sabrá que existo?". En un estremecimiento de amor, sintió la terrible injusticia de las distancias y la violencia del tiempo, que haría crecer a su hijo y en algún momento lo apartaría de él por la eternidad. Era el claro dolor de un padre tardío que acunaba el ansioso sueño voraz de amar sin descanso al fruto de su simiente antes de la desaparición. Y eso sonaba en sus oídos como un rumor distinto del resto de todas las cosas, como una voz que le hablaba.

—No —decía.

¿Era —se preguntó mi tatarabuelo— que, pese a la suma de todos los padecimientos que lo llevaban a tolerar a ese idiota (Propolski), algo objetivo y sobrehumano le estaba contestando? Eso que respondía a sus plegarias no realizadas, ¿le estaba prometiendo una ampliación del plazo fijado?

—No... —decía la voz, y era una voz de mujer— No... Acá no... Sac... No es el lug... Ingrat... No... Eso... No... Sí... No... Sal...

Ruido de cacerolas y otros cacharros, algo parecido a un mugido —¿el sable del abuelo del camarero degollando una vaca?— salía de la cocina, de golpe la voz: "Cuidado con el agua cal..." y segundos después, el típico gato escaldado que escapa maullando por la puerta lateral. "Oi vei, Alexei".

De modo conjetural, mi tatarabuelo examinó cómo podía medirse el silencio entre dos tiempos cuando éstos forman parte de una unidad simple, la desolación. No había llegado a conclusión alguna cuando, primero, una mano triunfante pero levemente temblorosa, y luego el resto del cuerpo de un despeinado Propolski se apoyó en el vano de la puerta y durante unos segundos se dejó estar así. Tras esos instantes de divina inmovilidad, el médico hizo su mejor mueca cómplice y se arrimó a la mesa, algo chueco por el esfuerzo, abrochándose los botones del pantalón.

—No hay nada nuevo bajo el sol, pero ¡cuántas cosas viejas hay que no conocemos del todo! —suspiró dejándose caer sobre la silla y apoyó, confidencial, el codo sobre la mesa—: ¡La cantidad de trucos que aprendió esta Ludmila durante los meses que no nos vimos! Estoy entre alegrarme o ponerme celoso. ¿Cuánto hace que lo abandoné?

—No sé; salí sin mi reloj —dijo mi tatarabuelo.

—Le voy a ser completamente franco, caro Frantisek: no tengo nada en contra de la idea de que el placer se acumula y extiende en la duración, pero le aseguro que hay intensidades que están en relación directa con la incomodidad, el agujero y la brevedad. Hágame un favor, ¿se fija si no me quedó algún guardián del primer tesorito, una pilosidad helicoidal o rulo venusino, decorándome el bigote? ¿No? Yo, cómo decirlo, aún me huelo el relente, siento en los labios el cosquilleo artero de la sortija de la felicidad... ¿Qué pasa? ¿No lo ve o no lo quiere ver? Doy por hecho que a usted ciertos temas... ¿cómo decirlo? ¡Ah, la comida! Menos mal. Estoy agotado. Ludmila es una verdadera mujer-vampiro, en un par de segundos me sacó hasta la última gota de... ¡Eh, no inclines la bandeja, animal!

Propolski se adelantó a ayudar al camarero, se ocupó de distribuir platos, pocillos, jarros, vasos, copas, fuentes y vasijas repletas de sólidos y líquidos calcinados, crudos, refrigerados, y luego, transpirando de gusto, se apuró a mezclar, probar, separar y recombinar los distintos elementos que chorreaban, se engarzaban, desintegraban o derramaban. Frantisek contemplaba las piruetas de su médico para engullir los alimentos, un ejercicio de seducción de los mundos inertes (crudos y cocidos), hecho a base de miradas desaforadas de hipnotizador, lengüetazos de lagartija, avances y retrocesos machacantes, chasquidos satisfechos y ron-

roneos de deglución. Toda esa serie de ajustes, acoples y derrumbes que se realizaban en la fisonomía de Propolski, y que hacían pensar en las gesticulaciones de un autómata cuyo mecanismo ha comenzado a funcionar mal, no impedían que, al tiempo que ingería cada bocado, se las arreglara para compararlo con otros que había probado a lo largo de su vida en distintos restaurantes, cantinas, fondas, paradores, refugios y albergues de toda Rusia, y que parecían agregarse a los goces del presente, materializándose imaginariamente en nuevas e inefables dimensiones de cantidad, volumen y sabor. A mi tatarabuelo, en cambio, la sola visión de ese desborde de comida le provocaba una sensación de hartazgo anticipado, mientras que el añadido verbal le sumaba una especie de náusea moral. Nuevamente se preguntó qué hacía allí, en compañía de ese ser ordinario y despreciable, un desconocido que lo arrastraba como testigo y lo creía su cómplice en ese muestrario de excesos asquerosos; un facultativo de seguro falso, alguien que ni siquiera se animaba a lanzarle a la cara el diagnóstico fatal. Pero si Propolski era una suma provisoria y tangible de todo lo malo que podía reunir aquel día, ¿qué pasaba entretanto con él? ¿Por qué consentía en silencio todo aquello?

—Adoro los placeres sencillos —repitió Propolski mientras sorbía la blanca baba, prendida con tentáculos gelatinosos, del centro de un redondo hueso hueco—; los, slurp, placeres, ah, sencillos, son, hum, el último refugio de los hombres complicados... ¿No quiere pegarle una chupadita? ¡Está exquisito! ¿Qué? ¡No lo oigo, hombre, no lo oigo!

—Mi incurable debilidad, mi incurable debilidad —murmuraba Frantisek.

Postres: blinis nevados de gruesa crema y lluvia de azúcar. Riquísimos chvorost, impronunciables gourysvskaya kasha. Hubo también hechapouri y pryanikis para tirar al techo, un cielo de ángeles hambrientos. Propolski comió, tamborileó sobre su vientre, eructó en varias escalas mientras recitaba los nombres de los exponentes más destacados de la corriente de poesía rural-imaginista que prosperó en Odessa durante el período comprendido entre 1660 y 1674 (una selección de luminarias de segunda fila) y que abogaba por la eliminación de la rima y estaba a favor de las combinaciones de la "cacofonía casual"; disimuló —al fin un atisbo de pudor— una flatulencia, y después se puso de pie, dando por entender que a su compañero de mesa le correspondía el detalle adicional. Mi tatarabuelo pagó y abandonaron el lugar.

—Partir es morir un poco y morir es partir un poco demasiado. *Ciao*, Sofia —dejó caer Propolski como epitafio. Luego, recomponiéndose—: ¡Qué día, *caro fratello*! Comimos, fornicamos (al menos yo), eructamos, en cualquier momento nos tiramos otro polvo... ¡Y esto recién empieza!

—¿No se llamaba Ludmila? —dijo mi tatarabuelo.

—¿Quién?

—Ludmila. ¿No se llamaba Ludmila Orlova su amiga?

—Sí, ¿y?

—Que usted dijo "Sofia". "*Ciao*, Sofia".

—Ah, claro. Ya me llamaba la atención ese culito… Estaba tan joven y tan cambiada, que, en fin, creo que hubo una conveniente confusión y atendí a la hija. ¡En el fondo es lo mismo, todo queda en familia! ¿Sabe qué vamos a hacer ahora, con fines netamente emolientes y digestivos?

—Volver a Crasneborsk —aventuró mi tatarabuelo.

—*Nein*. Vamos a echarnos una regia siestita en un pajar que está… —Propolski alzó la mano, apuntó con su índice gordezuelo y corto hacia delante. En ese momento, un pájaro negro se cruzó en la trayectoria balística de su dedo—: Un oschtropoi. Aves de mal agüero. No suele vérselos por la zona.

Haciéndose carne de la última afirmación, en ese preciso instante el oschtropoi pegó un par de aletazos espasmódicos y se precipitó a tierra como si hubiera chocado contra una barrera invisible, desapareciendo de la vista de los dos paseantes. Segundos después, se oyó el disparo.

—Abatir a la muerte, ¿es una duplicación innecesaria, un presagio funesto o el signo de una suerte excepcional? La realidad, mi querido amigo, nos dedica maravillas incomprensibles. A veces pienso que todo, luces, sombras, ruidos y colores, alude delicada e infinitamente a mi distinguida persona. Veo una brizna de hierba flotando en el aire y en un instante dibuja la letra inicial de mi apellido. ¡Qué cortesía cósmica! —dijo Propolski.

—O qué Universo idiota… —susurró mi tatarabuelo.

Tarde campestre. Cada tanto, Propolski ayudaba al proceso de polinización inclinándose para olfatear una flor, y al hacerlo se entalcaba la nariz, el pompón de un payaso inspirado.

Frantisek recién pudo dejar a su médico cerca del amanecer. En el camino se entregó a la dicha clara que invade al hombre que regresa a su hogar después de un largo viaje lleno de obstáculos. Olvido de las pequeñas injurias, de las defecciones diarias. Sentimiento de plenitud. La noche se iba desintegrando en flecos, y, mientras se prometía no abandonar más a su familia, Frantisek creyó que iba a ser testigo de la primera de las auroras.

Llegó a su propiedad minutos antes de que asomara el sol. El contorno habitualmente sólido de los objetos se disolvía en corpúsculos irisados. Primero le llamó la atención el silencio de los gallos. Después, el llanto de Andrei. No era el lamento del crío que reclama a su madre porque tiene hambre, sino la desesperación de aquel que llamó durante toda la noche y no obtuvo respuesta. Frantisek entró corriendo a la habitación matrimonial. Sentada en un sillón junto a la cama donde Jenka permanecía inmóvil, había una sombra negra, algo que se volvió hacia él. Frantisek reconoció el brillo de esa mirada.

—Quise darle de mamar, pero es inútil. Se me secaron los pechos —dijo Athenea.

6

Frantisek sólo comprendió lo importante que había sido Jenka para él después de haberla perdido. La levedad, ese don de hacerlo feliz, empezó a revelársele en su totalidad después de que el viento dispersó las cenizas entre los alerces del valle de Crasneborsk. Recién entonces supo cuánto la había amado. En sus brazos, Andrei contemplaba las brasas de la pira que había consumido a su madre. Unos pasos atrás, Athenea murmuraba sus salmos.

Tras la cremación, mi tatarabuelo contrató a Marina Tsvetskaia, una láctea matrona, y se enterró en la cama. Un dolor sordo y persistente le taladraba los huesos. Atribuyó ese padecimiento a una reacción de su organismo ante la ausencia de Jenka; el amor era ese fuego inmaterial y silencioso que lo lamía antes de desintegrarlo. Con las sábanas al cuello, atendía a los signos más visibles de la vida —la risa de Marina amamantando a Andrei, un pájaro de pecho naranja picoteando el verde gusano de una plaga que devoraba el cedro cuyas ramas florecían del otro lado de la ventana—, y se dejaba ir dulcemente, se entregaba a los recuerdos. Su mente volvía a los primeros experimentos musicales, esos ejercicios de combinatoria desarrollados sobre cuerpos femeninos. Ahora podía reconocer la frivolidad de su comportamiento, la fría deliberación con que había manejado a aquellas mujeres, obrando con el rencor de quien sabe de antemano que no alcanzará el objeto de sus búsquedas. Frantisek cerraba los ojos para evocar mejor las oleadas de éxtasis esquivo que le sobrevenían en medio de aquellos aquelarres... Semejantes excesos no habían servido para nada, salvo quizá para volver consistente un dolor que se proyectaría en el tiempo y que sólo calmó, durante un lapso tan breve que ahora el contraste se hacía terrible, la existencia de Jenka. Ella había sido su gran bálsamo, la causa verdadera y el motor al que habían tendido siempre sus acciones, y ahora había quedado atrás, dejándolo desamparado. Ahora sólo le quedaba aceptar la provisoriedad de su existencia, que suponía acotada a un efecto de esa memoria.

Lentamente, en el curso de los días, las versiones de Jenka que guardaba Frantisek fueron fluyendo hacia él como un torrente articulado. Creyendo que sobrevivía sólo para recordarla, se convirtió en el vigía que atisbaba la corriente y esperaba su fin. Como eso no ocurrió, por lo menos en lo inmediato, mi tatarabuelo debió aceptar el rigor de la paradoja. Muerta, Jenka parecía volverse interminable, o al menos incesante, como si su manso arribo lleno de detalles constituyese el preludio del homenaje que él debía dispensarle: un adiós duradero en forma de música.

Claro que para dedicarse a componer el réquiem o la misa solemne, Frantisek hubiera necesitado un poco más de salud, y algo de soledad y de concentración. Pero estos últimos requisitos se habían vuelto un bien escaso, ya que, tras la muerte de Jenka, Athenea había decidido tomarlo a su cuidado. Primero por cortesía, luego por respeto, y finalmente por temor, mi tatarabuelo no formuló ningún reparo a los diversos tratamientos de su ama de llaves. Aquellas intervenciones que dejaban agotado su cuerpo y perturbado su espíritu, en un plano servían como la coartada perfecta para dilatar el momento del encierro y la creación, es decir, el de rendir un homenaje a la difunta y luego abandonarla a su estela de disolución.

Por su parte, Athenea, cuyo empeño obedecía a motivos distintos de la preservación de esa fidelidad ultraterrena, ignoraba el secreto de ese funcionamiento equívoco y con todo su esfuerzo no estaba haciendo otra cosa que ayudar a un viudo desconsolado a cuidar el jardín de su memoria. En todo caso, si bien era ajena a las razones últimas, no dejaba de advertir la duplicidad de su "paciente", que por un lado se entregaba a sus manipulaciones y por el otro parecía abroquelarse en su sufrimiento. Ese rasgo de mi tatarabuelo la irritaba. A veces jadeaba su fastidio: "Relájese", le decía mientras le masajeaba las pantorrillas con sus fuertes y secas manos que minutos antes había sumergido en un cubo lleno de agua helada.

Como es evidente, al proceder de esa manera Athenea se excedía en sus atribuciones; en una situación normal, hubiese bastado una sola palabra de su empleador para ubicarla en su lugar. Pero esa palabra no era pronunciada, y sobre su omisión crecía aquel exceso.

Dominada por un frenesí cuyo verdadero sentido permanecía oculto, Athenea no podía hacer otra cosa que continuar extralimitándose, en una búsqueda que, en sentido metafórico, no hacía sino acompañar su percepción de que Frantisek y su comportamiento oblicuo le estaban presentando nuevas facetas del universo masculino, pero que, escarbando en otra dimensión, un tanto más íntima, sólo podía ofrecerle el espejo de sus propias emociones, a las que ni siquiera había previsto que iba a asomarse. En resumen, Athenea no sabía que se había enamorado de su patrón, ese triste viudo esquivo; desconocía que lo amaba con una devoción anhelante, exigente, angustiosa, nada tierna; lo amaba sin esperanzas, sin sueños, sin sentirse envuelta por esa dulce e hipnótica telaraña que, partiendo de la mirada del enamorado, proyecta un rayo de luz sobre el ser amado, quien, al reflectarla, genera la engañosa ilusión de ser, no la pantalla, sino la fuente emisora. A cambio de todo eso se veía arrastrada por una avidez, por una exigencia sórdida que no se conformaba con nada. En consecuencia, su aspecto empezaba a ser el de una persona sometida a una cadena de desengaños; su rictus se volvió más serio y su sonrisa amarga.

Curiosamente, Frantisek atribuyó esa metamorfosis de Athenea al temor que ella debía de sentir por la disminución de sus responsabilidades hogareñas; ahora no por un recorte hecho por Jenka (ella misma recortada de la vida), sino por culpa de esa súbita retracción que le había impedido alimentar a Andrei. E incluso, en medio de su propio sufrimiento, pensó en decirle algunas palabras al respecto, alguna frase aliviadora, un refrán consolador, algo que sirviera para aventar ese miedo. Después, como siempre, dejó pasar la oportunidad, y finalmente se olvidó —o algo en él, más sabio y más deliberado, eligió dejar de hacerlo. ¿Era eso su pequeña venganza? Quizá no; quizá, simplemente, estaba sometido al imperio de sus sombrías meditaciones y a las decisiones de una mente sombría, la de la divinidad que regía su declive. Para peor, sus capacidades visuales disminuían; en vez de ingresar en esa zona de resplandor propia de los afectados por desprendimientos de retina, y que confiere un aura de santidad provisoria a objetos y personas, mi tatarabuelo sólo percibía una bruma opaca que lo iba borrando todo.

Frantisek ocultó esa nueva renuncia de su organismo; su situación era lo bastante complicada como para agravarla con la revelación de otra debilidad, que quizá Athenea aprovecharía para forzarlo a nuevas extravagancias. Por eso prefería callar, y con la premura de los condenados trataba de aprender los últimos claros restos del día, se inclinaba sobre la cuna de Andrei para grabar en la retina sus rasgos adorados. Cada vez parecía ser la última, la perfección de la criatura se volvía difusa, se iba disipando (muchos años más tarde, aunque debido a otros motivos, mi padre viviría conmigo la misma dolorosa situación). En la creciente oscuridad, Andrei estiraba sus manitos, lo aferraba de un dedo, sonreía y murmuraba: "Papito".

En la creciente oscuridad. En la creciente oscuridad de su existencia, únicamente al acostarse a dormir recuperaba la definición del contorno de las cosas. Por eso se aferraba a esos momentos, trataba incluso de introducir el sueño en su vigilia como un método permanente, quería entrar y salir de uno a otro estado como si estuvieran unidos por una puerta giratoria. ¿Tendría razón Propolski, cuyas opiniones en su momento le habían parecido un condensado de estupidez, cuando decía que el tiempo estaba hecho de unidades infinitamente expansibles? Ahora se preguntaba si sería posible recuperar el mundo (lo perdido y lo que se le iba yendo) mediante el simple expediente de inocular en cada sueño la noción de eternidad. Soñar el mundo por partes, con fervor y lucidez, hasta reconstruirlo entero. Un mundo hecho a su antojo, tan íntegro y duradero como el real, y que sólo acabaría cuando él quisiera.

Por imperio de los acontecimientos, esos intentos de Frantisek no pasaron de la faz inicial; nunca llegaron a convertirse del todo en un sueño dirigido. Pero una noche, luego de varios dormires y despertares sucesivos, logró fijar la figura de Jenka. Estaba a su lado, en la biblioteca de la casa. Lo novedoso de la situación no radicaba tanto en la permanencia de la difunta (que hasta el momento se había mostrado huidiza, como por lo general suelen comportarse los muertos recientes), sino en que el propio Frantisek había conseguido soñarse a sí mismo como un cuerpo autónomo y participante del sueño, un ser separado de su propia conciencia de soñador, e incluso ignoran de que era su propio yo quien lo estaba soñando. En determinado momento, Jenka, que durante largo rato había permanecido contemplando apaciblemente las llamas de la chimenea, se volvió a su marido y le dijo algo así como: "El matrimonio consiste en la ejecución de unas pocas notas, pero nítidas". Frantisek inclinó la cabeza, asintiendo. De un salto, un gato blanco y de pelaje abundante se cruzó en la escena y fue a acostarse sobre la alfombra, a menos de un metro de distancia de la chimenea. "Jan", murmuró Jenka. Frantisek tuvo la sospecha de que su mujer había nombrado a un amante. "¿Qué?", dijo. "Jan, nuestro gato. Le pusiste ese nombre en homenaje a Jan Sweelinck", dijo ella. "¿Quién es ese Sweelinck?", preguntó él. Jenka lo miró apiadándose de su desmemoria: "Fue un contrapuntista primitivo, que compuso música para órgano como si estuviera destinada a la voz humana. Siempre adoraste su estilo". "Ah. Cierto. Un antecesor de Frescobaldi", dijo Frantisek y se dejó caer sobre el respaldo de su asiento. Jenka se inclinó sobre su marido. "Adoras a los gatos", le dijo. "No lo sabía". "Hay muchas cosas que ignoramos de nosotros mismos", comentó ella en tono afectado. Y agregó: "Tu problema no es lo que ignoras sino lo que olvidas que sabes". Frantisek rió, incómodo, mientras se preguntaba por qué Jenka se iniciaba tan a deshora en la senda del reproche, por qué iba inclinándose de esa manera, como si se estuviera desplomando. A una distancia tan corta, percibía las irregularidades de sus facciones y las impurezas de su piel. Frantisek advirtió que estaba hundiéndose en el interior de algo que provenía de la mirada de su esposa, o quizá de una zona más profunda, de sus órganos ocultos. Y lo peor era que no podía escapar a esa fuerza que lo tomaba como una cosa inerte, ni apartarse un centímetro siquiera, porque al retroceso de su cuerpo se oponía la solidez del sillón. "¿Qué...?", tembló. "Shhh", dijo ella. Y despegando los labios dejó asomar la lengua y empezó a lamerle la cara con gemidos de satisfacción. El olor de la saliva de Jenka, su densidad, era diferente a lo acostumbrado. Eso no resultaba necesariamente desagradable, pero sí desconcertante. "Ni imaginabas lo que te estabas perdiendo", dijo la nueva voz de Jenka, Frantisek cerró los ojos...

A nadie sorprenderá que en este punto anote que, al abrir los ojos y despertar de su sueño, Frantisek se encontró con Athenea, desnuda y montada sobre su miembro, hamacándose.

A partir de entonces, para Frantisek todo día fue atroz y toda luna amarga. Claro que con sus atenuaciones. En un principio, y aunque fruto de una manipulación que aprovechó descaradamente su inconciencia de durmiente y su debilidad general, al punto de parecerse casi a una violación, el acto sexual con Athenea repercutió en toda su existencia; sobre todo porque, segura del poder que ejercía en ese aspecto, Athenea decidió repetir lo hecho como un modo de atraparlo, arriesgando todas las cartas del amor a su sabiduría en el terreno erótico. Imaginaba que, aun con su desabrido y trémulo aspecto de dama estreñida, sus tetitas de virgen, sus caderas de varón y sus finos labios de monja, ni Jenka ni su recuerdo podían competir con ella. Pero tampoco se entregaba a esa creencia con la certeza de haber triunfado de antemano. Desconfiaba de Frantisek. En la cama (o en cualquier posición a la que, a partir de aquella noche, lo conducía a tomarla), espiaba hasta el más ínfimo de sus gestos, resignaba o difería su propio placer a cambio de obtener constancias del ajeno; lo acosaba insomne, lo asediaba callando o a los gritos. Frantisek estaba profundamente perturbado por lo ocurrido. El frenesí de Athenea lo había conmovido a su pesar y lo atrapaba como espectáculo, y ahora debía reconocer que estaba caliente con una mujer que ni siquiera le gustaba. No obstante, pensaba que su euforia carnal era una señal equívoca, como la promesa de recuperación que antes del fin asoma en el rostro de los moribundos. Y por eso, en definitiva, pese a estar inmerso en la maquinaria de entusiasmos y gritos orgásmicos, asignaba poca importancia a aquellos asuntos; le parecían carentes de gravedad, excepto quizá por la sensación de ser infiel que a veces lo asediaba en medio de una penetración y que, mientras exhalaba los gemidos y quejidos de uso en tales circunstancias, lo llevaba a morder sin pronunciar, como un ensalmo, el nombre de la difunta.

Por supuesto, su discreción no bastó para engañar a Athenea. En sus ojos ella veía que Frantisek creía estar viviendo unas cuantas noches de pasión ligera. Y eso la aterraba. "¿En qué piensa verdaderamente? ¿En qué lugar de lo que piensa estoy yo?". Por mucho que se lamentara de lo poco que había obtenido hasta el momento, el amor, con su promesa de futuras bienaventuranzas, la sostenía lo bastante para permitirle sobrellevar la humillante certeza de que Frantisek la estaba tomando como a una hembra que vale lo mismo que una cosa, pero al mismo tiempo le impedía reconocer que, al apretarla entre sus brazos, lo que él hacía era dominar todo lo que en ella palpitaba como posibilidad, reducirla al viejo y palpable terror que anida en la mujer no querida, a su condición de pesadilla.

Con el paso de los días, Athenea fue amoldándose a esa condición, fue fijándola a su ser con justeza de máscara. Pero antes de convertirse en ese siniestro espejo de una morbidez ajena, antes de entregarse a la catástrofe implícita en esa aceptación, luchó y se resistió; lo hizo con la pureza, y la torpeza, y la ingenuidad (mitad delirio sentimental y mitad cálculo erróneo) que caracteriza a todos los enamorados. Para acercarse al corazón de mi tatarabuelo, aún afectado por la muerte de Jenka, quizá le hubiese convenido adoptar una estrategia hecha de amabilidades, comprensión, servicio y paciencia, que, al cabo de un tiempo, habría recibido al menos alguna clase de respuesta; si no el amor, al menos la ternura y el agradecimiento. Pero Athenea era demasiado orgullosa o demasiado ansiosa, y cuando se entregó a Frantisek lo hizo en la esperanza de conseguir de un solo golpe la totalidad que hasta el momento se le había rehusado. Y como esto no ocurrió, en el vacío tembloroso que se abrió para sus expectativas defraudadas, no supo hacer otra cosa que redoblar su apuesta, tratando de otorgar consistencia, volver "real" lo hecho, mediante el simple expediente de recordárselo a cada instante.

Frantisek tuvo ese gesto por una imposición; al menos, por un reclamo hecho desde una posición de fuerza. Interpretó los comentarios de Athenea como una solicitud indemnizatoria, el requisito previo a ser liberado de ese vínculo pasional tan desgastante, y tímida y ambiguamente, como suele ocurrirles a las personas que estiman de mal gusto hablar de dinero, mencionó una cifra. Esperaba una respuesta entusiasta y una partida rápida. Lo desconcertó encontrarse con un ataque de llanto. ¿En qué se había equivocado? El dinero ofrecido, ¿era demasiado o demasiado poco? ¿Y si la reacción de Athenea no respondía a cuestiones monetarias? Pero si no era por eso, entonces, ¿por qué?

Después de unos días de duda, concluyó que era mejor no pedir aclaraciones. Por prudencia, y hasta tanto no encontrara una manera de entender lo que Athenea pretendía de él, decidió proyectar sobre el vínculo la sombra de un encogimiento de hombros imaginario: cuando se cruzaba con ella por los pasillos de la casa, dejaba caer una sonrisa desvaída y seguía de largo. Naturalmente, a cualquier observador objetivo no se le habría escapado que algo de ese huir tenía un componente de perplejidad, en sus salidas de escena Frantisek mostraba una especie de precipitación absorta, como la de un paralítico que va cayendo por una escalera. Pero lo peor era su aspecto indefenso y destartalado: la cabeza hundida, la columna vertebral torcida, las piernas flojas, la camisa salida del pantalón y colgándole encima del vientre, la mirada perdida en esa penumbra que lo envolvía.

En tanto, Athenea, aún sintiéndose escarnecida por una proposición objetivamente insultante, advirtió que su reacción había tocado de manera inesperada un punto débil de Frantisek. Eso —dedujo— indicaba que había que seguir insistiendo. Y con más énfasis que nunca se aplicó a hablarle del vínculo entre ambos, refrescándole hasta el más pequeño detalle de cada uno de sus encuentros —desde su aparición inicial hasta lo dicho y hecho segundos antes—, cargando de significado cada mínima conversación mantenida. A Frantisek, esos encadenamientos emotivos lo abrumaban; su flujo le impedía advertir que habría podido poner freno a esa locuacidad simplemente diciendo: "Mi estimada, ¿por qué no cierra el pico y me deja tranquilo de una buena vez?".

Pero no dijo eso ni algo parecido a eso. Su mutismo resulta inexplicable para quien crea que, salvo por algunos encontronazos nocturnos, no había nada que lo uniera a aquella mujer. Sin embargo, la mezcla de remordimiento y malhumor que le producía Athenea, el modo tortuoso que había elegido para imponérsele, había aportado cierta densidad a su vida; aunque no lo supiera, aunque figuradamente siguiera encendiendo velas en el altar de la muerta, lo cierto es que el recuerdo de Jenka y de su fácil poder de hacerlo feliz se habían desvanecido.

¿Fue una forma del egoísmo o de la inconsecuencia, que mi tatarabuelo, que tenía a Athenea por un obstáculo, al fin terminara aceptándola? Ella no era la mujer que quería: era la que tenía a su lado. Naturalmente, esa evidencia no lo explica todo. Creo que

manteniéndola en su hogar, sometiéndose progresivamente a sus exigencias, a sus reclamos constantes y a
su conducta intempestiva, Frantisek había encontrado
un notable pretexto para no atender a sus responsabilidades con la música. Las horas reales y el desgastante
tiempo mental que le consumía lo dejaban hecho un
despojo. O eso suponía él. En algún sentido, entonces,
Athenea, cuyo rumoroso discurrir constituía el principal impedimento a la creación musical, se había vuelto,
en relación a lo que impedía, su castigo por no hacerlo.

Así, aunque no la soportara, Frantisek estaba completamente dedicado a ella.

No obstante, antes de ceder del todo hizo su último
intento, de una simpleza tal que sólo puede pensarse
como un espasmo de resistencia destinado a preludiar
la rendición. Si Athenea —se dijo— se había aferra-
do a él cuando se mostró dispuesto a indemnizarla
y a verla perderse en la distancia, ¿no se invertiría
la situación si ahora empezaba a cortejarla, a simular
que no podía vivir sin ella? En la práctica, su hipótesis
se deshizo. Al no contemplar (porque no los conocía),
los sentimientos de la persona sobre la que pretendía
obrar, su intento produjo resultados opuestos a lo esperado: Athenea interpretó de manera literal el modo
aparente de obrar de Frantisek, y creyendo que al fin
había horadado el alma pétrea del hombre que amaba, se entregó a las dulzuras del nuevo trato: arrobo
diurno, enardecimiento nocturno, lírica formulación
de una maraña de proyectos en común.

Frantisek se dio cuenta de que había caído en su
propia trampa el día en que Athenea le dijo:

—Creo que deberíamos enviarle una carta a tu padre.

—¿Una carta? ¿Diciéndole qué?

—No hace falta que me la dictes —dijo ella—. Ya la escribí.

Y leyó:

"Querido padre:
Sé que quizá a usted le parecerá apresurado que, a poco tiempo de enviudar, le escriba para comunicarle mi próxima..."

Etcétera.

El día de la boda, Athenea llevaba un peinado llamativo que le sentaba muy mal, una alta toca de loca adornada con flores de azahar y un vestido de seda verde bordado en oro. El anónimo cronista de *Izvestia* que cubrió la ceremonia (Propolski) anotó que "seguramente debido al escrupuloso seguimiento de los consejos de su médico, una eminencia local, el notable compositor Frantisek Deliuskin se mostraba recuperado de una serie de indisposiciones que lo aquejaran en el pasado reciente", en tanto que "esbelta, muy bella, de ojos expresivos", la novia parecía no poder dar crédito aún a lo que ocurría. Por una confusión del director del coro (de la que sólo mi tatarabuelo se dio cuenta) las voces cantaban una melodía gregoriana.

Fuerzas celestiales ascienden y descienden
Y se entregan los cántaros dorados

Como siempre, Frantisek admiró las características de ese canto: su constante circularidad en torno de un sonido principal, sin que por ello se origine una sensación de centro a la manera de la tónica posterior; el sorteo de los intervalos grandes y la rítmica libremente oscilante, que no sigue la acentuación del sentido, sino la tendencia expresiva del idioma. "Un estilo viejo pero sólido", pensó mientras echaba una mirada de reojo a su derecha. Allí estaban sus amigos compositores haciéndole muecas picarescas. Gregoriano. Alguna vez había pensado en utilizar la severidad de ese modelo, arrancándolo a la necesidad de su motivo principal, la misa, con intenciones de una poetización más íntima. ¿Un canto gregoriano escrito para Jenka? En ese caso...

—Fran... —lo codeó Athenea.

...en ese caso una libertad se convertiría en una forma nueva. Pero si avanzaba fuera de los marcos de lo litúrgico, introduciendo el amor como eje...

—Frantisek...

—¿Qué? —dijo mi tatarabuelo.

—Se pueden besar —dijo el sacerdote.

—Modo jónico —murmuró él y se inclinó sobre la novia.

7

Andrei quedó al cuidado de Marina Tsvetskaia, su ama de leches, y los recién casados salieron de viaje; Athenea quería conocer *toda* Europa. La primera parada fue en San Petersburgo. Era verano. En la ciudad desierta no había un solo teatro abierto. No fueron ni a Pavlosk, ni a los conciertos ni a las Islas. Frantisek alentaba a su mujer a salir sola; él permanecía encerrado en el cuarto del hotel, con los postigos cerrados. Trataba de acostumbrarse a la noche, o quizá buscaba percibir un atisbo de mínima esperanza, las filtraciones del día en medio de lo oscuro. Pero se estaba quedando ciego, irreparablemente.

De San Petersburgo a Narva. De Narva a Tallina y Tartu. De Tartu a Riga, Klaipeda, Kaliningrado. Entraron en Polonia y se quedaron unos días en Elblag. De allí a Olsztyn, Varsovia, Wroclaw, Cracovia... En Checoslovaquia, sólo Praga. Del imperio Austro-Húngaro, Athenea quiso conocer Viena y Budapest. Berna, en Suiza. En Italia, Milán (por la moda), Venecia (por los canales), Florencia (por El Duomo), y Roma (por el Papa). España no le interesó, Francia sí.

Cruzaron el Canal de la Mancha para que ella viera Londres. Aprovechando el clima templado, fueron a la ciudad balnearia de Brighton. Allí, por consejo de un hidroterapista que le recomendó a Athenea una condesa polaca que entró por error al hotel donde se alojaban buscando a su amante (un oliváceo tunecino menor de edad que dos horas antes se había fugado a Sfax, con todas las joyas de la familia Potocki, por la puerta de servicio del hotel de enfrente), Frantisek se sometió a una serie de procedimientos curativos. El primero consistía en una crucifixión invertida: con los clavos reemplazados por sogas y los brazos bien abiertos para ampliar la capacidad de la caja torácica, lo colgaban cabeza abajo, en la idea de que la parte alta de sus pulmones exudaría el mal que lo aquejaba. Luego, un masajista de renombre sometía su cuerpo a una serie de estiramientos, torsiones de grupos musculares y acomodamiento de la estructura ósea.

Después de un tiempo de someterse a esas curaciones, Frantisek se permitió manifestarle a Athenea ciertas dudas respecto de su eficacia. Pero ella no le prestó ninguna atención: "Hay que tener fe. Somos felices. Deja de lamentarte", le dijo. En momentos como ese, mi tatarabuelo era consciente de la dimensión de su error. Su última esperanza, casi el deseo de un milagro, había sido que, como suele ocurrir, el matrimonio obrara una disolución paulatina del vínculo como tal, por efecto de la rutina, el aburrimiento mutuo, el hartazgo respecto de los gustos y manías del otro… Así, había imaginado que, aunque la presencia de Athenea permanecería siempre como un vestigio del desacierto originario, el paso del tiempo suavizaría sus aristas más molestas hasta convertirla en una mera urticaria. Pero lo que no se le había ocurrido pensar era que, a diferencia de lo esperable, su nueva mujer mostraría cada día más entusiasmo por la vida en común. "¿Felices?", se preguntaba. "¿En qué, Dios mío, en qué se manifiesta esa felicidad?". No toleraba quedarse a solas con ella. Era un ser extraño, cuya presencia se había impuesto por culpa de una extraña debilidad de su carácter. Lo único que lo aliviaba era comprobar que Athenea no percibía su angustia. Por el contrario, se mostraba más apasionada que nunca. "Estoy *tan* contenta de ser la mujer del famoso Deliuskin", le decía. "¿Famoso?". "Lo eres o lo serás". "¿Yo?". "Sí. Ya te llegarán las becas, los premios, las ventas de tus partituras, los conciertos millonarios". Tenía una seguridad anonadante respecto de todos los aspectos de la vida. En algún momento decidió eliminar los resquicios de pudor, y cuando él estaba sentado en el inodoro entraba al baño para hacer ruidosos y prolongados enjuagues bucales cuyo contenido arrojaba de un escupitajo por la ventana; trataba de fijar los horarios de sueño y de vigilia de acuerdo al dictado de las cartas astrales; era capaz de pasarse una hora explicando cómo, cuánto, dónde y por qué comía, asimilaba y defecaba cada vegetal, animal o mineral del planeta. Lo que Frantisek no podía menos que preguntarse era por qué consideraba esa aptitud como algo interesante. Una respuesta provisional era que estaba por completo fascinada consigo misma, o al menos con la posibilidad de ser escuchada sin interrupciones. Otra, que el matrimonio (quizá la consumación de un viejo anhelo) la volvía dichosa y charlatana. Esa misma nueva condición, además, volvía impracticable una fantasía que Frantisek había empezado a mimar: perderla en brazos de cualquier ejemplar masculino en mejores condiciones que las suyas, es decir, casi cualquier macho de la especie humana. Creía que ya "no daba más", cuando en rigor su lista de sufrimientos no había hecho más que empezar.

Habían recibido una tarjeta invitándolos al "must" de la temporada de verano, el baile de disfraces que ofrecía un magnate chino, seguramente agente del gobierno de Pekín. Athenea pasó la semana recorriendo tiendas de moda en busca del vestido apropiado y no quiso demorar ni un minuto de la hora del arribo. En plena temporada invernal, eligió un tilbury descapotable y obligó al cochero a lanzar los caballos al galope. Esa carrera alocada, junto al resto de los acontecimientos de aquella noche, agravarían el estado de salud de mi tatarabuelo.

El departamento del chino estaba ubicado en la zona residencial. Era un piso sombrío, limpio y espacioso, lleno de pequeños objetos inútiles. Borlas de terciopelo colgando de los veladores, fundas para las fundas de los sillones. El mayordomo explicó que Song Li se había demorado por un inconveniente pero que estaba al caer. De todas formas, ya habían llegado algunos invitados. En el living, con gesto de suprema concentración, un filipino hacía girar una manivela para que dieran vueltas las imágenes de una linterna mágica cuyas fantasmagorías se proyectaban sobre las paredes.

En general, parecían ranas copulando. "Hermoso", comentó Athenea y sentó a Frantisek en el extremo de un sofá, le subió los anteojos sobre el puente de la nariz, le dio a tener una copa que contenía una bebida dulce y amarilla y en dudoso equilibrio acomodó sobre su falda un plato con sándwiches. "Ya vengo", dijo, dio dos pasos y su figura se esfumó. Frantisek había llegado al lugar decidido a no comer, a no beber y a no hablar con nadie, pero la desaparición de su esposa lo hizo lamentar la falta de un asistente. Como no sabía qué había a su alrededor y no quería tantear el vacío como un ciego, prefirió evitar el riesgo de ensuciarse la ropa manipulando comestibles y se aplicó a vaciar su copa y limpiar su plato antes de apoyarlos sobre una mesa providencial o dejarlos caer al piso. Naturalmente, el declive de su sentido de la vista había favorecido el desarrollo de los otros, de modo que mientras comía y bebía se entretuvo escuchando fragmentos de conversaciones que discurrían a varios metros de distancia. Una mujer decía que había un coronel enamorado de ella, que su madre era viuda, que habían heredado un bosquecillo cerca de Stafford-on-Raven, y que si todo salía mal y el coronel no desembolsaba sus peniques, se verían obligados a vender cada pino y cada eucalipto. Su interlocutora le preguntaba: "Pero, ¿usted lo ama?". Y la primera: "Yo soy fiel, tranquila, poco exigente, y muy capaz de hacer feliz a cualquier hombre. El amor me tiene sin cuidado".

Susurro de pies sobre una alfombra, cerca de mi tatarabuelo, el puff del aire de un sillón cercano que se desinfla a causa del peso de unas nalgas:

—La estamos pasando bien, ¿eh? Creo conocerlo de mucho tiempo a usted, o por lo menos haberlo visto antes.

—Imposible —dijo mi tatarabuelo—. Prácticamente no salgo.

—Que usted no vea a nadie no quiere decir que a usted no lo vean. ¿A qué se dedica?

Harto ya de aquella charla, Frantisek prefirió mentir:

—Soy ebanista...

—Pianista —corrigió Athenea, que volvía de alguna parte.

—¿Artista? ¡Qué coincidencia! Usted violoncelista y yo chantajista. La rima es prueba de afinidad —el desconocido largó una carcajada que Athenea acompañó con una risa más aguda que lo habitual, una risa que evocaba el cacareo dichoso de gallina ponedora en el momento de la anunciación.

—¡Qué gracioso! —celebró al fin de sus convulsiones.

Frantisek sintió crecer en su interior el agobio de una situación compuesta de, al menos, dos elementos intolerables. El primero, lo violentaba la capacidad de aquel tipo para adherirse y encarar una conversación banal, obligándolo a continuar en esa línea o a replegarse en el silencio, actitud que en un evento social sólo podía ser tomada como una muestra de falta de educación. El segundo, lo irritaba aun más el hecho de que, sin que nadie se lo solicitara, Athenea hubiera decidido revelarle a la planta parásita una información que él habría preferido guardar para sí; al hacerlo, lo colocaba innecesariamente en el lugar de un mentiroso. ¿Por qué había abierto la boca? Que se hubiera equivocado al decir "pianista" en vez de "compositor" carecía de importancia, sólo servía para probar otra vez más que lo ignoraba todo acerca de él. En un gesto de soberano descuido para con el hombre que decía amar, Athenea había entregado las decisiones de la intimidad de su marido como migajas para alimentar el afán de conversación de ese desconocido pegote... Y eso, para Frantisek, era el colmo de los colmos, porque hacía ingresar a escena un tercer elemento, que en sí mismo era de una enorme complejidad: los celos. *Athenea —creyó entender —haría cualquier cosa, lo arrojaría atado de pies y manos a una jauría de perros hambrientos si hacía falta, con tal de capturar el interés de ese personaje.*

Frantisek se sintió arrebatado por la aparición fulmínea de esa emoción inesperada. Sentir celos de una mujer que despreciaba era la humillación más honda. Los celos la volvían indispensable. Desesperado, comprendió que tenía que apartarla de ahí, del contacto con el otro. Rápido y de cualquier manera.

—Quiero más sándwiches —dijo con voz ronca y tendió su plato en dirección de su esposa.

—¿Más? —protestó ella.

—Sí.

—Te vas a volver una ballena —dijo Athenea y le arrebató el plato y se levantó del sillón. Antes de ir hacia la mesa de exquisiteces frías, lanzó su última apostilla, dirigiéndose directamente al otro—: ¿Usted gusta algo?

—Y algo para beber también —anuló la oferta Frantisek—. Ya que estás parada, ¿por qué no vas a averiguar cuándo llega nuestro anfitrión?

—¿Qué más? —la cortedad en la ironía de Athenea.

—Nada. Sí. Deberías ir a retocarte el maquillaje.

—¡Como si alguna vez me vieras! —dijo ella y partió ofendida.

—Una mujer que sabe irse, sabe mucho mejor cómo volver.

—¿Sigue ahí? —dijo Frantisek.

—¿Quién? ¿Yo? Claro.

—No lo había notado.

—No se preocupe. Sé volverme imperceptible —el desconocido rió—: Me pasé la mitad de la vida a la sombra y la otra mitad escondiéndome. Travesuras. ¡Pero ahora estoy en pleno plan de reforma! Si le contara…

—No hace falta.

—No es molestia. Aprovecho para presentarme. Soy Aliosha Davidov, mi estimado Deliuskin.

—¿Nos conocemos?

—No recíprocamente, señor. ¡Ah, aquí viene su bella esposa, la Deliuskinova, cargando una deliciosa parva de sándwiches de carne fría y pepino agridulce! Bueno, me prendo a esa contradanza que está sonando y lo dejo en grata compañía… —palmeó la rodilla de mi tatarabuelo, saludó con un gesto a Athenea y se perdió entre el gentío.

Athenea ocupó el sillón, justo sobre las porciones de terciopelo que había entibiado Davidov.

—Song Li no ha llegado, pero hace unos minutos golpeó a la puerta un jovenzuelo de aspecto bastante nórdico alegando que era su hijo no reconocido. *¡Incroyable!* —dijo Athenea, que gustaba exhibir su dominio de idiomas en ocasiones especiales—. ¿Te das cuenta el ambiente? La gente está, ¿cómo diría? Acalorada, exaltada... Creo que a eso colabora el sonido de los instrumentos de viento... ¿De qué hablaron con Aliosha?

—¿Conocías a ese tipo? —otro puñal, una nueva certeza clavándose en el corazón de Frantisek.

Con el mismo tono de indiferencia (un tópico en sí mismo) que suelen afectar las buenas actrices en las malas obras, Athenea contestó:

—¿A Davidov? Pero si ese... —y aquí un abrupto giro estilístico del tiempo ingresó en la realidad, o más bien en la escena entre Athenea y mi tatarabuelo: la interrupción dilatoria. Girando la cabeza, suprimiendo su respuesta, Athenea exclamó—: ¡Franti, se abrió la puerta de la sala de baile! ¡Vamos a ver qué pasa ahí!

Frantisek se dejó arrastrar. El salón azul era azul, azul eran los sillones, los platos, la ropa de los criados, el fino mantel que cubría la mesa de madera de palosanto pintada de lapislázuli. Los integrantes de un cuarteto de cuerdas atacaban los primeros compases de un scherzo. Música porque sí, música vana, incidental, un chisporroteo de penosas chicharras empeñadas en pizzicatos de alegría, prestas a subrayar que la fiesta recién empezaba. Oportunas, aparecieron las máscaras. "¡A danzar, a danzar!", gritaban voces en falsete. Todos se pusieron en movimiento. Frantisek, seguro de que aquel evento había sido creado especialmente para que él pudiera sumar prolijas raciones nuevas a su infortunio, fue llevado, arrastrado, uncido al cuello de su esposa, frotado por ella y contra ella, con lo que ganó además la dolorosa certidumbre de que —en tanto marido— estaba oficiando de sustituto convencional de una fuente que debía estar irradiando las ondas de su estimulante presencia en las proximidades.

—No pierdas el ritmo... —jadeaba Athenea.

Mi tatarabuelo no pudo menos que preguntarse quién sería el amante de su mujer. ¿El verborrágico Davidov, el ausente dueño de casa, algún otro? ¿En qué momento Athenea se perdería con su verdadero amor entre el gentío? Si se apostaba a la ruindad, el plan era extraordinario: dejarlo a él, ya prácticamente ciego, perdido como un espantapájaros entre una multitud de enmascarados que danzan en un país extranjero. Naturalmente, tal perversidad excedía las necesidades de Athenea, que hubiese podido dejarlo de inmediato, en cualquier momento, en cualquier esquina. Le bastaba con soltarlo de la mano y listo. "No", se dijo Frantisek, "ésta es una invención de su amante". Animado por el rencor, decidió dificultar, o directamente impedir la operación de su presunto rival y se abrazó a Athenea como si de pronto la situación le resultara excitante. No le sorprendió que su esposa respondiera del mismo modo: era la exaltación propia de la inminencia de la fuga. En ocasiones, no es sino cuando nos desprendemos de una persona que ésta se nos aparece en todo su hechizo radiante, como la primera vez que la vimos. Así que no era extraño que ahora, a punto de dejarlo, Athenea se sintiera atraída por él, plenamente conciente de las razones por las cuales alguna vez quiso ser suya. Se dejaron llevar, bailando mejilla contra mejilla, los cuerpos apretados dentro de la masa de gente cada vez más compacta. Frantisek vigilaba las variaciones en la respiración de Athenea. Cuando creyó que la situación había alcanzado la temperatura adecuada, procedió a realizar la serie de furtivos ajustes que se requerían para acoplarse carnalmente en esa situación de movilidad. Athenea captó de inmediato su idea y, mientras agitaba la cabeza simulando seguir el ritmo de la música, con dedos hábiles lo ayudó a liberar su instrumento. Frantisek la abrazó más fuerte, tanto para favorecer el contacto de los dedos contra su miembro como para disimular la evidencia de que tenía la mercadería al aire. Mientras tanto, ella empezó a sacudirle la manivela y a susurrarle: "Dejame que me arrodille, no me importa que me pisen ni acabar destrozada. Voy a morir chupándote el *potz*". "¡Perra!", contestó Frantisek. "Sí, sí", dijo Athenea y le soltó al oído un par de ladridos de cuzco caliente. En ese momento, un par de manos poderosas tomaron por el cuello a Frantisek, y lo giraron en ciento ochenta grados, como si fuera un muñeco. La música dejó de sonar en medio de una nota. En medio del silencio de esos espacios vacíos, Frantisek comprendió que había quedado expuesto a la mirada de todos, un estúpido obsceno con su pedazo al aire. La humillación completa. Un trapo maloliente cayó sobre su nariz, subió hasta sus ojos. Una venda. Otra sombra para su sombra.

—¡Juguemos al gallito ciego! —exclamó Athenea.

—No… —rogó mi tatarabuelo, pero el griterío aprobatorio de los concurrentes acalló su queja. Las manos lo hicieron girar una y otra vez sobre sus pies, en vueltas de calesita que lo dejaron mareado. Tuvo que extender las manos, las palmas hacia delante, los dedos como gusanos, para no caerse.

—Frío… Frío…

"Esto es la desolación", pensó, y fue hacia aquella voz que se burlaba de él como si el hilo inmaterial de algún sonido pudiera sostenerlo. ¿Tendría aún la verga afuera? No la sentía, ni siquiera sentía la corriente de los murmullos envolviéndolo, denunciando su desnudez.

—Acá… No… Ahí no… Frío… Friísimo…

Aquí o allá. Ahora lo llamaban entre varios. Llevado por una sorda ira creciente Frantisek empezó a lanzarse con la cabeza baja y enhiesta contra las voces.

—¡Quieto, toro!

Risas, grititos de mujer, roces, susurros de cuerpos que se despliegan en abanico. Frantisek arremete. Soy un músico, un artista. Contemplen aquello en lo que me convertí: yo ya no veo. El único orgullo restante reside en no despegar los labios, no abrir las fauces para soltar el mugido de una vaca chapaleando en un pantano, de un mamut hundiéndose en los piélagos del pleistoceno.

—Ah… Ahora… Tibio… Sí… Ca… ¡Caliente! No. ¡No, para aquí! Acá… Fri… No. Tibio. ¡Acá! Si… Caliente. Caliente caliente caliente… ¡Se quemó!

Frantisek se enchastra las manos con algo cremoso, asqueroso. Se embadurna la frente quitándose la venda.

—¿Qué es esto?

Casi no hay diferencia. Sombras y bultos.

—¿Qué es esto? —grita él.

—¡Chupate el dedo!

Athenea se acerca. Mi tatarabuelo no ve su cara, pero sabe que sonríe, lo besa, alza su mano y le chupa el dedo:

—Es una torta de crema... —dice.

—¡Todos se ríen de mí! —solloza mi tatarabuelo.

—...una torta de feliz cumpleaños...

Frantisek escapa, baja a los tropezones por las escaleras de la mansión, cae sobre la acera desgarrándose los pantalones, sin saberlo corre hacia el malecón. Ardientes lágrimas se deslizan por sus mejillas, el viento las arrastra y las disuelve en el aire, cada una de ellas guardaba en su fragmentación los corpúsculos de un dios innominado. Mientras él se va diluyendo en sales de dolor, lo atacan en ráfagas las visiones de su pasado, los mocos le chorrean como diademas de la tuberculosis, empiezan a quemarle los pulmones, las piernas le tiemblan. ¿Quién soy yo? Fran... Frantisek... ¿Dónde estás, Frantisek? Soy yo, soy tu ella. Jenka. ¡Jenka, ilumíname! No puedo, Fran, estoy muerta. ¿Los muertos no son seres de luz? No, Fran, lo que brilla no es ceniza. Mi resplandor ya se apagó en el mundo. Adiós, Fran. Voces antiguas. La casa natal. Mi familia. Soy una criatura. Estamos ante el espejo del baño, un óvalo enchapado con adornos dorados, hojas de vid y racimos de uva. Mi padre Vladimir me sostiene en brazos. A nuestro lado está mamá. Yo me miro, los miro. Soy tan pequeño que creo que no estamos aquí, de este lado del cristal, sino en el lado que refleja, y estiro un dedo para tocarnos. Madre está seria, padre también. En la yema de los dedos siento el horrible frío del espejo. Mi padre me dice: "Frantisek, hasta el día de hoy eras un cretino, un verdadero subnormal. Pero a partir de este momento empezarás a entenderlo todo y serás una persona igual a las demás". ¡Pero yo nunca entendí nada, al contrario, entendí todo al revés! Fui para mí pura promesa y anhelo y ahora soy un fraude. Fracasado, fracasado. Ruina humana. Un idiota, un inútil. Frantisek. ¿Qué? Imbécil. ¿Yo? Sí, tú. ¿Qué es este viento húmedo y helado? Una anticipación de tu destino. Nunca entendiste nada de la vida. Entonces hay que dejar de vivir.

La corriente del golfo, por lo general suave y acompasada, ha dado paso a un verdadero huracán: las olas golpean contra las defensas de piedra y madera. Su caída al agua apenas levanta un par de gotas más. La asfixia por inmersión no es un bálsamo y la muerte por lo general no es acariciadora. Los remolinos lo sumergen y rescatan, cortejan su fin. Mi tatarabuelo traga agua, oye como un grito propio los rugidos de la tormenta. Ni siquiera se desvanece. De golpe, piensa: Andrei. ¿Qué estoy haciendo? Hijo, mi sol, mi notación completa. ¡Te abandoné en manos de una desconocida y me lancé a un frívolo viaje de recién casados, mi amarga luna de miel! Soy un monstruo de egoísmo. No puedo dejarme hundir, no puedo morir: yo no soy mío. Me debo a Andrei.

El pie derecho de Frantisek toca el peldaño de una escalera de hierro, sus manos se aferran a los barrotes de la salvación. Perdido por perdido, regresa como puede a la fiesta. "Tropecé y caí en un charco", dice para explicar sus ropas empapadas. Athenea se muestra dispuesta a hacerle una escena, pero un criado bate sus palmas y anuncia que deben interrumpir la velada: el sedoso Song Li, bajo el disfraz de Cleopatra, ha sufrido un ataque al corazón.

Cuando abandonaron el lugar, Frantisek tiritaba de fiebre. En el tilbury, entre uno y otro desmayo, le llegaba confusamente la explicación de Athenea (quizá fueron pocas palabras, pero él las escuchaba como una retahíla interminable): ese muchacho tan simpático que le había dado charla en la fiesta, Aliosha Davidov, era en realidad Arkadi Troitsky, su teniente de húsares muerto en la batalla de Kurland. La verdad: Arkadi no había muerto en combate sino que había desertado antes del enfrentamiento debido a desavenencias de estrategia con los altos mandos. En realidad Arkadi no fue su prometido. La verdad, era su primo, al que quería como un hermano. ¿Había notado Frantisek el parecido? Dos gotas de agua. En realidad...

Frantisek no supo cómo llegaron al hotel. Las sábanas le parecieron un rosal de llamas dentro del cual no podía estar sino desnudo. Algo de su ardor había contagiado a Athenea, que se acostó a su lado y le pidió que la poseyera. "Eso prueba que nunca te tuve", contestó y se desmayó de nuevo. A la mañana siguiente —en un remanso de la fiebre que ya no lo abandonaría—, se sintió lo bastante fuerte como para decidir que el viaje de bodas había terminado. Volvían a Rusia.

8

En muestra de enojo por la interrupción del viaje de bodas, Athenea se mantuvo callada durante el regreso. Sin embargo, en Crasneborsk adoptó la modalidad expansiva y los aires de superioridad de la mujer que, tras hacer su aprendizaje en la escuela del mundo (la Europa civilizada) no puede sino comportarse como una gran dama. Ya con pocas fuerzas, mi tatarabuelo trató de amoldarse a las consecuencias de esa elección de estilo, que se manifestó primero en el incremento del personal de servicio, y luego en la aparición de visitas y de huéspedes. Por el timbre de las voces sabía que la madre de Athenea se había instalado en algún cuarto del primer piso, desde donde dirigía el funcionamiento de la casa, y algunas veces escuchaba el cuchicheo ruin y las risotadas de Aliosha Davidov/ Arkadi Troitsky, que merodeaba por los alrededores de la despensa o se colaba en las habitaciones de las mucamas.

En el fondo, todo aquello le importaba poco; incluso su ceguera creciente se habría constituido en un defecto secundario ante el panorama del derrumbe general de su vida, si no fuese porque con la progresiva anulación del sentido de la vista (que tenía sus idas y vueltas, sus resplandores en la opacidad) se iba acabando la dicha de contemplar el rostro de Andrei. Como un tatuador acuciado por la falta de materiales, Frantisek grababa cada expresión del hijo en los pabellones de su memoria: cada rizo de cada uno de sus bucles, la transparencia de los lóbulos de sus orejas, la pigmentación (salpicaduras de oro sobre petróleo) de sus pupilas… La pérdida era infinita; ya no lo vería crecer. Pero se consolaba pensando que al menos contaría con el consuelo de su cercanía. Oírlo armar sus primeras palabras, llorar en la noche, subir al trineo, gritar en medio de la nieve, hacerse hombre… Pero ni siquiera eso le sería concedido.

Una mañana, deseoso de un poco de soledad, fue al taller de Jenka; era un lugar que había permanecido cerrado desde la muerte de su esposa. En medio de esa fría atmósfera de abandono, mientras revisaba los materiales de trabajo —a los que también dispensaba su ceremonia del adiós visual—, descubrió un rollo de tela, oculto tras unos bastidores y unas latas de pintura. Al desplegarlo se encontró con un esbozo de retrato de Andrei. Más que el detalle de la sapiencia técnica, lo que impresionaba en aquellos colores claros era el sentimiento de lo inefable, la dicha que embargaba a Jenka gracias a su maternidad. La imagen de esa criatura de pocos días derramaba su luz sobre la materia pictórica, sobre la memoria de la autora del retrato. *Andrei. Andrei por Jenka.* Frantisek sintió el dedo amoroso de la difunta tocando su alma, recordándole que debía proteger a su hijo de todo y de todos. No, claro, de las pequeñas manchas del tiempo, que él podía distinguir medianamente bien gracias al auxilio de su lupa, sino de algo menos sutil y más macabro, de un deliberado trabajo de destrucción que simulaba ser ese tiempo mismo adelantándose y precipitándose como una Furia, y que con mano alevosa se había apurado a pinchar o arrancar los ojos de Andrei —el desgaste irregular intentaba imitar la tarea de las polillas—, y había también una rasgadura a la altura del corazón, que parecía efecto de un incorrecto enrollado de la tela, y que en realidad se debía al tajeado de un cuchillo al que previamente se le había quitado el filo.

Temiendo por la vida de su hijo, envió en secreto a Andrei a lo de los padres de Jenka en Finlandia.

No voy a ser yo quien subraye lo que le costó tomar esta decisión, ni me detendré a describir la desolación que lo invadió apenas vio partir a su tesoro. Diez perros, un trineo, el ama de leche abrazando a la criatura. Un grito apenas sosegado. Un punto en medio de la inmensidad. Luego, nada.

Y esa nada lo cubrió todo. Tras la partida de Andrei, el cuerpo de Frantisek reaccionó como un edificio de madera atacado por termitas. Se le formaron abscesos (cada tejido era un nicho de pus), padeció de acetonuria en la orina y de acetonemia en la sangre; en un primer examen le detectaron lesiones articulares, anemia, blefaritis, avitaminosis; además, presentaba un cuadro de bronconeumonía, angina bacteriana, cefaleas, cólicos, cistitis; vivía de fiebre en fiebre, lo que revelaba los efectos de un aumento anormal de la actividad de la médula ósea, sufría de temblores incoordinados de las fibras musculares cardíacas… El día en que ya no pudo levantarse de la cama, Athenea mandó a llamar a Nicolai Gurevich, un médico recién establecido en la zona y al que todo Crasneborsk (excepto uno de sus habitantes) tenía por una luminaria. Gurevich se hizo desear lo bastante como para que en el momento de presentarse en el domicilio del enfermo lo precediera la expectativa que creaba su tardanza, y que constituía buena parte de su aura de salvador. Frantisek casi no vio el desplazamiento de la masa, pero sin duda escuchó el tumulto generado por el ingreso en su cuarto de la corte que lo rodeaba. Sin apartar la sábana bajo la que temblaba mi tatarabuelo, sin alzarle un párpado, auscultarlo, palparle el vientre, repiquetear un nudillo sobre su espalda… sin hacerlo toser, escupir, exhalar, gemir, orinar o expirar, sin siquiera preguntarle cómo se sentía y cuál era el motivo de la consulta, Gurevich se volvió a sus alumnos: "¿Quién acierta al decirme lo que tiene este desgraciado?", dijo. "Yo, doctor". "No, yo, yo…". "¡Yo canté primero!". Gurevich fingía dudar, apuntaba un dedo admonitor sobre las cabezas. "A ver, a ver… ¿Orman?". "¡Tumefacción dolorosa!". "*Niet.* ¿Stulberg?". "¡Impotencia funcional general, doctor!". "*Niet, niet.* ¿Kuperman?". "No sé, maestro". "Un ignorante sincero. ¿Qué hace a mi lado, burro? A ver… ¿Sametskoff?". "¿Brucelosis, doctor?". "¿Confunde a un ser humano con una vaca, papanatas? ¿Y usted, Sznaider? No me decepcione…". "¿Cirrosis hepática, profesor? ¡Mire la cara de borracho que tiene!". Gurevich alzó los brazos al cielo: "¡Dios mío, estoy

rodeado de idiotas! ¿Lo tengo que decir siempre yo?".
Y poniendo una mano confianzuda y paternal sobre el
hombro de Frantisek: "Aquí tenemos la clásica tetra-
logía de Fallot, una afección caracterizada por cuatro
malformaciones congénitas: a) estrechez de la arteria
pulmonar; b) hipertrofia del ventrículo derecho; c) comunicación interventricular (la sangre se desliza como
por un tubo y haciendo ruido a flato); d) desplazamiento de la aorta hacia la derecha. Tratamiento: en el
presente, ninguno. No sé por qué me hacen perder
el tiempo con incurables".

Y se fue.

El segundo médico, Vasily Basedow —una verdadera anticipación tolstoiana, que atravesó parte de la
estepa descalzo y a pie para atenderlo— le recomendó
que siguiera una dieta naturista; sopa de corteza de
abedules, raíces de enebro, insectos... El tercero, el
afable Lev Rozenbergstein, liebre ideal para ser per-
seguida por los perros de cualquier pogrom, habría
sido sin duda el elegido para convertirse en el médico
de cabecera de mi tatarabuelo si al cabo de los exá-
menes no hubiera meneado la cabeza y confesado:
"No sé qué tiene y no sé qué hacer". Finalmente,
por descarte, volvió a aparecer Propolski, que se llenó la boca hablando de gastrectomías y ablaciones,
abundó acerca de su reciente *liaison* con una beldad
extranjera, y después de alentarlo diciéndole: "Te veo
fenómeno, querido" le prescribió láudano. Frantisek
dedujo que lo estaba preparando para un buen morir
y decidió acortar el proceso apurando grandes raciones del medicamento, pero el opiáceo sólo le sirvió

para intensificar su sereno desapego respecto de las cosas de este mundo. Dominado por esa sensación, consideraba todos los sucesos desde la perspectiva que otorga una existencia ultraterrena; incluso, debido a un efecto secundario de la droga, tendía a percibir las presencias de Athenea y de su entorno bajo la forma de emanaciones luminosas organizadas en cadenas colorísticas y carentes de una osatura central, a la manera de los vermes, y creía que cada variación de color transmitía un pensamiento o una emoción diferente de aquellas personas, a las que otorgaba un carácter objetivo. Cualquiera habría dicho que el despliegue de esas luces era el sistema que había encontrado la locura para adoptar la apariencia de una verdad pero en rigor ese extremo era la medida que necesitaba mi tatarabuelo para retomar los rumbos de su tarea de artista.

Ni siquiera eso fue fácil. Frantisek ya no gozaba de tranquilidad en su estudio. Nadie se molestaba en preguntarle si estaba ocupado o en cerrarle la puerta mientras se ocupaba de su nueva composición. El hecho de que los papeles y libros de su escritorio estuvieran sumergidos bajo una pila de guantes, abrigos, sombreros y revistas que sus visitantes dejaban allí cuando venían, o que sus manuscritos se usaran en la cocina para cubrir jarras de cuajada o forrar los cajones, no parecía preocuparle. Athenea también empezaba a mostrar una salud delicada: padecía insomnios y se paseaba durante toda la noche por la casa tropezando con las sillas y los cuerpos de los huéspedes que dormitaban en sillas o en los peldaños de la escalera, y durante el día lo mortificaba con recomendaciones innecesarias.

En semejantes condiciones, resulta una proeza que mi tatarabuelo pudiera llevar adelante *Universo*, el poema sinfónico que se erige como su testamento musical y su réquiem. Por fortuna contó con el auxilio de Volodia Dutchansky, que a impulsos de un presagio fue a visitarlo de improviso y que al verlo reducido a semejante condición decidió no apartarse de su lado. Solían sentarse todas las tardes en el jardín (Volodia cargaba en brazos a su amigo hasta dejarlo en la reposera) y conversaban de músicas existentes e imaginarias. Frantisek aceptaba serenamente la cercanía de su fin. Una vez le confió:

—La ceguera no me molesta mucho. Todavía disfruto del sol en la cara. Lo único que lamento... —y la emoción interrumpió su confidencia.

Dedicaba al menos un par de horas diarias al dictado. Era una tarea difícil, que le demandaba mucha energía; mostraba una preocupación extrema por cada detalle, por cada nota. En ocasiones, apenas había indicado una corchea y Volodia no había terminado de anotarla cuando, presa de la mayor agitación, mi tatarabuelo indicaba un cambio. Gesticulaba hasta que, bañado en sudor, debía interrumpirse. Entonces Volodia volvía a alzarlo en brazos, lo arropaba con las mantas y, llevándolo a su cuarto, lo depositaba de nuevo en su cama. Tan ensimismado estaba Frantisek con las primicias de su nueva creación, que ni siquiera se enteró de que —pese a los esfuerzos en contrario hechos por sus amigos compositores—

su nombre había empezado a trascender las fronteras de la patria. A menudo se presentaban músicos de prestigio internacional para besarle las manos. Con el afán de preservar su salud, Dutchansky lo privaba de esas emociones fuertes; sólo cedió en su rol de amable cancerbero cuando la oferta se volvió formidable. Así fue que mi tatarabuelo dejó Crasneborsk por última vez y atravesó las ochenta verstas hasta San Petersburgo para asistir al gran festival consagrado a la ejecución de sus obras.

En la noche del estreno, lo único que el público pudo ver fue el ingreso en camilla de un hombre de cabellos blancos, cubierto con una gorra de astrakán, y cuya terrible delgadez no era disimulada por el abrigo de piel de oso que lo cubría. Su rostro pálido y surcado de arrugas, ascético, parecía esfumarse detrás de unas lentes con armazón de carey que ocultaban sus ojos ciegos. Hubo ovaciones entre pieza y pieza, y una final, conmovedora, al fin del concierto. Todos se volvieron hacia el palco donde Deliuskin descansaba en su camilla rodeado de flores. Sin alzarse, lenta pero claramente, dijo: "Gracias".

Pese a ese recibimiento triunfal, mi tatarabuelo no quiso asistir al resto de las funciones y esa misma noche dio la orden de volver a Crasneborsk. En el viaje de regreso permaneció callado. Quizá le había molestado que lo aplaudieran por los motivos equivocados. Incómodo por ese silencio, Volodia trató de generar ambiente de conversación y empezó mal, mencionando a Athenea:

—¡Qué emocionada la vi!

—¿Estaba allí? —dijo Frantisek con una voz sin coloratura.

Luego de esa excursión, mi tatarabuelo ya no mostró deseos de otra cosa que de proseguir con su última composición. Ansiaba concluirla antes de que sus fuerzas lo abandonaran. En ese sentido, a nadie dejará de llamar la atención que sólo en los albores de su agonía pudiera afrontar su esfuerzo artístico más grande, que por derecho propio se constituye como el primer poema sinfónico, mal que le pese a Hector Berlioz, cuya *Sinfonía Fantástica* (1830) es más de medio siglo posterior. Desde luego, no hay que dejar de señalar que, para el gusto convencional, *Universo* carece de esos puntos fijos que permiten identificar una obra de sus características y con los cuales es factible establecer los detalles que la apartan y los que la asemejan de cualquier modelo conocido. Pero sin duda hay un modelo. Hasta un lego en cuestiones musicales puede advertir que la obra está construida sobre series consecutivas de ideas melódicas, donde se otorga mayor importancia al color tonal que a la forma, a las insinuaciones más que a la exposición franca, por lo que el oyente se ve obligado a responder intuitivamente a ese retrato de múltiples facetas de la misma manera que el propio Deliuskin respondió intuitivamente a la belleza y majestad del Universo que pretende retratar. La nebulosa trama armónica y los delicados timbres, los irisados colores… todo es decididamente nuevo. El tema inicial se escucha en las maderas y lo repiten las cuerdas. El corno inglés presenta una breve figuración trabajada en un pasaje de ensoñación. Cisnes bebiendo en la cascada. La música se anima. El tema principal es una amplia melodía que tocan las violas acompañadas por figuras en las maderas y acordes en las cuerdas de registro bajo. Esto es desarrollado con deliciosa intensidad. La atmósfera entonces se calma, aunque sólo por breves instantes. Una nueva idea febril aparece en los violines y es tomada por las maderas. Pero la tranquilidad retorna. El material inicial se repite y el poema sinfónico finaliza en la bruma mientras la música se desvanece.

9

Frantisek Deliuskin murió en pleno solsticio de verano. De acuerdo a su última voluntad fue enterrado junto a Jenka Roszl, su primera esposa (un pequeño túmulo de piedras al pie de un alerce). En la carta que le envió a Vladimir Deliuskin (quien murió al año siguiente en un accidente de pesca), Volodia Dutchansky cuenta los últimos, elegíacos momentos de mi tatarabuelo, la manera mansa en que se apagó segundos después de dictar la última nota, y deja constancia de que durante la ceremonia fúnebre casi no pudo escucharse el responso del sacerdote debido a los desgarradores ayes que lanzaba Athenea, la viuda.

"Sorpresivo deceso", tituló *Izvestia* la necrológica. Pulsando una cuerda involuntariamente cómica, un evidente Propolski comenzaba la nota con una afirmación dudosa: "La ciencia médica aún no puede explicar lo ocurrido...".

LIBRO 2

ANDREI DELIUSKIN

La tragedia, ahora, es la política.

Napoleón Bonaparte

1

En el clásico *Tratado de composición musical* de Jean Baptiste Lully se lee: "El mundo de los libros reproduce el sistema de relaciones del pensamiento: el saber universal como la reproducción esquemática de una mente suprema". De no haberse referido a Dios, podría haber servido a la perfección para definir la prodigiosa potencia intelectual que caracterizó a Andrei Deliuskin, mi bisabuelo.

Andrei Deliuskin llegó al hogar de sus abuelos finlandeses justo el día en que el pez habló. No es incorrecto el empleo de la palabra "pez" para denominar a aquel vertebrado acuático que aguardaba el turno del cuchillo en el mostrador de la pescadería familiar, debido a que en este caso, y según estaba contándole Abraham Roszl a su esposa Jamke, aquella carpa de regular tamaño saltó y se escurrió de entre sus manos justo cuando iba a eviscerarla, cayó en un balde de agua y ahí asomó la cabeza. Como la Torah no dice nada acerca de resurrecciones, a Abraham se le ocurrió que se trataba de un ejemplar excepcionalmente resistente a los cambios de hábitat. ¡Ah, pero algo muy distinto es que una carpa —ya sea pez o pescado—, sacuda la cabeza dentro del balde, mueva las aletas para llamar tu atención, te mire a los ojos y diga: "*Tzaruch shemirah*" y después: "*Hasof bah*", es decir, que todo el mundo debe hacerse responsable de sus actos porque el fin está cerca! ¡Eso sí que es un milagro, y no que a un falso Mesías lleno de buenas intenciones lo bajen en pleno desmayo de una cruz!

Entonces... Recién había empezado Abraham Roszl a establecer el cuadro comparativo de milagros entre una carpa y Cristo (que dejaba muy por encima a la primera por sobre el segundo), cuando se abrió la puerta del hogar y una aterida Marina Tsvetskaia depositó en sus brazos un bultito adorable y lleno de vida que latía entre capas de lana. "Jenka ha muerto. Este es Andrei", dijo. Y luego se desmayó de frío.

No debe haber en el mundo emoción más fuerte que la de enterarse al mismo tiempo del fallecimiento de una hija y del nacimiento de un nieto. Abraham Roszl y Jamke no sabían si dar gracias a Dios o abominar de Él. Por supuesto, tenían todo el acervo de la tradición para conformarse a la idea de la prueba, para no mencionar el hecho de que ese mismo día lleno de sucesos extraordinarios un pez había hablado. Ya de noche cerrada, mientras Andrei y su ama de leches dormían, Abraham y Jamke continuaban llorando y riendo. Cuando se calmaron un poco, Abraham continuó con su relato:

—...Y entonces yo le dije: "¡Eres un dibbuk! ¿Dónde se ha visto que un pescado hable?". "¡Pero Abraham! ¡Abrumi querido!", me dijo el pez y puso los ojos así, girados hacia arriba, que te juro Jamke que lo veías y se te partía el corazón, "¿No sabes quién soy? ¿Mi voz no te dice nada? ¡Soy Biniomen Pinkas, tu vecino!". "¡Mentiroso! ¡Biniomen murió el año pasado!", le dije. "Por supuesto, ¿te crees que si no hubiera muerto me verías ahora reencarnando bajo esta forma?", dijo la carpa. "¿Y qué te trae por acá? ¿No podías quedarte tranquilo en tu tumba? Si lo que querías era volver a encontrarte con tu querida Noime, te aseguro que te equivocaste de cuerpo. Hubieras entrado dentro de Motl el lechero y ahí seguro que la veías bien de cerca", le dije. "¡Abrumi! Siempre el mismo bromista. No, no volví a la vida por Noime, aunque ya arreglaremos cuentas, esa perdida y yo. Por ti vine, cabeza de varenike. Tengo un mensaje que transmitirte, directo desde la boca de Di's", me dijo la carpa. "¿Qué? Di's quiere hablarme y yo sin haber hecho mi baño ritual", le dije y salí corriendo…

—Pero Abraham… ¡*Mame Maine*! ¡Di's tiene un mensaje y mi marido lo hace esperar! —desesperó Jamke.

—Era una mentirita, mujer. Fui a buscar al rabino. ¿Qué otra cosa podía hacer en semejante situación? Claro que buscarlo me llevó un tiempo, porque estaba en la otra punta de la ciudad, y cuando lo encontré me costó convencerlo de que no estaba borracho. "¡Un pez que habla, Abraham! ¿Qué es esto, un cuento jasídico?". "Pero en serio, rebbe…". "Abraham, Abraham, ¿te parece que si Di's quisiera anunciar el Apocalipsis mandaría a un vecino tuyo convertido en pez a declamar en tu pescadería?". "¿Y qué tiene de raro eso? Si los goym creen que el Señor es uno y tres, ¿por qué no vamos a creer que la palabra de Di's anduvo nadando un rato en el Mar Báltico?", etcétera, etcétera, así que tardamos un rato en volver a la pescadería… ¿Y qué había pasado mientras tanto? ¡Mientras tanto, Kemi, el bueno de mi empleado, no tuvo mejor idea que sacrificar a la carpa y hacer con ella un rico *guefilte fish* que vendió a la clientela del barrio! Así que del mensaje de Di's, si te he visto no me acuerdo…

—¿Pero cómo? ¿Kemi mató a un pez que hablaba?

—¡Jamke, mujer! ¿Te creés que Kemi entiende el idisch?

—Ah… ¿Y el mensaje de Di's?

—Quizá sea mejor así… Repartido en el estómago de muchos buenos judíos.

—Sí. Tal vez tengas razón. La verdad absoluta puede ser indigerible para una sola persona, ¿no?

—Pienso lo mismo. ¡Qué día! Menos mal que se terminó. Buenas noches.

—Buenas noches.

—Jamke…

—¿Qué?

—Tengo el corazón destrozado por la muerte de Jenka.

—¿Y yo?

—¿Qué pasa con tu yo?

—¿Y yo, que soy la madre?

—Sí. No quiero ni imaginarme.

—Buenas noches. ¡Jenka, Jenka!

—Hay que resignarse, mujer...

—Resignarse, sí. Ojalá que me reviente el estómago mientras estoy durmiendo. Irme en sangre.

—No tientes al diablo.

—La ley es que los padres precedan a los hijos en el camino de la sombra. ¿Quién gobierna el Universo? ¿Eh? Yo creo que Él está muerto y que antes de morir le dejó su lugar a algún *schlemazl*.

—No hables así.

—¿Por qué no? Eso lo explicaría todo. ¿Por qué no voy a hablar así?

—Porque es pecado.

—Soy mujer y basta. Ni Di's puede entender lo que estoy pasando.

—¡Si yo tampoco puedo más!

—No es lo mismo, ¿cómo vas a comparar? ¡Un padre!

—Bueno, basta.

—Quien dice basta puede poner límites a su dolor.

—Ahora duermo.

—Sí, claro, así me quedo a solas con mi angustia, que es infinita. ¿No piensas decir nada? ¡¿Él arruina tu vida, asesina a tu hija, nuestra hija, y acá el señor sólo puede decir "ahora duermo"?! ¡Seguro que cuando mueras no vas a poder reencarnar en pescado porque hasta un huevo de esturión le va a quedar demasiado grande a tu alma!

—Jamke, durmamos. Mañana será otro día.

—Abraham...

—Mmhhh...

—Abrumi...

—¿Pero no puedo tener un poco de silencio? ¿Qué te pasa ahora?

—No, nada… Mejor me callo.

—A ver…

—Nuestro nieto nos va a llenar de felicidad…

—*Mazl Tov.* Y a dormir.

—Andrei. Qué hermoso nombre…

¿Puede Dios —*El* Dios, un dios, cualquier dios—, diseminar el sentido de su mensaje en las infinitesimales porciones de materia en que se rebanó el cuerpo del mensajero? ¿Dónde, cómo se conserva o disipa el contenido de esa verdad? ¿Permanece como un aura o resulta un efecto puramente mental, la memoria de ese existir? ¿Se transmite por la vía del cuerpo dispersado? Y si fuera así, ¿a través de qué parte? ¿El mensaje se aloja en la carne blanca, en las espinas oscuras, en las branquias, en los estrábicos ojos redondos? ¿O se degrada Su palabra al mezclarse la carne portadora con zanahoria picada, ralladura de *jrein*, cebolla rehogada, harina, pimienta y sal? Cuestiones que nunca resolvieron (ni llegaron a formularse) Abraham y Jamke, pero que, transfiguradas por las demandas de su propia experiencia, a la vez dieron y quitaron razones a la vida del único hijo de Frantisek y Jenka.

2

Aunque su existencia estuvo llena de viajes, conocimiento y aventuras, la infancia y buena parte de la
adolescencia de Andrei Deliuskin transcurrieron sin
que él saliera del radio urbano de Helsinki, sometido a
cierta modalidad de ocultamiento que Abraham Roszl
había diseñado para su familia en cumplimiento de
una estrategia preventiva de todos los efectos posibles
de la palabra "masacre" (traducción al finés del ruso
"pogrom"). Creía que absteniéndose de participar en
política, privándose de intervenir en debates públicos,
cuidándose de caminar erguido, evitando pasear por
la vereda del sol y esquivando toda ocasión de usar
ropas claras, ampliar su propiedad, salir de vacaciones,
tomar una amante o comprarse un tílbury de paseo,
generaba una especie de fantasmagoría de inexistencia
que lo fundía con el paisaje circundante. ¡Como si
un camaleón no pudiera ser atrapado! En ocasiones
lo es, y precisamente a causa de su camuflaje. Los
lemas de Abraham Roszl: no alzar la voz, no mirar a
nadie de frente, no reír fuerte, no hablar con desconocidos acerca de cuestiones religiosas. Cada tanto,

sordos ruidos lo obligaban a permanecer insomne, a levantarse entre las brumas de la madrugada y salir de la casa como otra sombra para tapar con cal las frases pintadas en la puerta por los artistas del terror: "¡Haga patria, mate un judío! Es una orden de la Milicia Cívica Nacionalista Finlandesa". El pobre anciano se apresuraba a agitar su angustiada brocha antes de que lo sorprendiera algún transeúnte; no quería incomodar a nadie. Naturalmente, para el cazador perverso no hay rastro más exquisito que el perfume que deja la presa que busca pasar desapercibida. En este caso, el cazador fue la realidad. Por un cambio en las corrientes y temperaturas de las aguas de Finlandia, la pesca empezó a escasear en sus costas, lo que elevó el precio del producto puesto en mostradores y retrajo la demanda. El problema se agravó con la llegada del invierno. Abraham Roszl se pasaba las pocas horas de luz diurna retorciéndose las manos ante el panorama de los azulejos limpios de su pescadería desierta. A veces se preguntaba si el fenómeno tendría alguna relación con el mensaje no comunicado por la carpa habladora. ¿Qué habría querido decirle antes de su fin? Los cristianos primitivos representaban a Jesús bajo la forma de un pez. ¿Qué significaba eso? ¡Quizá el Señor se había vuelto católico y lo castigaba porque en su pescadería se había promovido la teofagia...!

Dudas. Dudas. Igual, Abraham Roszl no sucumbió a los deleites de la inacción. Su tarea: llevarle el pan a la boca a su familia. Cerró el comercio y con los pocos ahorros rasguñados luego de cuarenta años de actividad compró a precio de ocasión un enorme, sofisticado, variable, espléndido telar mecánico que se oxidaba en la trastienda de Itzak Bialik, un cambista amigo. El telar era un sacrificado precursor de la revolución industrial. Puesto otra vez en manos de su inventor, Leibuj Peretz, habría servido para expeler a gran velocidad toda suerte de tejidos, tramas y combinaciones. Pulóveres en punto cruz, alfombras-rompecabezas, frazadas romboidales... Pero en su momento Peretz se había visto forzado a desprenderse de su obra para pagar deudas, y llevado por su resentimiento apenas instruyó a Bialik acerca de las técnicas elementales para el manejo del artefacto, de manera que el día en que el telar llegó a manos de Abraham Roszl ya no había ni manual de instrucciones ni tradición oral que le permitieran arreglárselas con lo adquirido. En definitiva, el iluso abuelo de Andrei debió descolgarse de las nubes en las que lo instalara el pico de oro de Bialik, y, encerrado en la pescadería, se enfrentó a la evidencia del misterio. ¿Por qué había comprado esa cosa? ¿Qué lo convenció de que podía extraerle alguna utilidad? ¿En qué planeta vivía?

Desparramadas sobre un gran paño de terciopelo negro y salpicado de aceite que resaltaba como una hermosa araña sobre la blancura del lugar, las piezas emitían fulgores; en su asimetría, en su innoble descuido, se las arreglaban sin embargo para mostrar un aspecto de culpabilidad desoladora, lo que constituía todo un signo para un observador sensible. Pero como el pobre judío era prácticamente ciego ante las señales profanas y carecía de la menor información respecto de la conveniencia de que determinada tuerca ajustara determinado bulón, se puso a combinar y recombinar los tubos y caños y armazones de acuerdo a sus fantasías acerca de cómo se escribirían las frases más elementales de un idioma cuyo alfabeto ignoraba, seguro de que en algún momento, y luego de que se encomendara a Di's la suficiente cantidad de veces, la forma correcta en que se armaba el telar aparecería dibujada en el aire.

Naturalmente, hasta que el milagro ocurriera, él tenía que demostrar toda su devoción, su paciencia y su empeño, exhibiendo astutamente su determinación a no esperar todo del auxilio divino (condición necesaria para que éste se verificara). Así, durante largas horas se manchó las manos con aquellos hierros, juntando cortos y largos, acomodándolos para que formaran cuadrados, rectángulos, pentágonos, triángulos isósceles. Pero siempre le sobraban o faltaban partes. Además, ¿quién le garantizaba que una pieza determinada —un tubo hueco, con un extremo dentado y el otro que terminaba en punta— no cumpliera una doble o hasta triple función? Y eso para no hablar de ruecas, lanzaderas, ganchos, hilanderas, piezas que, por amor a la simplicidad, había dejado momentáneamente de lado. Por cierto, ya es momento de anotar que si a Abraham Roszl se le hubiese ocurrido mostrarle el telar a Andrei, tanto con fines ilustrativos ("¡mirá qué lindo rompecabezas, *inguele!*") como de patético testimonio de su propia estupidez, su nieto habría sabido armarlo en un par de horas. Pero Andrei era poco menos que una criatura, así que a su abuelo ni se le ocurrió.

Los progresos del desencanto: un vía crucis. Urgido por el optimismo maníaco propio de toda desazón verdadera, Abraham terminó armando una construcción temblorosa que se sostenía menos por imperio de la estructura que por el entramado caprichoso de los hilos que lo cruzaban (enredándose en los hierros, anudándose, trabando las bobinas) y por el machacar metálico que testimoniaba alguna clase de funcionamiento. El ruido, el ruido, el ruido. Se comprende que tras una serie de intentos Abraham Roszl haya preferido quedarse a solas con el silencio y que al cabo de un tiempo de reposo y meditaciones se librara de aquel rompecabezas vendiéndolo como fierro viejo. Luego reabrió su local, convertido en una vidriería.

En la Finlandia finisecular que asistió a la crianza de Andre Deliuskin, las personas prudentes caminaban siempre al borde de la acera, evitando pasar bajo los balcones de los que cuelgan macetas floridas; pero sobre todo se cuidaban del aleteo de las ventanas abiertas, debido a que las repentinas diferencias de temperatura (días radiantes y noches heladas) producía un sístole y diástole de la materia que concluía siempre en una constante lluvia de vidrios estallados. Por esa razón, don Abraham imaginó que ahora sí se había dedicado a un negocio seguro. La inauguración fue un éxito a escala pueblerina. La asistencia se componía de los tradicionales clientes de la colectividad que asistían curiosos de averiguar cómo a su edad el viejo Roszl se las arreglaba para cambiar de *geschefte*, y fingían apreciar los primores de la decoración mientras jugaban al "estoy-no estoy" en los reflejos esquivos de las láminas de vidrio. Jamke evolucionaba croando afectuosos diminutivos de reconocimiento al tiempo que ofrecía copitas con *slivowitz*, bocaditos de *pletzele* rellenos de pastrón y pepinillos en vinagre y recortados en forma de corazón… Las sonrisas incómodas de los conocidos de siempre que se encuentran cara a cara y no tienen nada que decirse. "¡Qué joven que estás, Iankl!". "¡Mordejai! ¡Dichosos los ojos que te ven!". "Lo mismo digo, Iankl. ¿Cómo anda Leike?". "¿Y cómo va a andar? ¡Con los pies, y estúpida como siempre!". Conversaciones en voz baja: "¿Y esa criatura que gatea por todos los rincones?". "Shhh. Pobre. No sé si va a durar mucho, con lo delgadito que es". "Va a durar poco y nada si alguien no lo levanta del piso. ¿Quién es?". "¿Qué? ¿No lo conocías? Es el huerfanito de Jenka, que Dios la tenga en la gloria". "¿Qué? ¿Jenka murió? ¿Cuándo? ¡Si derrochaba salud!". "¿Cómo? ¿No sabías nada? ¿Pero de qué mundo estás llegando?". "Es que al final por no meterme en la vida de los demás soy el último en enterarme de todo". "Bueno. Resulta…".

A la mañana siguiente Abraham sacó a la puerta de su local un par de macetas con geranios recién brotados. Su íntima esperanza era que las flores se deshicieran con el primer chaparrón, que su tronco fuera quemado luego por la primera helada, y luego lo aniquilara un arrebato solar propio del Sahara; por efecto de una magia simpática, las variaciones de estado de una especie tan delicada indicarían las variaciones en la estructura íntima promedio de todos los ventanales de Helsinki, y por lo tanto, la rajadura ascendente, la flecha progresista de su negocio de vidriero. Pero no tuvo suerte, salvo la mala; Finlandia se vio invadida por una racha de vientos tibios y suaves, la desabrida sopa estival que venía arrastrándose y deshilachándose luego de una temporada tórrida en España. El local estaba siempre vacío. Y eso daba que pensar. La soledad siempre da que pensar cuando se carece de talento para las distracciones. Y es obvio que el neo vidriero no era ni frívolo ni imaginativo, por lo que en el tiempo muerto sólo podía dejarse llevar por sus pensamientos, que tintineaban con el sonido agorero de una moneda falsa. Por ejemplo: ¿por qué no había venido el rabino a la inauguración del local? ¿Estuvo enfermo? No. Lo habían visto rebosante de salud, un roble, apenas dos días más tarde. ¿Había sido pura casualidad, un olvido? O una señal de... ¿de?

Abraham trataba de concentrarse en sus pensamientos, seguir una línea lógica, pero no había caso. Su cerebro era una especie inculta, devastada por la barbarie de las supersticiones que él confundía con apego a las tradiciones religiosas de su comunidad. Y además... Estaban los vidrios, ahí, quietos en su local, en filas ordenadas... Manteniendo la misma distancia entre sí... como hileras de asesinos silenciosos.

Después de pasarse el día en el lugar, de noche despertaba empapado en sudor de fantasmas.

—Pero, ¿qué te pasa, Abrumi? —su mujer, mientras le secaba la espalda.

—No puedo verme tantas veces seguidas. ¡No puedo más! —decía él.

—¿Y cuál es el problema? ¡Dichoso de vos! Yo sólo puedo descansar de mí cuando me veo en el espejo. Ahí no sé si soy yo la que aparece, pero al menos me alegra saber que enfrente tengo a alguien.

Era un comentario cruel, si ella hubiera entendido lo que decía.

—Si Di's hubiera querido jugar a repetirse, habría poblado el Universo con sus imágenes. Tener una vidriería es un acto blasfemo —musitaba Abraham.

—¿Estás diciendo que Di's hizo el mundo para que vivamos en la oscuridad y nos muramos de frío? ¡Qué cabeza loca! Lo que te tiene mal es el pecado de no vender. Cuantos más vidrios despaches, menos oportunidades tendrás de verte reflejado. Un local sin mercadería. ¡Qué satisfacción! ¡Imagina el cartel! "Por el momento no hay más existencia".

Durante aquella temporada todos los entes cristalinos y vidriosos parecían haber alcanzado un estado de consolidación física suprema. Pero aun de no ser así, digamos, aun si toda Finlandia hubiese experimentado de pronto un terremoto a consecuencia del cual nada quedara en pie, difícilmente una persona normal se habría atrevido a atravesar la puerta y entrar a ese local donde un tenue y tembloroso judío acechaba con la mirada perdida. Para volver más soportable su situación diaria, Abraham organizó una rutina de desapariciones y regresos, a cada rato abandonaba el negocio y se iba a una cantina donde se bebía alcohol y se jugaba a las cartas. Habría querido ir al templo, pero se consideraba impuro. En la cantina estudiaba el juego de los contrincantes; le aliviaba comprobar que cada carta portaba un signo y no un retrato. Un día se animó y tomó asiento frente a la mesa. Perdió todo lo que le quedaba, incluso su negocio. La casa no, porque estaba a nombre de Jamke. Lo encontraron en las afueras de la ciudad, tirado de cara al cielo, en la incómoda posición de alguien que espera que se incendie la zarza y a cambio se ve —de golpe— crucificado. Tenía los ojos abiertos.

Unos pocos días después fue el turno de Jamke.

Andrei quedó como único y legítimo heredero de un legado ruinoso y con Marina Tsvetskaia como tutora y administradora de sus bienes. La primera pregunta que Andrei hizo apenas pudo hablar, la primera que formuló de manera correcta, tanto gramatical como lógicamente, fue: "¿Quiénes eran y cómo se conocieron y amaron mis padres?". La respuesta dependía del momento, la hora y el voluble estado de ánimo de Marina. Básicamente, las versiones ilustraban los cuentos del ogro verde y la princesa rubia, del potentado y la sirvienta, del mago y la rana, del sacerdote y la duquesa. Andrei no objetaba las variaciones de catálogo; era el momento en que seres y cosas se nombran por primera vez. Al fin de cada uno de sus relatos, Marina insistía: "Y vivieron felices para siempre", y cuando Andrei pedía que le dijera en qué lugar estaban vivos y felices esos "siempre", ella se limitaba a apuntar hacia arriba.

Digno nieto de vidriero, Andrei creció con la certeza de que la dicha de sus padres era una consecuencia directa de su invisibilidad, lo que por contraste teñía de un rasgo triste a su infancia signada por la materia. Desde sus años tempranos, entonces, y con los recursos intelectuales a su alcance, se aplicó a considerar los cambios de su peso, estatura, densidad, etcétera, en relación a conceptos abstractos como duración, existencia, infelicidad, percepción, intangibilidad… Conceptos que por tradición y herencia hubieran debido ligarlo a la más abstracta de las artes, la música, pero que en su caso únicamente sirvieron para configurar una disposición reservada, una fuerte inclinación a la soledad y el pensamiento. En los recreos de la escuela —era buen alumno, no necesitaba estudiar— permanecía quieto en un rincón del patio, contemplando las vetas de la corteza de un árbol raquítico y enfermo que nadie cuidaba, estudiando el hervor de las plagas que competían por devorar cada hoja y cada rama. Sus compañeros de aula tomaron su ensimismamiento natural por presunción y decidieron castigarlo, dando por hecho que se trataba de una presa fácil. Un día Andrei se vio en medio de una ronda de manos que lo empujaban. "Límpiate los mocos, sucio", "mariquita", etcétera. Esa abyecta conducta lo sublevó. Arremetió contra todos, cerrando los ojos. Una furia que incluso él desconocía y que brotaba de manera increíblemente rápida, lo hizo acertar con algunos golpes. El círculo de agresores se amplió durante unos segundos, y después se cerró sobre él. Terminó desmayado, pero con fama de valiente. A partir de entonces, algunos grandulones de los grados superiores lo elegían para probar sus fuerzas; era el examinador ideal para cualquier matoncito de pantalones cortos. Provocarlo resultaba muy fácil. Bastaba con preguntarle: "¿Con quién se acuesta tu madre?".

Al verlo regresar magullado de aquellas batallas escolares, Marina Tsvetskaia contrató a Giacomo Lorenzo Straibani, un piamontés que se hacía pasar por profesor de gimnasia, con el objeto de que diseñara una rutina de ejercicios para fortalecer a su hijo de leche. El *Método de desarrollo físico-dinámico Straibani* no era más que una adaptación parcial y caprichosa de las técnicas de tormento aplicadas durante el imperio Visigodo, pero sirvió para que Andrei forjara su temple. Clavas, pesas. Repeticiones. Retorcimientos. Cargas progresivas. Estiramientos y contracciones. Flexiones. Insensiblemente, mi bisabuelo fue llenando los vacíos producidos por la ausencia de Frantisek —sombra borrosa, voz desvanecida— con la figura colorida de ese simpático farsante de bíceps henchidos. El discípulo quería parecerse a su maestro, soñaba con lucir los mismos bigotes de manubrio, idéntica calva brillante, su caja torácica amplia como una jaula de tigres.

Luego de unos meses de ejercicio, Andrei había desarrollado una estructura sólida. Pero ni el impulso ni la devoción por Straibani le alcanzaron para convertirse en uno de esos lánguidos hedonistas que en los espejos espían el viraje de la fibra muscular hacia la perfección arquetípica de los tubérculos. Había, ya, en él, cierta experiencia de las emociones violentas que lo arrancaría del puro ideal de la autocontemplación (aunque viniera encubierto bajo el velo del fisicoculturismo) y que, combinada con su propensión primera a los deleites del espíritu, daba por resultado una especie de síntesis bastante ajustada de lo que sería luego su ser adulto. Además, existía *algo*, cuya naturaleza o características en aquel momento él no podía evaluar a ciencia cierta, y que en medio de las repeticiones lo inducía a la distracción, a la pérdida del ritmo, al olvido de las mecánicas más elementales...

—¿Pero qué te pasa? ¡Mundo interior o cuerpo! —Lo reclamaba Straibani— Las dos cosas no son posibles al mismo tiempo. ¿Pero qué? ¿Estoy hablando con un ser humano o con un reno?

Andrei no contestaba, de modo que el *profesore* fue a buscar alguna respuesta al saloncito privado que Marina había armado con menos gusto que imaginación en el cuarto de costura de la difunta Jamke; y Marina, un alma solitaria al fin y al cabo, entre tés y tabletas de menta *aû chocolat* creyó que al menos podía dejar constancia de su perplejidad:

—¿Qué le puedo decir, mi querido Giacomo? Siempre fue un chico raro. En aquellos días de mi triste Rusia, al darle de mamar él se prendía al pecho con un frenesí que me partía el alma, pero al mismo tiempo me miraba con unos ojos que...

—¿Que qué, Marina...?

—Queda mal decirlo de una criatura... Pero eran unos ojos que veían a través de mí... Unos ojos que me traspasaban...

Pronto, el rigor gimnástico fue pura apariencia; Straibani se perdía detrás de las púdicas cortinas de tafetán, que temblaban esperándolo. Luego de cada clase, Andrei debió acostumbrarse a salir a pasear solo y al frío de parques, plazas, jardines, lagos congelados, museos, vigilando la lenta transformación de cada gota de sudor en una pequeña estalactita ovoide. Diamantes de su abandono. ¿En qué pensaba mi bisabuelo durante aquellas excursiones? Imposible saberlo. ¿En qué pensaba Antonella Scuzzi de Straibani cuando, sola en la pequeña cocina de piso de tierra de su choza lombarda, debía descifrar aquellas cartas repletas de promesas edulcoradas y de excusas poco creíbles en las que su Giacomo se disculpaba por lo mísero de los envíos, apenas suficientes para la *pasta* diaria de Antonella Due, Giacometto, Archimbaldo, Vittorio, Emanuelle, Vicenzo...? ¿Sabía la esposa del *profesore* que aquella letra curva, cruda, llena de faltas de ortografía, había sido borroneada por las lágrimas con las que noche a noche, en su miserable cuartucho y a la penosa luz de un candil, su marido nombraba a la descendencia como si la magia de esa evocación pudiera lavarlo de la culpa que sentía al caer día tras día bajo los embrujos de su pulposa amante rusa blanca? ¿En qué pensaba Straibani? Podía lacerarse con los filos del remordimiento, pero en verdad nunca había pensado en nada. La tragedia del amor es que aviva hasta a los más lerdos. Un hombre relativamente feliz, un idiota en general eufórico, de pronto tironeado por los afectos... Un resorte que contrae, el otro que estira y al final se cansa...

Reclamado por las exigencias de su deseo, agitado por los pininos de su conciencia, Straibani empezó a abandonar sus rutinas de profesor. Faltaba a las clases sin avisar y se empecinaba en desmayarse ante los vitrales con imágenes femeninas de la iglesia de Pastrognïodk, episodios de lascivia histérica que él tomaba por experiencias de lo sublime. Y como durante aquellos desvanecimientos lo asaltaban visiones acompañadas de músicas de misa solemnis, Straibani decidió renunciar al pecado, apartarse de toda tentación, y dedicar lo que le restara de vida a cantar loas al Señor: se anotó en un coro religioso. Su bonita voz de bajo (una profunda promesa testicular) hizo estragos entre el resto de los participantes, conformado por dos *castrati* a punto de jubilarse y cuarenta y cinco damas de distintos estados físicos, psíquicos, etarios y civiles. Sucintamente: pese a las promesas de reforma hechas a su Virgen favorita (una Mater Dolorosa obesa e inexpresiva que desde un vitral del ala sudoeste de la iglesia se inclinaba bendiciendo al mundo), el maestro gimnasta reincidió en el error. Ahora no sabía si era infiel a Marina Tsvetskaia con la encantadora Kymen Lääni, a Antonella con sus dos amantes, o la propia Virgen con las tres, juntas o separadas.

Por supuesto, Marina notó en Straibani un aumento de la culpa original, pero sobre todo una mengua en el estímulo que ésta le proporcionaba. A eso se le sumó una cierta reticencia, ese aire de mentira que cualquier mujer pesca más rápido que una gripe. Todo sonaba inequívocamente como el preludio de un ocaso sentimental, que en este caso se presentó bajo la forma de un fin extrañamente prolongado, un cortejo lleno de raros matices y transiciones, sobre todo anímicas, llenas de epifanías introspectivas que la fueron llevando tardía y cruelmente a un saber respecto de sí misma, un saber basado en la certeza de que había vivido siempre una existencia vicaria: encargada de un hijo ajeno, habitante de una casa de difuntos situada en una ciudad desconocida, enamorada de un extranjero que estaba casado y que, para peor, la estaba abandonando. Adoptó firmemente esa convicción y se atuvo a sus consecuencias, como si lo propio, lo que es de uno y nadie más... como si la esencia existiera. Si ella era nada y nada era para ella —concluyó—, ella podía en cambio serlo todo para todos. Al menos durante un rato. Comenzó a vestirse mejor, y a salir, y a cobrar por sus encantos. En esa actividad no obtuvo placer ni consuelo; para aliviarse de la mirada lacerante de su hijo de leche, "que la atravesaba con su mudo reproche", comenzó a internarse en la ciencia de las combinaciones: rojo kirsch, verde ajenjo, dorada cerveza, traslúcido vodka... Madre, madre. A veces, en la bruma del mediodía, Andrei no lograba despertarla. Marina no llegó nunca a saber que Straibani, luego de ganarse cierta fama como "semental latino", se había entregado a otro ciclo de la tediosa dialéctica de la culpa y arrepentimiento, al cabo del cual decidió que ella era lo único y verdadero. Y no lo supo porque él no se atrevió a comunicarle esa certeza. Prefirió adorarla a distancia y se limitó a contemplar su conversión en gran dama mundana. A veces, durante sus entradas y salidas de o hacia la parranda, Marina tenía la fugaz entrevisión de un bigote en escorzo. Otras capturaba el brillo sutil de unos ojos inolvidables, el resplandor de una calva. Atribuía esos efectos no a la persecución implacable de su amado sino a la sombra perpetua de un sentimiento típicamente ruso: la nostalgia.

Durante un tiempo la vida siguió igual. Cierto atardecer de verano, uno de los neo-galanes mercenarios que la festejaban decidió sacarla a tomar aire por la avenida Keski, engalanada por una serie de arcos hechos de ramas de fresno empapadas de alcohol que cruzaban la calle de acera a acera. Evocaban una tradición atávica, un tornasol de gestas bárbaras y carnavalescas, lustrosas violaciones en chozas de paja, triunfos e incendios en la noche. A bordo del vehículo descubierto, Marina aspiró los perfumes de la brisa, agitó su chal como si se despidiera. El landó pasó bajo el primer arco justo en el momento en que Marina encendía su cigarrito... La combustión fue inmediata, elegantísima, una bola de fuego que acarició todos los arcos; Marina misma fue lo más exquisito del asunto, un halo de santidad perfectamente regulado y decoroso como una flor de pétalos azules. Alguno de los presentes reparó en un detalle: el turista disfrazado de oso de felpa que saltó sobre el landó y quiso apagar el siniestro abrazando a su víctima pero sólo logró consumirse él también, solidariamente, mientras lanzaba cómicas exclamaciones en italiano.

3

Andrei Deliuskin afrontó como un adulto la muerte de Marina. Había amado, ¡y cuánto!, a su madre sustituta, pero también había tenido plena conciencia de que ese amor estaba condenado de antemano. Durante un período breve se entregó a la estimación de los espantos del mundo; cuando tuvo un total aproximado, el conocimiento de la cifra lo dejó muy cerca del abismo. Sólo se salvó gracias a la única conducta reactiva que se permitiría nunca: así como a la hora de conciliar el sueño una criatura se aferra a una mantita rosa, un chupete usado, un viejo botón de terciopelo verde, él, en el intento de armar con cualquier escombro una certeza que le sirviera de refugio, rescató los relatos que Marina le había hecho acerca de sus padres verdaderos. Con un puñado de alusiones desvaídas, con una garúa persistente de recuerdos traídos al acaso, mi bisabuelo se fabricó una filiación y se hizo dueño de una memoria, y al hacerlo pudo protegerse de la intemperie. Su conclusión fue que no se trataba de apresurar su fin para reunirse con los ausentes, sino de hacer de la tierra un cielo para recuperarlos.

Por el momento no tenía los medios, pero sí la determinación de llevar a cabo su propósito. Entretanto, malvendió la casa de sus abuelos y abandonó Helsinki sin dejar nada a sus espaldas.

Primera parte del recorrido, bordeando el Mar Báltico: Vilpuri, Narva, Talina. Desvío en Arensburg, sólo para ver cómo las gaviotas se precipitan sobre los bancos de arenques. Espuma y masacre. En Riga pasó una temporada formativa, enclaustrado en la Biblioteca Pública de la ciudad. Vuelto una sombra sigilosa, se sustraía a la mirada de las bibliotecarias para realizar sus anotaciones. Desprendía alitas, rayos vermiformes, que iluminaban lateralmente la página escrita. En el curso de un solo año estudió textos de balística, numismática, arqueología, física y metafísica, química, economía, filosofía…Y sobre cada una de estas materias dejó, estampadas en la compresión de los márgenes, inolvidables observaciones, esbozos de sistemas, nuevas propuestas, diseños de tratados cuyas dimensiones establecerán los especialistas del futuro.

Un día cayó en sus manos un ejemplar de los *Ejercicios Espirituales* de Ignacio de Loyola. Era el primer escrito de carácter religioso que examinaba. Al principio lo fastidió la mezcla de énfasis huecos y de precisiones de tono ramplón y administrativo; creyó que deliberada y frívolamente el autor buscaba contrastar la fealdad de su prosa con las bellezas del pensamiento, como si las palabras fueran una mera vía para asegurar la transmisión de una "experiencia mental" ligada al conocimiento de presuntas verdades últimas. Pero pronto su desconcierto ante esa pobreza estilística cedió a una intuición. Si los recuentos escrupulosos y las observaciones burocráticas de Loyola diferían tanto del "estilo de la Iglesia" usual, eso no se debía a problemas de la traducción, ni a que el autor hubiese errado al redactar su libro en una lengua vulgar. Por el contrario, esa elección suponía un meditado proceso previo a la escritura misma. Si el latín era por aquellos tiempos la lengua única del Papado, emplearlo para escribir esos *Ejercicios Espirituales* hubiese significado, en principio, escoger a los lectores dentro del cuerpo mismo del catolicismo. Pero la opción por el castellano abría una brecha en esa perspectiva. ¿Loyola había concebido propósitos cismáticos? No. Hasta una lectura distraída permitía comprobar que su obra estaba hecha para atravesar indemne los fuegos del Inquisidor. ¿Loyola había privilegiado a sus compatriotas españoles? ¿Se trataba entonces de un escrito dirigido a evangelizar a las muchedumbres semianalfabetas del Reino de Castilla y Aragón? Tampoco. Y ahí retornaba, central, la cuestión del estilo. Como parte de su proceso evolutivo (que empezaba con una triste horda de brutos apóstoles primitivos hasta llegar a su presente de petrificada perfección), la Iglesia de Roma había ido elaborando un "medieval alegórico" de inclinaciones apocalípticas que, con sus gárgolas de sentido aterrorizante y su constante apelación a los Misterios (ya fueran de origen eleusino, hebreo, mazdeísta o mitráico), se reveló singularmente apto para impresionar la mentalidad infantil de las masas. De haber elegido al pueblo llano como público, Loyola habría optado por una prosa rimbombante y de eficacia *visible*, ya que los pobres aman el exhibicionismo y los lujos… ¿Qué teníamos a cambio? ¿Con qué se encontró mi bisabuelo en esas tardes de lectura?

No hubo un descubrimiento inmediato, Andrei Deliuskin no se asomó de golpe a todos los secretos que el libro guardaba para él. De hecho, a cualquier visitante que hoy acceda al sector "obras valiosas, rarezas e incunables" situado en el tercer piso de la Biblioteca Pública de Riga y cuente con la autorización para extraer de la vitrina y consultar el ejemplar de los *Ejercicios Espirituales* que descansa sobre una especie de ralo y apolillado mitón de felpa negra, le resultará evidente que en reiteradas anotaciones mi bisabuelo dejó constancia de sus sospechas y certezas. Huelga decir que el único motivo por el que ese ejemplar goza de una exhibición privilegiada es debido a la calidad e inspiración de la prosa adventicia que lo interpela.

Bien. Mi bisabuelo transpiró lo suyo para llegar al carozo del asunto. Pero en algún momento, ya fuese por el hábito de la lectura, ya porque la clave misma del libro era el desgaste de sus invocaciones más visibles, que funcionaban como trampa distractiva (pues en el fondo, y como bien saben los místicos, el signo de la presencia de Dios no adviene al ser mediante la infinita progresión de la cadena de silogismos, sino a través del silencio); en algún momento, y esta fue toda la iluminación que iba a recibir o producir en sus años mozos, Andrei descubrió que la elección de estilo de Loyola exigía menos una interpretación religiosa que política. De hecho, para el fundador de la Compañía de Jesús, *Dios era la máscara bajo la cual se ocultaba una política del poder.*

¿Eso convertía a Loyola en un brutal ateo, o cuanto menos un agnóstico?

En apariencia, los *Ejercicios Espirituales* consistían en una estructura o forma inteligente que pretendía formalizar la teleología de la Edad Media, empleando una serie de pasos prácticos tales como la oración, el ayuno, la imploración, la invocación, la respiración, la exhalación, la abstinencia, la flagelación, etcétera, pasos que, de ser cumplidos con rigor, darían por resultado la certeza (o al menos la fuerte creencia en la posibilidad) de que en algún momento el ejecutante se encontraría con el signo indudable de la presencia de Dios. Dios, claro, no en tanto *qué* es, sino en tanto que *Es.* (Por supuesto, como en todos los relatos acerca de la llegada divina, si Él no aparece —si el Signo no se produce— la culpa es nuestra, y eso no invalida ni la Esperanza ni el sistema ignaciano). Pero estos pasos, que en esencia son de una simplicidad abrumadora, mera acumulación de tiempo en una carrera de postas, en la retórica loyolesca, en esa prosa de contador exasperante y carente de gracia, adquieren el rango de una postergación infinita. Su sistema discursivo, hecho de anotaciones, puntos, previos, precauciones, repeticiones y rodeos, crea una formidable defensa ante aquellos lectores incautos y ligeros, ante las esperanzas rápidas y las ilusiones de poca monta. ¿Por qué ocurriría esto, si el libro tratara de *religión*? Si Dios es la salvación, el Acto está completo y no hay más que hablar. Loyola, en cambio, complica (en realidad, duplica), porque su propósito es humano; al menos, lo es en primera instancia. Su retórica árida y decepcionante —y *eso* descubrió mi bisabuelo— constituye por sí misma un sistema, cuya consecuencia buscada es el rechazo de algunos lectores y la elección de otros.

En conclusión: bajo la apariencia inocua de un manual de ascetismo destinado a provocar teofanías en serie, los *Ejercicios Espirituales* son en realidad un tratado en clave para la búsqueda, selección y entrenamiento de un grupo de iluminados que aspiran a tomar el poder. Entendido así, tal como lo descubrió mi bisabuelo, la oración en conjunto se vuelve un ejercicio conspirativo, y los ritmos de la plegaria (cada dicho del Pater, cada Nombre pronunciado, cada aliento de la respiración) se transforman en una meditación colectiva acerca de los tiempos de la acción política. Así, la figura del Dios expectante o ausente que aguarda la invocación correcta para favorecer al solicitante con su presencia, se convierte en un "vacío de poder" que el concilio o grupo convocado se ocupará de llenar luego de una serie de movimientos (la "gimnasia política"), ya no ligados al *qué decir* sino, directamente, al *qué hacer*.

Por supuesto, como todo texto en clave, los *Ejercicios Espirituales* requerían de un escrito externo o texto segundo, el manual para descifrar y operar el texto primero. Andrei lo buscó en el *Diario Espiritual* del jesuita, en sus *Comentarios*, en sus artículos sueltos, en su autobiografía, en las alusiones de sus colegas, superiores, amigos y enemigos, en las Encíclicas Papales; en ningún momento se le ocurrió pensar lo obvio: que el manual de instrucciones para la formación y entrenamiento de una vanguardia militante dispuesta a lanzarse a la conquista del mundo, plan concebido y crípticamente enunciado por Ignacio de Loyola, eran —o lo serían— sus propias anotaciones. De esta evidencia fáctica se percatarían tiempo más tarde las mentes más lúcidas de la Compañía de Jesús y, entre otras, personalidades tales como el revolucionario bolchevique Vladimir Illich Ulianov, alias Lenin (1870-1924).

Pero esta cuestión merece un aparte.

4

Poco más de un siglo después de que mi bisabuelo Andrei Deliuskin diera por finalizadas sus anotaciones a los *Escritos Espirituales* de Ignacio de Loyola y las dejara así, aparentemente descuidadas o abandonadas o abiertas a la consulta o el olvido de la humanidad, Vladimir Illich Ulianov, Lenin, partía por primera vez al exilio en Suiza, donde planeaba fundar el periódico *Iskra* (*La chispa*), al que concebía como un instrumento para divulgar su convicción acerca de la necesidad de un partido marxista revolucionario. Su lema era: "Una chispa puede incendiar una pradera", afirmación susceptible de ser suscrita tanto de manera mística como materialista dialéctica.

Del punto de partida —Siberia— donde lo había recluido una disposición del Zar, al punto de llegada —Ginebra— hay un largo trecho, de modo que la custodia (a cargo de dos miembros particularmente ineptos de la *Ojrana*) tendía a relajarse. Lenin aprovecha el recorrido para leer. Entre Schuschenskoie y Omsk despacha *La Eneida*; desde Omsk hasta Kurgan se ocupa de la *Decadencia y caída del Imperio Romano*;

de Kurgan a Tzevsk visita las *Investigaciones sobre la naturaleza y las causas de la riqueza de las naciones*; entre Tzevsk y Kostroma examina los *Principios de Economía Política*; mientras que entre Kostroma-Novgorod salda una vieja deuda: *El origen de la familia, la propiedad privada y el Estado*; de Novgorod a Pskov se permite una licencia literaria: *La carta robada*.

Un lector que posea un mapa adecuado comprobará que, para cuando el expatriado cierre el libro de cuentos de Edgar Allan Poe, la troika estará a punto de llegar a la frontera letona. Letonia: chichón del cambiante tablero de la Europa post-bismarckiana. Un país donde todas las distancias son cortas. De Pskov a Riga apenas hay una carrerita. La pregunta obvia es: ¿cómo hizo Lenin para hacerse una escapada clandestina a Riga, visitar la Biblioteca Pública, toparse por azar o determinación con los *Ejercicios Espirituales* anotados por Andrei Deliuskin, y emplear estas anotaciones para la evolución de su pensamiento marxista...? ¿Aprovechó una siesta larga de Oleg y Magoleg? ¿Echó algunos polvillos somníferos en las copas de éstos? ¿Los envenenó acaso (*el fin santifica los medios*)?

En *Mi vida con Lenin*, Nadezna Krupskaia menciona como al pasar que la trayectoria de su marido con destino al primer exilio en Suiza "estuvo lejos de constituir una línea recta". Pero lo cierto es que Lenin *nunca visitó Riga* (lo más cerca que estuvo de hacerlo fue en marzo de 1921, cuando la Rusia soviética debió firmar la humillante "paz de Riga" con Polonia, pero finalmente envió en su lugar a Ioffé, que ya había intervenido en el pragmático pacto de Brest-Litovsk). Y como es del todo obvio que Andrei Deliuskin y Vladimir Illich Ulianov no pudieron conocerse (salvo que mi bisabuelo hubiese sido un fantasma, un ser inmortal o un vampiro), queda claro que la influencia del primero sobre el segundo fue fundamental pero indirecta. O por mejor decir, mediada.

Entonces. Si Lenin siguió su viaje a Suiza, ¿cómo hizo para conocer las anotaciones de mi bisabuelo al libro de Loyola?

Para saberlo hay que remontarse algunos años atrás.

Entre 1797 (año en que Andrei Deliuskin se pasó una temporada leyendo y anotando los *Ejercicios Espirituales*) y 1850 (cuando ingresa a escena el sacerdote jesuita Bernard Stierli), ocurrió una serie de pequeños acontecimientos que paulatinamente fueron llamando la atención de las comunidades religiosas de la zona (de Letonia a Suiza, de Suiza a Bélgica), hasta exigir la intervención de una autoridad eclesial. Los hechos en cuestión no diferían de los que puntualiza la tradición milagrera: conversiones increíbles, curaciones imposibles, levitaciones de difuntos, lágrimas de sangre vertidas por reproducciones de vírgenes... lo singular de aquellos fenómenos era que no se consideraban producidos por labor de santos ni por efecto de lo sobrenatural, sino que el común de la gente los atribuía a un volumen que en su anaquel de la Biblioteca Pública de Riga dormía el sueño de la cosa poco frecuentada: precisamente el ejemplar anotado de los *Ejercicios Espirituales*. La versión era que por las noches destellaba un resplandor áureo que difuminaba los beneficios mencionados. Y, según se decía, no era aquel un brillo sin calor, sino al contrario, una llama sin fuego que había calcinado hasta el hueso a quienes se habían atrevido a manipularlo con intenciones de robo. Pero lo más asombroso de todo era que, soltando cada noche una temperatura de todos los infiernos, el libro permanecía incombustible.

Una vez que llegó a sus oídos la noticia de aquellos acontecimientos, Rigoberto de Nobili, provincial a cargo del monasterio de los jesuitas de Lovaina, decidió encargar una investigación. Por supuesto, no convenía levantar la perdiz, cosa que hubiese sucedido si cumplía con el protocolo y solicitaba al gobierno letón que le remitiera el libro a examinar; tampoco podía contratar a un ladronzuelo para que se apoderara de éste. Tras meditarlo un poco, Nobili llamó a su celda a Bernard Stierli (su mano derecha y abogado del diablo), y tras cambiar unas pocas palabras lo impuso de algunos delicados detalles relativos al sentido de su misión.

La elección de Nobili se produjo en un momento extremadamente sensible de la vida de Bernard Stierli. Gran admirador de Roberto "martillo de los herejes" Bellarmino (conocía al dedillo sus *Controversiales* y su *Arte de Morir*), el padre Stierli tenía por única pena en este mundo no haber sido destinado nunca a una misión que estuviera a la altura de sus aptitudes. Había nacido demasiado tarde para conocer al núcleo fundador de la Compañía, se había perdido las gestas misionales en el Paraguay y las aventuras de la evangelización en China, Japón y Etiopía… En fin, subsistía en la desazón perpetua de sentirse consumido por un frenesí sin objeto, al que sus rivales dentro de la Compañía definían como "una perpetua sucesión de crisis de morondanga". Así que apenas Nobili le comunicó su tarea y destino, Stierli tuvo que contenerse para no gritar de alegría. A las dos horas estaba en camino.

Llegó a Riga temprano en la mañana, vistiendo ropas de civil. De todos modos, nadie reparó en él. La ciudad estaba convulsionada: la policía había encontrado prolijos recortes de piezas humanas diseminados en diversos puntos de la ciudad.

Stierli desayunó frugalmente, eligió una pensión acorde con la modestia de sus fondos, acomodó sus ropas y se dirigió hacia la Biblioteca Pública. Allí se decepcionó ante la falta de recaudos tomados por la institución para proteger su obra más valiosa: el ejemplar de los *Ejercicios Espirituales* aún era de consulta libre. Por un principio elemental de prudencia, llenó una ficha con un nombre falso, de resonancias anglófilas y repercusión íntima (Charles Hope, un querido condiscípulo de seminario, ya fallecido), y —muy propio de un jesuita— practicó un poquito del arte del disimulo solicitando el *Cándido* de Voltaire.

—Ah. Pornografía. El señor es puerquito... —se relamió Gunda Gwrolin, bibliotecaria y viuda no abstinente.

Para no complicar el perfil de su personaje, durante los días siguientes el Hope de Stierli pidió y simuló leer las *Memorias* de Casanova, las de una cantante alemana, las de un erotómano inglés, las ciertamente más depravadas de un navegante solitario (*Aves y Peces*).

Y mientras tanto vigilaba la sala: flujo de lectores; grosor o delgadez de lomo de los tomos que salían a consulta; atisbos de caja, de diseño de tapa. Cada dos, tres horas, y con el propósito aparente de cortejar a la Gwrolin, se acercaba al mostrador y complementaba su técnica de control echando miraditas de reojo al formulario donde se transcriben los pedidos de lectura. Quizá se tratara de un período de opacidad luego de la vulgar explosión de fama, o tal vez los pobladores de Riga estaban demasiado conmovidos por la sucesión de asesinatos para preocuparse por las emanaciones misteriosas de éste u otro libro, pero lo cierto era que, desde su llegada al lugar, nadie había solicitado el ejemplar anotado de los *Ejercicios Espirituales*.

Pasaron los días, vanamente. Stierli hizo todo lo posible para ganarse la simpatía de Gunda y conseguir la posición de "lector de confianza" (categoría que habilitaba a la libre consulta sin previo llenado de ficha). Desde arrimarle ramos de flores un tanto marchitas (la tímida modalidad de asedio de un festejante inadecuado), hasta invitarla a beber alguna copa de licor de naranja y descubrirse manoseado en un oscuro zaguán suburbano —el Ser, gracias a Dios, no es la Cosa— mientras la gorda borracha le chupaba la oreja y descorría los pesados telones de sus prendas íntimas. El episodio lo dejó perplejo. Técnicamente, era imposible averiguar si había quebrado o no su voto de castidad. En todo caso, el pretendido Hope tuvo poco tiempo para averiguarlo. Apenas había alcanzado la posición esperada, y cuando ya estaba meditando sobre los riesgos de dirigir sin más trámite su mano hacia el volumen loyolesco… entonces ocurrió una innecesaria, aliviadora desgracia. Otro episodio más en la espantosa serie de los crímenes de Riga. Stierli se compadeció tibiamente, cristianamente, aliviadamente, al enterarse. Una punta muy aguzada. Directo al corazón. Por suerte Gunda no sintió nada.

Al día siguiente, un nuevo bibliotecario. Hombre. Todo tiene un límite y Stierli supo que no era hora de empezar de nuevo. Cuando se acercó al mostrador y pidió el libro, apenas conservaba la prudencia necesaria como para seguir utilizando su seudónimo. El bibliotecario vaciló —¿una duda, una sospecha, un agente de policía?— alzó la pluma entintada, pensó durante unos segundos. Después preguntó:

—*Ejercicios*, señor Hope… ¿con hache o sin hache inicial?

Este es el momento central en la vida de Bernard Stierli. Está solo, casi solo, en la sala de lectura, y tiene en sus manos un tesoro por auscultar, la posibilidad de encontrar una prueba de la existencia real de lo milagroso, una prueba que, ¿quién sabe?, puede abrir las puertas clausuradas tras las que se abre el abismo: la demostración de la existencia de Dios. Lograr ese salto, esa demostración, justificaría su vida… cualquier vida… la existencia misma del Universo… Y encontrarlo en un ejemplar del libro del fundador de su orden, sería el *nec plus ultra*. Se entiende que el jesuita vuelva a su asiento transido de emoción (como, cincuenta años atrás, Andrei Deliuskin había estado *transido de escritura*). Repiqueteo de dedos sobre la tapa dura, temblores. ¿Y si tras la revelación no hay Paraíso ni verdad, sino...? "Chist. Chist". "¿Eh?". "¿Se siente bien, señor?". "¿Por?". "¿Está temblando?". "Ah, sí, gracias querida, no te preocupes. Es la excitación, quiero decir la edad, el mal de San Vito". "¿Quiere que llame a...?". "No quiero que llames a nadie, maldición". "Ah, perdón, qué carácter". Rumor de patas de silla arrastrándose sobre el piso, cuerpo de mujer que desaparece. Como siempre. Deseo y remordimiento: la mujer es un fantasma que no albergan los castillos de la teología. Ahora, mientras acaricia con temor reverencial las letras de oro en relieve, el padre Stierli recuerda que San Ignacio fue una especie de don Quijote de la Iglesia; su conversión, su acceso de locura, ocurrió cuando, en obligado reposo tras las heridas sufridas en la batalla de Pamplona, no tuvo a mano otra distracción que la lectura del Nuevo Testamento. "¿Cuál habría sido mi destino —se pregunta Stierli mientras abre el ejemplar de los *Ejercicios Espirituales*—, si en vez de las Sagradas Escrituras Loyola se hubiese topado con el *Amadís de Gaula*?". Más próximo que nunca al sentimiento de desaparición personal, el jesuita murmura: "Anima Christi, sanctifica me".

No hay un viento cálido que agite las hojas del libro y lo arranque de sus manos y lo haga girar por los aires. Mucho menos, sonido de arpas (Dios gana en discreción a medida que va envejeciendo). Pero, con su pobreza de efectos, el acontecimiento resulta de un orden más radical. Stierli se asoma a la primera página y la lectura es una conmoción, un acto fulminante. Al margen de las palabras augurales del autor (toda una declaración de principios), encuentra la primera de las frases que con su letra pequeña y aplicada, con su trazo de escarabajo abismal, fue escribiendo Andrei Deliuskin durante aquel olvidado verano de 1797 que pasó en Riga. Y ya esa primera oración (porque hay frases que son rezos) parece simplificar y contener y situar en su verdadera dimensión todo el sentido de las preocupaciones de Loyola:

"¿Cómo se mueve un espíritu?"

Stierli tiembla de dicha. Por la noche, desde su cuarto de pensión, escribe a Rigoberto de Nobili. Lo breve de su misiva certifica la felicidad que lo embarga: "Todo es cierto".

Naturalmente, creerlo es una cosa y probarlo otra. Con la perspicacia que lo caracteriza, Stierli sabe que, amén de una clásica investigación de perito eclesiástico que trata de dirimir las sutiles diferencias entre trance místico y acceso histérico, su trabajo debe apuntar a la resolución de los siguientes interrogantes: ¿Por qué se atribuye a este (y no a otro) ejemplar de los *Ejercicios Espirituales* un poder milagroso? ¿Se debe a alguna particularidad gráfica o tipográfica del impreso en sí? ¿O quizá (como él cree, y a esa creencia apuesta) a las anotaciones que un perfecto desconocido realizó al margen?

Cada mañana, entonces, Stierli recorre Riga y sus alrededores tratando de separar la paja del trigo, el milagro de la impostura. Y cada tarde, sentado ante la mesa de la sala de consultas desierta, provisto de pluma y tintero, inclinado como un estudiante copión sobre otro ejemplar de los *Ejercicios Espirituales* que ha sabido conseguir y que diariamente ingresa de contrabando en la Biblioteca Pública, transcribe con mano reverente y fidelísima tanto la letra en su espíritu como la forma caligráfica de las anotaciones de mi bisabuelo. La tinta es especial, adquirida en el comercio de un conocido falsificador de antigüedades, de modo que cada trazo, apenas seco, imita de manera verosímil las injurias del tiempo. Pero eso sólo importa de manera visible. En esencia, a medida que su mano se desplaza sobre las páginas, el viejo y devoto jesuita se va convirtiendo en la encarnación temblorosa de un joven genial y ya muerto: mi bisabuelo. Stierli lee con él, entiende con él, interpreta con él, escribe con él. Y al hacerlo, los alcances de la obra de Loyola se le van abriendo lenta y plenamente. Durante cada una de esas tardes de copiado, y a medida que avanza letra a letra, va sintiendo cómo se transfunden a su ser los signos de una comprensión suprema. "No es posible entenderlo todo sin auxilio celestial —piensa—; aun más, no es posible que estas anotaciones hayan sido escritas por persona alguna, sino que parecen provenir directamente de una mente divina que quiere introducir en el mundo una verdad oculta hasta el presente, una *reforma* inesperada en el plan de la creación. Pero, ¿por qué yo? ¿Por qué me tocó a mí develarla?".

Stierli sospecha y teme, por supuesto. Aunque en su papel de abogado del diablo le es difícil creer en la existencia física de Satán, tampoco descarta la posibilidad de su existencia como entidad subsidiaria de los sistemas de prueba y castigo propios de la economía de la salvación. En ese caso, piensa, las preguntas sobre su propia función en el plan del Altísimo podrían ser los prolegómenos de un terrible error, o quizá, de su propia caída. Y se consuela: "Dios no escatima esfuerzos, pero tampoco los derrocha inútilmente. No va a hacer todo esto sólo para condenarme. Después de todo, ¿qué soy yo para él? Menos que nada". Quizá —se dice— todo se deba a un exceso de suspicacia de su parte. Sin embargo, no deja de llamarle la atención la figura que se ha compuesto, y en la que lo más grande se acurruca dentro de lo más pequeño: un jesuita que copia los textos de un amanuense iluminado, Dios mismo quizá, que en algún momento condescendió a bajar silenciosamente de su Trono y se sentó en una silla de la Biblioteca de Riga a escribir acotaciones, correcciones, perfeccionamientos de la obra del fundador de la Compañía de Jesús. ¿Es un círculo? ¿Será quizás un espiral ascendente, una elíptica que se dirige al cielo sin que lo adviertan nuestros ojos?

El asombro puede ser una vocación, un excelso ayudante de la fe, pero hasta el más crédulo siente disminuir su capacidad de sorpresa cuando la maravilla se vuelve rutina. No obstante, en este caso, Stierli, que en el curso de los años se ha acostumbrado a trajinar los textos más arduos, y que por lo tanto tiene un entrenamiento que le permite anticipar el momento en que su inteligencia alcanzará o superará a las poderosas mentes cuyos derroteros va siguiendo, se encuentra ahora ante una capacidad que lo excede. Los rumbos que toma el pensamiento de mi bisabuelo le resultan inesperados, sus construcciones caprichosas, las derivaciones parecen saltos abruptos, fulguraciones de una verdad que no requiere del fatigoso escalonamiento silogístico, pero cuya lógica última se anuda de alguna manera en un punto que se entrevé infinito. Y lo más extraño es la carencia de un estilo, como si esa escritura no requiriera de un hombre (o una entidad) para ser escrita. Una impersonalidad serena o suprema, no acuciante ni demostrativa, pero cuya prescindencia, al ser auscultada, revela, tanto a lo largo de toda la frase como hacia el interior mismo de cada concepto en particular, un precipicio donde hierven dimensiones a ser descubiertas. En esos momentos de terror o de abyección, Stierli cree encontrarse en presencia de una maquinaria o de un monstruo. Vuelve a escribirle a Rigoberto de Nobili. Su tono ya no es de pura límpida dicha; está salpicado por la preocupación: "Complicadamente simple. Sublime, o más aún: Lo inefable". Nobili no contesta: calla y espera. Stierli sigue su proceso. Las verdades que se le imponen cada día como perfecciones en su forma, aceptan la siguiente ampliación de sentido que pueden funcionar tanto de manera complementaria como adversativa, y sin que las objeciones anulen los conceptos expuestos. En definitiva: está abrumado por la onda expansiva de una explosión de efectos tanto intelectuales como prácticos, cuyas consecuencias podrán medirse en el momento en que esa escritura —las anotaciones de Andrei Deliuskin— se haya diseminado en la mente de los destinatarios, sean éstos un sujeto universal, la totalidad de la especie, o —tomando en cuenta el libro donde se ha verificado su aparición— los pertenecientes a la orden de los jesuitas.

En cualquier caso, y como dijera el propio Loyola: "También tú puedes hacerlo". Hay que seguir copiando, pensando. Y al mismo tiempo, no descuidar el mundo. Desde hace un tiempo, Stierli ha empezado a sentirse objeto de la fijeza de una serie de miradas que no parecen casuales. Sin esfuerzo advierte que un individuo de raro jabot, pantalones, polainas y galera rojas, lo sigue a lo largo de unas cuadras de su recorrido vespertino y luego es reemplazado por otro que viste enteramente de negro. Stierli cree que ha sido descubierto por sus fraternales adversarios los dominicos, que naturalmente también están detrás del misterio escondido tras el ejemplar de los *Ejercicios Espirituales* (probablemente para denostarlo, imputarlo de fraudulento, o quizá para interpretarlo a su manera y utilizarlo para los fines de su propia orden). Pero se equivoca. Quienes van tras de sus pasos no son más que funcionarios policiales de baja categoría, debido a que su nombre —es decir, su seudónimo, Hope— figura en el listado de individuos a ser investigados por lo que Europa ya empieza a llamar "Los crímenes de Riga". Desde que el mundo es mundo, para los poderes de cada Estado la figura del criminal es casi sinónimo de extranjero. De todos modos, la inclusión de Stierli en la nómina no deja de tener cierto grado de pertinencia, ya que éste, en tanto Hope, ha tenido una conexión efímera con uno de los términos de la serie, más precisamente con una de las víctimas: Gunda Gwrolin. Pero esto lo ignoran tanto la policía como el propio interesado. Lo que es una lástima, porque de haberle prestado Stierli alguna atención al asunto, y de haber seguido su concatenación y secuencia, a partir del tercer o cuarto crimen no habría tenido el menor problema en deducir el criterio lógico y patronímico que guiaba la mano del asesino.

¿Quién era éste?

Dejemos por un instante su identidad en suspenso, concentrémonos en su biografía: infancia infeliz, golpes de atizador sobre sus nudillos propinados por el padre alcohólico, penetraciones incompletas a cargo del hermano mayor, un minero desocupado. Y después, las primeras venganzas: se vuelve especialista en horadar ojitos de alondras, ejercita su malditismo hurtando objetos inútiles en casas abandonadas. En la adolescencia tardía lo invade la certeza acerca de la importancia de su persona, y consecuentemente lo desvela la necesidad de comunicar la noticia al resto del planeta. Alguien le cuenta que Nerón se volvió célebre incendiando Roma. "A ver a ver, ¿qué puedo hacer yo para conseguir lo mismo?", piensa. En la edificación de Riga abunda más la piedra que la madera. Por eso decide cimentar su gloria sin recurrir al fuego y elige a sus víctimas por la primera letra de sus apellidos que, puestos en el orden sucesivo de los hechos, denunciarán el propio: en todo criminal minorista se esconde la voluntad alegórica propia de una inteligencia disminuida. Matar, enchastrarse las manos con sangre, eso le gusta tanto como imaginar la forma de su anunciación y el momento en que un astuto detective procederá a detenerlo. Y si esto no ocurre al cabo de la primera tanda, pues... Ya habrá otras mórbidas y más espectaculares reediciones... Pero por las dudas (el temor a ser incomprendido), ofrece la pobreza de un mensaje en clave, cuyo contenido reproduce en dieciséis hojas de papel cuadriculado: "Dieciséis personas serán aniquiladas, descuartizadas, y sus restos dispersados por toda la ciudad, sólo porque yo quiero proclamar a la reverencia y el espanto de la Historia que mi apellido está compuesto por la primera letra de cada apellido de cada muerto por mi mano". Con nulos resultados el señor Aglarevopphigius —rengo, escuálido, insignificante, exoftálmico, célibe y feo— distribuye esos textos en los baños de todos los bares de la ciudad luego de que la primera letra de su apellido haya sido en sangre subrayada.

Pero ahí no termina todo. *Hay otra señal.* Para Aglarevopphigius, la elección de un apellido es también la elección del órgano o parte del cuerpo que será seccionado por su puñal, perforado por su bala, corroído por su veneno, apretado por su soga. Así, el conspicuo relojero **A**cantus recibe un tiro en el **A**bdomen; así **G**immel se desangra luego de que su victimario le rebanara a tarascones el **G**lande... La más extraña de las elecciones de Aglarevopphigius es justamente la de Gunda **G**rowlin, que soporta una puñalada que le seccionó el intestino. ¿Sería por grueso, por gorda, por grasa?

¿Cómo saberlo? El pobre Aglarevopphigius nunca fue detenido, y Stierli, que permaneció al margen de la evolución de este asunto (aunque no de su cierre), continuó convencido de que un grupo de confabulados conocía su misión y le seguía los pasos.

Entonces, creyendo que el cerco de la persecución se cierra sobre él, Stierli se apura. Copia rápido, sin detenerse y sin pensar, corriendo el riesgo de cometer un error, producir una variación en la letra, en la expresión, en el sentido de las anotaciones de mi bisabuelo.[3] Una tarde pone punto final a su trabajo. Es el momento más delicado de su misión: aquel en que debe obrar la sustitución, dejando su copia y llevándose el original a Lovaina; es también, por lo tanto, el momento que cualquier adversario aprovecharía para denunciarlo como ladrón y falsario. Por eso, previendo la celada, Stierli *se retira de la Biblioteca llevando consigo la copia*. La suya es una operación propia de su inteligencia sutilísima, de su enorme descuido. Si lo atrapan y capturan lo que lleva, los ladrones tendrán, no lo que buscan, sino su simulacro. Pero al mismo tiempo, si la transcripción es idónea en espíritu y en letra, ¿no será en primera instancia indistinguible del original? Por primera vez en meses Stierli pisa las calles de Riga con aspecto de delincuente satisfecho. Da un paso, da otro. Su culpable diestra acaricia, denuncia el bolsillo secreto de su abrigo donde guarda el libro-señuelo. Para su sorpresa, nadie lo detiene, nadie lo asalta, nadie le pide que devuelva o entregue lo sustraído.

---

[3] Algunos estudiosos afirman que a partir de la "segunda semana" estipulada por Loyola, el trabajo de transcripción del padre Bernard Stierli se aparta del texto de Andrei Deliuskin e introduce nuevas cláusulas.

A esta altura de los acontecimientos, algún lector se preguntará por la racionalidad de toda la operación. O, al menos, de la que se deriva de la creencia en la condición singular, ambiguamente milagrosa, que investiría al libro anotado por Deliuskin y que no se extendería al que reprodujo Stierli a imagen y semejanza. ¿Acaso el aura de la cosa primera no se posa también sobre sus reproducciones? Si en este caso se demostrara la falacia del principio que postula el valor uniforme de la serie —principio que popularizaría, entre otros, el inventor de la imprenta—, ¿no constituiría eso una refutación del catolicismo, que otorga la misma aptitud para producir verdades de la fe tanto a la figura primera (sea ésta Cristo, la Virgen, los santos), como a sus apariciones sobrenaturales y a sus reproducciones materiales?

Preguntas similares acosan al propio Stierli, que sin embargo, por criterio de subordinación canónica, suspende sus dudas y su incredulidad. Cuando por fin se convence de que nadie monta guardia para sorprenderlo con las manos en la masa, ya ha oscurecido.

La oblicua noche de Riga lo ve volver sobre sus pasos y colarse por la banderola del tercer piso de la Biblioteca. Agitado (ya no tiene edad para esas gimnasias), posa sus sandalias sobre las losanges blanquinegras. En la sombra de aquel ámbito cada simple línea de estantes adquiere la densidad de una maraña gótica. Stierli, que a lo largo de los días ha tomado nota de las dimensiones del lugar, camina a ciegas, los brazos extendidos, esquivando obstáculos por centímetros. Es como si la divina providencia lo guiara hacia el anaquel donde reposa el libro que debe ser robado y reemplazado… De pronto, a pasos del sagrario, debe detenerse. Se escucha un susurro de prendas que rozan paredes. Stierli siente el movimiento del aire como un filo y sin pensarlo alza un brazo, detiene un golpe, lanza otro con el canto de la mano, oye la música de un gemido ahogado, el borboteo de una agonía. Todo se acelera. En movimiento confuso extrae la copia de entre sus ropas y sustituye o cree sustituir el original, que arrebata y con el que huye. Pálido como la luna que hiere los cielos, en su fuga por los techos no advierte que los cuernos amarillos se tiñen con el sangrado, se empapan con los colores del Islam.

¿Creyó nuestro jesuita haber asesinado a alguien? ¿A un perseguidor secreto y eficiente pero desafortunado? ¿Al sereno que hacía la ronda, a su amante furtiva? Es difícil definir el estilo en que se presentan los hechos cuando éstos adquieren la inconsistencia de lo fantástico. De todos modos, existe la certeza de que durante el curso de aquella noche Stierli *sí* mató a alguien. Claro que no fue debido a un acto voluntario. Un agnóstico aseguraría que ese crimen es atribuible a la elegancia del azar. Sí. *Aglarevopphigius*. Que, como todas las noches, permanece peligrosamente acodado en los parapetos del puente sobre el río Duina, meditando acerca de su esquema de promoción personal. ¿Debe darle una ayudita al mundo y anunciar que diseminado entre las letras de su apellido se encuentra el nombre de la primera letra del alfabeto hebreo? ¿Convendría tal vez sacrificar a un recién nacido el día de su nacimiento (el suyo, claro: Aglarevopphigius no sabe usar los posesivos porque nunca nada le ha sido propio)? ¿Y qué tal entregarse al Departamento de Policía (al menos dará notas a la prensa)? ¿O suprimirse de manera grandiosa, quizás?

Meditaciones Aglarevoppighius mira sin ver las pintas de color celeste que por segundos tiñen el marrón del río; de pronto, un pequeño resplandor dorado, una estría espermática hace su curvita, da su coletazo. Un plic, y luego nada. En vez de alzar la cabeza para anticipar la línea hervorosa por donde aparecerá el sol, Aglarevoppighius se inclina otro poco, justo en el momento en que Stierli pasa corriendo a su lado (suyo, suyo) y, con el mero viento de su desplazamiento le da el envión mortal. Las aguas se abren con un rumor de asco o de bienvenida. ¿Homicidio o suicidio? En definitiva, nadie puede permanecer ajeno al dilema interpretativo que sugiere ese punto de encuentro (último) entre dos sujetos ligados a formas tan diversas de lo indecible como lo fueron Aglaveropphigius y Stierli.

5

La llegada al monasterio de Lovaina de la edición
anotada por Andrei Deliuskin introdujo en el seno de
la Compañía de Jesús el signo de una transformación
tan radical como lo fue la aparición de los *Ejercicios
Espirituales* en el panorama de la mística medieval.
Hasta entonces, el ideal de perfección era una probabilidad que sólo se realizaba en la unión con Dios,
proceso que resultaba efecto de una dádiva, la gracia divina, y no consecuencia de un mérito humano. Por tal causa, entonces, esa *contemplación
inspirada* establecía una diferencia no de grado
sino de especie respecto de la *contemplación adquirida*, un trabajo meritorio y digno de todo elogio,
pero que sólo poseía un alcance limitado porque
su origen se hallaba en la voluntad del hombre por
establecer esa unión. Mediante el don extraordinario de la *contemplación inspirada*, el místico pierde toda
relación con los sentidos (ya no hay razón, ni memoria, y las imágenes y formas y comparaciones se
desvanecen), por lo que las palabras que luego narran
esa experiencia no pueden dar cuenta de lo ocurrido;

ante esa imposibilidad ofrecida como espectáculo, lo inexpresable azota el alma de los no dotados (la muchedumbre de practicantes de la *contemplación adquirida*), que sienten la inutilidad de sus esfuerzos por obtener un contacto que, en definitiva, será siempre de calidad inferior. No es extraño que esta supremacía en los órdenes del vínculo proveniente de una elección supraterrena que caprichosamente escoge individuos para iluminarlos de manera extraordinaria se corresponda con un estado político que, sin fundamento axiológico alguno, hace reposar sobre testas coronadas o vaticanas todo principio de autoridad. La publicación de los *Ejercicios Espirituales* —como bien comprenderá Lenin luego de leer las anotaciones de mi bisabuelo Andrei Deliuskin— produce un quiebre en esa teoría, aniquilando el fundamento metafísico de la hipotética preeminencia del método contemplativo para acceder a un estado de cosas. Aunque en apariencia provenga del campo religioso, el libro de Loyola (seguimos con Lenin) supone una de las primeras producciones ideológicas que apuesta a fabricar una cosmovisión adecuada a la temprana burguesía, clase social emergente que invierte su esfuerzo igualitarista y proto-democrático a fin de tener todo, conseguir todo, entender todo, y cuya *aspiración* (ávida, aunque nada *inspirada*) es *adquirir* todo... hasta el contacto con Dios.

Pero no nos adelantemos al curso de los acontecimientos y vayamos a los claustros.

De vuelta en Lovaina, el padre Robert Stierli se entrevista con Rigoberto de Nobili. Los contenidos de la entrevista permanecen en secreto, como un exudado de la confesión. Pero las consecuencias se difunden. Brevemente: las anotaciones de Andrei Deliuskin se convierten en objeto de lectura y discusión dentro del convento. El ambiente se vuelve febril. La aplicación de distintos métodos de abordaje del texto propone diversas lecturas. Los postulantes de cada perspectiva logran proezas de refinamiento interpretativo, pero ninguna conforma a todos. Las aguas se dividen: de cada opinión nace un agrupamiento interno, y en cada agrupamiento brotan celos, resquemores y reproches. La crisis se expande, las disensiones se vuelven graves. Amonestado por el Principal de Roma, Rigoberto de Nobili recurre a un modelo de organización del estudio y debate que refuerza el sistema jerárquico, limitando el deseo común a acceder a *una* verdad del texto por la vía de su sustracción a las consultas: lo guarda en el armario de su celda, que permanece siempre bajo llave.

La ausencia súbita del ejemplar anotado es sentida por la masa de estudiantes y sacerdotes como un vacío metafísico, una espiral que lo absorbe todo y aplaca toda violencia, reemplazándola por la nostalgia. Nobili aprovecha su golpe de efecto y se coloca en el centro de la escena. Organiza una ceremonia para celebrar el fin de la discordia, restituye el libro a su lugar, pero condiciona su acceso a la previa inscripción de cada consultante en un "círculo de lectura" de las anotaciones. Como este esquema es un calco del modelo concéntrico propuesto en la *Divina Comedia*, cada círculo está a cargo de un "guía" (por supuesto miembro del entorno de Nobili) que orienta, legitima o descarta las interpretaciones de los "guiados", y que periódicamente informa sobre posibles desvíos doctrinales o progresos en la recta comprensión del material de estudio. Y es Nobili, por supuesto, quien maneja personalmente las gradaciones. Una rebeldía ocasional, un acceso de libre interpretación, son habitualmente castigados con el descenso de varios círculos. Inversamente, cualquier promoción indica un acatamiento previo. Muchos inscriptos deciden pagar el precio de la subordinación: corre el rumor de que en el último nivel, llamado "supremo" o *coelum*, cada "ascendido" puede dejar del lado exterior del Sancta Sanctorum al "guía" y acceder a un contacto directo —limitado a veinticuatro horas— con las propias anotaciones de Andrei Deliuskin. (En general, por convicción o por hipocresía, tras el día completo de encierro los "ascendidos" salen del Cuarto de Consulta con la expresión que los antiguos relatos atribuyen a la unión mística).

No obstante su exhaustividad, este intento de ordenamiento genera reacciones; hay sectores que acusan a Nobili de papista y afirman que integra una reacción conservadora que trata de atemperar, encubrir o eliminar los significados más urticantes que se derivarían de una libre lectura. Creyendo que su condición de "testigo inicial" lo pone por encima de la disputas, un Bernard Stierli ya un tanto senil trata de obrar de amable componedor entre las facciones: alguien lo apuñala en un confuso episodio nocturno ocurrido en el refectorio. El gesto de aterrorizada contrición que pervive en su rostro durante el velatorio obra como un bálsamo para los ánimos dolidos por la tragedia. Tras el entierro del hermano ilustre, y en gesto de gran política, el principal afloja algunos rigorismos y elimina estancias intermedias. Las anotaciones de mi bisabuelo se vuelven accesibles incluso a los novatos. Curiosamente, ese relajamiento de la disciplina coincide con un momento en que ya casi nadie busca consultar el ejemplar. Es como si la sístole-diástole de la interdicción y la liberación hubieran vuelto menos estridentes sus potencialidades, agotado sus verdades más revulsivas. Bajo la superficie en apariencia quieta de las cosas, el trabajo de mi bisabuelo se ha vuelto una especie de pez de los abismos, un fósil sobreviviente que sigue atravesando las aguas turbias con la ayuda de una extraña luz propia. Sólo que ahora es el propio libro como objeto y no sus contenidos lo que se convierte en un fetiche ritual.

Lo alojan en una sala especialmente acondicionada, escoltado por velones siempre encendidos, dentro de un armario de palosanto en cuyo interior reposa sobre un rojo manto de terciopelo... En paralelo a ese proceso, sigue creciendo el desencanto y la sospecha. Algunos elementos juveniles, contagiados del espíritu agnóstico de la época, aseguran que los *Ejercicios Espirituales* son un mero resumen (o plagio) de otros libros ascético-místicos como el *Libro de Ejercicios* del abad benedictino García de Cisneros, la *Vita Christi* de Ludolfo de Sajonia y la *Imitatio Christi* de Tomás de Kempis, compendios a su vez de libros anteriores... Y por supuesto, las anotaciones de mi bisabuelo no serían entonces más que la exégesis cansina y académica pergeñada por un escriba anónimo y obtuso, incapaz de advertir esa decepcionante genealogía. El libro se convierte en vestigio irritante de un fraude hipotético. Alguien propone una hoguera, purificarlo todo. Un día, una mano anónima se adelanta al fin y reemplaza el ejemplar por una rata muerta y disecada; el escándalo de la operación sucumbe ante la falta de repercusiones. En algún momento, el desinterés, el cansancio abrumador, lo invaden todo. La edición anotada de los *Ejercicios Espirituales* vuelve a su lugar, la rata va a parar a un tacho, y a quién le importa.

Pasan los años. La nueva generación de jesuitas ignora las peculiaridades del libro en exhibición y tiende a adorarlo, dando por hecho que se trata de la edición original, o directamente del manuscrito que escribió Loyola. Un fresco entusiasmo invade las ánimas. Rezos, cantos, música, trances. Cada iniciado empieza a percatarse del enorme privilegio de estar en contacto con algo cuya justa dimensión sólo develará el tiempo. Lentamente, el ámbito recoleto de la sala va adoptando el aspecto de un bazar. A los velones rituales que iluminaban para nadie los gastados bordes del volumen se suman ahora el incienso, las cruces apoyadas sobre el vidrio, los retratos de familiares enfermos. Un día, un leproso se instala a las puertas del monasterio y dice que no abandonará el lugar hasta que le dejen adorar al "libro milagroso". El circuito recomienza, pero ya nada es igual. A la sutileza de los debates ahora se agrega la investigación histórica, que trata de discernir las relaciones y diferencias (si las hubiera) entre Loyola y su comentador; incluso (lo que nunca había ocurrido hasta el momento), se empieza a especular con la identidad del autor de las anotaciones. A Rigoberto de Nobili, que podría ser el testigo de excepción de algunos fragmentos de lo ocurrido, hace ya dos décadas que la cuadriplejia le ha vedado palabra y movimiento. De todos modos, cuando a fines del siglo XIX el principal entrega por fin su alma a Dios, el monasterio de Lovaina ya es conocido como el mayor centro de irradiación intelectual de la Iglesia.

Y aquí volvemos a Lenin.

6

Stuttgart, marzo de 1902. Vladimir Illich Ulianov imprime *¿Qué hacer?* En su escrito, (Lenin) propone crear un partido de revolucionarios profesionales. Sus formulaciones son deliberadamente simplificadoras. De hecho, ha leído a San Agustín y recuerda su frase: "A la pregunta '¿Qué hacer?', el mundo antiguo aportó 288 respuestas". En septiembre del mismo año escribe *Carta a un camarada sobre nuestros trabajos de organización,* lo que da un nuevo indicio acerca del rumbo de sus preocupaciones. Desde hace años ha venido enfrentándose en una sorda disputa con Plejanov, quien lo acusa de excesivamente "centralista". Él, a su vez, acusa a sus camaradas del Partido Obrero Socialdemócrata Ruso (POSDR) de alimentar los debates interminables, el "verbalismo". Está seguro de que hay que imponer una disciplina a los militantes, volverlos conscientes de que forman parte de un proyecto colectivo; se trata, en realidad, de construir un organismo de estructuras rígidas y dispuesto al combate por el poder. En ese sentido, el primer impulso de Lenin es el de imitar el funcionamiento del ejército tradicional (ya sea prusiano, ruso o francés). Pero pronto advierte que este modelo, aunque eficiente en muchos aspectos, sobre todo en el entrenamiento, la disciplina y la subordinación jerárquica, carece de un *ethos* finalista, tiene por causa única su propia preservación como forma. El ejército tradicional —entiende— es la cristalización de una idea, una máquina consumada e intelectualmente muerta, no un instrumento de uso posible. *Ningún ejército conocido transformará el mundo.* Por lo tanto hay que mirar en otra dirección. ¿Hay un nuevo orden de ejército? ¿Hay un modelo utilizable?

Sí. Sin duda. Y ya tiene varios siglos sobre la tierra.

Despuntando el vicio por los disfraces y las caracterizaciones que lo distinguiría de otros revolucionarios, Lenin abandona su domicilio de exiliado en Berna y se presenta a las puertas del monasterio de Lovaina vistiendo los hábitos de un benedictino. Alega estar perdido y pide permiso para pasar la noche.

—Me arreglo con el duro banco del refectorio —dice.

A cambio de su solicitud, lo conducen a un ámbito oscuro y silencioso. Obediente como un cadáver, se acuesta donde le indican. El viaje ha sido agotador y se duerme al instante. Despierta con el sol. Lo primero que ve, con el esplendor de una imantación, es una esfera de cuero pintado que acaba de detenerse luego de su último giro: un globo terráqueo. Luego ve un dedo largo, de uña esculpida; el dedo que lo movió sobre su eje. Lenin se endereza.

—¿Estoy detenido?

Quien responde es el dueño del dedo, Phillipe de Groiselliere, el nuevo principal de Lovaina:

—Dificultar la libertad de movimientos no es algo que forme parte del entrenamiento que aquí proporcionamos... camarada.

—Veo que no tiene sentido que intente ocultar mi identidad —sonríe Lenin.

—Tampoco apostamos a la identidad de nadie —dice Groiselliere—. Pero siempre nos gusta recibir visitas del mundo exterior. Sobre todo si se trata de alguien que no pertenece a nuestro círculo de relaciones e influencias. ¿Puedo preguntarle a qué debemos el honor...? ¿O permite que me adelante a imaginar los motivos?

—Es lo menos que puedo conceder, ya que de hecho lo obligo a desempeñarse como mi anfitrión.

—Bien. Descuento que la razón de su arribo a este centro de operaciones de la Compañía de Jesús es ajena al deseo de mantener algún diálogo escatológico. No es la teoría lo que te trae, sino la dura práctica.

—¿Es necesario escindir tan brutalmente ambos aspectos? —protesta Lenin—. Los grandes fracasos históricos se deben en su origen a desviaciones teóricas que son, en definitiva, desviaciones filosóficas...

Groiselliere lo interrumpe:

—Lejos de ser la filosofía, es la religión la que constituye el ámbito de pensamiento donde se deciden, si no los éxitos y fracasos de la política revolucionaria, por lo menos la capacidad para nombrarlos y explicarlos. Por cierto, la religión construye su dominio de pertinencia universal a partir de un criterio administrativo: la interpretación de los hechos en base a su adecuación o desvío respecto del plan de la economía divina.

—O sea que la religión sería la instancia de nominación trascendente de los avatares de la política...

—Al menos así la entendemos nosotros los jesuitas. Y no te hagas el idiota, porque es precisamente a partir de la comprensión de los resultados de ese entendimiento que te has tomado la molestia de abandonar momentáneamente a tus amiguitos del Partido... Martov, Kamenev, Zinoviev y toda esa runfla. Pues bien, bienvenido al juego de la gran política... ¿Un café? ¿Un vaso de agua?

—¿Vodka no hay? En toda Suiza no se consigue una sola botella.

—No.

—Agua, entonces. Una curiosidad. ¿Cómo se la arreglan sin mujeres? No es que yo...

—Perfectamente bien, gracias. ¿Cuál es, con exactitud, el punto que te trae por aquí?

—No sé si debo...

—Puedes llamarme Phillipe, Vladimir Illich. Estás entre personas de confianza: hasta aquí no alcanza el brazo del servicio secreto de Nicolás II. Y desde luego tomaré todo lo que me digas como un secreto de confesión.

—En ese caso... ¡Hay algo que quiero saber!

—Te escucho...

—Si una religión es un Estado, o al menos un Estado de Cosas de la Fe, lo que me interesaría discernir es cómo pudo Pablo de Tarso inventar el catolicismo a partir de Cristo, un sujeto que carecía de toda entidad en el momento de anunciación de la verdad paulina. Porque no nos olvidemos que en ese momento Él estaba muerto, y que Pablo…

Son, por favor…

—…Y que San Pablo anunciaba como verdad trascendente el único acontecimiento imposible de su existencia: la resurrección. Quiero saber, en resumen, cómo organiza San Pablo su partido religioso en el cruce entre un sujeto ya inexistente y su acontecimiento incomprobable. Quiero saber cómo, a partir de esa confluencia de absurdos, funda en la historia la posibilidad de una predicación que abarca toda la especie humana.

—¿Un marxista quiere fabricar su Jesús propio bajo la forma de una ley política de funcionamiento planetario?

—Sí. Salvo que no se trata del Hijo, sino del Partido.

—Ah, pero qué interesante… ¿Y cuál es tu idea del lugar de Dios Padre dentro de este sistema?

—Respetuosamente…

—Respetuosamente quieres decirme que a tu criterio Dios es innecesario, que la teología es una materia sin objeto, y que no existe en el Universo nada mejor, nada más grande, nada más verdadero que aquello de lo que somos capaces. Significa que para ti hay evidencias, pero nada es sagrado. Y que por lo tanto puedes desligarte de toda verdad con mayúsculas, o de toda ilusión de verdad, y a cambio estás dispuesto a construir un artefacto conceptual fundado en la eficacia.

—Podría decirse que quiero imponer un ideal, o al menos la consideración de la posibilidad de una creencia colectiva...

—Si es eso lo que quieres, así se hará. ¿Conocías la famosa frase: "Las catedrales se hacen con barro y bosta, pero no son barro y bosta"?

—No.

—Te la cedo a beneficio de inventario. Ya la usarás desde trenes blindados, balcones, púlpitos y tribunas, cuando quieras inflamar al proletariado con tus discursos. Lo que puedo decirte es que la apuesta de San Pablo por la resurrección no requiere de una vida anterior de Cristo; incluso, en su opinión, el cuento "realista", biográfico (del que se ocupa en detalle el resto de los Apóstoles), afea la perfección de su fábula.

—La resurrección de un ser sin vida anterior que la justifique... ¡Es una idea espléndida!

—Así es... La causa incausada. Eso es Dios, o su invento más soberbio, la religión.

—Entonces...

—Entonces, hermano Vladimir Illich Ulianov, bienvenido. El hermano Francisco te mostrará tu celda...

—Una última pregunta.

—¿Sí...?

—Hay cuestiones ligadas a la construcción del Partido, la dirección de las masas, la lucha contra el espontaneísmo y el economicismo que son previas a la toma del Gobierno. Y luego, cumplido el paso de la insurrección triunfante, está la cuestión del manejo del Estado y la construcción del socialismo que...

—¿Sí...?

—En definitiva, ¿cómo recibió San Pablo...?

—¿La gracia?

—La gracia, sí. O, digamos, el milagro de su maravillosa invención.

—En su condición de último cristiano y de fundador del catolicismo —dijo Groiselliere—, él no fue condicionado ni convertido por nadie, por lo que en su caso podemos descartar todas esas monsergas moralistas sobre la "iluminación mística" como premio al esfuerzo y el sufrimiento. San Pablo fue todo mal aliento, ferocidad, cálculo y voluntad de poder. Como San Ignacio de Loyola, por otra parte. Bien. ¿En qué estábamos? Ah. En relación a tu estadía en este monasterio... puedes dejar la puerta de tu celda sin llave.

—Pero, ¿y mis pertenencias...?

—Por eso no te preocupes; aquí todo es de todos. Los jesuitas consideramos que la propiedad es un robo.

A juzgar por los hechos, la permanencia de Lenin en el monasterio de Lovaina rindió sus frutos. En julio de 1903, tras nueve meses de reclusión y entrenamiento, reapareció en ocasión de celebrarse en Bruselas y Londres el II Congreso del Partido Obrero Socialdemócrata Ruso. Con la pura fuerza de su determinación —"lo real es el poder, el resto es ilusión"— lideró los debates y capturó para su fracción (bolchevique) a buena parte de la dirigencia y de la militancia. Su férrea decisión de organizar y liderar un aparato partidario que asumiera la ideología y la representación de las fuerzas transformadoras de la sociedad se convertiría con el tiempo en una perspectiva política y un modus operandi denominado "leninismo". Claro que los entendidos también habrían podido bautizarlo —el verbo no es ocioso— como "loyolismo práctico" o, mejor aun, "deliuskinismo". Pero tanto Phillipe de Groiselliere como el resto de los jesuitas prefirieron callar al respecto. Lo cierto es que —pasadas ya algunas décadas— tanto en las obras acerca de la Compañía de Jesús como en las biografías sobre el líder soviético, sigue sin ser mencionada la iniciación de Vladimir Illich Ulianov (Lenin) en las tácticas y estrategias para la organización del Partido y la toma del poder, impartida por los jesuitas basándose en la interpretación de los *Ejercicios Espirituales* de Ignacio de Loyola que realizó mi bisabuelo.[4]

[4] Para establecer la relación causal entre los escritos de Andrei Deliuskin y la praxis leninista, hay que atender a *la cuestión del procedimiento*.

Apenas se apoderó del gobierno, el líder bolchevique entregó la explotación de las riquezas petrolíferas del subsuelo ruso a capitales americanos e ingleses —cosa que el depuesto Zar jamás se hubiera atrevido a hacer—, a cambio de una fabulosa inyección de dinero que aplicó al desarrollo sostenido de las fuerzas productivas. Así, utilizó a las potencias imperiales para inventar en su país a la clase obrera que justificara la Revolución Proletaria precedente. ¿No supone este gesto una verdadera comprensión de la eficacia de la gesta paulina, que funda la mayor institución ideológica de Occidente —la Iglesia Romana— a partir de aquello que Lenin denomina como "hecho inexistente" (la resurrección de Jesús)? Por lo demás, su gesto político —que ningún "izquierdista" entendió en su momento— nos dice a las claras que aprovechó al máximo aquellas lecciones impartidas durante los meses de reclusión.

Naturalmente, llegados a este punto, a muchos lectores les resultará incomprensible el modo desaprensivo en que mi bisabuelo se desentendió de toda responsabilidad —o paternidad— acerca de sus anotaciones a Loyola, como si no sospechara de su importancia y dimensiones, o como si hubiera decidido atribuirles un carácter provisorio, de simple borrador de sus trabajos futuros. Quizá un súbito deseo de soles violentos y lunas extrañas lo impulsó a relegar las aventuras del pensamiento, quizá sintió —de golpe, como una revelación— que ese nombre propio que surgió en sus anotaciones condensaba el sentido de su tarea. Lo cierto es que un día, en medio de una frase en la que desplegaba una serie de variaciones acerca de la famosa "Meditación de tres Binarios", su pluma escribió "Napoleón Bonaparte". Andrei se detuvo, leyó lo escrito, suspiró quedo, apoyó la cara sobre la palma de la mano, cerró los *Ejercicios Espirituales*, volcó el tintero sobre la mesa (la tinta gorgoteó delicadamente y trazó un lago anamórfico, una quimera, un daguerrotipo de Arthur Rimbaud velado por la exposición excesiva a los fuegos del desierto, el culo voluptuoso de su futura esposa asomando en la sombra de la habitación cerrada al mediodía), se puso de pie, abandonó la Biblioteca Pública y partió de Riga para no volver nunca más.

7

Andrei Deliuskin deja los escritorios y se muestra como un joven serio pero libre: disponibilidad, pequeñas peripecias. Trabaja con los estibadores en Danzig; su espalda se ensancha, sus músculos se hinchan. Incursión en pesqueros: atunes. De vuelta al puerto: copas, putas. Contra toda previsión, no quiere rescatarlas ni intenta otra cosa que acometerlas repetidas veces, con un entusiasmo que recuerda a las primeras épocas de su padre y que excede notablemente su capacidad de pago. Andrei fornica como quien se desangra. Vlamincka Vilnius, la madama del lugar (a quien los clientes confianzudos llaman Bebé), se anoticia de las aptitudes del cliente y al tomar a su cargo el examen de sus méritos no puede menos que admirar la forma alargada del bastón carnal, la exquisitez de su diseño levemente esquizoide, el temblor de sus cabezadas y lo rosáceo de la tonalidad general, que lo asimilan a un esturión ansioso por trepar la cascada en búsqueda del rincón de los desoves. El fino trenzado del frenillo, que hace las veces de cabestro, la deja definitivamente extasiada. Pero es una especie de gránulo, una formación oblonga y de características sebáceas, que palpita de manera independiente, inquietante, independiente, lo que le corta la respiración: bajo la piel suave y laxa, que se retrae como una virgen al menor roce de la punta de su lengua, parece dormitar una sociedad de homúnculos, el verdadero principio de la generación. Tirado sobre la cama, desnudo, los antebrazos detrás de la cabeza a manera de almohada, Andrei se deja revisar. En su rostro se pinta una sonrisa compadrita —inesperada en un joven de su edad— cuando dice: "Soy como un mono. Puedo repetir infinidad de veces el mismo acto". Bebé le ofrece un contrato de cifras demenciales y la posibilidad de rechazar clientas una vez ha cumplido una cuota promedio diaria. Andrei rechaza la oferta y sigue viaje.

Olsztyn. Bialystok. ¿Va en dirección de Varsovia? No. Después de un rodeo, atraviesa Lublin, llega a Fadom. Katowice. Cracovia. ¿Hungría? ¿El retraso del centro europeo? El dibujo de una meditación en movimiento. Parece haber un tropismo sur, con leve tendencia hacia el Oriente. De golpe, giro ascendente. Budapest, Linz, Munich, Stuttgart, Nuremberg, Erfurt, Leipzig, Dortmund, Hannover. En Ámsterdam consigue trabajo en una óptica, como pulidor. En su actividad cotidiana hay una desaceleración de la máquina del pensamiento, pero como trabaja con lentes de aumento se acostumbra a ver las formas en grano ampliado. Una tarde, en un café, conoce a una señorita. Cambiadas apenas unas palabras, ella le revela su edad, confiesa que no es virgen y que es soltera, y dice que no tiene apuro en casarse. De inmediato,

Andrei toma estas confidencias como una estrategia de coqueteo propia de una mujer que presume de estar "actualizada". Mientras habla, Alicia Varmon tiene la mirada puesta en otra parte, y eso no parece consecuencia del estrabismo sino un recurso utilizado para considerar en abstracto los méritos de los presentes. Andrei, en cambio, es perfectamente conciente de cada uno de los detalles que la ropa oculta: la cintura llena, los muslos tibios y lechosos, el vello púbico castaño...

—¿Cree usted que todo lo posible, en tanto pensable, es existente, y por lo tanto pasible de ser realizado en esta tierra? —le dice.

Varmon sonríe por primera vez (Andrei ve sus dientes desparejos, sanos) y lo observa de reojo:

—¿Me está proponiendo un episodio de libertinaje sexual o está en busca de la perfecta definición de la Utopía?

Andrei no necesita escuchar más para saberse enamorado.

Pese a la promesa de inmediatez abierta por este primer diálogo, en las siguientes citas mi bisabuelo descubre que el acceso carnal a su amada es complicado. Aunque ella habla con naturalidad de las distintas costumbres de los pueblos —el placer inglés, el gusto francés, la perversión glandular turca—, las posibilidades de concreción se van dilatando. En cada encuentro, como una fatalidad, Alicia aparece custodiada por una amiga. Si se trata de un recurso que busca exaltar sus méritos intrínsecos por la vía del obstáculo y el rehusamiento... su dudosa astucia a él no lo excita ni lo estimula. Martha Velin es oscura, achaparrada, redonda e inútil a todo fin que no sea el de fastidiarlo. Por un extraño empeño que Andrei toma por un prurito romántico, Alicia insiste en verse siempre y a la misma hora en el café vienés del primer encuentro. Y Martha Velin asiste en cada ocasión, se mantiene en silencio, imperturbable, erguida, las carnes fofas contra el respaldo de hierro de la silla rococó (en las raras ocasiones en que los abandona un instante para ir al privado de damas, Andrei observa con indignación la marca de la condena, el surco rojo de una magnolia trazado sobre esa espalda de gorda puerca). Con la agudeza que le da el aborrecimiento, Andrei, que nunca ha podido arrancarle más de un monosílabo descortés, y eso mientras se sintió en la obligación de dirigirle la palabra, cree escuchar los susurros de descomposición de ese organismo detestable. Silbidos internos de los enfisemas, el fluidísimo gorgoteo de la sangre desbordando una arteria cerebral a punto de reventar, el palpitante toc toc de un cáncer de páncreas, los plops de una explosión en cadena de los divertículos estomacales.

En ocasiones, Alicia muestra la volubilidad de su ánimo: quiere pasear. Se prende del brazo de Andrei, pero es Martha Velin quien maneja su sombrilla y la protege de los rayos del sol y le habla al oído.

Un día, sin embargo, ocurre lo inesperado: la chaperona no asiste a una cita. Andrei, que fincaba toda ilusión de dicha (siquiera efímera) en la sustracción de su presencia, no puede menos que descubrir que la emoción emergente tiene una cualidad distinta de la esperada. Estar sin Martha Velin es como flotar en un vacío, agradable, sí, pero un tanto soso. Adicionada a Alicia, Martha es una pústula repugnante, una escupida en la frente de su belleza; arrancada de golpe, desgarra algo del ser al que estaba prendida: es como si a su amor le faltara algo. Libre, Andrei no sabe bien qué hacer. Y aunque constata la urgencia de su deseo, ya no sometido a vigilancia —cada vez que toma a Alicia por el codo para cruzar la calle, cada vez que el seno de ésta roza su brazo—, la fuerza de esa emoción queda momentáneamente desplazada por la curiosidad de saber qué le ha pasado a su enemiga. El resto del paseo transcurre de manera agradable. Visitan la Catedral, donde Alicia insiste en arrodillarse ante las losas del altar mayor que guardan los restos de sus antepasados más relevantes. Luego dan una vuelta por el Parque Municipal, donde se deleitan con las proezas del gigante Belinzone, un Hércules de casi dos metros de altura, remera musculosa y pantalones ajustados a los muslos, que acostumbra a alzar un carromato sobre su cabeza mientras lanza fuego por la boca. Ella palmotea como una niña y se sonroja cuando Belinzone le arroja una flor perfumada. Al regresar al domicilio de Alicia, ya es de noche. En el momento de la despedida, sintiendo que la ausencia de Martha le permite comportarse de manera más libre, Andrei hace el movimiento de acercarse a su amor y besarla en los labios, pero ella se le adelanta: pone su diestra a la altura del pecho de Andrei en gesto de detener su avance, pero de pronto la deja caer a la altura de su entrepierna, abierta y con los dedos semiflexionados como si quisiera capturar una bala de cañón de pequeño calibre, y con notable determinación aferra la zona testicular de Andrei, se pone en puntas de pie y le sopla al oído: "Esto es todo mío y cuando llegue el momento voy a destrozarte, te voy a comer pedazo a pedazo, no voy a dejarte nada sano. Hermoso". Después, con una risita, entra a su casa y le cierra la puerta en la cara.

De regreso a la pensión de estudiantes donde se aloja, Andrei piensa acerca de lo ocurrido. Lo desconcierta la combinación de elementos heterogéneos. Aunque en las operaciones puramente intelectuales ha demostrado una lucidez extraordinaria, en su trato con las mujeres no escapa a los tópicos de la época; lo único que se le ocurre es que la actitud de Alicia se corresponde con un temperamento intenso. Eso lo preocupa. ¿Habrá pensado ella que él es un timorato? "¡Quizá esperaba un comportamiento más audaz de mi parte!".

Luego de meditarlo mucho, a cambio de dormir regresa a lo de la Varmon. Al llegar, se detiene durante unos segundos para recuperar el aliento. Luego, en atención a la hora y respetuoso del sueño de los vecinos, golpea suavemente a la puerta, murmura: "Alicia...". Nadie contesta. Eso lo sorprende. De pronto, una horrible sospecha se abre paso en su mente: *un delincuente entró en la casa y ya ocurrió lo peor*. En una fulguración, Andrei ve miembros descuartizados, ojos arrancados, cabellos empapados en sangre. Por no creerlo, insiste con las voces y los golpes, va rápido de la discreción a la angustia. Empiezan a encenderse las lámparas en el vecindario. El terror al escándalo le esmerila todo escrúpulo: encuentra la ventana semiabierta por donde se filtró el asesino, se cuela en el hogar de su amada.

Lo primero que le llama la atención es la densidad del silencio, un silencio rico y recargado, lujurioso de ecos ahogados, como un silencio de cementerios; y el olor, también denso, con distintos niveles, leve en lo bajo, espeso en las alturas, cada matiz ejerce el virtuosismo de su particularidad sobre la base de un tono central, una rigurosa maceración de nardos desleídos en agua y polvo ambiente. Es el olor a encierro de un alma prisionera, piensa. Y por un instante se entrega al contraste fácil e imagina para sí mismo el papel de libertador, entrando a la habitación donde Alicia gime —¡encadenada pero viva, ultrajada quizá, pero viva! Después, atento, o influido quizá por sus fantasías, cree escuchar un rumor, una queja que traza un arco de agonía en el recamado vacío de la sala, proveniente del piso superior. Andrei corre, salta de dos en dos los escalones. ¿Derecha o izquierda? Un pequeño resplandor, una titilación huidiza, hacia el frente. Es la llama de una vela o su reflejo en una piel dorada, que de pronto se desvanece en una miríada de luces violáceas, la luna de un espejo adosado a la puerta del armario que va abriéndose y las revela desnudas y enredadas en la cama. Alicia lo descubre y sólo dice: "Andrei". Martha Velin comenta fríamente: "Esto no es real" a las espaldas del hombre que huye de la casa, corre por la calle, abandona Ámsterdam.

8

¿Cuál fue el recorrido de Andrei Deliuskin luego de su gran desengaño amoroso? En el relato de lo esencial, la peripecia no existe. Por aquella época, Napoleón Bonaparte ha diseminado en toda la Europa continental a un grupo de agentes encargados de encontrar científicos, pensadores y aventureros dispuestos a participar de la gran campaña de Egipto. El mismo Emperador los instruyó al respecto: "Quiero que me consigan infelices sin escrúpulos y talentos arruinados y decididos a todo con tal de poder recortar con las tijeras de su ambición algún bordecito del brillante *papier maché* de la gloria". El primer descanso encuentra a mi bisabuelo en Vratislava. Allí se inscribe en las filas del cuerpo expedicionario francés declarándose: "Polígrafo, filósofo, óptico y huérfano".

¿Qué lo lleva a sumarse a las filas de Francia? ¿Qué encuentra en la figura del Corso? ¿Acaso lo considera, como más tarde lo harán otros pensadores y literatos, la encarnación actual del Espíritu Universal? ¿O su elección es hija de su despecho? En todo caso, si los motivos pueden ser múltiples, las consecuencias resultarán sin duda impresionantes para la cultura de nuestros tiempos. Pero esto es sólo una parte del asunto. La otra cuestión o interrogante es, ¿qué lleva a Bonaparte a planear, montar y poner en práctica su proyecto de invadir Egipto? ¿Su trato conflictivo con los incompetentes y celosos integrantes del Directorio francés? ¿La disputa entablada con el Ministro de Asuntos Exteriores, Charles Maurice Périgord Talleyrand, el único rival y compatriota que puede legítimamente creerse a su altura? Tal vez Francia resulta demasiado chica para contenerlos, aunque al mismo tiempo a ambos les resulte políticamente conveniente dividirse las ganancias que resultarían de una campaña semejante (en la cual, por supuesto, es el militar quien corre todos los riesgos). No olvidemos tampoco que el plan de conquista es de una rigurosa racionalidad política, ya que, siendo imposible vencer a Inglaterra en combate naval, lo más lógico es generar acciones tendientes a cortar las rutas comerciales británicas, acabar con su dominio de la India, requisito previo a aislar al enemigo y luego invadirlo y derrotarlo. Quien domine Egipto tendrá la llave del Mar Mediterráneo y el Mar Rojo. Por supuesto, después de su paseo triunfal por aquel país, Napoleón se propone controlar Damasco y Alepo, ocupar Constantinopla y Turquía, y pegar la vuelta al continente por Adrianópolis o incluso por Viena, tras la aniquilación de los Habsburgo. Naturalmente, bajo el ímpetu con que trata de modificar el mapa político de los continentes, Napoleón cobija la ilusión de entrar en contacto con la sensual y milenaria sabiduría egipcia, cuyo conocimiento y ejercicio le permitiría reconquistar a su casquivana Josefina de entre los brazos del exangüe Charles Hyppolite, un dandy de cabellos rizados que la tiene fascinada con sus técnicas amatorias. Pero, ¿es eso lo que Napoleón quiere? ¿Ser el nuevo Alejandro Magno? ¿Y qué quiere Andrei Deliuskin?

1798. Mi bisabuelo viaja de Vratislava a Tolón, donde se concentra la flota francesa. Cincuenta mil hombres —treinta y ocho mil soldados, diez mil marineros, dos mil científicos y artistas— se distribuyen entre quince buques, una docena de fragatas, una corbeta, decenas de avisos, tartanas, bombardas, y hasta un decorativo sampán que se capturó a unos piratas malayos... Nombres: *Alceste, Aquilón, Franklin, Tonnant*... El navío almirante posee ciento veinte cañones y ha sido bautizado como *L'orient*. Andrei viaja a bordo del *Oiseau*.

El cruce del Mediterráneo se hace lento y tedioso. No hay ni señales de la flota inglesa al mando del almirante Nelson. La vida de a bordo es la propia de un conventillo flotante: canciones, juegos de carta, mascaradas. Cada tanto, algún beodo trastabilla y se desnuca sobre cubierta. El naturalista Geoffroy de Saint-Hilare se gana la admiración de los tripulantes de su chalupa cuando se arroja al mar y mesmeriza a un tiburón, que es subido sin resistencia a cubierta. En el *Aquilón*, Nouet y Quenot atrasan y adelantan sus relojes marinos, alteran las bisectrices de sus lentes móviles, Villiers du Terrage encuentra en la cabina de su capitán un manual histórico-comparativo de las formas del nudo marinero y, extrapolando constantes, sienta las bases del análisis infinitesimal. Desde lo alto del casquete de proa de *L'orient,* Vivant Denon afloja la muñeca dibujando curvas, olas, curvas, olas. Eventualmente hace rápidos esbozos de las otras naves. No sería extraño que alguna de las figuras retratadas sea la de mi bisabuelo, aunque en esos bosquejos es imposible discernir si un bulto es una pipa, una pila de ropa o una persona. De todos modos, Andrei Deliuskin se pasó casi todo el viaje en un rincón apartado de la botavara, leyendo.

A veintidós días de embarcar, luego de una representación de *Las desventuras del joven Werther,* el Corso decide ofrecer un tentempié a sus tropas: la conquista de la isla de Malta. Quinientos ancianos caballeros de cruces húmedas y armaduras oxidadas no pueden hacer otra cosa que capitular. Con propósitos publicitarios, los franceses liberan a unos centenares de musulmanes de los tormentos de las cárceles maltesas. El 1° de julio de 1798, en las costas de Alejandría, comienza la invasión a Egipto. Un poco decepcionado ante el panorama que se ofrece ante sus ojos (la vasta ciudad que fundó Alejandro es ahora un pueblucho polvoriento y plagado de mosquitos que flotan a gusto sobre las cisternas de agua verdinegra), Napoleón apenas sale de su residencia. Mientras sus científicos recorren armados las calles, acosados por jaurías de perros hambrientos, él se encuentra abocado a la redacción de las consideraciones iniciales de su discurso a los nativos. Intentos:

"No nos miren como invasores sino como herederos de su civilización...";

"Realmente nos gustan mucho su arquitectura, sus logros del pasado. Cualquiera de ustedes que visite París verá cantidad de pirámides y obeliscos. Sin ir más lejos, en la plaza de la Bastilla hay una fuente que representa a la diosa Isis,...";

"Las antiguas religiones egipcias dieron a luz el politeísmo y el monoteísmo. Jehová no es más que un Atón montañés, ruidoso y malhumorado, y la Kabbalah una interpretación confusa del Libro de los Muertos";

"Soy una encarnación de los divinos faraones. Mi sangre italiana se remonta hasta Nubia...".

Finalmente, harto de esos preliminares y ante la evidencia de que Talleyrand conspira en su contra, decide cortar camino a El Cairo atravesando el desierto. Buena parte de su ejército muere, se derrite o enloquece tratando de beber el agua que se encuentra en la arena de los espejismos que luego analizará Monge en un estudio de carácter científico. Hay una escaramuza contra los mamelucos en la aldea de Chobrakhit, pero el combate final, la "batalla de las Pirámides", se libra en Embaba. La formación regular de la infantería napoleónica desconcierta a sus enemigos, que van al combate vestidos con sus mejores ropas, creyendo que confrontarán con individuos. Disparar contra esa masa anónima y mal vestida les parece una ofensa: es como hacerlo contra un montón de basura. Así las cosas, los mamelucos descargan sus armas con indolencia, apuntan a cualquier parte con sus carabinas, sus trabucos naranjeros, sus cuatro pistolas por jinete. Los franceses los reciben con descargas cerradas, sucesivas, y toman la displicente retirada como una señal de victoria. Ese es el primero de los tantos malentendidos que se suscitará entre la nueva Francia y el Egipto de tiempos inmemoriales, pero a Napoleón le sirve para pulir su primer discurso dirigido a épocas futuras. A su cronista le dice: "Donde antes del combate me dirigí a los soldados con la siguiente expresión: 'Adelante, y pensad que desde lo alto de estos monumentos cuarenta siglos nos observan', mejor conviene que pongas: 'De lo alto de estas pirámides, cuarenta siglos os contemplan'". El cronista observa: "¡Pero general...! ¡Es lo mismo!". Napoleón lo fulmina con una de sus clásicas miradas: "El estilo no es indiferente".

El 1º de agosto se produce la catástrofe de la bahía de Abukir, donde la flota del almirante Nelson sorprende a la comandada por el almirante Brueys, la enfrenta, derrota y destruye en su mayor parte. Ahora, aunque lo quieran, los franceses no pueden volver a su patria. Enterado del desastre, Napoleón comenta: "No queda más remedio que avanzar y fundar un imperio". La necesidad de contar con apoyos dentro de la comunidad local lo lleva a difundir una proclama redactada con la ayuda del orientalista Venture de Paradis, en la que arguye la condición objetivamente musulmana del ejército francés que derrotó al Papa y se propone como delegado de Mahoma.

A los miembros del Divan el documento les parece redactado por un infiel que sólo tiene una idea muy aproximada de la verdadera fe, y su fervor anticristiano les demuestra que están tratando con un perro ateo. En cuanto a las tropas francesas, los ulemas afirman que no hay verdadera conversión al Islam sin los adecuados ritos de pasaje, y proponen una jornada colectiva de circuncisión y rezo. Napoleón no se molesta en contestar. Se hace llamar "sultán El-Kébir" y usa un caftán de terciopelo cuyo ruedo roza el piso y se enreda en sus babuchas. En su opinión, es hora de empezar a fomentar un vínculo directo con las masas, a las que supone agradecidas a su persona por haber derrotado a la casta de los mamelucos. Para fomentar aun más esa relación, exime a los comerciantes del pago de algunos impuestos y concibe la realización de una serie de espectáculos didácticos de categoría, cada uno de los cuales culminará con su propia inesperada aparición ante los cairotas desde los balcones de su nueva residencia, el palacio de Elfy Bey, con los brazos elevados al cielo, como si fuera la viva representación de los Césares del Imperio Romano (las modas vuelven). El generalato se opone a la idea, acusándola de circense. Sus sabios, en cambio, recurriendo a fuentes diversas del acervo religioso (la resurrección de Osiris, la fiesta de nacimiento del Profeta, el *bar mitzvah* de Cristo y la iluminación bajo el sicomoro de Buda), aconsejan ponerla en práctica durante la celebración anual de la crecida del Nilo. Esa festividad es uno de los grandes momentos de cada temporada, y el gabinete científico estima que será una ocasión inmejorable para que el pueblo egipcio se desayune con la evidencia de la superioridad técnica de sus nuevos huéspedes. A tal efecto, apenas llegado al Cairo, el equipo de geólogos comandado por el ingeniero Edme Jomard levanta los basamentos de un dique que regulará el flujo de agua que atraviesa la ciudad durante la crecida.

Llegado el día, se abren las compuertas de la primera esclusa. Nervioso como una prima donna que en la noche de estreno espía a su público a través de un agujero en el cortinado, Napoleón contempla con ayuda de un catalejo el ritmo y la intensidad de los primeros chorritos de agua que van cayendo por el canal. Por un instante, todo parece perfecto, precioso. Pero —quizá porque Jomard realizó una incorrecta estimación de niveles, crecidas y drenajes, o debido a cualquier otro imponderable— al instante siguiente todo el Cairo se inunda. Atendiendo a la delicada cuestión de las implicancias políticas, el Corso se abstiene de saludar a la multitud desde el balcón, pero eso no le impide deleitarse con el espectáculo: "…era arrobador. Los pueblos, las aldeas, los árboles, los santones, los alminares, las cúpulas de las tumbas sobresalían del manto de agua, que estaba surcada en todos sentidos por miles de velas blancas", recuerda en su *Memorial de Santa Elena*.

A consecuencia de aquella catástrofe, posterga su idea de un contacto directo y carismático con el pueblo llano, y a cambio se ocupa de halagar la vanidad de los poderosos locales. Instruye a su guardia de corps para que todas las mañanas desarrolle una serie de movimientos pomposos y ridículos —exhibición de armas, genuflexiones, abanicamientos, saltitos, parpadeos y retorcimiento de bigotes— destinados a encandilar a los doctores de la ley y a los notables que van a visitarlo. Luego de aquella fantochada en los pórticos de acceso, los visitantes ingresan a una sala construida de acuerdo a la más estricta imaginería oriental (que a ellos les parece el colmo del exotismo francés), donde beben café y se desparraman sobre almohadones rellenos de pluma de pato, hasta que muy campechanamente aparece el propio Napoleón y los consulta sobre la sutilezas coránicas. Todo muy aburrido pero necesario.

Luego, pasado un tiempo, se da curso al segundo golpe de efecto: una feria. En la plaza de Ezbekiyé se levanta un obelisco de madera que imita el granito rosa; hay juegos de azar, artificios para acaramelar manzanas y urdir pegajosas nubes de azúcar algodonado. Un coro de soldados entona una cantata acerca de las virtudes morales. Bajo los doseles de una tienda de doscientos metros de largo, los arabistas instruyen acerca del difícil arte de comer con tenedor y cuchillo, y en los zocos se pregona la última maravilla de la ciencia extranjera: una gran máquina volante que se elevará por los cielos a impulsos de una fuente de fuego sagrado. A la hora señalada, un enorme globo rojo, azul y blanco levanta vuelo, se bambolea durante un rato a unos veinte metros de altura, y luego cae sobre los espectadores envuelto en llamas.

A los franceses los sorprende la indiferencia de los locales ante lo que no conocen. Según los orientalistas (entre ellos el hegeliano Pierrot Cuvier), esa especie de ataraxia generalizada se origina en las sucesivas conquistas que demolieron las viejas culturas. Egipto, que en su momento descolló en la ciencia y la cultura; el país que asombró al mundo con su técnica para construir pirámides y embalsamar muertos y multiplicar los dioses y los cálculos estelares, ahora es una pocilga. Pero Napoleón en esa abulia ve un esbozo de resistencia, un rudimento de política. Hay que hacer un esfuerzo más, y otro, y otro. Obliga a su general Jacques Menou a casarse con una musulmana y manda circuncidar de acuerdo a la Ley a algunos soldados sifilíticos. Ayuna. Ora en los alminares. Su versículo predilecto es: "¡Gloria a Dios, que está por encima de lo que le atribuyen!". Sus consejeros temen que verdaderamente se haya convertido al islamismo; él los tranquiliza: Egipto bien vale una plegaria.

—Es un tremendo error haber intentado persuadir a los nativos de las superiores virtudes de Francia —explica—. A los pueblos conquistados debemos hacerles creer que nuestras tropas se rinden a medida que se abren paso.

—Naturalmente —sigue el Corso—, para ser eficiente, ese "hacerles creer" no debe resultar consecuencia de una comunicación verbal, porque el didactismo repele a las masas, que en cambio son atraídas por los símbolos más evidentes y que no requieren de una explicación. ¿A alguien se le ocurre una metáfora esencial, algo que revele nuestra adoración de este viejo nuevo mundo?

Silencio general.

—¿Nada que conmueva los corazones?

Ídem. Pero Vivant Denon tiene una idea:

—Cito del árabe: "Todos los mortales tienen miedo del Tiempo, pero el Tiempo tiene miedo de las

Pirámides" —dice—. ¿Y si probáramos con una Pirámide Humana Francesa?

—¿Y eso qué es?

Denon saca su cuaderno de notas y dibuja un esquema: sobre cuatro finas pero sólidas varas de madera puestas en paralelo, se pararán cuatro equilibristas situados a escasa distancia unos de otros. A su vez, otros tres se subirán a los hombros de estos y cargarán a su vez con otros dos, sobre los que se alzará uno que "coronará" el ascenso. El esquema —advierte Denon— es puramente tentativo. Idealmente, una rigurosa progresión podrá multiplicar la cantidad de integrantes. Cinco debajo de los cuatro, seis debajo de los cinco, y así sucesivamente. Pero es obvio que el aumento de la cantidad de equilibristas también agregará kilos por sostener para cada fila, en relación directa con su lugar en el esquema, hasta llegar a un peso imposible de soportar por los de la base, y eso terminará derrumbando la figura.

—Por eso yo propongo un modesto *septimium* —sigue Denon—. Siete abajo, uno al tope. Estos veintiocho infelices resultarán suficientes como muestra de un *perpetum mobile* humano que evoca la figura geométrica por excelencia de estos lares.

—Pero, ¿con esto no corremos el riesgo de reforzar la tendencia que tratamos de corregir? —pregunta Napoleón—. Cada egipcio que asista a la representación, ¿no pensará que estamos intentando demostrarle que todo puede ser materia de dominio, pieza de transformación, cosa pasible de mejoría y traslado? ¿No terminarán creyendo estos salvajes que queremos llevarnos sus pirámides a Francia o que intentamos convencerlos de que el esfuerzo humano...? ¿Qué puede oponer a estas objeciones?

—Nada —dice un soberbio Denon—, salvo que creo que no será así.

—Ah —murmura Napoleón—. Qué interesante. Es hora de ponerlo en marcha.

La azarosa feria de los inicios, un fenómeno propio de extramuros, adquiere ahora carácter oficial: se trata de la Primera Feria de los Inventos organizada por el Instituto Científico de Egipto en uno de los patios del palacio de Hassan Kachef. Allí se presenta el ingenioso dispositivo acrobático. El propio Bonaparte asiste a la demostración. El elenco es un rejunte de soldados, de estaturas bastante disímiles, que sustituyen a los acróbatas hasta que éstos lleguen de París. Se hace lo que se puede. Un soldado estornuda y su hilera tiembla, otro se tira un pedo, todos ríen, y el *septimium* se precipita a tierra. Vivant Denon comenta:

—Supongo que éste es el fin del experimento.

—Al contrario —contesta Napoleón—. Es sólo el comienzo.

Así que el asunto sigue. Tras su desembarco, el contingente de equilibristas es conducido a un descampado; allí debe practicar sin descanso. Las técnicas de entrenamiento son de por sí crueles, intolerables, y su inhumanidad aumenta por el calor reinante. Pero nada hay que le guste más a un profesional de cualquier rama que sacrificarse por amor a su actividad. A las pocas semanas llegan a un nivel tan alto de concentración y dominio de su oficio que generan su propio público, un público extático e incansable, y que permanece en silencio para no perturbarlos. Los equilibristas se comprometen a no ser menos que sus espectadores y deciden continuar la prueba por tiempo indefinido. Esa decisión resulta conveniente al propósito que los reunió, porque la IIª Feria de los Inventos —que iba a ser la de su debut— se ve diferida por una serie de circunstancias administrativas: ahora podrán llegar inmejorablemente preparados al día del estreno. Siguen practicando. La concentración que los distingue es tenida por fenómeno místico, aunque en ellos no alienta sino la pura reducción al método. Por supuesto, para mantenerlos firmes, les inyectan fortificantes, tónicos musculares, hay masajistas que les friccionan las pantorrillas. Cuando un equilibrista no puede más y tambalea (la sed y el hambre lo han convertido en un saco de huesos), los médicos franceses recurren a un compuesto solidificante que es básicamente un macerado de momia vieja, cal, arena y polvo del desierto, enriquecido con agua destilada; el producto se asperja sobre toda la epidermis del equilibrista hasta que éste queda fijado en su gesto, inmóvil, sosteniendo lo que carga sobre sus hombros y sin perjudicar al resto de la estructura.

Con el tiempo, la estricta rigidez del *septimium* termina afectando la vivacidad del espectáculo, que comienza a ser sustituido por nuevas atracciones. El lugar comienza a vaciarse; ya no se escucha la salmodia de los mendigos, el canto sirio y las melodías árabes; los encantadores se han llevado sus serpientes a otra parte. En esa soledad, los equilibristas se mantienen firmes sólo para servir de asiento a los orines de los perros y al mordisco de las ratas. Cuando la IIª Feria se realiza, nadie se acuerda de avisarles. ¡Y eso que el descampado está a metros nomás del patio del Instituto, que se enciende de luces, chisporrotea con los fuegos artificiales y se anima con las risas de los concurrentes! De todos modos, los equilibristas no se sienten con ánimo de reprochar el olvido; en rigor, están muertos. Algunos cuerpos han sido sustituidos por reproducciones de porcelana hechas a tamaño natural, bajadas de las bodegas de los barcos que traen nuevos contingentes de húsares. Un día sopla inesperadamente el simún y la gloriosa metáfora de la Francia enamorada de Egipto se desgaja en el aire caliente.

9

¿Qué quiere Napoleón Bonaparte? ¿Qué busca Andrei Deliuskin sumándose a sus filas? La respuesta a la primera pregunta es sencilla y ya fue dada: el futuro Emperador pretende recuperar a Josefina impresionándola con sus hazañas. Andrei, en cambio, trata de olvidar a Alicia Varmon, ¿o está investigando *in situ* la materialidad más extrema del tablero de arena de la política? En caso de ser así, ¿qué escenario constituye ésta para las panorámicas del pensamiento que mi bisabuelo traza al ocuparse de su época? Quizá el asunto se devele más adelante. Por el momento...

Napoleón. *Vida sentimental del Emperador.* Con la cabeza llena de los rumores acerca de las infidelidades de Josefina ("las cosas que dice Charles Hyppolite de usted, mi general", etcétera, etcétera), Bonaparte comete la imprudencia de escribirle una carta a su hermano Luis quejándose de su esposa:

"...Ha desaparecido la pasión por la gloria. Ya no tengo razones para vivir. Estoy harto de la naturaleza humana. A los veintinueve años, *sono finito.*

Quise poner el mundo a sus pies y ella sólo piensa en su idiota perfumado. ¿Qué me pasa con esa mujer? Ni sé por qué me casé con ella. Está muy lejos de mi idea, piensa como una costurera. Ni siquiera me gusta su olor corporal…", etcétera, etcétera.

La carta es interceptada por la flota de Nelson durante el cruce del Mediterráneo, hundida la goleta que la transportaba, y su texto reproducido en la tapa de todos los diarios londinenses.

A Bonaparte, la indiscreción lo exaspera:

—¿Qué tiene que ver la vida privada con la guerra? En esta ocasión los británicos no hacen honor a su fama de caballeros —grita, patea los marcos de las puertas.

Pero la conducta de la prensa enemiga era previsible. A lo que Napoleón verdaderamente no sabe anticiparse es a la reacción de Josefina, que, escarnecida ante la opinión pública europea, se las arregla para hacerle la vida imposible, enviándole un promedio de tres cartas en las que lo acusa de las peores cosas mientras pretexta inocencia. Aquellos envíos desconciertan al Corso. ¿Qué habría pasado si Nelson capturaba sus cartas, las de ella…? Además, ¿a quién creer? ¿Al chismorreo general que lo rubrica de cornudo? ¿O a esas páginas empapadas en lágrimas (Josefina las rocía de agua que vuelca con ayuda de un goterito)? Al principio, para disimular su confusión, Bonaparte responde afectando un tono desdeñoso, imperial. Pero como a Josefina el maltrato no la aplaca, al contrario, la sume en un estado de furia vengativa, de certeza delirante respecto de la verdad de sus propias afirmaciones, responde con una catarata de injurias. Él, que no esperaba ser objeto de una réplica tan frontal, de inmediato arruga en todos los frentes y suplica disculpas. "¿Cómo pude dejarme llevar por los vientos de la infamia y creer que tú, justo tú, mi única, mi adorada, serías capaz de...?"; "Beso tus pies, lamo tus dedos, me someto a ti como un esclavo embetunado, soy tu perro...", etcétera, etcétera. Y bien. En poco tiempo la flota francesa va y viene por el Mediterráneo, menos para proveer al Corso de tropas frescas y provisiones y armamento, que para mantener vivo el circuito de una correspondencia que lo atormenta. Pronto, además, ya no alcanza con ese reguero de humillaciones. Una vez acomodado al papel de enamorado que se arrepiente de haber infligido a su casta novia la ofensa de un manoseo imaginario, Napoleón empieza a estrujarse los sesos en busca de un símbolo suficiente de su voluntad de reparación. Y como conoce mejor que nadie la avidez económica de su mujer y su fascinación pueril por las chucherías, los brillantes y las antigüedades, manda distraer ciertas remesas de objetos arqueológicos cuyo destino natural hubiesen debido ser las salas de egiptología del museo a crear (el Louvre), y que en acto de corruptela sentimental van a parar a la mansión de su amada. Escarabajos mágicos de lapislázuli, pequeñas pirámides enchapadas de oro, altares de marfil, recetas de conjuros, soles de Atón y collares de Amón, sellos de zafiro, pendientes de carbúnculo, pebeteros perfumados, cofres mortuorios engarzados con piedras preciosas. Objetos que por lo común entran por la puerta delantera casi tan velozmente como salen por la trasera, cambiados por dinero contante y sonante que engrosa las cuentas de la "ofendida". No obstante esa celeridad, algunas chafalonerías dignas del estridente mal gusto de Josefina quedan prendidas en sus dedos, abrochadas en sus vestidos, enredadas en sus cabellos, derramadas sobre las sábanas de seda china color chocolate del tilingo de Hyppolite.

Eso siguió así durante meses. Después, aunque la chorrera de obsequios no menguaba, Napoleón continuó alimentando la exasperante sospecha de que Josefina estaba tomándolo por idiota. Naturalmente, más allá de los rumores, no contaba con ningún testimonio de primera mano que refrendara o desmintiera la traición de su mujer; entre otras cosas porque ella se había rodeado de servidores fidelísimos y bien pagos que no abrirían la boca *salvo muertos*. Entonces, devorado por su necesidad de saber tanto como por su temor a enterarse, pergeñó una argucia para introducir en el seno de esa corte de ultratumba al más silencioso de los espías: una momia.

Claro que, en este caso, se trataría de una momia falsa. Quieta. Insobornable. A ubicar en el cuarto matrimonial. Puro ojos y memoria. Viva. Uno de los suyos.

Como es obvio, el que está en los detalles es Dios y no un futuro Emperador. Una vez concebido el asunto, Napoleón delegó en uno de sus asistentes, el coronel Roger Klab, la cuestión de encontrar al soldado lo bastante sereno o resignado como para aceptar la misión que se le imponía; por su parte, Klab considoró que tenía demasiadas cosas que hacer como para ocuparse y trasladó el asunto al teniente Vallois, que lo dejó en manos del sargento Mirabeau, que entre sus hombres escogió a un tipo algo lento de entendederas: el húsar Patrice Daudet.

Por supuesto, no fue fácil hacerle entender que había sido elegido para permanecer dentro de la habitación de Josefina con el fin de recabar información fidedigna acerca de la actividad de su ocupante; y resultó aun más difícil quitarle la peregrina idea de que su sargento quería que él se acostara con la mujer de Bonaparte. Una vez conseguido esto, Daudet aceptó mansamente la posibilidad de que las vendas fuesen una especie de uniforme, y ni se le ocurrió preguntar cuánto tiempo debía permanecer callado y de pie y con los ojos abiertos, y cuándo lo relevarían de su labor.

Como Napoleón estaba urgido por obtener resultados, la misión adquirió máxima prioridad. El buque insignia, *L'Orient*, esperaba en puerto a que terminaran los preparativos. Las vendas destinadas a la fabricación de la momia fueron sometidas a un baño con sales de mercurio y azufre, y a la hora de envolver al espía se tuvo el cuidado de efectuar pequeñas aberturas a la altura de los ojos y de los orificios de la nariz, y se siguió el mismo procedimiento en la parte delantera del sarcófago —este sí original, proveniente de un saqueo de la tumba de Tutmósis I. Para precaverse de las deyecciones, el húsar fue sometido a una serie de lavativas, pero en el apuro por cumplir las órdenes se descuidaron algunas elementales cuestiones de logística; de modo que a poco de iniciada la travesía, el pobre Daudet, ajustado por las vendas, apabullado por la oscuridad y la falta de aire del sarcófago, mareado por el movimiento del barco, asfixiado por los olores pestíferos de la bodega, y sufriendo ya la falta de comida y de bebida, empezó a sentir cierta inquietud por su destino; pasados los días esa inquietud mudó a temor, luego a angustia, y luego a desesperación lisa y llana, que se manifestó bajo la forma de gritos, gemidos, lamentos, aullidos y toda clase de demandas de auxilio, que por supuesto nadie escuchó y que fueron disminuyendo en intensidad hasta que le sobrevino la muerte. Lo cierto es que, debido a esos esfuerzos de subsistencia, o quizá a lo incompleto de las medidas purgantes de la época, cuando el sarcófago fue desembarcado en el puerto, Noiset, el encargado de trasladarlo a destino, lo inspeccionó. Y juzgando por el olor que su contenido se hallaba descompuesto, obró con independencia de criterio y, en vez de llevárselo a Josefina (que habría mandado arrojarlo de inmediato al estercolero), levantó la tapa, aplicó una inyección de formol al muerto, y luego de purificarlo arrojándole el contenido de una botella de perfume barato, ofreció todo al dueño de un circo recién llegado a Marsella… Que no era otro que el propio Giovanni Battista Belzoni o Belinzone, un gigante de más de dos metros de altura e impresionante musculatura, conocido como el Sansón Patagónico.

Apenas se topó con esa ganga, Belzoni entrevió el luminoso surgimiento de una posibilidad inmediata: La Momia serviría para agregar un nuevo número a su espectáculo de fuerza, belleza y habilidad. ¡Pero ese olor a conserva podrida que se escapaba del interior del ataúd! ¿Habría que cambiarle las vendas y darle un buen baño de inmersión en sales perfumadas…? O… O quizás… ¿Y si mejor…? Belzoni hizo flamear sus dedos en el aire. Castañuelas. Cascanueces.

Primeros días de enero de 1799. Noche. La carpa del Circo Belinzone está repleta. Por toda la ciudad portuaria ha corrido la voz de que el gigante presentará algo formidable. La muchedumbre ocupa todos los asientos, se agolpa en los pasillos. Las damas suspiran solazándose por anticipado con la visión del cuerpo broncíneo del Nuevo Hércules. La excitación flota en el aire. Encanto de los prolegómenos: un malabarista hace girar cinco naranjas sobre su cabeza; un tullido persigue a otro por los pasillos golpeándole la cabeza con un martillo de goma. Se escuchan voces que reclaman la presencia de Belzoni. El aludido sale al escenario cuando juzga que el clamor se vuelve irresistible. Aplausos. Está semidesnudo, apenas cubierto por un breve pantalón de cuero que le llega hasta la mitad de los muslos. "¡Guapísimo!". Belzoni guiña los ojos, se acaricia la barba que se derrama como un río de esperma diabólico sobre su pecho muscularmente multifacetado. Dos asistentes ciñen a sus hombros una estructura de metal que lo sujeta a un arnés. Ahora, aparecen otros ocho hombres, que se ajustan las terminaciones a sus cinturas y se dejan caer al piso: ahora Belzoni es la corola enhiesta y sus ayudantes los pétalos caídos. El coloso tensa sus músculos hasta que adquieren formas hiperbólicas, luego empieza a levantar la estructura. Despacio, despacio. Sus ayudantes ya parecen flotar a pocos centímetros del piso, los brazos laxos, en estilo desmayado; pero Belzoni no ha concluido su proeza. Ahora empieza a girar en puntas de pie sobre un eje imaginario; y si al principio sus esclavos encadenados lo van envolviendo con sus cuerpos, enroscándose a su alrededor, segundos más tarde, por imperio de la velocidad creciente, comienzan a dispararse, las sogas que los unen a los arneses pegan chicotazos al tensarse, y los ayudantes, convertidos en peonzas, abren las manos, extienden las piernas, largan aullidos de terror fingido. El público delira de entusiasmo. Belzoni se frena, los asistentes caen al piso rodando como bolos. Suenan las trompetas. El Sansón Patagónico desaparece del escenario.

Intermezzo. Después de un par de pavaditas (acrobacia, ecuyeres, un hombre bala que brota de un cañón y atraviesa los aires sin perder su tricornio), aparece Mademoiselle Legrini. Belzoni la ha contratado tanto para consumo propio (todas las noches se solaza con esos torneados muslos hermosos y simétricos que aprisionan su cuello y lo llevan a delirios cercanos a la asfixia) como para generar en el público la sospecha de que en el circo de su propiedad se crían artistas capaces de disputarle la supremacía escénica. Claramente, esa confrontación es ilusoria, lo que en realidad acontece en cada función es un meditado reparto de atracciones por géneros. Mientras las damas desmayan por el macho primordial, los hombres atisban hasta el anonadamiento y el vértigo las piernas de la bailarina.

El número de Mademoiselle Legrini... Inenarrable. A su fin, silencio. Toses. Chistidos. Escena vacía. Un minuto, dos. El enano Polvorita ingresa a la arena vestido de frac y portando una escalerilla. El público silba, aplaude, hace las típicas bromas sobre la inversión de tamaños. Polvorita se mantiene por encima de ese nivel. Valiéndose de la escalerilla enciende una de las antorchas laterales (peligrosamente próxima al cortinado rojo); luego cruza el escenario y hace lo propio en el otro extremo. Izquierda y derecha. Las titilaciones del fuego llaman a la reflexión. El momento se vuelve solemne. Polvorita se inclina en dirección del público, sopla la mecha, saluda. El humo se esparce mágicamente por el ambiente y lo cubre todo, al tiempo que suena el lamento de un violín mal ejecutado. Es una melopea oriental. Sobre esa música se eleva una voz ronca, tremendamente masculina (Belzoni).

—Ella lleva más de dos mil años durmiendo su sueño eterno, protegida del acoso de los profanadores. Su morada era una tumba de piedra rectangular. Pero hoy nos atreveremos a perturbar el merecido descanso de esta dama en beneficio del saber y de la ciencia. Señoras y señores, recién llegada del Cercano Oriente y dispuesta a revelarnos el Enigma del Otro Mundo, con ustedes, ¡Nofretamon, la más bella de las princesas egipcias!

Belzoni entra en escena cargando el sarcófago que le vendiera Noiset. Lo deja en pie, apoyado contra un soporte. La luz de las antorchas, imprevisible y parcial, recorta zonas de sombra. La sonrisa de Belzoni es una mueca. Él mismo parece un Baphomet. Que ahora susurra:

—Este es el momento de su vida que deberán acuñar como una moneda única; este es el momento que ustedes elegirán para contarles a sus nietos. Hoy, mis amigos, gracias al precio de su entrada, están a punto de asistir al milagro de los milagros: la resurrección de una momia.

Dicho esto, y simulando hacer caso omiso a las exclamaciones (horror, incredulidad, admiración), Belzoni pasa una mano acariciadora por los jeroglíficos desparramados a lo largo y a lo ancho del sarcófago:

—Según se lee en estas inscripciones, Nofretamon vivió quince años en la ciudad de Tebas y luego falleció repentinamente de una enfermedad desconocida; era la segunda princesa de la dinastía de… Y hoy la volveremos a la vida. ¡Pero necesito un colaborador! ¿Hay alguien del público que se ofrezca?

Antes que ninguna otra, se alza una mano blanca y delicada, adolescente:

—¡Yo!

—¿Tú? Muy bien, muchacho. Ven, sube. ¿Cómo te llamas?

—Jean-François Champollion.

—Perfecto, Jean-François. ¡Qué pequeño te ves a mi lado! (*Risas generales*). Bien. Ahora, voy a pronunciar un conjuro mágico que me permitirá entrar en el cuarto estado astral, gracias al cual tomaré contacto con el espíritu de esta muchacha. Sí, Jean-François: el alma que hace dos mil años animó a esta hermosa criatura vendada se rendirá al influjo de mis palabras y dejará los cielos para volver a insuflar vida a este cuerpo… Cuando esto ocurra, mi querido muchacho, te ruego separes la tapa del sarcófago y, si no es mucho peso para ti (*al público*) ¡porque lo vemos un poco flacucho! (*más risas*) la depositarás sobre la arena. ¿De acuerdo?

—De acuerdo —dice Champollion.

—Bien. Entonces comenzamos. Preparados. Listos. ¡Ya!

Belzoni cierra los ojos, parpadea, de sus labios prietos empieza a brotar una jerigonza hecha de puras vocales y consonantes. Luego pone los ojos en blanco, dice algo parecido a "Jope" y empieza a temblar; todo su cuerpo se agita, sus músculos saltan, parecen derretirse y solidificarse al mismo tiempo, como una especie de gelatina rocosa. Champollion retira la tapa del sarcófago y la deja a un lado. Belzoni, envuelto en el sudor de su éxito, sale de su ensimismamiento y procede a desamortajar a la momia. Lo primero que aparece a la vista del público es una cabellera negra, cortada al estilo Antiguo Imperio, que deja libre la mitad de la frente y que a los costados muestra unos mechones desparejos, rebeldes. Los párpados de la difunta están pintados con betún o tinta china negra o antimonio (lo que se consiga en la botica); las mejillas son de una palidez espectral, la nariz es perfecta, levemente aguileña, los labios son llenos, abundantes, palpitan de vida. Aunque han ensayado mucho el número, Mademoiselle Legrini apenas puede resistir la tentación de la risa, y sólo se contiene por temor a su patrón. Cuando Belzoni llega a la altura de sus pechos, apenas cubiertos por unas hojuelas de hojalata brillante, la bailarina se estremece de excitación.

—Ya viene... Ya viene a la vida —Belzoni murmura en voz lo suficientemente alta como para que lo escuchen hasta en la última fila—. ¡Ya viene la vida a ti!

Las vendas caen. Legrini se muestra como una aparición sobrenatural, una belleza que no es de este mundo.

—¡Dime tu nombre, te lo imploro!

La mujer abre los ojos, convocada por el conjuro.

—Soy Nofretamon, princesa de Tebas. ¿He vuelto? ¿Dónde me encuentro? ¿Estoy viva?

Mademoiselle Legrini abre los brazos. Estallan los aplausos. Belzoni toma una de las manos de la momia y saluda al público. Luego, se inclina para saludar a Champollion con un abrazo condescendiente, momento que éste aprovecha para murmurarle al oído:

—Voy a abstenerme de cualquier comentario público respecto de esta grosera mistificación si a cambio me dice dónde consiguió este magnífico sarcófago... que, entre paréntesis, y como se lee en las inscripciones, correspondía a un cadáver masculino.

Las palabras se pierden bajo la catarata de los aplausos, que redoblan en intensidad cuando, como al descuido, Mademoiselle Legrini deja caer una de las hojuelas y su pecho invicto y embadurnado de aceites brilla como una promesa, enmarcando la perfección de la areola violeta.

—¿Cómo te diste cuenta...? —dice Belzoni.

—Para empezar, la caracterización es un compendio de errores de vestuario.

—¿Y para seguir?

—Cualquiera que posea el menor conocimiento acerca del arte funerario egipcio, no dejará de recordar que los muertos, previo a su momificación, eran vaciados de todos sus órganos internos. Y en el delicioso cuerpo de esta muchacha no veo rasgos de sutura alguna, por lo que debo inferir que está viva y que su espectacular "reencarnación" no es más que un fraude. ¿O me equivoco? Y eso para no abundar acerca de la inverosímil circunstancia de que una momia de dos mil años de antigüedad se exprese con el acento de una modistilla de provincias —resume Champollion.

—Bien —murmura el Sansón Patagónico, y agrega—: Si callas lo que sabes te cuento lo que sé, y si abres la boca te retuerzo el cogote como a un pollo.

—Trato hecho —dice Champollion.

Mademoiselle Legrini se inclina nuevamente. Más aplausos.

Aquel encuentro, y la noche que lo siguió, fueron fructíferos para ambos. Confidencias e intercambio de experiencias, todo regado por amable vino y comida abundante. En la luz que despedían los ojos de su joven interlocutor al hablar de lenguajes antiguos y eras pasadas, Belzoni encontró una causa, algo que excedía en mucho los placeres que podía obtener de la vanidosa exhibición de su fuerza física; y esa causa terminaría cambiando el rumbo de su vida de tarambana de circo y llevándolo a Egipto, donde se convertiría en un egiptólogo sui generis, alguien capaz de hacer saltar las tapas selladas de los sarcófagos a golpes de ariete o de tallar su propio nombre junto al de los faraones. Por su parte, Champollion, más allá del dudoso valor de la información que Belzoni le proporcionó acerca de esos "cajones de fiambre", obtuvo de éste un estímulo poderoso para sumar, a la sed de saber que siempre lo había consumido —a los catorce años conocía una decena de lenguas y estaba en curso de aprender otras cinco—, otra de una cualidad distinta, a su manera tan devoradora como la primera: la sed de la aventura.

Su paso siguiente fue viajar a Egipto. El otro, perderse en su inmensidad. Con la certeza de aquellos que creen que las líneas del destino están escritas de antemano, abandonó Alejandría y, en vez de seguir la ruta que lleva a las pirámides de Gizeh, se extravió en la depresión de Quattara. Su ropa era inconveniente; escasa su reserva de agua. Pasó como un fantasma entre las tribus nómades del desierto, rogó amparo a la sombra de las caravanas. Descansó en El Falyum. Luego se atrevió de nuevo a las arenas y las cruzó y llegó hasta El Alya, donde lo mordieron las fiebres del desierto que dejaba atrás. Agonizó en el interior concéntrico de un pozo fresco que era una casa de barro. Cuando creyó morir, murmuró: "Yo, que leí el *Hieroglyphica* de Horapollo, puedo decir de mí que he sido puesto en la balanza y no di el peso". Y después, entregándose a su gusto por las lenguas muertas: "*Mene, mene, tekel, upharsin*". Apenas pronunció esas palabras sintió que la fiebre cedía. Quizá era una remisión oportuna, la suficiente como para que su fin aconteciera a cielo abierto. Salió de noche, decidido a entregarse a la luna y a que lo devoraran los chacales. Caminó hasta llegar a un borde de limo y plantas que absorbían toda luz. A lo lejos se escuchaba el ruido de unos remos. Champollion cayó contra ese muro que se abre. Su cara se hundió en el Nilo.

10

Mientras permanecía a la espera de los informes de su enviado ya espectral, Napoleón continuó con la política de reconquista de Josefina. Así que, apenas se enteró del descubrimiento de una antigua piedra plagada de notaciones, fórmulas matemáticas o jeroglíficos en la ciudad portuaria de Rosetta, decidió que ésta se convertiría en el regalo final, el supremo obsequio de la serie que rendía tributo a su amada. No obstante, requisito previo, la piedra en cuestión debe ser examinada. Andrei Deliuskin es elegido por el Instituto Científico de Egipto para averiguar de qué va el asunto.

Al oficial Pierre Bouchard, jefe del destacamento local, lo irrita el arribo inminente de mi bisabuelo. Cree que se trata de un oportunista que viene a rebanarle tajadas de la gloria de su descubrimiento. En prevención, manda agentes a vigilar el rumbo de la barcarola que lo traslada río abajo. Los agentes asumen cierta libertad de acción. Cada tanto, en algún recodo del Nilo vuela alguna flecha, se escucha algún disparo. Una mañana, el piso de la barcarola aparece desfondado. Andrei no se inquieta; atraviesa las horas y los días en estado de somnolencia, como si estuviera incubando alguna enfermedad o como si las formas despojadas de ese mundo lo indujeran a la reflexión más serena. Pocas cosas, pero eternas: agua, cielo, papiros.

Cuando llega a Rosetta y se anuncia, los soldados lo llevan entre burlas y empujones hasta la entrada de la tienda de Bouchard, que le inflige una hora de plantón y luego lo recibe tendido sobre una alfombra de lana, recostado sobre mullidos almohadones de terciopelo; manosea sus borlas, sus pompones, mientras una rechoncha imitación de hurí le hace cosquillas en la planta de los pies con una pluma de ibis. Al fondo de la escena, sobre una mesa de campaña extra reforzada, se exhibe la piedra. Andrei ve su brillo, se da cuenta de que el granito está veteado de mica y feldespato. Una roca cuarzosa, ancha como de metro y medio; setenta y cinco centímetros de alto. Un discreto aerolito negro, o más bien gris oscuro, con una fina veta rosada. Un rezago de culturas muertas.

—¡Oh, Marie! ¡Sorpresa! ¡Tenemos visitas! ¡La ciencia se ha dignado llegarse hasta nuestro modesto hogar! —gorjea Bouchard con la voz oprimida por el resentimiento. La gorda aplaude desganada mientras su amo apoya un codo sobre la alfombra y se vuelve en dirección de mi bisabuelo. Tiene el pétalo mustio de una flor del desierto pegado en la comisura de los labios, el resto distraído de una libación. Y apenas pronuncia la siguiente palabra ("antes"), el pétalo se desprende y aletea como una mariposa vomitada por un gato.

—Antes de escucharle proferir cualquier imbecilidad erudita quiero que me diga si sabe por qué estamos acá. Nosotros. Cuando digo "nosotros", me refiero a la expedición francesa —dice Bouchard.

Andrei lo medita durante unos segundos. Después reconoce:

—No lo sé.

—Me lo temía. ¡No me molestes! —con el talón del pie izquierdo Bouchard golpea la mandíbula de Marie, que no tiene más remedio que retroceder. La gorda va hacia un rincón de la tienda, se agacha para buscar un puñal o preparar una infusión. Bouchard la vigila con la mirada, sigue—: Igual, doy por seguro que habrá escuchado miles de versiones al respecto. Cientos. Yo, sin ir más lejos, nunca creí, ni por un instante, que esta avanzada expedicionaria en el Norte de África se tratara de un *hecho inocente*. No. Claro que no. *Prima facie*, diría que hay tres razones que explican nuestra llegada a este país. Una Santísima Trinidad de motivos convergentes, complementarios.

"A la primera razón, que refiere a la política, la llamaría *aparente*: Napoleón decidió conquistar Egipto como parte de su plan para dominar el mundo. Que no empieza con él, por supuesto. Ya en 1672, Leibniz le mandó un memorándum a Luis XIV indicando que para llevar adelante una verdadera política imperial debíamos ocupar La Puerta de Oriente. Si quiere, hacemos un poco de historia antigua, pero creo que con esto que dije alcanza.

"A la segunda razón, que implica al saber científico, la llamaría *alegórica*: En este nivel, nuestro interés

ya no es el de apoderarnos de todo sino el de saberlo todo. Parcelamos el mundo, nuestra vocación de
agrimensores del conocimiento se desarrolla bajo el
supuesto de que cualquier objeto es digno de idéntico
interés, de pareja fascinación. Empaquetadas, pesadas
y medidas, todas las cosas van a parar a los depósitos
del futuro museo. Desde el punto de vista geométrico
o espacial, se trata de un completo disparate. ¿Cómo
hace lo más grande para caber en lo más chico? En
fin. ¡Ahí tiene a los nativos desternillándose de risa
cuando ven a Prosper Jollois estudiando los colmillos
de los cocodrilos, a Monge mandando a pesar las to-
neladas de excremento de murciélagos acumuladas en
los fondos ya vacíos de las pirámides...! Yo mismo, yo
mismo estuve en una sesión del Instituto, en la que
Saint Hilaire brindó una conferencia acerca del tetro-
dón, un pez que gira como un barril luego de absorber
aire, queda panza arriba y luego se hincha y se eleva
como un globo. Pues bien: recuerdo el comentario
del jeque El-Madhi luego de la exposición de nuestro sabio: '¿Pero cómo? ¡Semejante cháchara por un
solo pez! El Todopoderoso creó más de cincuenta mil
especies diferentes de peces. ¿Cuántas vidas cree este
señor que tendrá que gastar para describirnos esa nimia
porción de la totalidad?'. Naturalmente, los egipcios
están en lo cierto. Pero eso no impide que la razón
alegórica persista como motivo de nuestra presencia en
estos lares. Ahora vamos a la

"Tercera razón, o *profunda*. Este es el nivel de verdad que suscribo, y donde me encuentra usted: solo.
En este nivel, las cosas y entidades adquieren una

fluidez casi inmaterial; es el nivel donde la investigación del pasado, basada en la contemplación de elementos fijos, nos revela los acontecimientos del porvenir. Es como una forma de la oniromancia. O como la Kabbalah, sólo que en vez de ser aplicada al nombre de Dios se aplica a la comprensión de los orbes sensibles: el mundo, las relaciones humanas. Todo se encuentra en un punto fijo. Cada elemento es una pieza de una totalidad en proceso de develamiento. ¿Entiende lo que le digo?

—Me estoy esforzando —sonríe Andrei.

—Le falta mucho, entonces —dice Bouchard—. *Vinimos a Egipto para saber lo que nos dirá la piedra.* Eso es lo que pienso. ¿La ha visto? ¿Ha podido echarle una mirada? Allí duerme un cosmos matemático. A lo largo y a lo ancho de esa superficie oscura se encuentran *todas* las fórmulas algebraicas: las que permiten construir pirámides, determinar la constante de las crecidas y descensos del Nilo, predecir el curso de las estrellas y profetizar el curso de la Historia. ¿Qué tal, eh? Sólo se trata de comprender su sentido, ver si éste se halla en su decurso (como la lectura sucesiva de una frase nos permite armar su argumento), o en determinadas relaciones espaciales establecidas entre sus elementos, o... Yo le aseguro que con la sólida formación educativa que me impartieron en la Academia Militar, con dos, tres días más, una semana a lo sumo, voy a terminar entendiéndolo todo.

Mi bisabuelo finge miopía y se acerca a la piedra. A simple vista, por puro algoritmo de la forma, advierte que está tallada con tres criterios diferentes, en tres idiomas. No matemáticas, sino lenguajes. Da un paso atrás, otro. Dice:

—Mañana le cuento.

Andrei sale de la tienda. Entró con la claridad; segundos más tarde, ya no se ve nada. Durante un rato se entretiene escuchando la conversación de los soldados alrededor de las fogatas del campamento. Pero más lo atrae la idea de salir a dar una vuelta por el desierto. De noche, todas las arenas son negras. Si no fuera por las hienas… Busca un oficial de campaña que le consiga alojamiento, pero es evidente que nadie ha velado por su comodidad. ¿Cómo habrían de hacerlo? Están en guerra. En cualquier momento hay otro ataque de los mamelucos, un desembarco de los ingleses…

En su deambular llega hasta los muros de la ciudad, recién reforzados. Si no hubiera sido por su color, la piedra que fue a estudiar habría terminado como otra piedra más, apilada para la defensa.

—¿Disfrutando de las promesas de la inmensidad?

Andrei no necesita volverse para saber a quién pertenece la voz que habla a sus espaldas. Es Marie, la manceba de Bouchard. Están a casi un metro de distancia, pero mi bisabuelo percibe una cualidad densa, algo en el fondo inexpresable que emana de aquella figura.

—A veces, cuando la tristeza se apodera de mí, vengo a sentir la frescura que brota de estos muros —dice Marie—. Apoyo la mejilla en las piedras y percibo la humedad. Hasta en este caldero infernal, la vida se las arregla para condensarse en gotas, criar musgo y descomponerse. Yo apoyo la mejilla y siento el fresco y me imagino montada en la grupa de un camello lanzado en fuga por el beduino que me ha secuestrado. El beduino me lleva a su oasis, me somete a todas las perversiones de su libido, me introduce en su cultura. Soy encerrada en una jaula. Él viene una vez por día y me alimenta con dátiles, que va introduciendo uno por uno en mi boca renuente, con la paciencia de un santo. Finalmente, cedo y me enamoro. Le chupo los dedos, de rodillas. Eso es el amor. Cuando una patrulla me rescata, nadie entiende mis palabras. Por otra parte, yo me niego a hablar: mi beduino ha muerto en combate. Uso ropas negras, mis ojos se vuelven oscuros y profundos detrás del velo…

—Es una bonita fantasía —murmura Andrei.

—Lo era. A juegos como ese jugábamos Pierre y yo, hasta que tuvimos la desgracia de que él encontrara la piedra. A partir de entonces se desvela girando alrededor de esas arañitas. ¿Qué sentido tiene atormentarse hasta el punto de perder la felicidad que siempre estuvo al alcance de su mano? Se comporta como si yo no existiera. No me escucha. No me mira. Ya ni siquiera soy nada más que un cuerpo para él. Acaricia la piedra, la recorre como si se tratara del objeto de un asedio, la maqueta de una fortaleza. A veces lo sorprendo pasando un plumero por sus ranuras, sus grietas, sus escrituras. Le habla. Lo he visto llorar mientras trataba de abarcarla con sus brazos. Yo no sé nada pero leí que los antiguos dioses egipcios pueden metamorfosearse en cualquier cosa cuando quieren arruinarle la vida a alguien. Si tales dioses bestiales llegaran a existir, ¿por qué quisieron meterse con mi

hombre, señor, que no es más que un pobre tipo?
—Marie suspira; traga sus mocos, enjuga su llanto.
Andrei no sabe bien qué hacer, así que no hace nada.
Ella agrega—: Si usted se llevara esa piedra en medio
de la noche yo sabría cómo agradecérselo. No me
refiero a mi sexo jugoso y cálido y perfumado, sino a
caballos y rutas de escape. De todos modos, hay algo
que quiero preguntarle.
—¿Sí? —dice Andrei.
Y ella:
—¿Soy hermosa?

Nilo, río arriba. Andrei Deliuskin ahora viaja en
una embarcación bastante decente; al menos tiene ca-
marote propio. Roto el sobre ("abrir al regreso de la
ciudad de Rosetta") y leída la carta, se ha enterado del
carácter de su misión. Ahora sabe que Bonaparte en
persona lo está esperando: a él deberá rendirle un informe preliminar acerca de los contenidos hipotéticos,
las posibles revelaciones talladas en la superficie de la
Rosetta. "Cuide ese objeto como si fuera su propia
alma", le escribe Napoleón. "Es de suprema importancia que llegue a mis manos sin daños ni ralladuras.
No quiero ver jeroglíficos decapitados ni marcas de
cinceles aplicadas a censurar mensajes presumiblemen-
te obscenos, esotéricos, incomprensibles. La legibi-
lidad va de la mano con la estética. Y yo no soy de
aquellos que creen que una pieza es más bella cuando
ha sido amputada". Antes de arrojarlo al río, Andrei
advierte que en el mensaje no se menciona la palabra

"piedra". Las evidentes, forzadas elipsis, transmiten mejor que cualquier orden la certeza de que hay cosas de las que no debe dejarse constancia escrita.

Una noche, sobre el río. Ruido de chapoteo tras la cortina de camalotes, de papiros. ¿Alguien comiendo algo, algo comiéndose a alguien? Una mancha negra flota al borde de la orilla, un cuerpo hundiéndose. Europeo.

Andrei Deliuskin se arroja al agua, rescata al moribundo. Los cocodrilos, hartos de otros festines, no molestan.

Champollion convalece durante dos, tres días, en un desmayo sin sueños. Cuando abre los ojos, ve que está en la cubierta de una embarcación, tendido sobre una estera, protegido del sol por un dosel de lino real. Un hombre de aspecto extremadamente distinguido se inclina sobre él y le sonríe: es mi bisabuelo. De inmediato Champollion siente el impulso de explicarse, de presentarse: le cuenta su vida, su amor por el estudio, sus largas horas en la Escuela Especial de Lenguas Orientales del Colegio de Francia (su aprendizaje del árabe, el caldeo, el copto, el etíope, el hebreo y el persa, entre otras), y sus polémicas con lingüistas de gran nivel como Louis-Mathieu Langlès, Prosper Audran y Silvestre de Sacy. Andrei vuelve a sonreír:

—Has venido a dar al sitio indicado.

Y lo lleva a la minúscula bodega del barco y corre una tela de arpillera bajo la que se oculta una piedra de basalto negra.

—¿Qué ves? —dice Andrei.

Champollion vuelve a desmayarse.

En un jeroglífico, un babuino puede significar luna o escritura o cólera. La cabeza de un burro puede usarse para representar al animal o para referirse a un hombre que nunca ha viajado y no sabe nada del mundo. Inclinados sobre la piedra de Rosetta, Andrei Deliuskin y Jean-François Champollion (maestro y discípulo) ejercitan las lógicas del sentido como una red infinita. En principio, las escrituras griega y egipcia de la piedra son paráfrasis la una de la otra; no traducciones literales —¿cuál de cuál?—, sino transmisiones del propósito general del texto. ¿Tiene la lengua egipcia antigua una gramática complicada, declinaciones, el subjuntivo? La piedra brilla en la oscuridad. A veces, cuando el curso del Nilo se vuelve tranquilo, la suben a cubierta para estudiarla mejor. Andrei traza hipótesis, propone un principio de escritura acrofónica: cada imagen es una letra. Una puerta es la letra "p", un ibis la letra "i". Quizá, sugiere Jean-François, todo sea un galimatías, un polisílabo monstruoso, una palabra interminable y única que en su enunciación reproduce el caos. No, dice Andrei, los jeroglíficos puros no representan los sonidos de una lengua sino las ideas. El problema es que la parte egipcia de la piedra utiliza tanto jeroglíficos como demótico. Al fin, aparece el primer nombre: *Ptolemaios*, la forma griega de Tolomeo. Se abre un universo de conocimientos... Y Champollion será su difusor. En El Minya, un recrudecimiento de sus fiebres lo obliga a descender en busca de atención. Una vez curado, volverá a Francia, donde revelará lo que aprendió junto a mi bisabuelo. Pequeño detalle egoísta: para su mayor gloria mantendrá en silencio el nombre de Andrei Deliuskin. Por su parte, Andrei debe continuar su viaje, Napoleón lo espera en el Valle de los Reyes (Biban El-Moluk).

Cielo, agua.

El balandro encalla en una angostadura del río. Mi bisabuelo decide continuar a pie, seguido por un par de porteadores que cargan con la piedra de Rosetta. Días y noches. Finalmente, llegan al estrecho desfiladero que da entrada al valle. Andrei ve una panorámica de corte, un tajo hecho con un cuchillo mellado sobre la carne del mundo. Sobre las paredes a pico de la roca cortada, sobreviven, a punto de despeñarse, informes restos de esculturas roídas por el tiempo y que hubieran podido tomarse por asperezas de la piedra, por deposiciones de hidróglifos gigantes. A cada lado, en pendientes pronunciadas, se alzan enormes masas rocosas ascendiendo en picada vertical, proyectándose en perspectiva fantástica sobre un fondo de cielo índigo. Es el atardecer. Los rayos del sol calientan hasta la transparencia uno de los lados del valle, mientras el otro flota en ese tinto crudo y azul propio de los territorios secos.

—Hola —grita uno de los porteadores, y explica—: Estoy saludando a los muertos.

El eco de la voz se prolonga a lo lejos, se estrangula en los desfiladeros, agoniza y se pierde, y al rato vuelve cambiada:

—¿Llegaron bien?

¿Un muerto? No todavía. Es Napoleón Bonaparte. Que los espera en el centro de una amplia planicie que se abre tras el siguiente recodo. Vestido enteramente de blanco. Pelando una naranja bajo un baldaquino. Un casco de corcho cubre su cabeza donde el pelo comienza a ralear. Andrei se acerca. Sus porteadores depositan sobre la mesa la piedra de Rosetta. Durante unos instantes, Napoleón contempla esos signos como si estuviera estudiando la escritura de un sueño. Después aparta la vista, dice:

—¿Usted sabe por qué le pedí que me la trajera? Mis amigos del Instituto, o, mejor dicho, sus colegas, ya que en mi posición yo no puedo presumir de tener amigos verdaderos, creen que mi interés por esta piedra funciona a nivel retórico, como metáfora de la llave que permitiría establecer ciertos puntos de contacto entre los egipcios y nosotros. "Como no podemos entender a los egipcios del presente, empecemos desde el principio, buscando las claves de su antigua civilización". Desde ya, le digo que esa hipótesis es una ridiculez y su aplicación práctica sería una completa pérdida de tiempo. En realidad, ¿qué son los egipcios? ¿Qué es este país? ¡El agujero fétido donde hicieron sus necesidades los árabes, los griegos, los latinos…! Ya trescientos años antes de Cristo los faraones no tenían sangre egipcia… La propia Cleopatra —de la cual mi Josefina no es más que un pálido reflejo, una astilla de ese esplendor—, la propia Jos… Cleopatra hablaba el idioma egipcio como un acto de deliberación, pero su lengua madre era por supuesto el griego. El copto, con suerte, no es más que una simplificación del egipcio antiguo, amortajado por el alfabeto griego, y mutilado en siete letras; una lengua amputada. En conclusión: Egipto es un acto de voluntad, un país por nacer o una elección nostálgica. Así que, ¿de qué vamos a hablar con ellos? ¿Acerca de qué nos vamos a poner de acuerdo? Nada. Sencillamente, los egipcios no existen. Y por lo tanto, mi amigo, no hay clave ni llave posible. ¿De qué se trata, en el fondo? ¿Por qué estamos aquí? ¿Qué es lo que oculta nuestra presencia, que yo no me privo de presentar como el acto liminar que desencadenará una serie de actos sucesivos, una serie que podría ser interminable? ¿Qué es lo que *a mí* me interesa? Muy simple: lo intuyo, pero no puedo nombrarlo. El misterio de mi deseo irresoluto queda para que lo revelen hombres que verán más lejos y mejor que yo. ¿Le asombra mi sinceridad? Me alegra ser aún imprevisible para alguien. Yo muero por apoderarme de eso. Ese concepto. Esa cosa. Que es precisamente aquello que se escapa de entre nuestros dedos. Y quizá por eso traje a mis ejércitos a comer la arena de los desiertos, utilizándolos como moneda de cambio. Todos muertos por un anhelo. Es así. Yo soy el Moisés de mi pueblo. ¿Sabía usted cómo sucumbió Moisés? Lo dice Jehová, no lo digo yo: "Verás el lugar pero no llegarás a habitarlo". Antiguo Testamento. Cuando Moisés (o Mashiah) llegó a esos confines, aseguró que tras la línea del horizonte comenzaba la Tierra Prometida. Su mujer, mucho más joven que él, le dijo: "Permiso. Ya vuelvo", y se adelantó a lomos de burro. Moisés la vio perderse a la distancia. Luego de algunas horas ella regresó a los gritos y le arrojó un puñado de arena a la cara: "¡Tierra Prometida…! ¿Y para esto nos trajiste hasta acá? ¡Ya mismo me vuelvo a Egipto!". Las mujeres siempre buscan seguridad. Lo que no se entiende es por qué ella decidió partir con él. ¡Si en Tebas la trataban como a una reina! Bueno, el caso es que, oídas estas palabras de reproche, el corazón de Moisés se detuvo, su *Ka* se elevó al cielo para fundirse con Atón, y él dio pesadamente en tierra. Se entiende, ¿no? El ejército es mi mujer, que cada día pregunta para qué la traje a estos páramos. Ella no advierte que soy yo quien agoniza. Claro que ya estoy hablando de Josefina, y no de mi tropa de *coglioni*. Como usted ya sabrá (aquí los chismes corren más rápido que mi infantería), esta piedra cuya custodia y desciframiento le he confiado, es la perla, el zafiro oriental que entregaré a mi amada esposa para que figuradamente la luzca en su corona de emperatriz. Y por supuesto, Josefina hará con la piedra lo que se le ocurra. Romperla, venderla, ponerla en un anaquel de la chimenea para que el lado más oscuro refracte el calor de los leños, regalársela a las sirvientas; no me interesa el destino material de los objetos. Pero supongo que en el curso del viaje usted se habrá precavido de sacar copias legibles de la grafía, de modo que la información contenida…

Andrei asintió inclinando la cabeza. Napoleón continuó:

—La eternidad está enamorada de las obras del tiempo. Eso explica el descenso de Cristo a la cruz y lo que yo siento por la cretina de mi señora. ¿Por qué tanto afán por la egiptología, entonces? Porque lo que podemos aprender del Antiguo Egipto ya no significa nada. Si quiere que un francés le sea franco, teniendo en cuenta que tiene sangre italiana: Josefina tampoco significa nada para mí y por eso mismo se me ha vuelto preciosa al punto de que haría cualquier cosa por recuperarla: saquear tesoros, sacrificar ejércitos, renunciar a imperios. Si la hermenéutica es el esfuerzo, tan denodado como inútil, de volver actual un sentido que ha caído, permítame que le cuente entonces que toda la Campaña de Egipto no es más que otro intento por restituir a la vida el sentido de mi sacrificio ante el altar del amor. El intento por recuperar un momento de amor perdido. Un cuarto, el mío, una cama, la mía: y Josefina y yo, desnudos, jugando. Ella me envolvía en vendas y tiraba de ellas y yo giraba como una peonza y reíamos y ella me quería, le juro que alguna vez me quiso. Y yo le prometí que vendríamos juntos de vacaciones, a darnos baños de sal en el lago Mareotis —ahora sé que está vacío y muerto como yo. Nos bañaríamos hasta que el sol nos calcinara y permaneceríamos uno junto al otro, dos momias disecadas por la naturaleza en su baño romántico. Eternos. Por eso, ahora no me queda más remedio que ser Napoleón Bonaparte, el conquistador, el marido de la posteridad. Triste consuelo. Pero así es la vida, ¿no? Hay quien vuela como las águilas y hay quien se arrastra como las serpientes. Sólo que uno mismo nunca sabe qué bestia representa.

11

El 23 de agosto de 1799, Napoleón abandonó Egipto y regresó a Francia. Unos días más tarde mi bisabuelo hizo lo propio, pero en vez de regresar a Europa decidió internarse en lo profundo del África. Su rastro se pierde; algunos dicen haberlo visto envuelto en una kitab, apoyado y como hundido en la sombra de los paredones de paja y barro de la ciudadela de Berberán, mendigando su sustento mientras exhibe las mutilaciones de una pierna; otros aseguran que la descripción es correcta, pero que marco ambiental y atuendo oriental corresponden a la zona de Persia. Hay quienes juran haberlo sorprendido practicando el ayuno y la oración montado sobre una columna, otros lo vieron traficando opio en la frontera con China. Son, en el fondo, versiones adecuadas a la literatura exotista en boga por aquella época, y en las que se espejarían años más tarde los cultores de la absenta. Lo cierto es que algunos meses después reaparece en Ámsterdam: está oscuro como un moro, quemado por los soles. Su aire ausente cautiva a las damas, incluso a Alicia Varmon, que lo sorprende en un café y se le aproxima, tomándolo por un desconocido.

Alicia Varmon y Andrei Deliuskin se casaron un 1º de agosto de 1801. La apreciable fortuna de la esposa permitió que la familia disfrutara de un estilo de vida acomodado. Como era su costumbre, Andrei pasaba los días estudiando y trabajando; escribía. Fue, en resumen, el único *uomo universalis* que nuestra especie conoció tras la desaparición del renacentista Pico della Mirandola. Sus investigaciones, tratados y ensayos abarcaron un centenar de manuscritos que versaban acerca de todas las ramas del conocimiento. Infelizmente, tras su prematuro fin —un día, distraído en sus asuntos, salió a caminar sin abrigo suficiente y lo sorprendieron la lluvia, el resfrío, y pocas semanas después la pulmonía y la muerte—, la viuda decidió donar todos sus papeles (a excepción de su *Anatomía Instrumental de la Práxis Política*, que se empeñó en conservar el benjamín, Esaú Deliuskin), y éstos sucumbieron a las llamas que consumieron a la Biblioteca Comunal de Ámsterdam durante el famoso incendio de 1824.

Alicia Varmon y Andrei Deliuskin tuvieron tres hijos, en este orden: Atanasio, Elías y Esaú.

Atanasio resultó una persona perfectamente común, alguien que nunca se destacó en nada. Alcanza con esto.

El segundo, Elías, heredó la vena artística de Frantisek y Jenka, sus abuelos paternos. Tenía un don natural para la música, y podría haber llegado a ser un notable ejecutante de instrumentos de viento... Lamentablemente, desde su más temprana infancia padeció una deficiencia del nervio acústico, lo que le produjo amplias repercusiones en lo anímico. Apenas empezaba a tocar, lo invadía la certeza de que ya no podría detenerse; se veía obligado a esquivar cualquier instante de silencio entre nota y nota, porque en ese instante se abriría un precipicio creado exclusivamente para que él cayera adentro. A un espíritu más firme o menos perturbado, esa limitación aparente se le habría presentado como un firmamento de posibilidades sin explorar: el ámbito abovedado de las estrellas del sonido continuo y la ejecución veloz brillando en imparable sucesión, o —a la manera de su opuesto—, la explosión exhaustiva, la supernova de una sola nota. Una vez abierta esa perspectiva, la consecuencia sería siempre feliz: era cuestión de apostar a la obra que durara por lo menos lo que la vida del intérprete mantenido en condiciones ideales de ejecución, o dedicarse a la invención de mecánicas de producción de registros musicales autónomos mediante la fabricación de instrumentos con funcionamiento de autómatas... Es decir, en ambos casos, se podía vaticinar una vida llena de música... Pero como la locura no es casi nunca una fuente de inspiración sino pura y simple miseria humana, Elías, teniendo en sus manos casi todas las cartas del triunfo, sólo pudo habitar la estrecha franja de terror de esos silencios para él inesperados. En conclusión, y aunque sus ejecuciones se adelantaron en más de cien años a la invención del free jazz (una música prohibida en todos los manicomios), él no fue respetado ni admirado por nadie, vivió loco y murió idiota.

El último, mi abuelo Esaú, es el protagonista del tercer libro de esta crónica acerca de los genios de mi familia.

LIBRO 3

ESAÚ DELIUSKIN

*En el desierto del Sahara no pudo
nacer la pintura paisajista.*

León Trotsky, *Mi vida*

1

¿Es la defensa del legado paterno una figura que corteja el vacío?

La *Anatomía Instrumental de la Praxis Política* de Andrei Deliuskin empieza con una serie de afirmaciones contundentes: "Postular al amor como una conducta, tenerlo por un manual de procedimientos, pretender el conocimiento de las normas de su gramática íntima, condena al iluso a fallar; el amor es la apuesta inédita hacia la realidad del futuro, que por definición se pospone siempre". No faltará quien imagine que la frase traza para siempre los límites del proyecto napoleónico. Para Esaú Deliuskin, el libro de su padre —luminosa punta del iceberg de una obra monumental— constituyó el punto de apoyo y la palanca que, bien utilizados, servirían para cambiar el mundo. Incluso, puede afirmarse que la vida del tercer genio de mi familia fue una radical, conmovedora puesta en práctica de esa frase entrecomillada. Para llevar a la práctica el mensaje de Andrei, Esaú desdeñó su propia singularidad y fue todos, nadie y ninguno al mismo tiempo; quiso transformar lo existente (voluntad que supone una tremenda capacidad de amor por nuestra especie) y apenas si pudo querer a dos personas a las que no vio nunca. Esaú estaba hecho del material de aquellos que en los naufragios desprecian el salvavidas y se hunden en las aguas mirando la titilación del Universo. Esas frías señales, que para otros son luces de orientación, lámparas, para él representaban los ojos de su padre examinándolo desde el más allá, escrutando su alma para ver si era capaz de situarse a la altura de sus expectativas. Por supuesto, ese examen abismal no fue fruto de la intención de Andrei sino efecto de la exigencia con que el hijo se planteó el cumplimiento de su tarea.

De niño, y apenas aprendió a leer, Esaú decidió que permanecería encerrado en su cuarto, privándose de mantener cualquier contacto con los miembros de su familia. Le dejaban la comida frente a la puerta; cuando tenía hambre, abría, arrastraba el plato al interior, volvía a cerrar. Su madre nunca supo qué hacer con él y tendió a considerarlo como una especie de monstruo. Hijo suyo no podía ser, creía, porque carecía de su simpatía, encanto y don de gentes. Y pensándolo bien, tampoco tenía un solo átomo del pobre Andrei, que había sido un amor de tipo, aunque tremendamente aburrido, siempre garabateando pavadas y curioseando entre papeles viejos. Sin embargo, aunque entre los tres no existía ni pudo existir la menor relación, por una extraña transitividad del pensamiento, cada vez que Alicia Vermon viuda de Deliuskin contemplaba a Esaú con esa mezcla de disgusto y desazón que es propia de las madres que han sufrido un desengaño profundo, se preguntaba acerca del motivo que la habría llevado a "hacer familia" con el padre. ¿Fue quizá porque Andrei resultó el único testigo de su único desliz verdadero, espectador del pequeño secreto (su jardín florido) que la había unido efímeramente a Martha Velin? Alicia no sabía qué conclusión extraer al respecto, así que, como siempre, no extrajo ninguna. Olas de ignorancia como esa llevan a que personas como ella arrojen a multitudinarios mares de olvido obras como la del marido muerto, y años más tarde sucumban plácidas a su propio destino, desconociendo siempre la magnitud de la catástrofe que ocasionaron. Bien. Ella fue la que fue, y una tarde de abril reventó en su cama. Sus hijos no dedicaron mucho tiempo a llorarla. Alicia Vermon reposó rápido en tierras consagradas y ellos tuvieron que ocuparse de litigar con abogados por los restos de la herencia (el pronombre de la tercera persona del plural debería excluir a Elías, que apenas podía otra cosa que permanecer sentado a una silla y temblando, con los labios secos apoyados en la boquilla del saxofón, en la habitación vacía de su madre). Fue una lucha poco afortunada, a juzgar por los resultados. Los descendientes de Andrei Deliuskin y Alicia Vermon terminaron en la calle. A Esaú, tal circunstancia le sirvió para descubrir y evaluar la virtud negativa de la rapacidad; también para advertir que poseía aptitudes para el liderazgo y el combate. El hombre es el lobo del hombre: se convirtió en el jefe de una pequeña banda que se apropiaba de posesiones ajenas y que luego, al azar de su voluntad, las distribuían entre menesterosos. Al poner en circulación la propiedad, al asistir al súbito calentamiento de esas masas de energía congelada, Esaú experimentaba picos de alegría salvaje. Tales emociones podrían ligarse a una fenomenología de la santidad, salvo que ésta se corresponde con una ascesis perfectamente graduada. En esas expansiones del libre albedrío conoció también los éxtasis de la carne, y en más de una ocasión probó el gusto de la sangre; todo le pareció poco. El mundo era objeto de una corrección y debía ser él (siguiendo lo escrito en el libro de su padre, que pudo sustraer al examen de los esbirros de los acreedores) quien se ocupara de procurársela. En ese punto, era obvio concluir que las acciones realizadas hasta el momento eran rudimentarios ensayos de la gesta por venir. Pero el futuro carece de una estructura cierta. Entonces, ¿qué hacer?

Mientras Esaú y su banda recorren Europa en un frenesí de exacciones y repartos, él se pregunta por los pasos siguientes. Pronto descubre los límites de su fiesta. Uno de sus hombres es detenido durante un asalto. En otro, muere su lugarteniente. El sentimiento general de impunidad desaparece; ya no son invencibles ni invisibles, ya no son inmortales. ¿Quién tiene la culpa? Esaú debe hacer gala de valor para impedir una revisión de su jefatura, y aunque se impone en el combate cuerpo a cuerpo, sabe que el conato de rebelión es sólo el comienzo de una serie que indefectiblemente concluirá con su reemplazo, y quizás con su muerte. Menos para sobrevivir que para triunfar, planea un hecho que, por sus consecuencias, deberá arrancar a sus hombres de la condición de furtivos practicantes de la ratería para instalarlos en una dimensión heroica. Se trata de eliminar a una de las figuras centrales del mapa centroeuropeo. Esaú calcula que, con el magnicidio, la precaria estabilidad política de la zona entrará en combustión. Así, al menos, ocurre cuando alguien acerca un fósforo al borde porque quiere eliminar primero la red y abrasar luego el cuerpo negro y asqueroso de la araña (el Imperio Austro-Húngaro que se agazapa en el centro de la tela). El plan es perfecto: están contemplados el grito de alerta, la reacción de los guardias, la falsa fuga hacia la calle de la emboscada, la bomba, los tiradores escondidos, la muerte del hombre célebre. Pero algo falla, el archiduque se salva y Esaú resulta el único detenido.

Lo atan, lo desmayan a golpes, lo trasladan en carruajes negros; cada vez que despierta siente el traqueteo del vehículo, el calor creciente. En algún momento sus captores empiezan a hablar una lengua desconocida.

Al fin del viaje es arrumbado en una celda: el entorno lo distrae. Dunas que a lo lejos mueve el viento, palmeras. Si lo que ve a través de la ventana enrejada no resulta un telón pintado con el propósito exclusivo de confundirlo, es posible que se encuentre en un establecimiento carcelario de alguna de las provincias perdidas de una de las vastas colonias que aún conserva el imperio. Nadie lo visita y nadie lo molesta; una vez por día recibe un cuenco con un potaje que, apenas tragado, lo descompone. Los días sofocan; las noches son heladas. Por el cielo purísimo navegan estrellas fugaces. Esaú las mira, o no. Por lo general permanece acostado en su camastro. Cierra los ojos y piensa, o duerme, o escucha los murmullos del exterior. Le llama la atención esa música disonante, un canto o un lamento que llega desde una celda cercana o de un alcázar. Al principio le parece un mero arrastre de sílabas y vocales que une el capricho; luego descubre que es la oración la que determina la cadencia, y no a la inversa. De allí, hay un solo paso hasta aprender los rudimentos del sistema, los principios silábicos; a su tiempo, los graves y agudos también incorporan porciones de sentido. La música es siempre idéntica y se repite a lo largo de las horas, con el énfasis de las pérdidas. Afinando el oído, descubre que lo que suena como un lamento de amor es en realidad la melopea de un discurso político, y entiende también que el cantante no es uno sino dos, la voz dominante y la dominada, como la serpiente y la rama que la sostiene. En ese enlace, la voz dominante propone que la sumisión al régimen es la única dicha posible. La segunda voz, apenas más afiatada, y que se cuela temerosa en los silencios de la otra, sólo puede ofrecer reparos tímidos que la primera desarma rítmicamente. Es evidente que entre la primera y la segunda voz hay acuerdo; bajo la apariencia del contraste, la segunda sólo frasea los párrafos que pueden ser rebatidos por la primera, sugiriendo que toda oposición lo es por debilidad en el entendimiento de las razones de la voz dominante.

Esaú comprende que esa música cifra su posición actual: sus captores, sean quienes fueren, quieren ilustrarlo respecto de lo ocurrido. Si hasta el presente se tomaron la molestia de mantenerlo vivo, cuando hubiese sido tan fácil fusilarlo y arrojar su cadáver a un pozo, es porque han decidido usarlo como el exponente dialéctico de un ciclo en el cual su intento de magnicidio deberá ser leído como el momento negativo de un proceso dirigido a consolidar el régimen. (*Anatomía Instrumental de la Praxis Política* prevé esta y otras contingencias).

Es claro que mi abuelo no conoce lo suficiente el idioma como para estar seguro de que su interpretación es la correcta. De todos modos, intelectualmente, es posible establecer esa relación y —esto es lo estimulante para él— pensar en invertirla. Se trataría entonces de escribir una letra, y traducirla, para que fuera cantada en aquella lengua. Su canción diría las verdades que el modelo oficial oculta. Y con suerte, si encontrara los canales de difusión adecuados, produciría los efectos de comprensión necesarios para que los oyentes se aplicaran a transformar el mundo. El único problema es, ¿cómo encontrar un acólito, mejor aun un traductor, y luego los músicos y cantantes, desde una celda de confinamiento solitario?

2

El director de la cárcel entra, saluda a Esaú, dice:

—Imagino que se hallará todo lo cómodo que se puede estar en las presentes circunstancias, y que el encierro y la soledad le habrán permitido descubrir que el verdadero sabor de la felicidad se encuentra en las pequeñas cosas de la vida. Un rayo de sol filtrándose por el ventanuco, el fresco del amanecer, el suave modo en que se deslizan las horas cuando uno tiene la suerte de no hacer nada. Dirán lo que quieran, pero usted mismo es un ejemplo de que vivimos en el mejor de los mundos posibles. ¿Cuándo se ha visto que se castigue un crimen con un privilegio? Debería agradecer el trato que se le dispensa. ¡Mire esas mejillas rozagantes que luce! Las vería si tuviera un espejo. Pero déjeme decirle que ahora tiene el aspecto descansado de aquellos a quienes ya no importunan los problemas cotidianos, la misma apariencia feliz de las abuelas que acaban de tejer un abrigo a sus nietos. ¡Ni se imagina la cara que traía cuando llegó! Un energúmeno ansioso, crispado por la necesidad de entender, demolido por el odio... ¿Ha pensado algo al respecto?

¿Es la paz que anima su semblante consecuencia de la reflexión y el arrepentimiento? No lo sé, aún. Y eso que me dediqué a observarlo. Tengo infinidad de modos de hacerlo. Perdí el sueño siguiendo cada variación en el mapa de su rostro. Podría decirse que me convertí en un especialista en la orografía de su alma, si es que la jeta de un prisionero es su espejo fiel, su expresión sensible. Supongamos que lo es. ¿Está cómodo aquí? ¿Le resulta mullida su almohada? ¿Le dan bien de comer? Usted se preguntará por qué me tomo tantas molestias por un simple interno. Existen dos razones. La primera de ellas, de orden personal: me considero un ser caritativo. La segunda, de orden profesional, es que soy el encargado de su educación. Mi tarea es convertirlo en un hombre nuevo. Y para ello debo acompañarlo en la revisión de sus conductas del pasado. En ese sentido, debemos empezar por el análisis de su fallido atentado contra el archiduque. Convendrá conmigo en que su acción resulta de un grosero error de perspectiva, cual es el de dar por hecho que los individuos son los actores de la historia. ¿No? ¿No piensa lo mismo? Qué pena. Pero bueno, paciencia. Volvamos al punto inicial. El atentado. Usted creyó que asesinando al archiduque podría… conseguiría… Pero lo real, mi querido huésped, es que la sociedad produce archiduques a cada momento. Si el orden social fuera equivalente a un juego de bolos en el cual cada archiduque representa un palo individual, y su bomba hubiese sido tremendamente eficiente, un bolo capaz de voltear todos los palos (archiduques) de un solo tiro, lo cierto es que de inmediato el parapalos

—el *sistema en tanto sistema*— habría levantado los mismos palos (archiduques) o, en su defecto, puesto otros idénticos en su reemplazo. ¿Que cada individuo es único e inimitable? Eso es cierto, aplicado al cosmos de la sensibilidad romántica. Yo mismo, que me considero como alguien excepcional —y no me pregunte por qué, tendría que pasarme horas, meses, solamente para ofrecerle una introducción suficiente a las maravillas que contengo—, yo mismo soy, al menos en teoría, reemplazable. ¿No es esto un horror? Y sin embargo, así son las cosas. Cada ser humano es al mismo tiempo un universo inexplorado y un desperdicio. Claro que usted podría argüir que su actividad terrorista no transita sólo por la vía de los actos puros (un tiro que lo cambia todo) sino que principalmente discurre en el universo de los signos. El signo de la muerte del archiduque habría sido entonces: "Todo lo que existe sucumbe; hasta el Poder se derrumba". Digamos: una instructiva demostración dirigida a las masas. Pero aquí permítame dos observaciones, cuya pertinencia no escapará a su perspicacia. Primera observación: si el atentado contra el archiduque era un intento de dar a conocer la condición necesariamente sangrienta de una alternativa de carácter libertario —"Las flores de la Revolución se riegan con la sangre de los opresores"—, en principio deberá admitir que ese intento resultó fallido porque nadie —excepto nosotros, los servidores del Estado que trabajamos para impedirlo—, se enteró del asunto. El mismo archiduque ignora que estuvo a punto de volar en mil pedazos. Y eso porque: a) el archiduque tiene cosas más importantes de que ocuparse, y en nada hubiera ayudado al desempeño de sus funciones que parte de su atención estuviese ocupada en especular acerca de las delicadas cuestiones relativas a su sobrevivencia; b) como ya le he dicho antes, a escala individual el archiduque no es más que un fantoche, un pánfilo entorchado, una mera pieza en el gran juego de la política. Así que, ¿a santo de qué íbamos a molestarnos en advertirlo de nada? Lo dejamos que siguiera pavoneándose de aquí para allá. Ahora pasemos a la segunda observación: El Poder. El tema del Poder. Imaginemos un atentado exitoso: vuelan por los aires el archiduque y su archiducal carroza conteniendo hijos, pulgas, escudos, emblemas, esposa, diplomas, pelucas, polveras, perritos falderos. ¿Qué habría resultado a cambio? ¿Qué transformación *real* hubiese sobrevenido? Incluso... El parapalos murió y no hay más archiduques. Entonces, ¿qué? El Estado pasa a sus manos criminales y de ser la Oposición usted pasa a convertirse en el Poder... ¿No cree que en ese mismo momento, o transcurridos unos meses, habría de aparecer un nuevo terrorista tratando de eliminarlo para finalmente colocarse a su vez en su lugar, y así *per saecula saeculorum...*?

—Pero... —dice Esaú.

—No me interrumpa. ¡No le he dado permiso para hablar! En nuestras respectivas condiciones, soy el encargado de aliviarlo del peso de creer en la importancia de la palabra pronunciada. Espero que en algún momento me agradezca el favor. La gente cree que porque habla dice alguna verdad. Y eso es falso, si se me permite el silogismo. ¿Qué le decía? Ah. Usted creyó que si el archiduque moría a causa de su accionar, la revolución... Pero. ¿Por qué hacer la revolución, una revolución, cualquier revolución? *¿Para qué?* El argumento de Pascal es perfecto, aplicado al conocimiento de la divinidad y la salvación personal. Dios como un tiro al blanco. Si existe y creemos en él, hacemos centro en la fe y acertamos infinitamente. La mejor inversión en la bolsa de valores de la eternidad. Y si Dios no existe, bueno, hicimos el esfuerzo de creer, no perdimos nada que no estuviera perdido de antemano. Pero este argumento es completamente falaz utilizado en asuntos terrenos. Antes de seguir con el razonamiento: un amigo afirma que la mejor prueba de la inexistencia de Dios es la fe. Si Él existiera, no haría falta la creencia: contaríamos con la evidencia de su existir. Así también, la mejor prueba de la inexistencia de la Revolución es la esperanza de que alguna vez ésta por fin acontezca. Sigamos. Pero antes... ¿le queda claro que mis comentarios previos han sido pronunciados a modo personal y que en mi condición de funcionario del Estado soy un firme defensor de las Verdades Reveladas? En ese sentido, me pongo del lado de Spinoza y su *Ética*. "Debemos amar a Dios sin esperar nada a cambio". (¡Curioso que un matemático concibiera una afirmación sin cálculo!). Naturalmente, en nuestras respectivas situaciones, usted estaría en el lugar del "debemos" y yo en el de "Dios". Y sin embargo, mire cómo son las cosas: yo me apersono a esta celda para ofrecerle todo mi afecto, toda mi protección. Y eso a cambio de nada. Sí, de nada.

Seamos sinceros, ¿qué se puede esperar de usted? ¡Qué libre debe de sentirse ahora, iluminado por mis palabras! Usted, que creyó que lo podía todo, descubre su ilimitada nulidad; la nada abre todos los caminos, aunque eso no quiere decir que al salir yo olvide cerrar la puerta de esta celda. Bien. Sigamos. ¿En qué estábamos? La Revolución. La Revolución, que genéricamente es la versión para adultos del cuento infantil del Paraíso Terreno, promete una alteración absoluta de los parámetros habituales. Transformación del mundo, alteración de la experiencia, felicidad, plenitud vital. ¿Usted cree en eso? ¿De *verdad* cree en eso? ¡Y sin embargo es falso, mi querido amigo, todo eso es falso! Un engañapichanga que se obstinan en sostener mentes débiles que presumen de educadas, cultivadoras del pensamiento a la moda (¿podría alguien decirme por qué demonios el pensamiento debería estar actualizado? ¿Desde cuándo, cómo el pensamiento se vuelve inactual y debe "actualizarse"?). Déjeme que le diga… Usted, y personas como usted, no tienen la menor idea acerca del daño que hacen con todas esas predicaciones laicas acerca de la Revolución. En ese punto, me saco el sombrero ante el esfuerzo que desde sus púlpitos realizan domingo a domingo los hombres de la iglesia para difundir los consuelos del relato ultraterreno, que son sin duda la única felicidad asequible para el consumo de las masas. ¡Imagínese por un momento la realización triunfal de ese "cambio revolucionario"! ¿Qué ocurriría con esas masas domesticadas, infradotadas, subalimentadas de hoy, si de pronto se vieran satisfechas en todas sus demandas, más allá incluso de sus propias expectativas? Véalas. Vea el inquieto rebaño. Su nombre es Legión; ya sin nada que desear, nada con lo que soñar, nada de qué quejarse. ¿Qué ocurriría? ¿Me lo puede decir usted? No. Claro. Usted calla. Paradójicamente, su espíritu igualitario concibe la sospecha de que en el silencio se encuentra algún principio de superioridad. Eso cree usted, pero no. Usted calla, primero, porque yo le dije que no hablara, y segundo, porque ha sido derrotado. Hablar implicaría al mismo tiempo reconocer la verdad y el dictamen de los hechos. ¿Qué pasaría con esas masas sometidas a la terrible experiencia de la concreción de sus anhelos? ¡Dígamelo! Se lo digo yo: se entregarían a la angustia y al ateísmo, efectos propios del incremento súbito de la capacidad de discernimiento, que es a su vez un requisito de la inteligencia pura y condición de la infelicidad subsecuente. Ser inteligente es ser infeliz, mi querido interno, yo sé lo que le digo, porque soy el más desdichado de los hombres. ¿Es eso lo que usted quiere? ¿Convertir el mundo tal como hoy lo vemos en un mundo de infelices? ¿Es ese su cambio revolucionario? ¡Madre mía! ¿Para qué tamaña perversidad? No me conteste. No me diga nada. Lo dejo. Creo que es suficiente. Me voy. Por el momento. Espero que se quede aquí, pensando en nuestra pequeña conversación. Adiós. Pero, ¿qué pasa? ¿Eh? ¿Qué pasa? Observo en su rostro una expresión de duda, reserva y hasta de disgusto. Me recuerda la mueca de aquel que en una velada de gala en la que todo debería oler a rosas percibe el inesperado sabotaje ramplón de un aroma inapropiado. Vamos al punto. Usted calla —resiste. Imagina que, atento a las respectivas posiciones, no está en condiciones objetivas de formular reparos, intervenir de manera taxativa, cortar el circuito de mi discurso con una objeción capaz de desmontar lo que estima como error o falsedad de mis palabras. Pero yo invertiría un poco la cuestión. Relativo al papel que desempeño en esta institución carcelaria, pilar fundamental del andamiaje del Estado, ¿cree usted que lo que yo digo es menos cierto porque lo digo yo? ¿Supone que las verdades son relativas al poder o falta de poder de que se ven investidos los individuos que las pronuncian? Ahora sí, lo dejo. Tengo que ir al último torreón, salir a la crudeza del aire libre. Allí alimento a las palomas. Lleno mis manos de granos de maíz y dejo que se posen en mis hombros y coman y defequen sobre mí. Debería usted meditar acerca de esto. ¿Pero qué? ¡Diga de una buena vez lo que quiere decir! ¡Hable, o al menos vuelva lo suficientemente explícito el significado de su silencio! Ya sé. Yo hablo de "significado", de "explícito" y usted traduce: "verdad". Piensa que estoy pidiendo que circule la verdad entre nosotros cuando lo que en realidad estaría proponiendo es que acordemos la conveniencia de la circulación de la mentira en el planeta. ¿Es cierto, eso? Sí, es cierto, si atribuimos a esas palabras el valor de la revelación de un contenido oculto, como sería su caso, y no, como en el mío, un valor de preservación de los valores de lo existente. Yo, mi querido amigo, ¿ya se lo dije?, pienso que las cosas están bien como están, y que un poco de engaño —de mentira, si se quiere; o arrullo, o consuelo— no hace mal a nadie. Piense, por ejemplo, en las mujeres. No digo que piense ahora mismo. Ya va a tener horas y horas para pensar en ellas. Con suerte, en unos meses no va a poder pensar en otra cosa que en aquello de lo que se ve privado. Mujeres. Usted es, seguramente, un caballero de esos que imaginan que a las mujeres hay que decirles la verdad, lo pidan éstas o no. Para alguien como usted, un hombre que engaña a una mujer ya no es un hombre, es un canalla. Pues bien. Déjeme que primero le diga qué distingue a un caballero de un canalla y luego analizaremos cuál es la conducta que más se ajusta a los principios morales. En mi opinión, un caballero es aquel que, luego de engañarse respecto de sus propias condiciones, envuelve a la mujer en los velos de una promesa, se casa con ella y consigue que ambos se arruinen mutuamente la vida. Un canalla, en cambio, ha estimado desde el principio, fría y racionalmente, las opciones con las que cuenta, y previendo desde el comienzo los resultados de su comportamiento, maneja como un experto sus recursos, a fin de que, de la decepción resultante —decepción que es inherente a todo hacer humano, se desprenda al menos alguna consecuencia positiva. Un canalla anticipa con melancólica justeza el tiempo del fin de las ilusiones, administra el rumbo de los hechos y se adecua a las posibilidades existentes. El ejemplo más acabado de canallas que conozco son los rufianes, también llamados proxenetas. ¡Es de admirar la ingeniería que despliegan esos mártires del realismo! Con sofisticadas argucias capturan las voluntades de niñas desprevenidas, provenientes de los más bajos estratos de la sociedad y por lo tanto condenadas a recorrer el mismo surco de explotación matrimonial, hijos desnutridos y abortos mal realizados que ya trajinaron sus madres. ¿En qué consiste su engaño? ¡En que, a cambio de ese futuro de miseria inexorable les ofrecen *todo*! ¡Y lo mejor del caso es que cumplen, a su manera! Una vez engañadas, instalan a esas criaturas en suntuosos prostíbulos donde son educadas en las artes del amor y de la seducción, conocen gentes de diversas costumbres, culturas y estratos sociales, aprenden idiomas y, en fin, se vuelven mujeres de mundo. ¡Y fíjese cuál es el costo! A cambio de entregar esa poquita cosa, esa rosácea y espejeante nada que tajea sus entrepiernas, y gracias a la generosidad de estos rufianes, al cabo de algunos años de llevar una vida de entretenimiento, y ya en pleno conocimiento de las riquezas de la vida y en la flor de su edad y aprendizaje, pueden retirarse a disfrutar de su renta. ¿Qué tiene usted para proponer que se parezca a algo como eso? ¿Qué tiene la Revolución para ofrecer, en comparación con este modelo de espíritu cooperativo, progreso espiritual y sapiencia administrativa que ofrecen los rufianes? Le digo más: el modelo prostibulario representa para mí el ideal del funcionamiento social, y a todos esos teóricos de pacotilla que agitan trasnochadas ensoñaciones políticas no vacilo en recomendarles que lo estudien a conciencia. Usted dirá, repitiendo mis palabras: *esas niñas han sido engañadas*. Incluso: aun cobrando la mitad de lo recaudado, como suele ser el caso, *siguen siendo víctimas de un engaño inicial*. Desde un punto de vista fáctico, esto es cierto. Pero, ¿y qué? ¿Acaso no es cierto también que reciben en compensación incluso más de lo que imaginaban? Dicho de otro modo, ¿no les ofrecen la exacta dosis de fantasía y martirio a la cual por legítimo derecho aspira toda hembra? Darle a una mujer más de lo que anhela, incluso más de lo que se atrevería a pedir, ¿no es colocarse en el punto central de su deseo? ¿Qué marido puede aspirar a ofrecer semejante don? Descontando el carácter absolutamente laico del asunto, y esto es lo último que le voy a decir por el momento, yo diría que esos rufianes son la versión contemporánea de los santos.

3

Tras la partida del director del establecimiento carcelario, Esaú reflexionó acerca de los motivos de la
visita. A su criterio, el director se había hecho presente
para cumplir un movimiento ritual, aquel en que la
autoridad aparece ante el detenido para que éste produzca su acto de contrición. Como en su caso él no
había dado muestras de aceptar las reglas de ese juego,
era de esperarse que a consecuencia lo sometieran a
represalias. Esaú se preparó para la sesión de torturas
haciendo un recuento exhaustivo de los métodos para
producir daño. Cada tormento en particular era un
capítulo aparte: en nada se parecían entre sí el potro,
la extracción de uñas, el empalamiento, la abrasión de
órganos internos… había que numerar cada sector del
cuerpo y dividirlo en subsecciones, contabilizar grados
de padecimiento, distinguir instrumentos que se em-
pleaban de acuerdo a propósitos específicos (sangrado,
desgarrado, cauterizado, prensado, exfoliado, etcétera). Obviamente, esa anticipación no le serviría para
atenuar el dolor, pero sí para consolarse con la idea de
que en todo ello no había nada nuevo.

Sin embargo, en lo inmediato, nada ocurrió. Los días empezaron a transcurrir en un morboso agotamiento de las expectativas de lo no realizado. ¿Era un perfeccionamiento del martirio, ese golpe suspendido en el aire? Al cabo de un tiempo, Esaú se hartó. De alguna manera se había vuelto indiferente al futuro; estar preso era como estar a la intemperie, salvo por la sustracción física al detalle climático. Años antes, su padre, Andrei, le había hablado acerca de la impresión de extrema soledad e independencia que producían algunos beduinos, abismados en la contemplación de las fogatas encendidas en la noche del desierto. "Quizá", le había dicho, "ellos no necesitan hablar porque dialogan sin pausa con los demonios". Algo parecido le ocurría a él, que ahora repasaba incesantemente el único acontecimiento producido desde su ingreso a la cárcel: la visita del director del establecimiento. Tal vez —se decía— aquella habría sido la oportunidad de poner en marcha su plan de rebelión. Porque el director había hablado sin pausa, impidiendo que él le contestara. ¿Y por qué habría actuado así, de no ser por la certeza de saberse derrotado de antemano? El triunfo, por el contrario, no necesita de ninguna afirmación verbal: es un hecho que se constata a sí mismo.

Esaú entendió que el director del establecimiento no repetiría su visita.

Un día, mientras dejaba el cuenco con su comida, el guardia dejó caer un látigo en el piso de la celda. Era evidente que no se trataba de una distracción: lo invitaban a que empleara el instrumento contra el propio guardia, vuelto prenda de sacrificio. Decidido a no obedecer, Esaú empezó a azotarse a sí mismo.

Apenas brotaron las primeras gotas de sangre, entró el director del establecimiento carcelario y le arrancó el látigo de las manos.

—¿Qué está haciendo? ¿A esto llama conducta? —le dijo—. ¿Cree que poniéndose en mi lugar me vuelve superfluo? ¿Intenta quizá darme una lección? Si era ese su propósito, permítame que le diga que aún no ha entendido nada. Mi verdadera tarea no es deshacerme de su persona sino protegerlo de usted mismo. ¿No lo avergüenza su postura? Usted, que supuso que realizaba el bien universal cuando intentó asesinar a un particular, asume ahora con patológica fruición el papel de víctima. ¡Maldito farsante! Si conservara un mínimo de dignidad personal, al menos trataría de arrebatarme el látigo.

Y dicho esto se lo tendió a Esaú, que no hizo el menor movimiento, salvo cerrar los ojos hasta que escuchó el ruido de la puerta que se cerraba.

Otro día, el mismo guardia le ofreció facilitar su salida de la cárcel. "La huida es un imperativo absoluto para los espíritus libres", le dijo. Esaú quiso saber sus motivos para auxiliarlo. El guardia dijo que sólo lo movía el sentimiento de humanidad. Además, afuera lo esperaban sus secuaces. Esaú preguntó entonces si su ideario se había expandido, pero el guardia no supo contestarle: él era un simple guardia, no entendía de política.

Cambiaron ropas. Durante un rato Esaú anduvo dando vueltas por los pasadizos. Arquitectónicamente, la cárcel no era intrincada; distaba mucho de cumplir los pesados ideales alegóricos de la opresión y la redención. Subió y bajó escaleras sin saber hacia dónde iba. Después de todo ese tiempo de encierro, tendía a buscar los rincones oscuros y los espacios cerrados. Lo abierto le repelía. Sin darse cuenta, había recorrido la cárcel en dirección contraria a la salida, y de golpe, tras subir una escalera empinada, se encontró ante una última puerta. La abrió, convencido de que del otro lado lo esperaban nuevos carceleros. El interior del lugar mostraba los rastros de un lúgubre suntuario, manifestaba la tristeza propia de toda exhibición de autoridad. Era la oficina del director del establecimiento. Sobre el escritorio había una carta a medio escribir. O tal vez la página anterior y la siguiente habían volado por la ventana abierta. Mi abuelo leyó:

"…lo curioso de la vida moderna, señor auditor, es que ahora toda biografía puede reducirse sin pérdida a un esquema. En cuanto al objeto de su inquisitoria, estoy en condiciones de anunciarle que todos los pasos se están cumpliendo de acuerdo a su feliz previsión; esto es, lentamente me estoy convirtiendo en el maestro intelectual de nuestro interno. El beneficio indudable de semejante…".

Esaú rompió la página y la lanzó al vacío. Luego volvió sobre sus pasos. Nadie lo detuvo. Al rato se hizo visible el portón de salida. Atravesó los controles y salió a la calle. Caminó unos metros, esperando los gritos y la voz de alto, la orden de disparar. El paredón externo de la cárcel proyectaba su sombra sobre una plaza. Se perdió entre la multitud. Su aspecto no llamaba la atención. En un baño público se afeitó, lavó su cuerpo, cambió su ropa por la de otro. En un bolsillo de su nuevo pantalón encontró algún dinero. Se sentó en un café, a ver la vida. El sabor del alcohol se le subió a la cabeza; caminó sin rumbo. Almenas, terrazas, caras, olores, animales. El encierro lo había acostumbrado a magnificar las virtudes de la escasez; ahora, la proliferación de impresiones le producía el efecto de la pérdida de sentido. El mundo se había vuelto un mercado. ¿Y dónde estaban esos acólitos, los compañeros de causa que había mencionado el guardia? Entró en una fonda. Probó una comida hecha con ingredientes desconocidos, ásperos. Las formas de la barbarie empezaban en el paladar. ¿En dónde estaba? Por un momento pensó que se había extraviado en el tiempo, que habitaba una versión de Egipto en la que los mamelucos habían derrotado al ejército de Napoleón, y él era su propio padre y había sido hecho prisionero. Se durmió con la cabeza apoyada sobre el plato. Despertó cuando atardecía. Un sol rojo y moribundo abrasaba las paredes encaladas. Esaú remontó cuestas. Como no sabía adónde ir, extrañó las certezas sobre lo inmediato que proporcionaba la cárcel. Era evidente que lo habían dejado escapar para que constatara la conveniencia del encierro. Al final de una calle empinada (yuyos creciendo entre los ladrillos de las paredes, un perro negro que orina sin alzar la pata, como una dama), escuchó un chistido. Acodada en una ventana oval, una mujer velada le hacía señas. "Esto es Oriente, entonces", pensó abatido. ¿Qué cambios se podrían producir desde el lugar más atrasado del globo? La mujer volvió a llamarlo. "Ara, ara. Mit, mit". O algo así. Esaú atravesó la puerta de calle, que se abría a un jardín interior, una reproducción minúscula y puntillista de los jardines de cuentos de hadas, con ridículos caireles de cristal y cañas ahuecadas que cuelgan de los árboles: la música del viento. "Sut, sut". Una mano suave lo condujo a las habitaciones de la casa, otras manos lo desvistieron y una mujer lo besó; estaba desnuda y su cuerpo ardía. Esaú no se acordaba de una experiencia como esa. Envuelto en palabras de un idioma desconocido, se sintió transido de ternura. Antes de quedarse dormido, acunado por aquella voz, se escuchó decirle que la quería.

Al despertar, se encontró de nuevo en la cárcel. Esto no lo sorprendió. Durante cada instante de su jornada de aparente libertad había notado que a su alrededor se realizaba una serie de desplazamientos, una coreografía de vigilantes furtivos que se turnaban para controlarle los pasos. Su fuga, entonces, había sido un hecho premeditado por el enemigo. Quizá se trataba de una burla cruel destinada a demoler su ánimo, o de una prueba para experimentar las condiciones de seguridad de la cárcel, o tal vez habían intentado utilizarlo de señuelo para averiguar si entraba en contacto con alguna red de su organización política. En todo caso, lo que llamaba la atención era la cantidad de recursos que el poder empleaba para anticiparse a sus acciones, como si en el presente éstas no fueran terriblemente limitadas. Esa desproporción resultaba una evidencia de que habían sobreestimado sus potencialidades revolucionarias...Y una prueba, además, de que debía situarse a la altura del enfrentamiento. ¡Él no podía ser menos inteligente que el enemigo! En ese sentido, si —como daba por hecho—, las autoridades carcelarias habían facilitado su salida con el propósito de emplearlo para detectar y capturar a otros militantes políticos, su tarea era, no la de "demostrar su inocencia" y ofrecer una "verdad" ligada al presente, sino producir un espejismo de esa existencia —que bien podría ser cierta en el porvenir—, de modo que buena parte de las energías de sus opresores se dirigiera a combatirlo en sitio y tiempo equivocados. El asunto era, ¿cómo crear una ilusión de partido consistente, una organización política fantasma? ¿Cómo producir un simulacro? ¿Era posible construir una realidad que, careciendo de materia, poseyera sin embargo la corporeidad suficiente para que sus captores se precipitaran sobre ella intentando dominarla y, por la dinámica propia de la infiltración política, que actúa por disimulo y enmascaramiento, terminaran dotándola de existencia propia? ¡Esa era la cuestión, en el fondo!⁵ Aplicarse a resolverla era su

---

⁵ "La dinámica de la transformación política no responde a las leyes de la dialéctica sino al impulso (espiralado pero atávico, y de naturaleza suicida) del escorpión. Un espía o un agente del Estado que se infiltra en las filas de un partido revolucionario debe por necesidad esforzarse en exhibir —volver visibles— sus 'credenciales revolucionarias' para disipar cualquier sospecha acerca de su verdadera condición. Es por

desafío del momento. Estaba en una posición inmejorable. En la cárcel ya no tenía nada que perder, y no lo dominaba el terror, que padeciera en sus épocas de libertad, de ser perseguido y capturado y puesto en prisión.

eso que, en la actividad revolucionaria, suele acontecer que sean estos agentes infiltrados y provocadores los que realicen las tareas necesarias para el cambio, y hasta lleguen a inmolarse por ellas. Un agente provocador necesariamente deberá hacerse valer ante los 'legítimos miembros del partido' yendo más lejos que cualquiera. Por ejemplo, asesinando a un ministro en condiciones increíbles y que demuestran un arrojo extremo y una fe indoblegable en la causa. Es posible entonces que, dadas las condiciones, la revolución social termine siendo obra del organismo de inteligencia que lleve de manera más consecuente su tarea de infiltración del grupo revolucionario". (*Anatomía Instrumental de la Praxis Política*).

4

Apenas Esaú había comenzado a reflexionar acerca de esas cuestiones, recibió la visita del director del establecimiento carcelario. Vestía ropas de médico y llevaba puesto un sombrero panamá. Con un gesto le indicó que se levantara de la cama:

—Estaba concentrado en la redacción de pedidos de informes, respuestas a solicitudes, reclamos de traslados, sentencias de ajusticiamiento, cuando se me ocurrió una pregunta que juzgo muy oportuna, y pensé que usted era la persona adecuada para darme una respuesta. Naturalmente, no es éste el ámbito adecuado para conversar: las paredes oyen.

Una vez que Esaú se puso en pie, el director del establecimiento carcelario se inclinó y le sujetó el tobillo izquierdo con una especie de ajorca de plata que terminaba en una cadena cuyo extremo procedió a enrollar alrededor de su propia muñeca.

—No se sienta perro, hombre, que en el paseo nunca se sabe quién lleva a quien.

Salieron de la celda sin decir palabra. A la hora, caminaban por el desierto. Mi abuelo se había desacostumbrado al ejercicio y cada tanto trataba de detenerse a tomar aire, pero el director tiraba de la cadena, obligándolo a seguir, y cuando Esaú cayó de bruces lo arrastró por un trecho. A cambio de burlarse de su interioridad física, lo alentaba con palabras tiernas, le advertía acerca de los riesgos de dormirse al sol. Incluso se permitía bromas obscenas:

—Hace millones de años esto fue un mar, así que cada grano de arena es polvo de almejas. Pero ¿qué sentido tiene hundir la nariz justo ahora? ¿Tanto extraña el perfume de una mujer?

Luego agregaba:

—¿Qué se hizo de su pretendido espíritu de rebelión? Estamos completamente solos. No entiendo por qué no trata de atacarme por sorpresa. Con suerte, podría ahorcarme. Tampoco sería desaconsejable que intentara patearme las bolas. ¿Quién le dice? Si acierta queda libre. ¿Se da cuenta? Libre, libre como el aire cuando es libre, como el buitre cuando escapó de su prisión. ¿No quiere pelear conmigo mano a mano?

Atenazado por una extraña sensación de desapego, Esaú comprendió que todas aquellas bufonadas encubrían la intención de acabar con su vida a cielo abierto.

—Yo me planto acá —dijo.

—A eso llamo visión de futuro —se burló el director—. ¡Volverse árbol justo en este desierto! Venga, vamos. Al otro lado del médano haremos la parada de refresco —y sacudió la cadena.

Una carpa de seda blanca. Mesa, sillas, reposeras, almohadones. Y comida y bebida en abundancia.

—¿Agua, vino, cerveza, kirsch royal? —dijo el director— ¿No? ¿Prefiere algo sólido? ¿Un salamín picado fino? ¿Una rodajita de morcilla fría? ¿Le hago un sandwichito de jamón crudo y queso? ¿Tampoco? ¿Algún canapé? ¿Por qué mueve así la cabeza? ¿Piojos? Bien. Quería hacerle esta pregunta: ¿en qué momento un idealista se convierte en un hombre de ideas, o sea, en un hombre de negocios? Es decir, ¿cuánto vale lo que usted sabe y se niega a confesar? Saber y organización: esos son los pilares sobre los que se sostiene mi empresa de administración de cautivos. Empresa en todo semejante a la que usted maneja, de suministro de sentidos ideológicos y producción de acciones revolucionarias. Si no fuera que la mía es próspera y la suya está en quiebra, podría decirse que somos tal para cual. ¿Se da cuenta? Debería transigir con la posibilidad de serle *de verdad* útil a alguien. Se lo digo con una mano sobre el corazón, de empresario a empresario: usted ya no tiene nada que perder, nada que entregar a cambio de lo que le estoy pidiendo. Es el momento de que negociemos.

Esaú no contestó. El director suspiró:

—Usted cree que posee algo valioso, algo que puede sustraer a mi conocimiento, sólo porque lo mantiene en reserva. Es una de las mejores estrategias que conozco, descontando la de fingirse místico o idiota. Naturalmente, ya habrá notado que con mi manejo del universo concentracionario estoy en condiciones de realizar grandes cosas. Imagínese, por un segundo, libre y asociado a mí. ¡Lo que haríamos! Mi querido amigo: le propongo que utilicemos en nuestro propio beneficio su capacidad para capturar la atención de las masas… y que cobremos por ello. Usted tiene creencias, yo tengo conveniencias: el equipo perfecto. ¿Se da cuenta? *¿Se da cuenta o no?*

—¿Qué es lo que quiere? ¡Usted es mi carcelero!… —protestó Esaú.

—Ah, pero no soy nada materialista. Con apoderarme de su inteligencia me conformo. Le propongo que entremos juntos, de la mano, en el mundo del espectáculo. Yo podría utilizar mis influencias a nivel de la administración central y conseguir que se extravíe su legajo. Cosas más difíciles he logrado. Una vez hecho esto, y como las designaciones en los organismos del Estado se resuelven por lo general mediante manejos dudosos, estaría en perfectas condiciones de conseguir que lo nombraran, por ejemplo, Director de la Ópera Nacional. ¿Qué tal, eh? ¡Ni le quiero adelantar los beneficios que produciría un puesto de semejante responsabilidad en una psiquis como la suya, moldeada por los devaneos de la estética de la violencia! Ese trabajo lo volvería un hombre práctico. De inmediato. A eso apunto. Piénselo. El puesto está al alcance de sus manos.

—¿Dónde hay que firmar? —dijo Esaú, extendiendo su brazo encadenado.

El director sonrió como si no hubiera advertido la ironía:

—Sabía que no iba a ser usted tan necio… Imagínese ya en ejercicio del cargo. No le describo su oficina, la corte de aduladores, las mujeres que caen a sus pies, los trajes cortados a medida, porque sé que es persona de altas miras. Vamos a las responsabilidades. Como Director de la Ópera Nacional, hay tres cuestiones que le atañen personalmente: la programación artística, el financiamiento de la institución y las ganancias particulares. La primera cuestión depende por completo del criterio que se aplique a la segunda. ¿Qué significa esto? La Ópera Nacional se sostiene a través de subsidios, veladas a beneficio, partidas de la Administración Central, y los propios ingresos de la boletería. Para garantizar un elevado flujo de capital por parte de esas fuentes, es necesario pensar a gran escala y presentar presupuestos completamente sobredimensionados. Quiero las evidencias del derroche: obras fastuosas, elencos extranjeros, orquestas de primer nivel, escenografías deslumbrantes, *régisseurs* de prestigio internacional, putas caras, bailarines, cantantes, *et alia*. Entonces. No nos demoremos: piense en una programación a todo trapo. Está en completa libertad para elegir las obras a representar. Puede escribirlas usted mismo y decir en éstas lo que se le antoje: ser explícito, caprichoso, procaz. Incluso revolucionario. No hay problema. La sublime obra de arte o el mamarracho que produzca licuará el efecto del mensaje con el problema de su forma. A las salas, la gente va a "ver", no a "entender" nada. En el fondo, el contenido es indiferente, porque lo único que un mensaje pone en escena es que hay alguien que actúa y otro que mira, alguien que dice y alguien que escucha, alguien que explica y otro que asiente; y ambas partes, en la respectiva posición en la que se sitúan, creen que tienen la sartén por el mango.

¿Qué demuestra eso? Que, exista o no representación, el poder es una estructura binaria que permanece *siempre* inalterable. No está de un lado ni de otro, sino que es la resultante de una relación entre las dos partes. Claro que usted no piensa lo mismo sino lo contrario. Pero, en todo caso, ese es su desafío, ¿no? Demostrar que somos nosotros los que nos equivocamos.

—Mi demostración, si tuviera verdadero éxito, poseería entonces el paradójico rasgo de volverlo rico... —dijo Esaú.

—¡Al fin nos vamos entendiendo! —se entusiasmó el director.

—Supongo que habrá ameritado el riesgo de que esa misma riqueza termine conduciéndolo ante un pelotón de fusilamiento...

—¿Conducido por usted mismo? ¡Qué tentación!

—¿No le da miedo?

—¡Al contrario, me excita! Adoro vivir peligrosamente...

—La propuesta que usted me hace no deja de tener un aspecto interesante. Pero la cuestión no es tanto quién vendría a ver las obras sino quiénes actuarían en éstas.

—No creerá que voy a entrar en la minucia de ponerme a discutir elencos... —dijo el director.

—No se trata de eso. Estoy meditando su oferta. Pienso en espectáculos multitudinarios. Y realizados, no en teatros, sino en las grandes plazas de las ciudades.

—¿Es cierto lo que estoy escuchando? —el director aplaudió—. No había pensado en esa posibilidad, pero me parece sencillamente... extraordinaria.

¡Una verdadera revolución! ¡Un verdadero teatro del pueblo! ¡En vez de emplear a unos pocos especialistas carísimos, multiplicaremos los gastos, no por costo aristocrático sino por cantidad democrática, volviendo actores a cientos, miles... a todo el populacho! Podemos empezar practicando aquí, quiero decir en la prisión, haciendo pruebas en nuestro microcosmos para evaluar la mecánica de funcionamiento. Los presos son gratis, desde ya, y se aburren en sus celdas, así que no tendremos problemas en utilizarlos. Y después trasladaremos los resultados a gran escala. Hay que ser rigurosos. Cada uno de los actores que se elija, así sean todos los habitantes de una ciudad, cobrará un salario: aquel que decidamos pagarle, y que por cierto resultará muy inferior al que anotaremos en la rendición de cuentas ante el respectivo ministerio. ¡Maravilloso, verdaderamente! Ni se imagina la diferencia económica que vamos a hacer...

5

De vuelta en la cárcel, Esaú durmió como no lo había hecho en mucho tiempo. Al despertar se sintió fresquísimo, renovado. La noche había aclarado sus ideas. La revolución y su propia liberación eran inevitables. Se trataba de una cuestión matemática. Si el director del establecimiento cumplía su palabra y convertía a un número equis (casi ilimitado) de miembros del pueblo en actores, el valor de cada sueldo, multiplicado por miles o millones, daría un total que excedería el contenido de las arcas del ministerio de Economía, lo que produciría de inmediato faltante de liquidez, deudas, paros, inflación, devaluación de la moneda, quiebras en masa, caos político, y finalmente la revolución esperada. Pero incluso si esto no ocurría, si la cantidad de actores terminaba siendo acotada y el ministerio toleraba su costo, de igual modo el efecto final resultaría también propicio, en tanto que, con cada ensayo, él estaría entrenando a los militantes —actores— de un partido de vanguardia *financiado por el propio Estado*. Y la obra sería, por supuesto, la representación del acto revolucionario que luego debería ocurrir en la realidad, el día de su estreno, una puesta en escena en extremo didáctica y con los movimientos tendientes a la toma del poder perfectamente discriminados; en sentido estricto, sería la aplicación de la *Anatomía Instrumental de la Praxis Política,* el legado de su padre.

"Pensar el acto revolucionario como si fuera una representación teatral", se decía, "representar hechos como si fueran ciertos, es, en definitiva, construirlos como tales. Al menos durante el tiempo que dura la representación. Claro que si entendemos el acto revolucionario como el hecho teatral en sí mismo, lo que se monta en escena, teatro y revolución se vuelven idénticos. Ahora bien, ¿cómo representar ese acto? En tanto acto, no puede pensarse que tenga conclusión, porque se transformaría en el anti-acto, es decir la nada. Entonces, lógicamente, la revolución representada debería ser permanente, no una acción definitiva sino interminable, indetenible, una serie de acciones que fatalmente terminarían derramándose sobre el mundo, de tal modo que uno de sus momentos, por su luminosidad y simpleza, por su infinito poder de ilustración, asumiría la representación del conjunto y se convertiría en el acto emblema, el acto definitivo —que a su vez, y a su tiempo, habría de volverse objeto de otra obra teatral, una obra segunda o acto segundo, recordatorio de la primera… Lo que siempre ocurre cuando una revolución triunfa, y el momento apoteótico de la toma revolucionaria del poder se convierte en el objeto privilegiado del arte oficial".

Esaú llegó rápidamente a estas conclusiones y en un par de segundos ya estaba preparado para recibir una nueva visita del director, durante la que empezarían a discutir los detalles de realización. Pero el director no apareció, pese a que durante horas gritó reclamando por su presencia... Resultaba raro que no diese señales de vida. ¡Se había mostrado tan entusiasmado con el proyecto! En ese momento, la avidez había enturbiado el brillo de sus ojos, la posibilidad del crecimiento exponencial del negocio había aportado un toque de demencia a su mirada...

Al cabo de unos días Esaú debió admitir que el director del establecimiento carcelario no era tan tonto como lo creyera. De hecho, con esa súbita desaparición, se revelaba más astuto de lo imaginado. Así, todo el despliegue gastronómico y de persuasión realizado en el desierto no había sido el desliz de un incauto que, cegado por la perspectiva económica, pasa por alto las consecuencias implícitas en su propuesta, sino un ejercicio de fría manipulación de un entusiasmo ajeno —el suyo. Como un mago que digita las luces y sombras de una linterna mágica, el director había administrado sus ilusiones haciéndole creer que le ofrecía la posibilidad de la realización revolucionaria, algo que en definitiva había sido designado para impedir. ¿Cómo había podido engañarse tanto? ¡El director era el carcelero de los carceleros, su *enemigo político*, no un agente de su liberación! Y en tanto enemigo lo había ubicado en el campo de batalla que le convenía. Pero... —y por primera vez Esaú pensaba estratégicamente— ¿y si él, a su vez, le hacía creer al otro que seguía enredado en su engaño? ¿Y si permitía que el director creyera que conservaba su ventaja? Entonces..., contando con esa ventaja, podría empezar a explorar la única posibilidad a su alcance: la fuga.

En su celda guardaba cucharas de metal, cuchillos de punta roma, platos de loza, mangos de escoba, resortes de elástico de colchón y toda clase de objetos que podían emplearse tanto en un combate como en una excavación. De inmediato, y con una ferocidad que contrastaba con todo principio de disimulo, mi abuelo utilizó alguno de esos utensilios para ir quitando la argamasa que unía las piedras de la pared. Al rato ya había logrado apartar la primera. Se encontró con un fondo negro, hecho de tierra, arena y pedregullo; una mezcla bastante liviana. Eso lo estimuló. Recién a la hora del crepúsculo recordó que su celda estaba ubicada en las alturas, era un saledizo de la estructura principal que imitaba toscamente un peñasco que cuelga de la montaña y asoma a un precipicio. Si sacaba la mano a través del ventanuco podía dar de comer a los pajaritos. Y sin embargo ahora, luego de su trabajo, a cambio de asomar la cabeza al exterior, se encontraba en el inicio de una especie de caverna. ¿Qué misterio era ese? Descartaba un sistema de prolongación autogenerado, un mecanismo que, a cada herida en su matriz (a cada intento de fuga), respondía como los organismos microcelulares, ampliando su forma y extendiendo sus seudópodos. En realidad, lo que debía de ocurrir era que por las noches, mientras él dormía, un batallón de albañiles y constructores trabajaba en completo silencio para aumentar el grosor de las paredes de su celda...

En todo caso, ese trabajo en algún momento debía cesar o alguna vez lo agregado se derrumbaría por su propio peso. Así, él alcanzaría la libertad debido al esfuerzo de sus captores por mantenerlo prisionero. Y si no ocurría de esa manera, si la construcción crecía hasta abarcar todas las comarcas, el mundo entero… entonces el combate cambiaba de sentido, cada integrante de la lucha era parte de un ciclo de transubstanciación y su destino último se incluía dentro de la figura de la alegoría.

Pero mientras tanto había que seguir excavando.

La sensación de estar aplicado a una tarea desagradable desapareció pronto. El ritmo se impuso. Los utensilios empleados en el trabajo se fueron rompiendo. Esaú siguió con las uñas. Es cierto que, mientras un cuerpo se descompone, esas excrecencias son lo último que deja de crecer, pero mientras ese cuerpo está vivo y rasguña las piedras, son lo primero que se gasta. Esaú trató de endurecerlas, de crearles una especie de capa protectora, un tejido, usando una mezcla de arcilla y limaduras que trataba de pegar con saliva sobre cada dedo; pronto la mezcla se tiñó de sangre. Al menos el mejunje servía como emplasto cicatrizante. En su recorrido se encontró con gusanos, larvas. A veces, por el cansancio y la falta de aire, se dormía en medio de un movimiento. Le creció la barba, que se pegaba en costras de mugre a la pared, hasta el punto de que tenía que arrancarla para avanzar. Debido a las diferencias en la consistencia del material con que se construyó el establecimiento carcelario, el túnel unas veces avanzaba en zigzag y otras en línea recta; a veces era una boca amplísima, de más de medio metro de altura, y otras un cilindro que sólo permitía desplazarse apretando los codos contra el pecho. Para dar descanso a las manos, Esaú usó los dientes. Su mandíbula se fortaleció con el ejercicio. En algún momento se topó con un caño de plomo que conducía las aguas servidas hasta el foso inferior; lo arrancó de un mordisco. La debilidad y la duda eran pasiones del pasado. Bebió la humedad de la tierra y se alimentó de los bichos que brotan de las paredes. La privación extrema desarrolló sus capacidades. Sus ojos emitían luz… Esaú empezó a pensarse como una bola de fuego transhumana, el arma espiritual de una hecatombe. Un día, a lo lejos, vio una mota de polvo blanca, un papelito que brillaba, como si lo iluminara una luz del exterior. ¿Era el fin de sus esfuerzos, el agujero de salida? Se acercó, tomó esa hoja con sus dedos sucios, la desplegó.

¿Garabatos?

Escrito con una letra que no pudo menos que conocer, leyó:

"Idiota, imbécil, basura, excremento, inútil. Nunca vas a conseguir nada. Ladilla infecta, miserable repugnante, escoria de pozo ciego, mierda en pote. La muerte es la única salida para un cretino de tu condición…".

6

Esaú regresó a su celda. Reflexionando sobre lo ocurrido, le pareció evidente que ese papel había sido puesto *para que él lo encontrara*. En una clara demostración de poder, le avisaban que sus estrategias de fuga habían sido previstas y anuladas de antemano. La situación habría sido desesperada si esas imprecaciones que lo invitaban al suicidio no hubieran contenido asimismo un mensaje de salvación. Porque, bien leídas, es decir, invirtiendo sus proposiciones, transmitían una información cierta, la única que un redactor más prudente hubiera debido reservarse para sí, cual era la de marcar su propio discurrir mental. Utilizando la palabra "salida", situándola como posibilidad sólo en la muerte, le revelaban que, de su parte, no concebían ni esperaban más que una modalidad de acción: el escape *físico*. Y en ese sentido, pensaba Esaú, ahora la ventaja podía empezar a inclinarse de su lado, porque, mientras sus captores creían tenerlo calibrado a la perfección, e incluso, al invitarlo a eliminarse, le comunicaban además que ya lo consideraban innecesario, él, por su parte, conociendo ya esa composición que se habían forjado a su respecto, podía comportarse *astutamente* y permitir que siguieran creyendo que en lo futuro procedería tal y como lo había hecho hasta el momento. Esa era su ventaja: si cambiaba de procedimiento, el poder, que era una máquina de sutileza aplicada a registrar sus modus operandi del pasado, no podría detectar la variación. Allí, en esa diferencia no percibida, estaría la clave de su éxito.

¿Y qué significaba eso en la práctica?

En principio, que había que seguir pensando; eso era parte de la lucha. Pensar, pensar: pasar por el cernidor de su mente todos los granos del mensaje hasta extraer la pepita de oro de sus sentidos. Ejemplo: ¿por qué lo invitaban a matarse? Muy sencillo: porque, luego de un período de descarada adulonería y de obscenos intentos por congraciarse y ganar su confianza para obtener información, el director del establecimiento había llegado a la conclusión de que carecía de sucesores, discípulos, continuadores, grupos de apoyo... por lo tanto, que era *inocuo*. Inservible. Inútil. Etcétera. ¿Qué había que hacer, entonces? Lo primero de todo: protegerse. *Generar la duda en el enemigo.* Para ello, urgía aplicarse a producir señales de humo, signos fantásticos pero que sirvieran para revivir la sospecha acerca de sus capacidades para sublevar multitudes, producir atentados, fabricar mártires y conductores.

Esaú se dedicó a su propia salvación. Digno hijo de su padre, el talento que éste había desplegado para leer las líneas secretas de ciertas escrituras (tendiendo las redes de lo real hasta atrapar lo existente y anticipar al mismo tiempo las tramas de lo venidero), él lo empleó en diseñar apariencias de realidad que interpelaran a su corte de fantasmas revolucionarios, alzados de la nada para inquietar al poder. A veces, hasta le resultaba entretenido ordenar las letras del al fabeto jeroglífico que había inventado para desazón de sus captores (26 letras de apariencia oblonga, algunas de ellas entre el cirílico y la escritura cuneiforme, otras inspiradas en las formas de los animales que debían de habitar el desierto). Seguro de que en ello le iba la vida, cuidaba que la repetición y permutación de esos signos adoptara la apariencia de lo constante, propia de todo mensaje ideológico. Que el resultado presentara cierta semejanza con las grafías del sirio y el demótico que en su momento supo leer Andrei Deliuskin, es, a esta altura, apenas un detalle simpático. Dibujaba aquellas cosas en letra minúscula, en papeles que doblaba infinitesimalmente y que ocultaba dentro de migas de pan que luego trabajaba como pequeñas esculturas: una casa, un fusil, una hoz, un hombre, un par de nalgas, un martillo. Depositaba esas piezas en la ventana de su celda, una detrás de otra, hasta que llegaban las palomas a picotearlas. Su estrategia era simple y efectiva: como el director del establecimiento se ocupaba personalmente de aquellos bichos infectos, no demoraría demasiado tiempo en advertir que habían adquirido un nuevo hábito. El circuito estaría, entonces, armado: apenas el director eviscerara a la primera, encontraría esos amasijos de miga de pan, y en su interior aquellas figuraciones, de lo que deduciría que —contra todo lo esperado—, su prisionero estaba intentando mantener contacto con las fuerzas que le respondían.

Pero ese era sólo el comienzo de la tarea de mi abuelo, y estaba dirigido nada más que a concentrar las fuerzas de vigilancia del enemigo en el lugar equivocado. Más importante era, por supuesto, continuar pensando en la forma de escaparse de su prisión; pero, sobre todo, y ésta era la tarea de las tareas, se trataba de poner en práctica un medio idóneo de difundir un mensaje tan simple como efectivo, que sirviera para abrir paso a la revolución mundial. Ahora bien, ¿cómo hacerlo? En el presente estado de reclusión y forzoso anonimato, ¿de qué medio podía valerse para difundir sus ideas? Desde luego, no podía caer en su propia trampa y utilizar las palomas. ¿Y entonces? En tanto no existe mensaje en abstracto, él estaba tan repleto de contenidos a difundir como carente de vías para transmitirlos y representarlos; era como una corriente de agua sin cántaro que la contenga. Que fue de hecho lo que le dijo el director, un día que entró de improviso a la celda:

—Debo admitir que usted es una persona de una resistencia sobrehumana o un completo fraude. Me asombra y me decepciona a la vez. ¡Con el tiempo que se ha pasado aquí, y no ha inventado *nada*! En prisiones como ésta, tuve a mi cargo a prisioneros de su clase. Pero, ¿eran de su clase, verdaderamente? Ellos escribían. Anotaban sus pensamientos. Legaban sus ideas a la humanidad. ¿Por qué usted no? ¿Se considera excepcional? ¿Posee un cerebro prodigioso y es capaz de guardar capítulos y capítulos, libros y libros, íntegramente redactados en su cerebro? ¿No teme que al dormir sus ideas se mezclen? Tenga en cuenta que el progreso de la ciencia es imparable: algún día se inventará un mecanismo para absorber el pensamiento ajeno. Ese día, toda su reserva será inútil. Nos enteraremos de todo. ¡O quizá usted no sea tan inteligente como imaginábamos, en cuyo caso nos la pasaremos evaluando frases incompletas, balbuceos, eructos cerebrales!... Y lo peor es que tal vez sea verdaderamente así... Usted: un idiota que un día, de casualidad, decidió matar a un archiduque porque le molestaba el brillo de sus medallas... ¡y nosotros creímos que había concebido un plan para trastrocar la civilización contemporánea! Puede ser, ¿por qué no? Entra en el cálculo de las posibilidades. En fin. Claro que si usted es un idiota no nos sirve. Le voy a ser absolutamente sincero: necesitamos de la inteligencia de la oposición para construir un campo de experimentación donde lo real se vea afectado por las tensiones de lo posible. Sólo así seremos capaces de evaluar todas las alternativas, todos los riesgos. ¡Piense y dígame lo que piensa! Pero usted calla. Hasta el presente, no se ha ganado el mendrugo con el que lo alimentamos.

Por una vez, Esaú decidió contestarle:

—He pensado. Sus palabras confirman ciertas sospechas que concebí. Esta prisión es idéntica a muchas otras desparramadas por toda la faz de la tierra, y bien podríamos imaginar que, si el universo padeciera de cierta limitación en la variedad de su diseño, el esquema de carcelero-cárcel-prisionero también podría reiterarse a lo largo de los incontables mundos existentes. Un universo de pompas de jabón que flotan en el vacío de las galaxias repitiendo la figura que componemos. Aplicando su ejemplo de la dialéctica entre el poder y la oposición, en que el primero cumple la función de lo existente único y la segunda representa el ansia de lo nuevo por existir, desde mi lugar no puedo menos que darme cuenta de que me espera una doble tarea: en la dimensión cósmica, debo luchar para aniquilar esa proliferación incesante y empobrecedora de nuestras posibilidades, apostando a la diversidad y riqueza naturales de la especie humana, ese animal barroco, así como en la dimensión terrestre se me impone continuar trabajando por la construcción de un mundo que responda a los más elevados ideales políticos.

—Ah, ya entiendo para dónde va. Usted observa el esquema carcelero-cárcel-prisionero y se pregunta por el significado de su expansión tumorosa. Bueno, naturalmente, yo tengo mi respuesta pronta —dijo el director—, aunque estoy seguro de que no compartirá mi punto de vista...

Esaú inclinó la cabeza amablemente.

—...El esquema en que estamos incluidos —siguió el director— es una representación simplificada y acabada del modelo de producción que se está imponiendo en todo el planeta y que lleva por nombre "capitalismo". Ese modelo postula la multiplicación de lo idéntico, que se descubrió, ¡y mire usted la paradoja!, tras la invención de la imprenta. Yo apuesto a eso. En cambio usted... usted es parte de la reacción lírica que sueña con la subsistencia de lo único en una época inadecuada para ello. La Revolución es el sueño reaccionario de los artesanos, desplazados por la lógica fabril imperante. Fíjese este detalle: bajo el imperio de este sistema de reproducción a escala mundial (y tal vez galáctica) nos hemos vuelto todos iguales, porque en la hipotética situación de poseer idénticos valores en billetes o monedas, estamos en condiciones de adquirir idéntica cantidad de productos y valores. Salvado el detalle de la cantidad de circulante que posee efectivamente cada individuo, y que lo convierte en rico o pobre, ¿no será el capitalismo un modo de relación que remite al comunismo primitivo y lo perfecciona? Piénselo —dijo el director y se dispuso a salir, pero las palabras de Esaú lo retuvieron unos segundos más:

—Bueno, también existe la posibilidad de que, tanto en la totalidad del mundo como del cosmos existan infinidad de individuos idénticos a usted y a mí, pero cuyos sistemas de relación son distintos a los que a nosotros nos unen. En ese caso, puede ser que aquí usted me someta al imperio de su poder, en tanto que en otro (otro caso, otro mundo, otros sistemas), yo o alguien idéntico a mí esté en este preciso momento eliminándolo a usted y a todos sus alter egos, a usted y cada una de sus máscaras y emblemas, a usted y todas y cada una de sus horribles figuras, e imponiendo la forma de la revolución a infinita escala...

—¿El universo como catálogo? ¿Un museo de salas interminables y objetos y entes sólo en apariencia iguales, pero de funciones distintas? ¡Qué aventura! —dijo el director del establecimiento, y salió.

Luego de aquel diálogo, el director determinó que diariamente Esaú debía realizar una serie de actividades ligadas a la higiene y conservación del establecimiento carcelario, actividades que le comunicó personalmente, como si su función fuera la de encargarse de las rutinas de cada interno. Asimismo, dejó de dirigirse a él por su nombre y su número; con gran complacencia lo llamaba "cretino" o "idiota", buscando tal vez alguna reacción de su prisionero, pero Esaú respondía mansamente a esas provocaciones, como si considerara apropiado que se le dirigieran de tal forma. Incluso, procedía de manera de justificarlas, manifestándose desconcertado ante las presuntas complejidades de las tareas asignadas, aun las más sencillas. En un refinamiento de la ironía, entonces, el director se dirigía a él sin prescindir del insulto, pero acompañándolo de expresiones corteses:

—¿Cree usted por casualidad, inmundicia, que podría limpiar los excusados?

Esaú respondía:

—Doy por hecho que esa tarea excede mis aptitudes. Creo que, cuanto mucho, podría ocuparme de barrer los pisos.

Más allá de los insultos, para Esaú el cambio de régimen era conveniente; alcanzar un cierto grado de visibilidad resultaba necesario, constituía un signo de su supervivencia, dirigido hacia una red solidaria que quizá existiera efectivamente en el exterior. De hecho, no había dudas de que, haciéndolo pasear por todos los rincones del establecimiento, obligándolo a que lustrara las piedras húmedas de las almenas y a que contemplara los crepúsculos melancólicos del paisaje, el director del establecimiento carcelario lo utilizaba como carnada, exhibiéndolo para averiguar si alguien apostaba a su liberación. Se trataba, entonces, para Esaú, de mostrarse sin causar la desgracia de nadie. Pero, ¿cómo emitir una señal de peligro sin que sus captores lo advirtieran?

Pronto fueron los guardias quienes se ocuparon de vigilar sus movimientos y de maltratarlo. Carentes de los recursos de su superior, no hacían otra cosa que patearlo, azotarlo, o le arrojaban por la cabeza el tacho de basura lleno de las sobras líquidas y sólidas que acababa de barrer. En una de esas ocasiones, mientras se quitaba del pelo esas porquerías, mi abuelo encontró una hoja de papel arrugada:

"Recuerdo cada detalle de aquella noche cada vez que siento cómo tus hijos se mueven en mi vientre, Esaú...".

Iba a ser padre.

7

La noticia lo cambiaba todo. Pensar en la mujer de aquella noche de libertad era como salir de un sueño. Ahora recordaba los modos subrepticios que habían hallado para mantenerse en contacto; nunca habían dejado de comunicarse. Que esos modos clandestinos, ocultos incluso a su propia vigilia, afloraran recién ahora, significaba que el propósito de la reclusión era el de obnubilar o abolir su conciencia, y que sus captores habían sido eficaces al punto de producirle tales resultados. La carta decía que sus hijos serían mellizos, tal vez gemelos; que una banda de irregulares había entrado en su casa y destrozado todo, y que ella había huido para salvar su vida y las vidas que crecían en su seno; que él debía buscarlos.

Como no podía ser de otra manera, Esaú escapó de la cárcel. Puede parecer extraño que un hombre como él, que meditaba cada uno de sus pasos hasta parecer inmovilizado por sus pensamientos, se hubiera lanzado a la búsqueda de aquella a la que en su fuero interno llamaba "mi esposa" sin detenerse por un instante a averiguar siquiera la dirección que había tomado en su fuga. De pronto, mi abuelo apostaba todo al instinto. No obstante, tuvo sus advertencias. Una noche, en una posada en la que había buscado refugio, lo sorprendió un mensajero, quien le dijo que el director del establecimiento le había ordenado manifestarle su íntima convicción de que la huida era el comienzo de una carrera auspiciosa.

—El señor, mi superior, me ha asegurado que siempre confió en usted y quiere expresarle por mi intermedio la garantía de su indeclinable simpatía. ¡Éxitos!

Dicho esto, el mensajero se retiró.

Esaú redobló la velocidad de su búsqueda; quería al menos conocer a sus hijos antes de ser atrapado de nuevo. De todos modos, a medida que se alejaba de la cárcel, sus esperanzas crecían. También cambiaban los paisajes. De la resolana del desierto a campos yermos. Los miembros mutilados de guerreros muertos flotaban entre la neblina, colgaban de los árboles. Podían ser vestigios de una centuria pasada o testimonios de una batalla del día anterior; la helada conservaba los restos. La carne humana era una dieta como cualquier otra; en todo caso, era lo que había. Mi abuelo avanzaba entre el frío, trazando surcos en la nieve. No era inusual que en la inmensidad de la estepa se encontrara con otros tan absortos o concentrados como él; lo sorprendente era que éstos torcieran sus propios rumbos para ir tras de sus pasos. Tal vez lo tomaban por un general en retirada.

Del calor al frío, del frío al calor. ¿Cuánto pasó? En algún momento, y aunque sólo pensaba en conocer a su familia, Esaú comprendió que debía hacerse cargo de la subsistencia de esa horda. Se detuvieron a orillas de un río, o de un canal. Eran decenas, miles. Desistió de contarlos. Dio la orden de erigir una ciudad porque las noches eran destempladas y le disgustaba el espectáculo de las fornicaciones a cielo abierto. De todos modos, lo que había apenas alcanzaba para armar tiendas. Los habitantes de las poblaciones vecinas colaboraban con alimentos y materiales y dinero, por miedo a los saqueos. Desde el asentamiento Esaú enviaba misioneros hacia todos los confines, con el objetivo de difundir proclamas revolucionarias y averiguar el rumbo que podía haber tomado la madre de sus hijos. Los misioneros volvían desesperanzados. También debía encargarse de las tareas de organización. Mientras él y su gente fueron una especie de tribu nómade, la ilusión de variedad proporcionada por los cambios de escenario atenuaba los conflictos, pero el modelo sedentario los agravó. Y ahora que era evidente que el mundo no se plegaba a sus llamados, él veía afectada su capacidad de mando. En la ciudadela faltaban cloacas y fuentes, se bebía de la misma agua en la que se defecaba; las construcciones crecían de manera caótica, sin respetar sus instrucciones acerca del ordenamiento urbano. La inacción alentaba los gérmenes de la rebeldía; sobre todo en aquellos que aún no habían muerto de tifus o malaria. En ocasiones sus órdenes eran desobedecidas, incluso con malos modos. Una vez vio a un niño jugando en el fangal y le habló de los peligros de esa mugre; primero el niño pareció no escucharlo, después alzó un brazo, como si apartara a una mosca, y le dijo: "Dejame de hinchar". Esaú no entendía ese comportamiento generalizado. ¿Lo habían seguido sólo para repudiarlo?

Pasaron meses que pueden medirse en años. Esaú, que había imaginado para si el papel —perfectamente descripto y formalizado por su padre— de líder de un partido de vanguardia, se veía reducido a la penosa representación de un dictador que debe conducir con mano firme un agrupamiento de masas. Cada tanto escapaba unos días y se encerraba en unas cuevas situadas a medio día de galope; allí meditaba sobre su experiencia. Regresaba con notables variaciones de ánimo. En ocasiones se inclinaba por el espionaje interno y las ejecuciones sumarias, en otras por el *lassez faire*; nadie notaba la diferencia, salvo los implicados. La nostalgia de los hijos que no conocía le devoraba el alma. ¿Dónde estaban ellos, su mujer? Ni noticias. Se dedicó a engordar, a embrutecer, a olvidarse de todo aquello a lo que había aspirado a realizar en el orden y claridad de su antigua celda. En esa dejadez terminó pareciéndose a un reyezuelo de alguna ciudad portuaria, mientras que su ciudad, que había ido expandiéndose sin mejorar, se volvía un interminable asentamiento de salvajes...

Lo que produjo sus consecuencias.

Mientras Esaú no podía atribuir ese desbarajuste sino al fracaso de sus ilusiones y al derrumbe de su ánimo, el resto del planeta, que se había limpiado ligeramente el traste con sus declamaciones ideológicas, asignaba sin embargo, y de manera creciente, un carácter subversivo a su megalópolis. Ese infierno que él repudiaba y del que no podía escapar, resultaba para otros el sueño realizado de un programa político nefasto. Y montados a ese equívoco, se habían propuesto destruirlo. Como en la antigua época de la Santa Alianza, la avanzada de la hecatombe la constituían los prusianos.

Por supuesto, apenas alzados los ejércitos enemigos, mi abuelo supo que era inútil plantearse un combate; estaban perdidos. Esto le importó poco: el experimento había salido mal y la ciudadela estaba lejos de parecerse a un estado revolucionario, así que su desaparición no comportaba ningún daño. Lo que le preocupaba… Aquello a lo que no quería resignarse de ninguna manera, era a que las llamas y la sangre aniquilaran también el signo de esa revolución no realizada, cuya forma se verificaría en tiempos mejores. En ese sentido, y por los días o semanas que aún quedaban antes de que los hunos entraran a su campamento, sólo existía una posibilidad de despedirse: ya no se trataba de crear una sociedad nueva, sino de producir un nuevo sentido, una evidencia. Algo que se grabara de manera indeleble en las mentes más lúcidas.

Lo que siguió puede contarse en pocos renglones. Aunque estaban acostumbrados a vencer casi sin combatir, los prusianos se sorprendieron de no hallar *ninguna* resistencia. Empalizadas y murallas y almenas estaban desiertas. Primero creyeron que todos los habitantes habían abandonado la ciudadela amparándose en la noche; después, los arrastró hacia la plaza central un sonido augural, triste: era la obertura de la ópera escrita por Esaú Deliuskin.

A su pesar, los atacantes se vieron envueltos en las fantasmagorías de ese deslumbramiento. Los vestuarios eran suntuosos y los frágiles paneles que ilustraban los palacios y las palmeras les traían a la mente el recuerdo de épocas que no habían conocido. El argumento de la obra hablaba de guerras y ejércitos y países y pasiones, hablaba de amor y de muerte. Tomando en cuenta el poco tiempo con que contó, la escasa aptitud de los participantes que tuvo a su cargo, y su muy limitada preparación literaria, pictórica y musical, es sorprendente que mi abuelo haya podido manejar esa cantidad de elementos al mismo tiempo; los *leit motivs*, por ejemplo, cautivaban de tal manera a la tropa invasora que, bajo los penachos y los morriones, los alabarderos debían ocultar las lágrimas ante ese derroche de belleza. Ciertamente, el general invasor y sus oficiales (todos ellos melómanos), advirtieron de inmediato que en toda la historia del *bel canto* apenas si era posible encontrar otra composición con tantas arias y partes cantadas, tan perfectamente justificadas desde el punto de vista dramático, y con una engarzadura de tanta precisión, de tal modo que sólo pudieron dar la orden de ataque aprovechando el impulso que les dio la marcha triunfal, en la que, infelizmente, los habitantes de la ciudadela desempeñaron el papel del ejército egipcio masacrado por las hordas nubias.[6]

---

[6] Es evidente que en esta invención terminal de Esaú —su obra maestra y su rasgo de genialidad más pronunciado—, alienta el espíritu de la propuesta del director del establecimiento carcelario. ¿Y qué? Vaciado de su contenido mercantil, el esquema es excepcional. Esaú emplea al mundo —al espíritu político de la época— y lo fuerza a actuar dentro de

Esaú fue capturado con vida. Al principio no lo reconocieron porque la poquedad de su cuerpo y lo débil de su mirada no coincidía con el arquetipo de líder, héroe o semidiós que de él se habían formado los vencedores. Lo tenían junto con los otros en galpones o tinglados construidos con los restos de la escenografía. Cuando su identidad fue establecida, le taparon los ojos, lo apoyaron contra una palmera de cartón piedra y le dijeron que lo ejecutarían. Esaú se quitó la venda y gritó a los del pelotón: "¡Quiero ver a los perros que me van a matar!". El sargento le contestó: "¡Era una broma! Nosotros también actuamos". Luego, fingiendo que le quería dar la mano, le tomó los dedos y se los quebró al tiempo que decía: "Ahora puedes mandarle cartas a tu esposa".

Lo golpearon hasta dejarlo casi ciego y casi sordo. Quedó encerrado durante varios días, hasta que en su oído derecho, que supuraba sin parar, empezó a crecer una ampolla gigante, una flor de pus y sangre. Después soltaron sobre él un chimpancé, creyendo que en su inermidad sería presa fácil de los mordiscos del mono, pero la bestia se colgó del cuello de Esaú y lo abrazó y besó, y Esaú hizo lo propio, mientras le hablaba. Entonces los guardias le dijeron: "Esto es lo que pasa con tus revolucionarios", y torturaron al mono en su presencia y luego lo mataron. Tras eso, le ofrecieron suicidarse, diciéndole que si ya no contaba

---

su obra: no otra cosa fue el ejército prusiano funcionando como el Destino, lo inexorable, entrando a sangre y fuego en la ciudadela, subrayando a fuerza de balas y espadas la catástrofe de una revolución abortada.

con fuerzas ellos le ayudarían, pero Esaú dijo que él no era su propio ejecutor. Entonces llegó el momento de que lo llevaran a las oficinas del general, quien, conmovido aún por las emociones que le había dispensado su prisionero, le imploró que reconociera lo inútil, perjudicial y estúpido que era dedicar la vida a la causa de la revolución.

Esaú le contestó:

—Se equivoca. El concepto de revolución tiene en estas épocas el estatuto de idea abstracta: no se la puede realizar, y por lo tanto conocer, en las condiciones del presente, y como no se la puede deducir de la experiencia se me impuso como una necesidad imperiosa del pensamiento. Yo soy la prueba viva de que la posibilidad intelectual de un concepto no testifica su existencia previa sino que es condición de su necesidad y realización futuras, por lo que he debido servirme de toda clase de elaboraciones provisorias cuyo fin fue compensar algo imposible de ser sabido de antemano. De ahí su carácter sumamente perturbador y de ahí, al mismo tiempo, la naturaleza del salto epistemológico que implicó mi esfuerzo: se trató del paso a la acción, que no se verificó como la traducción de un material teórico sino que se efectuó, por el contrario, sin que éste hubiera brindado pruebas decisivas respecto de la veracidad de sus proposiciones; incluso, siquiera, la de haber existido. Estructuralmente, este intríngulis no deja de recordar la distinción entre *conocer* y *pensar*: lo que es indemostrable en el presente, exige de todos modos ser "pensado" para garantizar el trabajo de la praxis política. Así, aunque los objetos de la razón no sean cognoscibles (aunque no entren como tales en el marco de la información que brinda nuestro tiempo) igual dirigieron mi accionar político y permitirán que otros constituyan el corpus teórico...

El general prusiano replicó:

—En una cueva perdida en medio de estos desiertos encontramos una vieja imprenta, con los caracteres gastados por el tiempo, y al costado un libro que se titula *Anatomía Instrumental de la Praxis Política*. Como nuestra tarea no es pensar sino hacer, llamamos a nuestros estudiosos, nuestros críticos, nuestros teólogos, quienes luego de estudiar el libro y la imprenta vieron que existía alguna clase de relación entre ambos objetos disímiles. El libro, en efecto, había sido impreso en aquella máquina, pero los tipos habían sido cambiados, de modo que cualquier cosa que se imprimiera allí produciría un significado diferente. Estudiándola bien, nos hemos dado cuenta de que esa imprenta es una apenas disimulada máquina de tortura que inventó su padre para que allí fuera usted ejecutado. Antes de someterlo a tal designio, déjeme decirle que si finalmente su padre premeditó esa didáctica, su última satisfacción, que al mismo tiempo debería resultar para usted la más exquisita de las condenas, es que usted morirá sin conocer el sentido último de sus palabras.

Finalmente, ¿fue Esaú Deliuskin una nota al pie de la gigantesca tarea de Andrei? ¿Cumplió de manera singular con su legado? ¿Qué queda, sino un intento de balance? Al menos una parte de lo que buscó en vida le fue concedido póstumamente, claro que no de manera estricta: si él ambicionó cumplir con el legado de su padre construyendo un partido de hierro liderado por una vanguardia esclarecida, lo que le aconteció tras la muerte fue que su nombre se convirtió en una especie de contraseña y su figura en un mito de ciertos cenáculos. Para éstos, los hechos y escritos de Esaú Deliuskin permiten inscribirlo en la fértil tradición de los utopistas que al esfuerzo teórico sumaron la voluntad de realización práctica. En esa línea, mi abuelo tiene asegurado un lugar junto a nombres de la talla de Condillac, Campanella, Rousseau, Blanqui, Bergerac y Kropotkin, por citar algunos. Pero además, en ciertos avances del teatro contemporáneo de denuncia y toma de conciencia política, cualquier estudioso podrá reconocer el impulso de esa tradición político cultural que funde arte, ideología y vida. Así, aunque el nombre de Esaú Deliuskin permanece —y quizá permanezca por siempre— ajeno al conocimiento de las grandes masas, su gesta constituye sin duda un acontecimiento central de la historia de las últimas centurias.

Para ser breves y precisos: si uno reflexiona acerca de los hechos del siglo pasado desde la perspectiva del nuevo milenio, resulta necesario admitir que el criminal de Adolf Hitler sabía cómo hacer cosas con las palabras. Y por supuesto, estaba perfectamente al tanto de cómo llevar a los demás a que las hicieran. En ese punto, Hitler se iguala a un poeta de las situaciones dramáticas, a un autor teatral. De eso nadie puede desprender que el Führer tuviera noticia alguna acerca de mi abuelo, o de que hubiese aprovechado las lecciones impartidas por su fracaso; pero nada nos quita al menos la posibilidad de pensar que, si por su relevancia dentro de los códigos de la escena de su época, Hitler resultó una especie de William Shakespeare demoníaco, Esaú Deliuskin, que con sus actos quiso realizar la obra propuesta por su padre, fue su oscuro rival, su precursor y su antítesis. De haber triunfado la causa que encarnó mi abuelo, Hitler no habría crecido y prosperado. Por lo tanto, su pronto fin y posterior silenciamiento lo convierten en una especie de Christopher Marlowe.

LIBRO 4

ALEXANDER SCRIABIN

Reducir el Universo a una sola ley, que es el sueño de la ciencia, sería comprender la mente del Absoluto.

DR. MAURICE NICOLL, *Comentarios psicológicos sobre las enseñanzas de Gurdjieff y Ouspensky*

1

Cada genio tiene su propio impedimento. El padre de Edgar Varese cerraba con llave el piano, cubría el instrumento con una mortaja y se guardaba la llave. El de Pierre Boulez ataba los dedos de su hijo con alambres. Sam Bernstein le escribió a su Leonard una carta donde administraba los grados de la súplica y el reproche: "Huí de Ucrania a los dieciséis años para hacerme un destino digno en los Estados Unidos. En mi patria conocí a músicos vagabundos que ejecutaban sus temas en los *bar mitzvahs* a cambio de unos pocos kopeks. No puedo creer que yo haya debido soportar tres semanas encerrado en la bodega de un barco, destruido mi cintura en Nueva York al cargar medias reses que después debía destazar sobre los mostradores helados del frigorífico (artritis y artrosis), barrido los pelos de la barba de los gentiles en una peluquería de Hartford, Connecticut, y desarrollado un negocio de suministro de artículos para los salones de belleza de Boston, todo para que mi primogénito crea que lo mejor que le puede ofrecer la vida es pasarse los días tocando el piano bajo una cascada artificial en un salón de bebidas". La madre de Stravinsky ni siquiera asistió a las celebraciones por el vigésimo quinto aniversario de la composición de *La consagración de la primavera*, porque su Igor no componía la clase de música que le agradaba: ella era fanática de la obra de Alexander Scriabin.

Como se cuenta en el libro anterior, mi abuela abandonó su hogar luego de la nada cortés visita de los esbirros del director del establecimiento carcelario. Mientras huía a través de los paisajes con un enorme vientre a cuestas, su diestra temblorosa iba dejando las postas, los mensajes dirigidos a mi abuelo Esaú. Aquellas cartas, botellas al mar, se iban hundiendo en la imprecisión de los rumbos de su destinatario. Y aunque es posible que en sus recorridos haya pasado inadvertidamente por el terreno quemado y humeante donde sólo días atrás se alzaba la ciudadela, ya nunca más habrían de encontrarse.

Por misericordia, unos campesinos le dejaron parir a los mellizos en el establo; el viento alzaba la paja en puñados y mi abuela se desgarró pujando a toda prisa porque el olor de la sangre inquietaba a los chanchos. Les arrojó la placenta y envolvió a mi padre y a mi tío en unos trapos viejos y los llamó Sebastián y Alexander. Luego siguió andando. En su errar abandonó sin darse cuenta el norte de las costas africanas, atravesó Lituania y Finlandia y entró en Rusia. Se alimentaba de tubérculos podridos, papas que encontraba escarbando en la tierra dura del invierno; sólo el recuerdo de la existencia de Esaú le permitía entibiar la leche que manaba de sus pechos y alimentaba a sus criaturas. Su indigencia extrema la apartaba incluso de los beneficios de la caridad humana; veía bárbaros provistos de sables largos, con ojos más o menos rasgados: estaba recorriendo el terreno donde se libraba la Guerra Ruso-Japonesa (1904-1905) y se acercaba al lugar donde se bifurcarían los rumbos de los mellizos, únicamente para que sus vidas se entrelazaran luego de manera más íntima y extraña. Alexander, mi tío, y Sebastián, mi padre, ya habían cumplido los tres años. Eran mocosos esqueléticos, hambrientoazulados. Por terror de perderlos, mi abuela no se separaba de ellos. Dormían juntos, juntos hacían sus necesidades. A veces, en el atardecer, proyectadas sobre los cielos plateados de la tundra, sus figuras representaban una tríada mística desprovista de poderes. Al menos, en su desesperación, mi abuela sólo oía como un bajo continuo la risa del diablo.

Lo que sigue es confuso. Evitaremos el melodrama. Estación de trenes. Mi abuela y sus hijos en el andén. Una centuria, una guarnición, formada en dos hileras. Abuela, papá y tío quedan en medio de ese desfile. Cuando la tropa deja de pasar, hay un vacío. Alexander desapareció. Los soldados han subido al tren, que parte al frente. Se escucha el himno nacional:

Dios salve al zar
Grande y poderoso
Que él reine para nuestra gloria
Que reine y que nuestros enemigos tiemblen
Oh zar ortodoxo
Dios salve al zar

Ante la pérdida mi abuela cree enloquecer. Por las noches, Sebastián se abraza a ella y le dice que él sigue en contacto con su hermano.

De alguna manera consiguen subirse a un barco que parte a otro continente. Luego de un viaje tranquilo llegan al puerto de Buenos Aires, ciudad capital de la República Argentina. Entretanto, en Rusia, mi tío se ha convertido en una mascota. Viaja en la mochila de los soldados, el regimiento es una colección de padres adoptantes que atenúan la nostalgia de la familia de origen. Por supuesto, la tropa va siendo diezmada. Alexander crece rápido entre los disparos y las explosiones de las bombas. La campaña lo lleva a conocer los encantos del Transiberiano, única vía de llegada de los refuerzos al frente de batalla. Parada obligatoria en la superficie congelada del lago Baikal. Patinaje. Alexander escucha las voces del viento que le traen el murmullo de Sebastián; por supuesto, es un zumbido con interferencias, hay charla de soldados ociosos, el rumor de fronda de los alisos. Pero si se atiende al concierto general de sonidos, sin duda se escucha un balbuceo en una media lengua desconocida, su música…

El regimiento llega al Extremo Oriente. La Armada Imperial Japonesa, al mando del almirante Heihachiro Togo, posee 7 acorazados (*Asahi, Mikaza, Yashima, Fuji, Shikishima, Hatsuse, Chin-Yen*), 8 cruceros acorazados (*Asama, Tokiwa, Iwate, Izumo, Azuma, Yakumo, Nisshin* y *Kasuga*), 5 acorazados costeros (*Fuso, Hei-yen, Chiyoda, Hiyei, Kongo*), 17 cruceros protegidos, 12 destructores y 100 torpederos y una serie de bases logísticas distribuidas en el Mar Amarillo. Rusia, en cambio, sólo cuenta con unidades navales antiguas, un alto mando incompetente (el almirante Alexeiev y el general Kuropatkin, tal para cual), un adiestramiento militar mediocre y dos bases muy distantes y estratégicamente desubicadas: Port Arthur y Vladivostok.

La noche del 8 de febrero, la armada japonesa abre fuego torpedeando sin previo aviso los barcos anclados en Port Arthur. Sigue una serie de acciones navales indecisas, en las cuales los japoneses se muestran incapaces de atacar con éxito a la flota enemiga protegida por los cañones terrestres de la bahía, mientras que los rusos declinan internarse en mar abierto.

Japón comienza el asedio de la ciudad. En agosto, parte de la flota rusa intenta escapar, pero es interceptada y derrotada en la batalla del Mar Amarillo. El resto de los barcos permanecen anclados y son hundidos lentamente por la artillería. Los intentos por socorrer a la ciudad desde el continente también fracasan, y finalmente, el 2 de enero de 1905, Port Arthur cae.

Como parte del ejército derrotado, mi tío —de apenas cuatro años— es mantenido prisionero de los japoneses a bordo de uno de sus nuevos acorazados, el *Bernardino Rivadavia* —que junto al *Mariano Moreno* habían sido adquiridos a la Argentina y rebautizados *Nisshin* y *Kasuga*—, y que por una cláusula secreta de la venta contaba con alguna tripulación de esa nacionalidad, encargada del funcionamiento y mantenimiento de los motores. Prisionero es una manera de decir: mi tío anda a su gusto por todos los rincones del acorazado. Los japoneses son extraños: incapaces de ponerle límites a las criaturas, al mismo tiempo consideran toda manifestación de afecto como una muestra de afeminamiento. En cambio los argentinos, al ver a ese niño rubio y travieso no pueden menos que acariciarlo, abrazarlo, llorar pensando en sus propios hijos... El mecánico principal de la sala de máquinas, José Ignacio Vélez, piensa en adoptarlo: es de Santa Rosa, La Pampa, un páramo en el medio de su país. Tiene cinco morochos y tres chancletas, así que una boca más ni se hará sentir.

En tiempos de guerra los trámites son un poco imprecisos. Y por supuesto que Alexander es un indocumentado, así que para hacer las cosas legalmente, primero hay que restituirle la identidad original a fin de cambiársela luego, y rápidamente, por la que le otorgue el adoptante.

¿Cómo hace un argentino a bordo de un barco japonés para entenderse con un ruso? Alexander no entiende de qué se trata el asunto ni qué es lo que le preguntan. El argentino gesticula, se señala el pecho con el índice, que luego alza para golpearse la sien, con el dedo gordo apunta hacia sus espaldas, toquetea un papel sucio donde hay algo escrito y después, con un nudillo, golpea el pecho de Alexander, que asiente y permanece callado. Intervienen los demás, los compatriotas, que aumentan la confusión al reproducir las mímicas con variantes. Cada uno se señala y repite algo. Se trata, por supuesto, de sus nombres, que parecen mera cacofonía. Recordemos que Alexander es aún una criatura pero ya ha vivido lo suficiente como para comprender que el lenguaje es una articulación sonora dividida arbitrariamente en palabras que también se organizan de modos particulares para designar de manera caprichosa los elementos de la realidad, así que en un principio cree que al decir "Pedro González", "Pablo Fernández", "Atanasio Quilpayen", los extranjeros están nombrando sus partes. "Pedro González", deduce, es el corazón. "Pablo Fernández" la sien derecha. "Atanasio Quilpayen" tal vez un ojo, o los dos, o primero uno y luego el otro. Pero luego, con el cambio de los lugares de designación y la repetición de esos caudales sonoros se da cuenta por fin de que la invariante define la identidad. Entonces se nombra y genera la perplejidad de los oyentes. En ruso las vocales tienen una repercusión operística: la "a", por ejemplo, al mismo tiempo se ocluye hasta parecer una "o" que alcanza una estridencia peculiar, como si la lengua perdiera el apoyo en el borde de los dientes y diera tres pasos hacia atrás, bailarina borracha, para hundirse en las profundidades del paladar; en cambio, las consonantes se endulzan y aclaran, las "ces" y las "tes"son envueltas por la lengua, que encuentra puntos de ataque donde colocarse y disparar el amor por la pronunciación. Así, cuando Alexander dice "Alexander", los argentinos escuchan algo así como Iolexanda… Lo que parece un nombre de mujer o de conquistador macedonio. Más complicado aun resulta el apellido. Las dos primeras sílabas, De-lius, parecen puro farfullo. La tercera viene pegada, no al sentido sino al sonido, por la ese: skin. Como los marinos argentinos son prácticamente analfabetos y carecen de la posibilidad de realizar correctas operaciones deductivas, se dejan llevar por sus propias determinaciones de origen. "Skin suena a Bin", dice Mario Abdallah, "y en turco Bin quiere decir 'hijo de'", de lo que infieren que el crío les está indicando que es hijo de la tal Iolexanda. Pero eso no es avanzar mucho; además, por algún motivo, se empiezan a escuchar las voces gritonas de los amarillos dando órdenes desde cubierta. De hecho, un oficial asoma la cabeza por la puerta de la sala de máquinas y grita lo de siempre, incomprensible. Los maquinistas deben apresurarse y poner todo en marcha, pero tampoco van a dejar que se los lleve por delante un japonés de mierda, así que continúan la discusión apenas la cara de torta oriental desaparece del marco. Alguien enciende los motores para que suene algún ruido, además del que proporcionan como fondo los deficientes disparos de la flota rusa. En la sala ya se escucha poco. El Chueco Pardo trata de definir el asunto, pregunta: "¿Este chico es cría de quién, entonces?". Alexander sonríe, dice: "Escria", porque la palabra falsa le evoca algo que no puede definir: un juguete precioso, un país imaginario, palabras como acordes, un propósito absoluto. Luego repite la palabra inventada, en una rara estribación descendente, una reverberación metafísica. "¿Escria?", le dice Ramiro Pardo. Y Alexander dice: "Alexander Escria bin". "¿Es hijo de quién, entonces?", dice Vélez. "Qué sé yo", resume algún otro. La anotación del nombre en un papel provisorio que obrará como documento de identidad fraudulento también tiene lo suyo. Pardo, el que anota, tiene algunas dudas: "Las otras letras me las acuerdo", dice, "pero, ¿cómo se escribe la e?". Vélez resopla, ¡nunca un hijo le había dado tanto trabajo! Dice: "La e es como el dibujo de un pececito tratando de sacar la cabeza del agua". Pardo quiere estar seguro: "¿Con ojitos, aletas, escamas y todo eso?". Vélez: "Ponele las letras que te acuerdes y listo". Y Pardo las escribe, y justo en ese momento una bomba, un tanto más inspirada que las restantes, da en la santabárbara del *Nisshin*, que se hunde en un santiamén.

De haber tenido peor puntería el cañón ruso, luego de concluidas esa y otras batallas, tal vez mi tío habría conseguido llegar hasta la Argentina y —es un albur— quizá hubiese podido reencontrarse con su madre y su hermano. Aquel enfrentamiento ocurrió el 27 de mayo de 1905 y los libros de historia lo bautizaron como la batalla de Tsushima, en recuerdo del estrecho del mismo nombre. Durante la batalla, que duró hasta el 29 de mayo, la flota japonesa —con la excepción del averiado, hundido *Nisshin*—, destruyó a la rusa, que sin embargo logró rescatar de entre las aguas a un tembloroso y excitado niño que flotaba entre cadáveres. Mientras lo alzaban a cubierta del *Zinovi Petrovich Rozhdestvenski*, mi tío envió un mensaje telepático a su hermano: "Ahora me llamo Alexander Scriabin".[7]

[7] Basándose en un criterio cronológico un tanto heterodoxo, el brillante músico y consecuente scriabinista Giacinto Scelsi (*Uaxuctum, Los cantos del Capricornio, Aiôn, cuatro episodios de la vida de Brama, Konx-Om-Pax*), dio por hecho que el acontecimiento bélico en el que participó mi tío habría correspondido a una guerra anterior. En su opinión, se trataría de la de Crimea (1854-1856).

2

Rusia a comienzos del siglo XX. El Imperio está inmerso en profundos cambios industriales mientras la pareja reinante se hunde en su sueño autocrático. Anastasia Feodorovna Romanova es una estúpida y de su marido Nicolás II mejor ni hablar. Nacen miles de puestos de trabajo, maquinarias, vehículos, inventos, y ellos sólo pueden mirar hacia atrás. Donde aparece un obrero, la nostalgia folklórica (de cuño aristocrático y espíritu reaccionario) inventa un campesino expulsado del Paraíso. Alexander vive en el distrito de Jitrovka, a orillas del río Yauza, cerca del Kremlin, en Moscú. Allí sólo subsisten alcohólicos, ladrones, trabajadores, asesinos. La policía no entra por sus callejuelas después del atardecer, y no porque los caballos resbalen por las pendientes embarradas y olorosas a vodka adulterado, sino porque la turba suele alzarse, salir de sus ranchos para robarles los uniformes y las armas y devorarse a la monta y hasta a la montura, silla y espuelas excluidas. En ese basural infame mi tío ha vivido las peripecias propias de los huérfanos. Mientras puede ser cargado en brazos, Alexander se alquila a los mendigos, que lo pasean como propio por la perspectiva Nevski. Aprende a poner los ojos en blanco, a dejar caer la baba por la comisura de los labios, a exhalar un sonido ronco y gangoso, a hacerse el poliomielítico y el muerto. De algo hay que vivir. Después, ya más crecido, aprende las formas elementales de la delincuencia: es descuidista, sabe ejercer el corte de carteras, se prodiga en el arrebato. Redoble rítmico de sus pies sobre el asfalto, dibujos inesperados en velocidad, una progresión: el arte de la fuga.

Durante estos años, los contactos entre Alexander y Sebastián aún tienen un carácter larval. En su deliciosa simplicidad, la literatura acerca de los fenómenos paranormales no aborda el problema de la traducción. ¿Existe una panlengua telepática? Por otra parte, ¿dónde se verifican mayores niveles de interferencia? ¿En la comunicación entre los difuntos y los vivos, o entre vivos separados por un océano (las turbulencias del más allá versus las crepitaciones, el electromagnetismo acuático, el canto de las ballenas y los delfines en trance del más acá)? Deberíamos mantener cierto grado de duda razonable acerca de la posibilidad de que nuestros órganos perceptivos sean capaces de reconstruir fidedignamente el sentido de lo expresado durante esos contactos. No obstante eso, y siempre dentro de ciertos límites, esa transmisión existía en el caso de mi padre y de su hermano. Las informaciones eran primitivas; masas sonoras, voces indeterminadas. Sobre todo, se trataba de señales que se enviaban, algo parecido a lo que ya habían experimentado durante su período de vida intrauterina. Y sin embargo ellos *sabían* que se comunicaban.

Con el tiempo, ese circuito de interlocución se fue ampliando y refinando hasta constituir un canal especial. Habitualmente, médiums y videntes se comunican mediante imágenes o palabras. Mi padre y mi tío, en cambio, lo hacían a través de la música. O, en todo caso, la música transmitía las señales que ellos se dirigían. Y como la música es renuente a reflejar sentidos, el contacto se libraba entonces del problema de la interpretación y de su consecuencia, el equívoco. Salvo que —como ambos estaban inmensamente dotados en ese campo—, existieran disensiones acerca de la *forma* misma del mensaje; que el problema se constituyera como problema musical (quizá, para evitar las diferencias, lo que iba de uno a otro era sencillamente un sistema de notación). No lo sé, no puedo saberlo *todo* acerca de mi familia. Pero si sé que Alexander y Sebastián se comunicaban de manera continua bajo su propio sistema, desarrollando sus personalidades y sus capacidades a tal punto que sus aptitudes llegaron a ser perceptibles para ciertas personas dotadas a su vez. Así, al menos, le será explicado a mi tío unos renglones más adelante.

Dentro del modelo terriblemente estratificado de la Rusia de aquella época, Alexander se encontraba ocupando uno de los lugares más bajos de la escala. Ni el rancherío que habitaba ni las actividades a las que se dedicaba eran las adecuadas para continuar su crecimiento y desarrollo personal. Podemos imaginarnos cómo afectaba a su sensibilidad de extraordinario artista prematuro el hecho de verse obligado a compartir sus días con una recua de rufianes y criminales. En ese ámbito, ni siquiera tenía garantizada la supervivencia a corto plazo. Con buen criterio, optó por el camino que se abre para los jóvenes con ambiciones y escasas perspectivas, y, aprovechando su aspecto agradable ingresó como camarero en el *Stropanovich*, un hotel de pasajeros cercano al teatro Bolshoi. Doce horas de trabajo, alojamiento en un cuarto apenas más grande que un desván, uniforme, mudas de ropa y dos comidas diarias. En el salón-bar, un piano bastante decente, en el que ejercitaba algunas ideas durante los ratos libres.

Se ocupaba de los trámites particulares del gerente, supervisaba el aseo de los cuartos, servía desayunos almuerzos cenas, llenaba las copas y encendía los puros de los caballeros, cerraba o abría las valijas de las damas, llevaba los platos sucios a la cocina. Limitado como era, un ámbito como ese podría englobar los intereses de toda una vida que aspira a las cumbres de la modestia: la excelencia en el servicio, el ascenso dentro de las jerarquías, la experiencia de segunda mano (relatos de pasajeros)... Alexander, en cambio, absorbió todo al vuelo, como lo que era, una estructura de relaciones, un esquema. La mirada lo separaba de los hechos y al mismo tiempo le permitía captarlos en su dimensión verdadera. Claro que el esquema tenía movimiento, sus sonidos y colores y temperaturas. A veces se sentía tentado de transcribirlo en un pentagrama, como de hecho lo hizo en su primera composición, que tituló *Pequeño mundo*... Tampoco se abstuvo de otros placeres que cierto grado de liberalismo autorizaba entre empleados y clientas. Pero esto no tiene importancia.

Un día, el *concierge* lo envió a la habitación 1234 —un homenaje involuntario a los números sagrados y una muestra de megalomanía del dueño, ya que el edificio no excedía las cuarenta habitaciones—, donde lo esperaba la tarea de satisfacer los requerimientos de una pasajera difícil. La señora en cuestión acostumbraba devolver los alimentos porque estaban secos, crudos, demasiado cocidos o grasientos, protestaba porque las toallas no estaban lo bastante calientes y las sábanas tendían a frías, rompía los espejos, corría muebles, golpeaba las puertas de los armarios, generaba ruidos y ululaciones y hablaba a los gritos con seres inexistentes hasta altas horas de la noche. De no haber sido una habitué fiel, de aquellas que pagaban puntualmente las cuentas (de gastos inflados), la administración jamás habría tolerado su permanencia. Ni siquiera era una visitante distinguida, una princesa polaca o una cantante inglesa. Se trataba de una mera rusa gorda, diabética, renga y cincuentona que llevaba su snobismo al extremo de hacerse llamar *madame*.

—Así me nombrarás. Madame. Madame Helena Petrovna —le dijo a Alexander apenas abrió la puerta—. Mi apellido es Blavatsky, pero casi nadie me llama así, en principio no lo hace mi marido, a quien hace ya más de diez años que no veo. Y hablando de ver. Te vi. Por los pasillos. Con ese aire furtivo. A mí no me engañas, mascarita. Estás llamado a hacer grandes cosas. Hay una porción de ser, en ti… una octava ascendente hacia el sol. ¿Entiendes lo que te digo? Por el momento no importa. Pero no te confundas. Ser no es ser percibido, salvo por la causalidad. En este mundo la fama es consecuencia de un error. Los grandes hombres, los sabios, los santos, los Mahatmas, pueden resultar directamente intangibles. Tu misión... Tampoco es el momento. ¿Cómo te llamas?

Mi tío pronunció su nombre y apellido, agregó "señora" (la señora parpadeó) y luego preguntó para qué se lo necesitaba. Madame Blavatsky tomó asiento en un sillón Luis XVI bastante desvencijado y con una mano señaló una silla a su lado. Alexander prefirió permanecer de pie.

—Para que nos entendamos —siguió madame Blavatsky—. El ciclo de esta rueda de la vida, ese retorno perpetuo, es la revolución permanente sobre la que han hecho mil reflexiones los sumerios, los budistas, Platón, Schopenhauer, Nietzsche, y la lista continúa. En cambio, el resultado de la vía de pensamiento basado en la idea de un giro orientado del desarrollo de la historia que va desde un comienzo único hasta un fin definitivo e irreversible, es el zoroastrismo. Que ha transmitido esta óptica dualista y esta orientación unilateral al judaísmo, al cristianismo y al Islam, al tiempo que la pasó al mitraísmo, al maniqueísmo y al gnosticismo. ¿Que de donde abrevo yo? Bueno... Tal vez sea hora de que me presente, así no te lleva a confusión nada que no dependa de mi voluntad. Podríamos decir que yo soy una transmisora del conocimiento, y a la vez una buscadora impenitente. Los Mahatmas me hablan de las grandes verdades. Pero, ¿por qué tú...? Lo que vi... Sé lo que necesitas. Empecemos por el principio. Claro que a veces puedo equivocarme. Viajo de sitio en sitio, difundiendo... Y entonces, imaginarás que no puedo andar cargando enormes bibliotecas. Se trata de que mis amigos invisibles me "bajen" lo que necesito saber para que a mi vez yo lo comunique. Veo esas palabras flotando en el soplo del viento, páginas y páginas, los libros de las revelaciones. Puede haber errores, cómo no. Una a veces lee en espejo, en oscuridad. Un 6 se convierte en un 9, el sánscrito parece latín. ¿Qué culpa tengo de que no me den las cosas servidas? En todo caso, las letras se parecen. Por otra parte, nunca una verdad transmitida de manera incompleta puede llevar a confusión. Salvo que... Pero de esto no debería hablarte, aún. Todo en su medida. Melodía. Contrapunto. Geometría. Aritmética. Y armoniosamente.

Madame Blavatsky sacó un enorme habano de su carterita de rafia y se lo tendió a Alexander, que rechazó la invitación.

—Que me lo enciendas, quiero —dijo la mujer. Alexander se disculpó. Madame Blavatsky pegó un par de pitadas, se quedó viendo cómo ardía el fuego sobre la hoja de tabaco, la formación de la capa de ceniza rojiblanda. Después siguió:

—¿De dónde nace el horror al infinito? Todo empieza en Pitágoras. O más atrás aún. O esencialmente: ¿dónde estamos cuando escuchamos música? ¿Adónde nos dirigimos cuando la escuchamos? ¿Adónde somos conducidos? Pitágoras. ¡Pitágoras! De origen jonio, nació en la isla de Samos aproximadamente en el año 582 antes de Cristo. A los veinte años de edad ya conocía a Tales y Anaximandro, pero habiendo oído acerca del saber prodigioso de los sacerdotes egipcios y de sus misterios, decidió partir en su busca con el objetivo de hacerse iniciar en Memphis. Allí pudo profundizar las matemáticas sagradas, la ciencia de los números o de los principios universales, que fue el centro de su sistema filosófico y que después formuló de manera nueva. Su iniciación duró veintidós años bajo el pontificado del sumo sacerdote Sonchis. Luego vino la invasión y conquista de Egipto por Cambises, rey de los persas y los medos. Déspota y cruel, después de decapitar a miles de egipcios, Cambises lo hizo prisionero. Luego de un breve e instructivo período en la cárcel, semejante al que vivió tu padre... No pongas esa cara. ¿Que cómo lo sé? No, nadie me habló de ustedes. Lo he visto en el aire, lo he leído en *tu* libro. Luego de un tiempo, Cambises desterró a Pitágoras a Babilonia. Allí tuvo contacto con los herederos de Zoroastro ("El número tres reina en el universo, y la mónada —uno, único, unidad— es su principio", dice uno de sus oráculos) y con los sacerdotes de tres religiones diferentes: la caldea, la persa y la judía, lo que le permitió ensanchar sus horizontes filosóficos y científicos. Entre tanto que era instruido en los ritos sagrados del lugar, perfeccionó sus conocimientos en astrología, geometría y matemáticas, y aprendió que los movimientos de los astros están regidos por leyes numéricas. Después de esto, nuestro amigo sabía más que cualquiera de sus contemporáneos griegos. Era pues tiempo de volver a Grecia a cumplir su misión... Pitágoras se dirigió a Delfos, ciudad localizada al pie del monte Parnaso. Allí se encontraba el templo de Apolo, famoso por sus oráculos. En este templo Pitágoras transmitió los secretos de su doctrina. Después de un año entero, partió hacia Crotona, ciudad localizada al sur de Italia, en Calabria. No bien volvió al terruño, fundó su propia sociedad secreta: la secta pitagórica. Los iniciados estaban divididos en dos categorías, los *Matemáticos* ("conocedores"), jóvenes especialmente dotados para el pensamiento abstracto, y los *Acusmáticos* o "auditores", hombres más simples, que reconocían la verdad de forma intuitiva a través de dogmas, creencias, apólogos, sentencias orales indemostrables y sin fundamento, principios morales y aforismos, la clase de pescadores que recolectó mi amiguito el Maestro Jesús cuando quiso divulgar sus enseñanzas menos arduas. El núcleo duro, la guardia de hierro pitagórica, es claro, estaba formado por los *Matemáticos* —comprometidos con la totalidad del conocimiento— mientras que los *Acusmáticos* se encargaban de cuidar la puerta de entrada al templo, proteger el Velo Sagrado. Esotérico y exotérico. Ahora. Volviendo a Grecia. En la Arcadia Pitagórica se trataba de cultivar la mística y el pensamiento filosófico, cuyos cimientos eran la convicción en la posibilidad de alcanzar la inmortalidad bajo la forma de una serie de reencarnaciones infinitas. Si piensas en esa figura menos bajo la forma de la sucesión que de la combinatoria, tendrás, resumidas, todas las posibilidades de la música… Pero vamos a los números. Pitágoras se dedicó a explorar el Todo, el conjunto de todas las cosas al que denominó Cosmos, partiendo del supuesto (de raíz oriental) de que este conjunto mantenía una cierta proporción, estaba regido por leyes cognoscibles e inteligibles por el hombre a través del número, que es el principio elemental, "la esencia de todas las cosas". Dando por hecho que el Cosmos en su totalidad está sujeto a ciclos progresivos y predecibles, decidió medirlo con esos instrumentos o principios esenciales. También afirmaba que los números, utilizados para representar valores matemáticos, están separados de las cualidades y características que representan y que tienen otra función: operar en el plano espiritual. Si no entiendes algo, Alexander, me preguntas. Que me preguntes algo no implica necesariamente que yo te lo pueda explicar. Así: para Pitágoras la esencia del número es anterior a cualquier cuerpo tridimensional y tiene un origen divino. Su premisa: "Dios geometriza". Entonces: lo que aprende con los geómetras de Egipto y los astrólogos babilónicos, sumado a su propia experimentación sobre los instrumentos musicales, le sirve para establecer que el número es la esencia del Universo y la raíz y fuente de la naturaleza eterna. Así, mientras el pensamiento griego de la época daba por hecho que la tierra era el centro de un Universo sostenido por tortugas y elefantes, Pitágoras ya sabía que la tierra y los otros planetas giran alrededor del sol. También pensaba que los cuerpos celestes se mueven de forma armoniosa de acuerdo a un esquema numérico, separados unos de otros por intervalos correspondientes a longitudes de cuerdas armónicas cuyo movimiento genera una vibración… Y esa vibración es una nota. Pero como cada cuerpo celeste está en relación a otro, a determinada distancia fija, metido dentro de su cajita de cristal como un engranaje dentro de un reloj… Lo que afirmaba era que las distancias entre esos planetas tienen las mismas proporciones que existen entre los sonidos de la escala musical considerados "armónicos" o consonantes. Esto ya te empieza a interesar un poco más, ¿no? De la Tierra a la Luna habría un tono, de la Luna a Mercurio un semitono, otro de Mercurio a Venus, y de Venus al Sol un tono y medio. Por lo tanto, entre el Sol y la Tierra existiría una separación correspondiente al intervalo de quinta, y una distancia correlativa del intervalo de cuarta desde la Luna al Sol. Dame un vaso de agua, por favor. No. No es *de* agua, es *con* agua, en este planeta. En otros… No recuerdo si Pitágoras además decía que, al tiempo que la Tierra gira alrededor del Sol, el resto de los planetas giran a su vez alrededor de la Tierra… ¿Qué importa? Pasó hace tanto tiempo… Y además, toda esta filosofía no tenía por objeto más que la purificación del alma, así que… Claro que lo que la gente entiende por purificación. Hay quienes beben sus propios orines. Un asco. En resumen… los tonos emitidos por los planetas girantes dependían de las proporciones aritméticas de sus órbitas alrededor de… ¿la Tierra? ¿El Sol?, de la misma forma que la longitud de las cuerdas de una lira determina sus tonos. Las esferas más cercanas a… ¿el Sol? ¿La Tierra?, producen tonos graves, que se agudizan a medida que la distancia aumenta. De modo que, ¿asististe a algún concierto alguna vez? ¿No? ¡Mahatma mío! ¡Este muchacho es un canto a la incultura! Pues imagínate: enfocas tus binoculares sobre el fondo de terciopelo negro. Es el firmamento. Al principio, crees que las luces del teatro del Universo están apagadas, sólo se escucha el silencio. Luego, lentamente —tienes todo el tiempo por delante, eones para acostumbrarte— empiezas a distinguir el resplandor de las estrellas, muertas o no, ¿quién lo sabe? Figúrate que eres la misma eternidad, así que puedes acomodarte con calma en tu butaca. Después, afina tus oídos. Escuchas un violín acá, un corno allá, el fuelle de un órgano. Los instrumentos respiran. Claro que no hay instrumentos *reales*. Los planetas giran alrededor de otros planetas y giran sobre sí mismos, cada cual de acuerdo a su posición relativa y a su velocidad y ángulo de giro, produce un sonido o una serie de sonidos que se combinan con los de los demás planetas, produciendo una sincronía especial: a eso lo llamaban "la música de las esferas". Por supuesto que todo esto es una deducción matemática: ningún oído humano (salvo el pabellón del pensamiento) puede escuchar esa dichosa música porque resuena en una frecuencia imposible de captar. Las estrellas producen silbidos fantasmales, tamborileos, zumbidos, ruidos tronantes. Yo misma, en uno de mis viajes astrales vi esos movimientos, escuché, convenientemente amplificado, aquel concierto. Pero también vi otras cosas. Mucha basura estelar, arias perdidas en el espacio, composiciones de nonatos. Me encontré con el momento en que una estrella neutrónica sufría un terremoto masivo. El pobre cuerpo celeste vibraba como una campana y hacía sonar una nota que podríamos definir como "La" mayor. Aun más. Cuando prestes atención, te darás cuenta de que todo vibra en su propia frecuencia. Nosotros, y los cúmulos de estrellas y las galaxias. Sin ir más lejos, nuestra Vía Láctea musicalmente oscila como el parche de un tambor. Así que… Ah, después de tantos viajes, estoy tan cansada… Necesito masajes plantales, un amante cariñoso… ¿Quedaría mal si apago el puro que no fumé en el agua que no me trajiste?

3

La teósofa le hizo una oferta económica y laboral muy tentadora, pero también le advirtió que, de aceptarla, se metería en una situación complicada. Había quienes la tenían por una iluminada, pero la mayoría de las personas la consideraba una simple farsante.

Entretanto, viajaron por toda Rusia. No hace falta consignar ciudades. Mi tío aprovechaba los ratos libres para mejorar su formación. Era obvio que madame Blavatsky le había ofrecido una versión resumida de cuestiones fundamentales.

Repasando con sus propias lecturas lo dicho por su patrona, descubrió que ella había sido al mismo tiempo sucinta y confusa. Quizá se debiera a motivos estratégicos. Por tradición esotérica, el conocimiento revelado debe poseer una apariencia a la vez caótica e incompleta, un carácter abrumador y obsesionante; la revelación debe ser un espejismo que proyecta el cielo sobre las aguas. En ese sentido, Helena Petrovna se había mostrado como una pedagoga perfecta. Alexander se arrojó a escarbar las ruinas del pitagorismo para encontrar los fragmentos de saber que aún pudieran extraerse. En el capítulo V del libro I de la *Metafísica*, Aristóteles recuerda que los pitagóricos afirmaban que los principios de las matemáticas eran los principios de todas las cosas, y que las cosas mismas eran números —pero no números que existen aparte, sino que las cosas y los seres están realmente *hechas, compuestas* por éstos. El número es el principio elemental, la esencia de lo existente, como los átomos para Demócrito, pero átomos con magnitud y extensión. ¡Y lo notable era que había llegado a esa conclusión descubriendo la base numérica de los intervalos musicales (1/2, 3/2 y 4/3)! Así, como los números eran clave de los sonidos musicales, quienes conocieran sus propiedades y sus relaciones aprenderían las leyes gracias a las cuales existe la naturaleza, la mecánica del universo entero. Eran al mismo tiempo la base del espíritu y el medio por el cual se manifestaba la realidad. Lo que derivaba en cierta forma del misticismo: si los números poseían una realidad sustancial que permitía describir los aspectos tanto cualitativos como físicos de las cosas, también resultaban jeroglíficos mediante los cuales se podía realizar operaciones metafísicas de gran significado simbólico. Los números y su carácter sagrado. El misticismo numérico. Las propiedades cabalísticas de los números. Sus propiedades especiales. *Uno*, mónada, principio y fundamento de cuanto existe, Dios único, *Solus*, Sol. *Dos*, díada, principio pasivo, símbolo de la diversidad, expresión de los contrastes de la naturaleza (noche y día, luz y oscuridad, salud y enfermedad, etcétera. Números. Números. Números, y así hasta el diez, que era, por supuesto, el más sagrado de todos, porque los primeros cuatro contenían el secreto de la escala musical (1+2+3+4=10) y su agregación representaba el número del universo, la suma de todas las posibles dimensiones geométricas: el uno es el punto; el dos es la línea; el tres, la superficie, y el cuatro el espacio. La *Tetractys*.

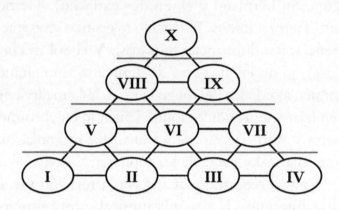

Un poco de paciencia. A veces, mientras leía, Alexander se preguntaba si, finalmente, iba a dedicarse a la geometría, la música o la cosmología. Era un asunto que no resolvería de inmediato. De todos modos. Si la veneración hacia el número diez (la primera cuaterna) tenía para los pitagóricos una implicación cosmológica trascendental en su doctrina acerca de la configuración del Universo (concebido por primera vez de manera no geocéntrica), no es extraño que por amor de las proporciones y de las equivalencias afirmaran que los planetas que se movían en torno de los cielos eran diez. Pero como a simple vista sólo podían observarse nueve (la Tierra, la Luna, el Sol, Mercurio, Venus, Marte, Júpiter, Saturno, más la Esfera exterior de las Estrellas Fijas, todos girando en órbitas circulares concéntricas en torno al *Trono de Zeus*, el fuego central), se vieron obligados a descubrir o imaginar un décimo planeta. Era invisible pero operante, la mancha negra iridiscente que cerraba la cuenta: era *la Anti-Tierra*.

Una aparición perfecta: Alexander comprendió la figura. Su hermano y él, en dos extremos. Tierra y Anti-Tierra. Unidos. El vínculo telepático y sus interferencias (las disonancias mínimas). Y el Sol (si era el padre), ya no en el centro del Universo sino girando también alrededor del fuego central. Y la madre también lejana. Encendidos todos, bailando en el cosmos. Tierra y Anti-Tierra, Sol y Luna. Por lo gorda, madame Blavatsky debía de ser Júpiter.

Sigamos repasando. ¿Cuál era la relación precisa que existe entre la armonía musical y los números? Pitágoras descubrió que las cuerdas que dan el tono, la cuarta, la quinta y la octava, tienen longitudes proporcionales a 12, 9, 8 y 6. Y dado que las razones entre esos números son iguales a las que hay entre 1, ¾, ⅔ y ½, que son las más sencillas que se pueden formar con los números de la *Tetractys* (1, 2, 3, 4), dedujo que esa era la fuente y raíz de la Naturaleza Eterna. Los números de la *Tetractys*, entonces, eran la base de la armonía musical y también la fuente del conocimiento de las raíces de la armonía del Cosmos. En los números estaba la clave del tono musical de toda la naturaleza. Padre, uno, junto a madre, dos. Un hijo sale primero, tres. El segundo, cuatro. Sumados: una familia.

Los Deliuskin-Scriabin: una *Tetractys* destruida.

Lo que vino después resultó un tanto más fácil y a la vez más extraño. El sentimiento de belleza que deriva de una ilusión de perfección ("El número es la esencia de todas las cosas"), se vio de pronto amenazado por la catástrofe. Pobre Pitágoras. Veinte años después de la muerte del maestro, a la altura del 480 a.C, a Hipasos de Metaponto se le ocurrió buscar una unidad que permitiera medir de manera exacta y simultánea la diagonal y el lado del cuadrado, o bien la diagonal y el lado de un pentágono regular. Para qué. *No pudo.* Y se le ocurrió revelarlo al mundo: había descubierto la magnitud inconmensurable, lo irracional (el *alogon*), que no es expresable mediante razones. Si hay algo que no se puede medir y algo que no se puede saber, hay algo que no se puede evaluar ni decir, y ese imposible, multiplicado, se reproduce como un fuego que incendia todo orden y predictibilidad y...

A Hipasos de Metaponto la escuela pitagórica le hizo la cruz. Lo expulsaron de su comunidad y de la vivienda en común y le erigieron una tumba como si estuviera muerto en vida. En el libro X de sus *Elementos*, el severo Euclides dictaminaría que el autor del descubrimiento pereció en un naufragio *porque lo inexpresable e inimaginable debería siempre haber permanecido oculto.* Frase que tal vez Pitágoras no habría suscripto. En todo caso, el descubrimiento de los irracionales y la inconmensurabilidad, aunque destruye los supuestos sobre los que descansaba el pitagorismo, no sólo pone un tope momentáneo al conocimiento sino que abre una crisis donde se cuela el horror al infinito, y ahí, claro, se filtra la idea de que hay un dios (sea uno, doble o trinitario) que maneja las variables. De todos modos, el derrumbe del pitagorismo no elimina la idea de la música como "número audible" que, transmitido por la tradición helenística neoplatónica, pasa a las grandes figuras intelectuales de la Antigüedad tardía (Macrobio, Boecio, Casiodoro, Aureliano de Réomé, Juan Gil de Zamora, Adelardo de Bath, Évrart de Conty, etcétera). Alexander se pela las pestañas leyendo el *Comentario del sueño de Escipión*, *De institutione musica*, las *Institutiones divinarum et humanarum litterarum*, *Música disciplina*, *Ars Musicae*, *De codem et diverso*, *Les échecs amoreux moralisés*... Frecuenta bibliotecas, revisa códices. Un texto lo envía a otro. Cuando hay uno particularmente difícil de encontrar, madame Blavatsky, una patrona comprensiva, entra en contacto con sus Mahatmas y se lo "baja" de las alturas. Estudioso, meditabundo, extremadamente cuerdo, Alexander se presenta durante este período como una antítesis de la figura con la que lo identificará la posteridad esquiva. Nada hay en él de esas hipérboles tardías propias del músico romántico, nada de soberbia y de ignorancia. En cuanto a la pasión, no es necesario que, además de circular por las venas, aflore bajo la forma de espuma por la boca (Nietzsche, Schumann y tantos otros). Incluso, está lejos de parecerse a un músico. Casi no se sienta delante del piano, lo que no quiere decir que no componga en mente y que no practique en sueños. Además, en Buenos Aires, su hermano Sebastián está haciendo una verdadera carrera de virtuoso, y lo que uno aprende se le traslada al otro de manera instantánea, haciendo la salvedad de que Alexander tiene los dedos un poco más cortos y regordetes. En resumen, su autoformación es clásica. Eso lo aleja de la tendencia en boga, que aparece justamente en el período de industrialización y que apuesta todo a la expresión reaccionaria de una inefable "alma rusa" de neto cuño folklorizante. Teniendo a lo sublime como horizonte y al universo como programa de conocimiento, las cuestiones locales le parecen reduccionistas y poco tentadoras. A él, desde ya, salvo el entorno cálido de sus libros y la lámpara encendida y los acordes silenciosos que hacen sonar su expectativa a pocos metros de sus dedos (la música no tocada aún), todo el resto le resulta horrible. No obstante las diagonales y los teoremas, mi tío sigue creyendo que la Belleza prevalecerá. Esa apuesta entusiasta tiene la apariencia posible de lo que empieza a intuir oscuramente como su misión. En realidad, una parte de ésta. En ese sentido, cosmos y música siguen siendo casi sinónimos. Si los números son la fuente y la regla de la armonía en los movimientos, el juicio estético podría eventualmente reducirse a una definición matemática y la Belleza se volvería inteligible para todos, o al menos para las mentes lúcidas. Dios como un esteta. Para San Agustín, las proporciones de la música actúan como metáforas sonoras de la creación, que conducen a la revelación y a la contemplación extática del misterio divino. La música posee un carácter altamente espiritual: los mecanismos propios de la sensación sonora expresan la actividad del alma sobre sí misma, de modo que ésta vibra aun después de que la música ha callado.

Después viene Boecio y su tríada. A mi tío le interesa la creencia de que la música de las esferas (*música mundana*), inaudible a nuestros oídos, resuena a través de los ángeles dispuestos alrededor del trono celeste, y lo entusiasma el concepto de que el hombre es un microcosmos también regido por la armonía. La *música humana* no es un objeto de percepción sino más bien el lugar de una introspección que unifica la vida del cuerpo con la vida de la razón y de la sensibilidad, acuerdo que evoca el acorde entre un sonido grave y un agudo, pero también el concierto del movimiento establecido entre los planetas. Y la tercera rama, que concierne al arte de los sonidos y al arte de la composición en general... La *música instrumental* imita entonces la Música del Mundo, por lo que el hombre, que a semejanza del alma del mundo posee un "acorde" musical, es receptáculo de la música. Armonía externa e interna. Microcosmos y macrocosmos. Dialéctica de lo universal y lo particular... Estos ya son puntos asociativos de su proceso mental, que continúa escalando la Edad Media.

En la búsqueda de los temas de su interés, Alexander pasa un poco rápido por las distinciones entre música natural y música artificial. Salteemos las encantadoras y toscas ideas de Remigio de Auxerre (finales del s.IX d.C) acerca del "canto perfecto" que une el movimiento del cuerpo, la organización de las alturas y la medida, y de las palabras entre sí. Después, Guillermo de Conches, figura señera de la escuela de Chartres. Una idea encantadora: se considera al ritmo como punto de convergencia terrestre del movimiento universal, que establece no sólo un vínculo místico con todas las cosas, sino también un fenómeno musical que equivale a la armonía. Y la armonía es ni más ni menos que el statu quo del universo, que a través del arte trasmite (emana) la verdadera sabiduría, modelo de toda sociedad... Dios, arquitecto todopoderoso, construyó lo existente y armonizó la variedad de las cosas creadas por mediación de las perfectas proporciones, de la consonancia musical. A mil quinientos años del nacimiento de Pitágoras, gracias a sus refritos todo ha vuelto a ser teocéntrico. Los números siguen diciéndonos que el arte de la música puede alcanzar la eterna belleza de lo divino. Claro que, aunque el cálculo nos permita conocer o imaginar los sonidos que producen los cuerpos celestes en su rotación, nadie escuchó el canto de los ángeles...

Pero, después de todo, ¿qué es la música? ¿*Mundica*, una contracción de *mundi* y *cantos*, el canto del mundo? Según Juan Gil de Zamora, proviene más bien de *moys,* que significa agua. ¿Y acaso *moys* no alude también a *Moyses*, Moisés, "salvado de las aguas", y por lo tanto la música sería aquello que salva al hombre? Cuestiones que mi tío habría pasado por alto si hubiese decidido convertirse en intérprete y no en compositor. Sobre todo, teniendo en cuenta la clase de compositor que sería. En esos momentos de estudio, bajo el efecto indeleble que producen las impresiones verdaderas, Alexander Scriabin empezaba a asomarse a la convicción bajo la cual encararía años más tarde su obra cumbre: el arte como salvación y como restitución del Universo a sus fines.

4

En lo de madame Blavatsky la vida corre por los carriles habituales. Alexander es su hombre de confianza: debe ocuparse de la supervisión del personal que realiza tareas de limpieza, cocina, lavado y planchado. También dedica algo de atención a las visitas que se acumulan en la sala de espera. Su patrona es desprolija con los detalles y a consecuencia de esto a veces le arman algunos pequeños escándalos, es objeto de diversas acusaciones. Rusia es una sociedad provinciana y en el vacío de sus ciudades rodeadas de tundras y de taigas y de estepas cualquier sonido resuena como un estampido.

—¡Me están difamando! ¡Quiero un abogado! —grita Helena Petrovna.

Todo se había originado tras un viaje relámpago que madame realizó a Bombay con motivos salutíferos y didácticos, y de un posterior desembarco en Londres, donde visitó la filial local de la Sociedad Teosófica con el propósito de zanjar ciertos desacuerdos filosóficos, doctrinarios y crematísticos con sus miembros. El inicio del encuentro había transcurrido con todas las apariencias de una gran cordialidad. La excéntrica lady Anna Kingsford, responsable de la sección británica de la Logia, la agasajó con una recepción *comme il faut*, bandejas de exquisiteces arborescentes, fiorituras, confituras. Desde luego, con el avieso propósito de agarrarla endulzada y con la guardia baja. Al tercer encuentro, la patrona de Alexander se sorprendió ante la presencia de desconocidos que le fueron presentados como nuevos adherentes, pero que finalmente lady Kingsford confesó eran examinadores de la Sociedad de Investigaciones Psíquicas de la ciudad, fundada dos o tres años antes con la declarada intención de "brindar un marco de seguridad objetiva para el desarrollo y conocimiento de los acontecimientos paranormales". Según adujo la anfitriona, los señores F. W. H. Myers y J. H. Stack sólo pretendían observar con sus propios ojos el despliegue de las maravillosas aptitudes de la invitada. Ingenua como era o como pretendía mostrarse ante el mundo, Blavatsky aceptó el examen y en el curso de varias noches probó su capacidad para producir la aparición de fantasmas de seres aún vivos, proyectar y materializar dobles humanos, fomentar la aparición de objetos, obtener sonidos de campanas astrales, conseguir la precipitación de escritos en cartas cerradas y con sus correspondientes sellos postales, educir la aparición de flores, prendedores y cencerros por parte de dobles de Adeptos... Según Blavatsky le confió a mi tío en medio de llantos y convulsiones, ella había expuesto además toda una serie de experiencias que revestían el más sagrado carácter —"¡Les hablé incluso de la ciudad áurea, Shambalah!"—, con el propósito de ayudar a la causa de la ciencia espiritista. Sin embargo, nada alcanzó. Caída la máscara de la amabilidad ajena, madame se dio cuenta de que estaba en presencia de un comité que nadie había convocado. Las acusaciones aún no habían sido formuladas pero ella ya sentía el efecto de malevolencia que se desprendía de las testas de aquellos personajes, como una luz amarilla y opresiva.

El interrogatorio comenzó. Un estenógrafo registraba las preguntas y respuestas: mientras el señor Stack se mostraba interesado en sus hábitos higiénicos, sus preferencias sexuales y sus gustos gastronómicos, el señor Myers se abocaba a tratar de descifrar las fuentes de financiamiento de la Sociedad. A veces hablaban los dos al mismo tiempo. Disipadas las apariencias de afabilidad, madame ni siquiera consiguió que le sirvieran un refresco. Los interrogadores elevaban el tono de voz para criticar sus declaraciones, pretendían descubrir contradicciones, se mostraban crueles y escépticos y no mostraban ninguna consideración por sus sentimientos. Finalmente, consiguieron enojar a Blavatsky, quien los acusó de incompetentes y de carecer por completo de experiencia en las leyes psíquicas. Esa respuesta pareció calmar de inmediato al dúo, que se retiró de la reunión soltando toda clase de excusas.

Sin embargo, al día siguiente, en el *Christian College Magazine* londinense apareció una nota firmada por ambos en la que la acusaban de ser "una de las impostoras más astutas y peligrosas que conocemos".

Madame se subió a un barco que la llevó al continente, y desde allí se dirigió a Rusia. Pero cuando llegó a Moscú, los medios ya estaban informados del escándalo. Además, algunos periódicos afines a la Sociedad de Investigaciones Psíquicas habían publicado una serie de cartas cuya autoría le atribuían, dirigidas a dos ex empleados suyos, en las que presuntamente Helena Petrovna les ordenaba construir paredes falsas con puertas corredizas y toda otra clase de ingenios para engañar incautos. También se hacían ecos de denuncias antiguas: que manipulaba el juego de la copa, que los objetos vibraban al contacto de su mano porque ella les había adicionado sutiles motores internos... Incluso explicaban el milagro de la teletrasportación como un truco de magia en el que un pasadizo conecta una cabina con otra, o en su defecto lo atribuían al uso de gemelos...

—No temo a las afirmaciones de estos chantajistas, Alexander —le dijo Blavatsky a mi tío—. En tren de sincerarme contigo, debo confesar que los prodigios de pacotilla resultan imprescindibles para alimentar la fe de la masa inferior de nuestros acólitos. En cambio, las altas verdades que habitan en mí y que se manifiestan por mi intermedio son de demostración más ardua. Y es por eso que necesito un abogado.

Alexander hizo sus averiguaciones y finalmente encontró al profesional que le pareció idóneo. Pequeño, calvo, de barba rala y en punta, en sus ojos se leía el resentimiento y la imperiosa voluntad de triunfar en algo, lo que fuere. Usaba un terno desfondado y mal zurcido. Era evidente que le faltaba una mujer. El sucucho que ocupaba, dos habitaciones cuyas ventanas daban a la Plaza Roja y a la parte trasera del Kremlin (patios de servicio y torres abandonadas), estaba lleno de libros escritos en alemán. A Helena Petrovna ese rasgo de ostentación le pareció una muestra de ignorancia. No obstante, perdida por perdida, le refirió el asunto.

Mientras la teósofa se entretenía con los detalles del caso, el abogado se paseaba a lo largo del escritorio, asomaba la cabeza por las ventanas (parecía a punto de dar instrucciones al personal del edificio gubernativo), alisaba sus cejas, se tomaba las manos tras la espalda en imitación inconsciente del gesto del extinto emperador francés, o hundía los pulgares en los bolsillos del chaleco como si fuera un tendero. Finalmente, de esos interiores extrajo un reloj de oro, miró la hora y habló:

—A mi juicio, su problema es completamente insignificante y por lo tanto sumamente riesgoso. Una chispa puede incendiar la pradera. Mi hermano está disuelto en el éter del Universo porque un esbirro de la *Ojrana* encontró en su domicilio panfletos de una organización terrorista. Lo colgaron y yo tuve que huir a Suiza porque la persecución zarista se extendió al resto de la familia. ¡Como si la política se llevara en la sangre! El viaje no me vino mal: jugué al ajedrez, conocí gente extraña, vanguardistas… Lo que quiero decirle es que vivimos en una sociedad cerrada, cuyo signo más evidente es la escasa fluidez en la circulación de novedades. Por eso, cualquier noticia tiende a solidificarse y toda persona y toda práctica se vuelven de inmediato visibles. En su caso, el hecho de que primero le atribuyan el don de hablar con los muertos y luego la acusen de haber favorecido ese rumor mediante el empleo de trucos, la coloca en el centro de la mirada de la autoridad. Y eso en Rusia es peligroso. Imagínese: mañana o pasado, cualquier día de éstos, en alguna localidad apartada de nuestra patria una manada de lobos devora un número equis de ovejas. En propia defensa, el mujik, que nunca podría restituir al amo el valor del ganado perdido, alega que vio levantarse de entre el fango a una turba de muertos que arrastraron a los animales al abismo… ¿A quién se acusaría de semejante acto? A usted, señora, por supuesto.

—¿Qué alternativa tengo? —quiso saber madame Blavatsky.

—Diría que le quedan dos opciones: o declara que puede hablar con los muertos y produce una demostración convincente de esa capacidad, o declara que no puede hacerlo y acusa a sus acusadores de atribuirle un don que usted jamás ha afirmado que poseyera.

—Pero, ¿y las cartas? Yo jamás…

—…de todos modos, mi consejo es: paciencia, dinero y terror. Puedo ponerla en contacto con un asaltante de bancos y de trenes en Siberia, que ocasionalmente realiza ciertas tareas a mi favor. Por unos pocos rublos mi amigo viaja a Londres, visita a esos adversarios suyos, saca el knutt y azota sus espaldas incrédulas, o directamente les tatúa su apellido a punta de cuchillo. Tampoco es desaconsejable disparar algunos tiros. Resultado: al día siguiente, Yosip está en viaje de regreso y sus prudentes enemigos publican una desmentida que a usted la deja libre de toda sospecha. ¿Qué le parece?

—Creo que usted me desprecia sin conocerme y ni siquiera entiende lo que se disputa en este asunto —dijo madame.

—Yo no me ocupo de la verdad sino del estado de la causa —respondió el abogado.

Esa respuesta exasperó aun más a Helena Petrovna:

—Mi querido cagatintas: leo en su mente que me considera una gallina vieja y cree que la sabiduría que transmito no es más que chismes de vecinas. Empirista vulgar, confunde lo real con lo visible. Su insensibilidad ante el drama que padezco revela que se cree destinado a grandes cosas, lo que puede ser cierto, si descontamos que no siempre lo grande es sinónimo de lo bueno. Hasta cierto punto, es perdonable que no le importe con quién hablo yo, pero a cambio, ¿con quién cree que está hablando usted?

Madame Blavatsky salió furiosa de la entrevista y recién se calmó en la noche, cuando uno de sus Mahatmas serviciales le materializó la copia de una notificación que aparecería noventa y nueve años más tarde en el Boletín Oficial de la Sociedad de Investigaciones Psíquicas, y en la que la institución, acusándose de haber obrado de manera precipitada, la encontraba libre de culpa y cargo. A la mañana siguiente Alexander mandó enmarcar ese aviso del mañana y lo colgó de una de las paredes de su estudio. Sin embargo, el documento no pareció tranquilizar del todo a la exonerada. Un día, de regreso al petit hotel luego del habitual recorrido de compras, mi tío entró a la habitación privada de la teósofa y la encontró extrañamente desocupada de presencias, empezando por la de su dueña. Sobre la mesa, había una carta:

Augurios, imprecaciones y premoniciones. Debo atender a... Pero dime una cosa, mi querido Alexander, ¿crees que si hubiera hecho lo que dicen que hice, habría dejado constancia escrita del fraude? El propósito de la acusación es desautorizarme ante el mundo convirtiéndome en una especie de idiota y de paso ridiculizar la misión en la que me hallo empeñada. En todo esto encuentro la mano negra de la Iglesia Romana... Y por el momento sólo puedo encontrar protección peregrinando secretamente hacia el destino que me indican mis guías espirituales.

Junto a la carta, una bolsita de seda que contenía una discreta cantidad de billetes y monedas, suficientes para que mi tío pudiera pasar ese invierno.

5

Con el dinero que le dejó madame Helena Petrovna Blavatsky, mi tío pudo despreocuparse durante un tiempo de las cuestiones materiales, tiempo que aprovechó para ampliar su educación. Tomó clases de composición con Nikólai Zverev y luego se anotó en el Conservatorio de Música de Moscú. Aprendió algunas cosas de Arenski, Taneiev y Safonov. De ese período se le conocen algunas miniaturas pianísticas, breves cuadros que las lecturas más superficiales atribuyen al influjo de Chaikovsky; pero es evidente que los aspectos meditativos de estas pequeñas piezas exceden las capacidades de aquel melodista cursi para constituirse en una reflexión totalizadora (la primera de ellas) que resume los mejores legados del romanticismo: la amabilidad sonora y las pequeñas formas de Chopin, la mentalidad constructiva de Liszt y la base ofrecida por la tradición pianística rusa. Y eso, paradójicamente, se vería más claro en preludios como el opus 11 y el 33, que escribiría un par de años después. Mientras tanto, período de aprendizaje. Los profesores se asombraban de la velocidad de su progreso; en pocos meses se convirtió en un pianista notable, a pesar de que sus pequeñas manos apenas cubrían poco más de una octava; en sus esfuerzos por alcanzar mayor extensión, a veces se lastimaba los dedos, sangraba. Y aunque en el concurso de fin de año (categoría: ejecución) Rachmaninov obtuvo la medalla de oro y mi tío debió conformarse con el segundo premio, para los que asistieron al evento fue evidente que en lo futuro el ganador debería conformarse con desarrollar una carrera de virtuoso coronada por las glorias efímeras del despliegue circense, y que en cambio Alexander Scriabin, aun con sus limitaciones físicas, había demostrado cuál es la materia de que está hecho un verdadero artista: él había tocado en trance. De esa época son algunas de sus primeras anotaciones de carácter filosófico, muy elementales pero nada desacertadas, en las que reivindica el carácter redentor, prometéico, del luciferismo. Luci-fer: *el que trae el fuego*. Y sin duda, también, el que lo sacrifica todo a su luz.

Pero también hay que vivir: mi tío comienza a dar conciertos. En San Petersburgo conoce al mecenas y editor Belyayev, quien le pagará generosamente por sus composiciones y le prestará dinero. Giras: Alemania, Suiza, Italia, Francia. Es la época de sus preludios, así como de la Segunda Sonata y el Poema Sinfónico. A su vuelta a Moscú conoce a Vera Ivanovna Isaakovitch, una pianista graduada del Conservatorio y gran admiradora de su música. Se casan. Comienza un período de éxito. Rusia misma parece joven y próspera. Verano. Invitados por uno de esos extravagantes planes ministeriales que confunden la cultura con el entretenimiento, abordan un barco a vapor, el *Ivotknik*, que mueve perezosamente sus paletas a lo largo del Volga. Todos los atardeceres el barco fondea cerca de algún poblado ribereño, el piano de cola es subido a cubierta, y Alexander y su mujer ofrecen conciertos a cuatro manos para provincianos en éxtasis. No es extraño que en un rapto de orgullo mi tío declare: "Soy Dios". En cierto sentido lo es. Se ha vuelto el músico más famoso de toda Rusia. Vera, que lo adora, se ocupa de sustraerlo a la consideración de los problemas materiales, le elige la ropa, le corta el pelo y arregla el bigote, revisa los contratos. Por primera vez su corazón de expósito siente la corriente cálida del afecto. El amor lo vuelve sensible a la fragilidad de las cosas; por influjo del amor, su música deja atrás el aspecto puramente cerebral, su resto de "junco pensante", y se abre a un aspecto impremeditado, el sentimiento como reflejo, eco o acorde de lo que palpita en el Universo. Esa forma de panteísmo vibratorio —una reafirmación sensible de sus conocimientos— tendrá consecuencias de largo plazo sobre su obra, pero tampoco hay que adelantarse. En lo inmediato se percibe una maduración del gesto romántico bajo la figura de un mayor despliegue de la masa sonora, es decir, del "arrebato". No obstante que su progreso es perceptible, Alexander sabe que está lejos de haber alcanzado un estado de "objetivación"; incluso, en sus conciertos advierte que el público celebra ciertos momentos de bravura que él, íntimamente, tiene por manifestaciones de desaliento, brotes de exasperación ante la evanescencia de aquellas figuras de ensueño y voluptuosidad a las que aspira y no puede alcanzar.

Por supuesto, ese estado de angustia —que él llama insaciabilidad— no es constante, pero de todos modos aflige su vida lo suficiente como para dejar marca. Alexander tiene alergias, pierde el pelo de a mechones, ni aun en verano puede salir a la calle sin sombrero. Ante el espejo encuentra eczemas, puntos negros, ojeras. Se vuelve fastidioso; a veces está ausente y malhumorado. Jóvenes admiradores lo visitan de continuo en el domicilio de San Petersburgo llevándole sus composiciones para someterlas al dictamen del nuevo maestro; pero mi tío pasa semanas sin recibir a nadie, o a cambio del esperado gesto de aprobación ofrece respuestas secas y poco estimulantes: "Inténtelo de nuevo", "No sirve", "Esto no es nada", o citando las perlas amargas del refranero ruso: "¿Qué sabe un burro de caramelos?", "No hagas con excremento una torre para llegar al sol", "El andar del carro acomoda los melones", etcétera. Vera, que conoce la íntima naturaleza del dolor que vuelve áspero a su marido, trata de aliviarlo haciéndole el entorno más confortable. La medicina también dice lo suyo: Alexander es seco de vientre o rápido de flujos sanguíneos o tiene problemas circulatorios o el corazón dilatado. Menudencias. Ignoro qué ocurre en todos esos años, telepáticamente hablando, entre mi padre y mi tío. Sé que Alexander continúa tocando y componiendo en un cuarto recubierto de suntuosas telas que amortiguan la luz demasiado clara, demasiado blanca, y las voces de los hijos. Una noche…

Una noche sueña con una familia. Es una familia completa, con los criados. A medias cubiertos por ropas de finísimo gusto, esperan en un sótano, posando para una cámara de daguerrotipos. El *pater familias*, de pie y vestido de militar, apoya la mano sobre el hombro de su mujer, que está sentada en una silla de madera rústica. Los niños aguardan en *degradée*. Lo que llama la atención es el estado de serenidad sin esperanzas. Una de las criaturas abraza una almohada. Otra comienza a llorar y el padre desprende una de las medallas que cuelgan de su pecho y se la da para que juegue con ella. En el sueño, Scriabin cree reconocer la medalla: es la primera de las muchas que obtuvo a lo largo de su carrera. Por lo tanto, esa es su familia. De pronto, se escuchan pasos. Una hilera de soldados se planta ante ellos, impidiéndoles la salida, y comienza a disparar. Alexander sabe que es un sueño y que podría interrumpirlo si supiera cómo despertar. Pero los disparos siguen y cuando allí sólo quedan cadáveres, los asesinos los arrastran hasta un carro...

A la luz de los hechos históricos, podría tenerse por evidente que aquel fue un sueño anticipatorio del trágico fin de la dinastía Romanov, probablemente inducido a distancia por madame Blavatsky. Pero a Alexander la nitidez de lo soñado le impide considerar siquiera la posibilidad de que se trate de la familia real, que no conoce. Es la suya. Mi tío despierta persuadido de que debe sustraer a Vera y a los niños de ese destino. La elección es terrible: debe salir de esa escena, su partida es la única protección contra las balas del futuro.

En ningún momento de los años que siguieron, y hasta que murió, mi tío tuvo el menor indicio acerca de la naturaleza de esa amenaza. ¿Quiénes disparaban en su sueño? ¿Por qué? Su sacrificio tenía que cumplirse en silencio, porque cualquier mención de su parte podía provocar aquello que debía ser evitado. Simplemente, creyó en la verdad de ese terror y obró en consecuencia. Abandonó a su esposa y a sus cuatro hijos y nunca más los vio.

6

Un sueño genera hechos y los hechos producen obras. El repentino abandono del hogar, ya sea concebido como el primer elemento de una serie de alucinaciones que terminarían precipitándolo a los abismos del genio y la locura, ya como obediente respuesta a un aviso de los Hados, determinó poderosos cambios en la cosmovisión y en el trabajo como músico y compositor de Alexander Scriabin. A partir de entonces, en ocasiones se comparaba con Cristo, ya que éste también había debido dejar a los suyos a favor de una misión sobrenatural. Para algunos, su creciente inclinación por las figuras religiosas era la forma que su ánimo había encontrado para rescatarlo del rayo de la depresión. Por fortuna, su renuncia a la dicha familiar no lo dejó vacío. Al contrario, encontró nuevas zonas a desarrollar; la apariencia de libertad imaginativa de sus inicios dejó paso a una suerte de sistema o programa de obstinadas recurrencias que anunciaban lo que vendría pronto: su descubrimiento del acorde místico. La gravedad desplegó sus alas sobre él. Ahora, las obras discurrían en un nivel de emoción incomparablemente elevado, que no era patético ni chocante. Su forma de expresar el dolor resultaba de una elegancia suprema. Lo que no impedía que sus conciertos, que convocaban por igual a la sensibilidad y el entendimiento, a veces provocaran crispaciones paroxísticas, imparables ataques de llanto. El alma devastada de mi tío transmitía su desolación, que paradójicamente asumía la forma de un triunfo público. En homenaje a Vera Ivanovna compuso unas piezas de exquisito lirismo, las *feullietes d'album*.

En ese sentido, el de las renuncias y los dones, aun más extrema y conmovedora resulta la elección de mi tía. Ella, sin conocer los motivos, "entendió" la partida de Alexander y dedicó el resto de su vida a la enseñanza y exaltación de la música del hombre que la había dejado. Segura de habitar una dimensión del amor más allá de la carne, convencida de que la decisión de Scriabin (que la consumía como un cáncer de páncreas) tenía que ser lo mejor para ambos porque así el vínculo se volvía trascendente y más profundo, ni un solo día dejó de ejecutar las obras de su marido. Para los cenáculos teosóficos rusos, la relación "remanente" reproducía como en un espejo la clase de acuerdo que en su propio ámbito había sabido alcanzar madame Blavatsky con sus Mahatmas. Una supra-realidad. Que se verificaba en el creciente misticismo de la música de Alexander, ahora cargada de descripciones metafísicas en las que estaba ensayando, a veces a tientas, la explosión del pensamiento cosmológico que lo ocuparía en su período de madurez y hasta el final. No es sorprendente que en este comienzo de sus grandes realizaciones pueda hallarse también la primera nota falsa en la recepción de público y crítica especializada, objeciones a la complejidad de sus ideas, a las presuntas "ambiciones pretenciosas de este chiflado" (Rimsky Korsakov *dixit*); algunos, donde antes celebraban la entrega y el delirio, encontraban ahora imprecisión formal. No obstante, la ola del scriabinismo aún estaba en alza: mi tío encarnaba la esencia del espíritu creador. Y también sus achaques: la hipocondría lo atenazaba y se veía obligado a consumir remedios en proporciones alarmantes; por temor a los gérmenes jamás se quitaba los guantes en público; en presencia de extraños extremaba la fijeza de su mirada para generar una "frontera visual" que impidiera las intromisiones en su psicología. El crítico ruso Sabanayev observó el efecto que le producía asistir a la ejecución de sus propias composiciones: "A veces agachaba la cabeza de manera extraña, con los ojos cerrados. Su aspecto expresaba casi un placer fisiológico. Abría entonces los ojos y miraba hacia arriba como si deseara volar; pero en los momentos tensos de la música respiraba violenta y nerviosamente, asiendo algunas veces la silla con ambas manos. Rara vez he visto cambiar tanto el rostro y la figura de un artista al escuchar su propia música. Era como si no pudiera ocultar las profundas experiencias que deducía de ella". La soledad lo había vuelto hipersensible, dado a las demostraciones excesivas. Besaba a su piano como si fuese una cosa animada y se angustiaba cuando debían afinarlo; dormía con sus partituras bajo la almohada para que en la noche no se disipara la intensidad del contacto. No es extraño que en ese período de vibración excesiva de sus elementos primordiales se vinculara a otra mujer.

Tatiana Schloezer era una pianista algo novata que a los dieciocho años escuchó una de las composiciones de Alexander y decidió que esa había sido la impresión más poderosa de su vida, al punto de que abandonó sus propias ambiciones por el deseo de comprender la obra y la personalidad de su nuevo dios. Tatiana: alta, rubia, de mejillas sonrosadas, ojos de un azul purísimo (aunque un tanto miopes), piel blanca y suave al tacto. Un sueño realizado, para los que gustan de soñar con mujeres estilo bibelots de carne. Al principio Alexander no hizo caso a los comentarios que deslizaba su entorno. La gran debilidad de mi tío, o si se quiere su signo distintivo, idéntico al de profetas y evangelizadores, era su necesidad de contar con un ámbito propicio que aprobara y difundiera su pensamiento, necesidad que había aumentado luego de su desgarramiento de Vera. En esa circunstancia, no pudo permanecer demasiado tiempo indiferente a Tatiana, que se mostraba dispuesta a darlo todo y a contentarse con lo que se le ofreciera, aunque más no fuese continuar a perpetuidad en su rol de testigo silencioso de la existencia de su adorado. Sin que nadie se lo pidiera, fue asumiendo las distintas funciones que alivian la existencia de un hombre solo. Servía el té a los invitados, preparaba refrigerios, acomodaba los almohadones, ventilaba los cuartos y se encargaba de manejar los tiempos de ingreso y egreso de las visitas...

Aunque no lo manifestara, Alexander se sentía agradecido por ese auxilio doméstico. Desde luego, no se le había escapado la intensidad, el fuego que despedían los ojos de Tatiana, pero como ese era un efecto que estaba acostumbrado a provocar, y no sólo a personas del sexo opuesto, lo tomaba por algo natural. Tenía a Tatiana por una niña y así la trataba. Sin embargo, en prueba de consideración, a veces la hacía objeto de un ligero atisbo de algo parecido a una galantería; de esas limosnas sentimentales se alimentaba Tatiana. Por cierto, ella jamás hacía mención de sus expectativas porque había tomado buena nota de los límites que ponía el mismo Alexander. ¿O acaso, entre las muchas tareas que ella se asignara, no estaba la de mantener limpia de polvo la habitación donde se exhibían, como en un altar iluminado por velas, los retratos de Vera Ivanovna y sus hijos? Ciertamente, en aquel período Tatiana respetaba como nadie la intimidad emocional de mi tío, pero alguna vez se había atrevido a apoyar la oreja sobre la puerta cerrada y había oído su lamento espasmódico, el llanto de criatura que el hombre que amaba dedicaba a la mujer que había abandonado.

¿Eran un caso particular? ¿Dos artistas limitando la satisfacción de los impulsos básicos por sentido del decoro? En algún momento mi tío advirtió que la presencia de Tatiana le era imprescindible y que fatalmente debería resignarse a perderla si no agregaba algo más que esos mendrugos a la relación; se trataba de producir una especie de acercamiento, aunque más no fuera un simulacro de paridad. Pero al mismo tiempo, teniendo en cuenta la activa y sensible inteligencia de Tatiana, esa aproximación no debería ser demagógica, tenía que respetar las respectivas posiciones.

Finalmente, mi tío decidió que Tatiana había acumulado los méritos suficientes como para *participar* en algún aspecto de su proceso creativo, aunque no *compondría* con él.

Alexander convirtió a la discípula en su primera oyente al someter las obras en proceso a sus opiniones. No hay que extraer de esta actitud una conclusión errónea. Aunque Tatina fuese aún una pianista titubeante, tenía una sólida formación teórica. Si se le permitía, era capaz de ilustrar al propio Scriabin acerca de ciertos aspectos de su obra, velados incluso para él mismo.[8] En tales momentos, Alexander se reconocía encantado de contar con aquel tesoro discreto. Y no se trataba de avaricia o de egocentrismo, o al menos mi tío no lo percibía así, sino de una reciprocidad asimétrica. Tatiana funcionaba como una fuente de los deseos: él había arrojado un rublo y la

---

[8] Décadas más tarde, Glenn Gould descubriría grabaciones en las que Tatiana Schloezer interpreta a Alexander Scriabin. Detrás del primitivismo de su ejecución, remarcada por la tosquedad de la púa hundiéndose en el surco del disco de pasta, se nota el concepto. Tatiana restaba el uso del pedal, que en sus propias ejecuciones mi tío extremó para poner en primer plano el aspecto que más le interesaba (la sonoridad reverberante, lo inconcluso, la fantasía oriental, la atmósfera brumosa e hipnótica). Con esta supresión la Schloezer subrayaba aquello que, siguiendo los impulsos de su carácter romántico, Alexander siempre quiso disimular en sus composiciones: la evidente presencia de una estructura contrapuntística poderosa, aprendida con Taneyev, que la estudió en J. S. Bach. Ni falta hace decir que en sus propias versiones Gould continuaría con esta tendencia.

fuente le devolvía mucho más. Pero no se podía descartar que ese fuera un fenómeno momentáneo, ya que no hay mujer que en su mejor época no produzca en un hombre el efecto de un resplandor. Quizá —pensaba mi tío— los equilibrios cambiarían con el tiempo. Entonces, en alguna oportunidad él llegaría a descubrir que lo que ofrecía, considerándolo poco, constituía tal vez una enormidad aún inabarcable para Tatiana. Al menos, en su condición de profesor de música había verificado que con los alumnos casi siempre era así.

Durante un tiempo todo pareció tomar el rumbo adecuado. Las cosas funcionaban a tal punto que mi tío decidió confiar a su discípula tareas que, revistiendo vital importancia para su carrera, resultaban sin embargo un derivado de sus intereses más permanentes; como por ejemplo la redacción de los textos de los programas de sus conciertos. El resultado fue óptimo. Tatiana se había compenetrado tanto del pensamiento de Alexander, que esos escritos parecían haber brotado de la mano del compositor. La concepción de la música que Scriabin poseía en aquel momento encontraba allí su expresión más acabada. En palabras de Tatiana, la obra de Alexander Scriabin desafiaba las tendencias dominantes de la época...

La aparición de esos textos reforzó el liderazgo musical que mi tío ya ejercía sobre la juventud culta, deseosa de expresiones más sofisticadas y rebeldes que las que podían proporcionarles los compositores convencionales. De alguna manera, con el auxilio de Tatiana, la música de Alexander encontraba una lectura en consonancia con el pensamiento de los sectores avanzados de la sociedad.

En principio, mi tío aceptó suscribir incluso los párrafos donde Tatiana establecía una lectura explícita entre el anhelo lírico y el deseo de reemplazo del gobierno autocrático de Nicolás I. Un artista, un artista verdadero, debía ser siempre un poco ubicuo y fluctuante, de lo contrario se convertía en un mero burgués.

—El ímpetu de Tatiana —le confesaba a sus amigos— me hizo comprender que no tiene sentido escribir una obra tras otra, si ese esfuerzo está sostenido sólo por la supersticiosa voluntad de afirmar una "identidad estilística". Esa identidad vuelve superflua, por reiterativa, toda nueva creación. Cuando reconozco la obra de algún colega apenas suenan los primeros acordes, sé que es hora de retirarme de la sala. El pequeño gran secreto que cultiva el artista verdadero consiste en violentar el programa automático de sus gustos y tendencias, transformar cada composición en algo nuevo en el curso de su desarrollo, y diferenciar radicalmente cada obra respecto de las anteriores. En definitiva: ¡Tenemos que inventarnos cada mañana, volvernos magos, sorprender siempre, hasta el fin![9]

[9] Propia de la "etapa media" de su evolución creadora, esta afirmación de mi tío anticipa el problema central del arte moderno. Alexander Scriabin advierte el carácter paradojal de una creación estética que apuesta a un ciclo constante de transformaciones que —en su extremo lógico— necesariamente dará por resultado que el artista no se reconozca en sus propias obras (para no hablar de otra clase de reconocimiento, el del público, ya perdido, y definitivamente, de antemano).

Con la tardanza propia de aquellos afectados por exceso de discreción, Alexander decidió agradecer a Tatiana la lección que le había proporcionado sin buscarlo. Cuando lo hizo —y de una manera que consideró explícita, esperando que a ella no se le escapara su gesto de reconocimiento—, le resultó curioso descubrir que la recepción de Tatiana resultaba más fría de lo esperable. Acostumbrado a las muestras de veneración cotidiana, a mi tío le irritó el estilo desapegado de su discípula y estuvo a punto de reaccionar de mala manera, pero prefirió contenerse. Era la primera vez que ella actuaba de tal forma.

Pero ¿qué le pasaba a Tatiana?

Nada nos perturba más que el temor de perder repentinamente aquello que siempre dimos por nuestro. En virtud de un simple gesto inesperado, Tatiana, que durante meses apenas se recortaba de entre los decorados, ahora era el elemento que agitaba su vida. No es extraño que, a consecuencia de ese descubrimiento, Alexander forzara las cosas, llevándolas a un punto que sólo él consideró inesperado y sorprendente.

En ese punto de indeterminación de una carrera estética, hay quienes pueden detectar el horror, la sustancia misma del vacío, mientras que otros encontrarán la apuesta última, el logro supremo. Naturalmente, como el arte lo producen sujetos limitados, falibles y finitos, muerto el artista se cierra el ciclo de mutaciones de su obra. Y ¿qué queda? Una galería de estatuas mutiladas a la intemperie.

Como sabemos, en su gloriosa "etapa final", Alexander Scriabin comprendió claramente la limitación de ese proyecto estético del cambio constante y decidió superarlo, se propuso atravesar las fronteras del arte y transformar el rumbo del Universo en su totalidad.

7

Más allá de la refrescante impresión que a mi tío le produjo encontrarse con un cuerpo joven, flexible y disponible, que cedía a sus ímpetus tras meses de abstinencia, el hecho de que Tatiana pasara de la sala a su dormitorio no pareció determinar un cambio sustancial en la relación que mantenían; al menos, no resultó un cambio completo. La diferencia se percibía en la mayor afabilidad (el alivio) que mostraba Alexander, y en su voluntad de achicar la distancia entre ambos. Pero Tatiana seguía manteniendo una expresión adusta, el aspecto de imperturbabilidad que se espera de institutrices y sirvientes.

Durante un tiempo, él prefirió tomar esta actitud como la concesión a las formas que debe exhibir una mujer soltera que habita en la casa de un hombre. Pero lo cierto era que su entorno no le prestaba la menor atención a los convencionalismos, por lo que en algún momento mi tío debió preguntarse por los motivos que impulsaban a Tatiana a seguir manteniendo su rictus. El recurso más obvio, interpelar a la propia afectada al respecto, habría resultado al mismo tiempo inútil y escabroso. En el caso de mujeres sensibles como ella, toda pregunta es un tormento, todo interrogante una acusación. Ponerla en la disyuntiva de balbucear inanidades (si se desconocía a sí misma) o de mentir a sabiendas (si quería ocultar los motivos de su conducta), implicaba actuar bajo premisas falsas y obtener un sólo resultado: la violencia moral. Mejor, en cambio —pensó— era disminuir los riesgos de conflicto recurriendo a vías indirectas.

Así, Alexander decidió aceptar el grado de hipocresía implícito en el hecho de proceder a una indagación delicada, y, tomando de las manos a Tatiana y haciéndola sentar a su lado, le dijo que quería hablarle como sólo se le habla a una vieja y querida amiga con la que ya no se tienen secretos. Tatiana, que por lo general acostumbraba responder hasta a los comentarios de nula importancia, esta vez no soltó una palabra. Si la luz del crepúsculo que entraba por la ventana hubiera sido algo más intensa, si mi tío hubiese estado un poco menos atento a escoger las frases que pronunciaría de inmediato, habría reparado en la lentitud con que Tatiana tomó asiento y en la palidez que invadió todo su rostro, habría anticipado que la situación tomaba un cariz algo distinto del que él había imaginado como marco para el desarrollo de los acontecimientos. Como sea, abordó el tema. Afirmó que no tenía queja ni resquemor sino agradecimiento, aseguró que sólo la preocupación por Tatiana y por su estado lo alentaba a rogarle que manifestara libremente cualquier incomodidad o trastorno que pudiera sentir. ¿Estaba a gusto en la casa? A veces la veía absorta, agobiada y sin fuerzas. ¿Se hallaba excedida de responsabilidades? ¿Querría quizás tomarse unas vacaciones, retomar sus estudios? ¿O necesitaba tal vez de tiempo libre para ocuparse de sus propias composiciones…?

Tatiana escuchó en silencio esas sugerencias, luego inclinó apenas la cabeza, se frotó lentamente los ojos —¿eran lágrimas, era el brillo del maquillaje lo que se desparramaba por sus mejillas?—, y clavando la mirada en algún punto indefinible de la sala, murmuró:

—Imbécil.

Alexander no supo si se refería a ella misma, a él, al mundo entero, o a la situación. Pero sí advirtió que ahora lloraba a cara descubierta. Las lágrimas se derramaban, eran gotas perfectas y ovoides sobre esa piel perfecta, rozada apenas, nimbada de rojo, por los rayos del sol que ahora terminaba de ocultarse tras las cúpulas doradas de la fortaleza de San Pedro. Antes de verse obligado a encender una lámpara, mi tío tuvo oportunidad de descubrir la clase de belleza que inundaba a Tatiana, la clase de belleza terrible que manaba de esa mujer. Transido de espanto, envuelto en el aura de una inspiración de nuevo tipo, quiso decir algo que sonara parecido a una solicitud de perdón o a una propuesta de empezar algo de nuevo, pero no tuvo oportunidad de soltar su palabra, porque ella se le adelantó. Dijo que él la rechazaba, que siempre la había rechazado; cuando la estrechaba entre sus brazos; cuando la besaba o la acariciaba; cada uno de sus gestos mostraba que sólo ofrecía un resto mísero y provisorio de su atención. Desde el inicio, dijo, Alexander le había obsequiado una frialdad capaz de congelar el centro de la tierra, y sin embargo ella había callado y permanecido a su lado, esperando que alguna vez algo cambiara, soñando con ese momento que nunca llegaría, porque desde el principio de los días había sido evidente que él nunca se ocuparía de nada, que nunca la miraría verdaderamente y como ella esperaba que lo hiciera, que su misión en este mundo no era la de hacerla feliz.

Desconcertado por la violencia de esa demanda, Alexander abandonó la sala y se retiró a su habitación a pensar. Cuando salió, ya era de noche. La cena no estaba servida y Tatiana se había encerrado en el cuarto de huéspedes.

A la mañana siguiente, mi tío había meditado lo suficiente sobre el asunto como para reconocer que, más allá de la forma en que se habían manifestado, en cierta medida las razones de la mujer se ajustaban a lo cierto. Desde que se conocieran, ella lo había dejado todo por él, incluso las apariencias. Tatiana había sido la alumna ideal, y él no había sabido verla bajo esa luz porque su modestia natural había resaltado sus virtudes pero disimulado sus dones. Sencillamente, la había utilizado sin reparar en ella, sin colaborar al desarrollo de sus talentos. Tatiana había hecho todos los esfuerzos; pero ahora era necesario que *él* le dedicara parte de su tiempo para que ella volviera a componer y a tocar.

8

Tatiana mostró ser una alumna de lo más aplicada. El progreso fue tan rápido que a los pocos meses Alexander la impulsó a que se presentara al concurso anual de pianistas que se realizaba en el Conservatorio de Moscú. Si conseguía uno de los primeros puestos dentro de la selección, su carrera como profesional del instrumento estaría asegurada. Pese a que ella no dio mayores pruebas de entusiasmo ante la propuesta, mi tío estaba de antemano seguro del resultado favorable. Su risa sonaba clara y alta en los pasillos del edificio mientras esperaban para pasar a la sala de concierto.

—¡Alegría, alegría! —Decía mientras frotaba las manos de su discípula, envueltas en guantes de armiño—. Todo irá espléndidamente. El jurado no está acostumbrado a ejecuciones como las que eres capaz de ofrecer. Y aun si por nervios escénicos no estuvieras a la altura de tu calidad habitual, de todos modos son amigos míos y serán comprensivos. Incluso, Beruloff me debe algunos favores.

—Lo único que quiero es que esto se termine pronto —murmuró ella.

Era un comentario un poco lúgubre, pero Alexander lo atribuyó a un exceso de sensibilidad. Después de todo, había visto a varios aspirantes salir de la sala de examen en estado de desolación extrema.

Cuando le tocó el turno, Tatiana entró rígidamente a la sala. Para la ocasión había adoptado un peinado que ceñía su cabellera y la terminaba en un rodete de bailarina que le confería un aspecto severo y disciplinado, anguloso. Sin saludar, tomó asiento en el taburete y quedó a la espera. Taneyev —hecho ya un viejo alcohólico— se inclinó sobre la mesa y la contempló con simpatía:

—Su maestro, mi dilectísimo Alexander Nicolayevitch Scriabin, aquí presente, nos adelantó que estima mucho al querido Ludwig Van... —dijo— Sería de lo más agradable si nos pudiera ofrecer algún movimiento, o si prefiere sólo unos pocos compases de algunas de sus sonatas. ¿Cuál prefiere?

—Conoce todas a la perfección —se adelantó mi tío.

—Ah, bien, bien, muy bonito. Hoy es un día terriblemente frío. ¿Gustaría desentumecer las manos empezando con algo sencillo, estilo *Claro de Luna*...?

—Ejecutará lo que le pidan —dijo mi tío.

—Pero, mi queridísimo Alexander Nicolayevitch... ¡Beethoven compuso treinta y dos sonatas! Sólo un pianista de vasta trayectoria las conoce...

—Los asombrará la rapidez y claridad de su ejecución, su talento para las dobles terceras, octavas, sextas y secuencias cromáticas, su habilidad sin parangón para ejecutar a primera vista...

—En ese caso, mi estimada… —suspiró Taneyev—. Puede empezar por donde le plazca.

—Primer movimiento de la Sonata N° 8 en do menor, opus 13 —anunció Tatiana.

—¡La *Pathétique*! —Celebró Taneyev—. *Grave; allegro di molto e con brio*. Luz y dolor. Un movimiento concentrado, extenso y complejo. Adelante, por favor.

Alexander consideraba que, antes de lanzarse al primer toque, un pianista tiene que sentir la secreta vibración de energía que mana del instrumento, y además debe comunicarle la suya propia. Cuando Tatiana apoyó suavemente los dedos sobre las teclas y pareció descansar, o quizá estar escuchando algo, comprobó (otra vez más, como tantas otras en los últimos meses) que ella había adoptado a pleno su criterio, y que había apostado todo a esa magia del contacto inicial. Además, observó complacido que la piel blanca de su discípula resaltaba contra el amarillo ceniciento y el negro del marfil. Triple damero. El reflejo de su figura en la madera pulida. Tatiana se inclinó, sus hombros se curvaron como si así pudiera concentrar la furia de su cuerpo tan pálido como fuerte, y empezó con un brusco movimiento de cabeza. Durante unos segundos, en los que permaneció con los ojos cerrados, mi tío se dejó llevar por la excelencia de la ejecución. Allí estaba, en los relieves del tiempo, lo que él le había enseñado, pero además, la sensible suavidad del toque, que buscaba transmitir a cada nota el deseo de arrancarle una reverberación íntima, la búsqueda de una duración que excedía los recursos de la sonoridad y de la amplitud. Más allá incluso del espectro…

De golpe, una nota falsa. Y la interrupción.

Tatiana se había quedado quieta, erguida. Miraba hacia delante, hacia el abismo angular de la tapa abierta del piano.

—No es nada. Puede empezar de nuevo, estimadísima —propuso Taneyev—. Esto suele suceder una vez que uno ha aprendido bien la pieza: se confía demasiado en la propia mecánica, en la mnemotécnica corporal, y ¡zas! A un fallo de la memoria sucede una traba física. Alcanza con recuperar el automatismo.

—Absurdo —dijo mi tío—. Tatiana no es víctima de una ruptura en la secuencia de la ejecución. Ella no es ninguna maquinita percusiva. Sabe bien lo que toca.

—La memoria es incidental, la escritura es permanente. Creo que el problema se solucionaría si alguien le acercara la partitura… —propuso Beruloff.

—Sonata para piano N° 29 en si bemol mayor, opus 106 —anunció Tatiana.

Su mano izquierda se alzó.

—Espere, mi preciosísima —dijo Taneyev—. Esta sonata presenta dificultades técnicas descomunales. Durante años nadie se atrevió a ejecutarla públicamente. Liszt fue el primero. Y usted sabe que Liszt fue quien promovió la idea del intérprete como un objeto especializado de asombro para un público de ignorantes de clase media que, no sabiendo nada de música, pagaban su entrada para ver a una especie de ilusionista de la percusión de alta velocidad, un mono disfrazado con frac. Así que… Y no sólo hay que vencer esas dificultades. También hay que moverse en una gran variedad de registros...

—...Como pez en el agua, Tatiana —dijo mi tío.

—Tercer movimiento. *Adagio sostenuto. Appassionato e con molto sentimento* —agregó Tatiana.

La misma inclinación, el mismo gesto. Hecha para el instrumento. ¿Quién no hubiera escrito para ella? Comenzó. La y do sostenido. Todo un templo al que se accede por la angosta puerta de las dos notas iniciales. Scriabin miró al jurado, el jurado sonrió. Todos recordaban, todo fluía. Luego del Scherzo *assai vivace*, que se cierra de forma enigmática, en lo que parece una interrogación, el salpicado cristalino de esas dos notas daba inicio a uno de los movimientos de sonata más hermosos que se hubieran escrito jamás. Allí, en el tema con variaciones, Beethoven era un maestro olímpico. ¡Qué riesgo! Al tema inicial, escrito de forma casi polifónica, la primera variación lo transforma en una melodía que prefigura a Chopin y en la que se acentúa el carácter atormentado del movimiento...

Sintiendo que Tatiana andaba sobre seguro, la conciencia de mi tío se adelantó en su necesidad de aprehender, de gozar no sólo el instante sino también el despliegue de la forma en las estructuras más amplias: tras unos compases en los que el sordo autor simulaba sentirse desorientado, entraba la segunda variación, maravillosamente construida con una melodía en amplios intervalos, y después de su modulación aparecía la tercera, que en realidad es la primera variación modificada... Allí parece que Beethoven quisiera gritar para desprenderse de toda la angustia precedente, y al final el tema principal vuelve como un recuerdo, con el brillo crepuscular de los soles de Rusia o de Alemania cayendo sobre los campos...

Otra nota falsa, y el silencio.

A Taneyev le costó despegar los labios.

—¿Y ahora qué, *carissima*?

—Quizá esté un poco nerviosa y... —Nicolai Tcherepnin.

—Primer movimiento de la sonata para piano Nº 27 en mi menor, opus 90 —anunció Tatiana.

—*Mit Lebhaftigkeit und durchaus mit Empfindung und Ausdruck* —susurró Tebalski, tan correcto como desanimado.

Luego de un par de acordes que se deshicieron en arpegios, ocurrió lo mismo.

¿Por qué, en la contrariedad, la figura de una mujer vestida de negro adopta la apariencia de un pájaro mecánico?

Alexander abandonó su butaca, subió al estrado y tomando a Tatiana de un brazo le dijo con suavidad: "Vamos".

Cuando ella se puso en pie, mi tío saludó al jurado con una leve inclinación de cabeza.

De vuelta en el hogar, Tatiana acusó un fuerte dolor de cabeza y se retiró al cuarto. Pasó toda la tarde durmiendo, y al anochecer empezó a dar voces en sueños; toda su ropa de cama estaba empapada y ella ardía de fiebre, pero se negó a recibir la visita de un médico y aseguró que sólo se curaría si mi tío le prometía que nunca más habría de someterla a una prueba como aquella.

Alexander le prometió lo que quiso, y a la mañana siguiente Tatiana estaba recuperada.

Absorto ante la evidencia de que Tatiana se había mostrado incapaz de enfrentar los desafíos que otros consideran un poderoso estímulo, mi tío se preguntó entonces qué quería o esperaba esa mujer a cambio. ¿Se trataba de algo que él podía ofrecerle, cederle o conseguirle? ¿Algo que estaba al alcance de sus manos? ¿O se trataba de algo especioso, inefable, imprecisable?

En este punto, es imposible no preguntarse cómo pudo mi tío ser al mismo tiempo un genio del romanticismo y un negado sentimental.

Puesto en su lugar, aun un individuo dotado de un mínimo de perspicacia, incluso alguien apenas por encima del nivel de los infradotados, habría advertido que el enojo de su Tatiana (su fastidio, su despecho, su malhumor) era la consecuencia natural de una ilusión siempre defraudada, de un corazón cansado de no recibir nunca el consuelo que soñaba. Por cierto, el amor era la zona oscura de la vida de mi tío, tanto el que sin saberlo tenía por Tatiana —y que lo golpeaba con su sordo latido innominado—, como el agónico que había sentido por Vera y del que se había desgarrado creyendo que así salvaba a su familia. Quizá su dificultad para incluirlo de nuevo en su vida pueda entenderse entonces como una manifestación tremendamente paralizante, pero comprensible, del terror que en las noches de pesadilla del alma siente un cuerpo ante la posibilidad de experimentar de nuevo los efectos de una amputación. Así, para él, Tatiana podía ser cualquier cosa —alumna, concubina, beneficiaria o benefactora—, menos el ámbito de carne y hueso donde pudiera reabrirse una herida que no cesaba de sangrar.

Por eso, porque todo su ser se negaba a padecer un sufrimiento semejante al de la pérdida de Vera, Alexander no podía pensar ni saber ni mucho menos decirle a Tatiana que cada una de sus palabras y pensamientos y actos de los últimos meses le estaban dedicados. Y ese reconocimiento habría equivalido a admitir que a Vera la estaba perdiendo de nuevo. Así, el dolor se oponía a la confesión de la verdad y ejercía su dominio tiránico; así, a cambio de esa verdad que se veía impedido de manifestar, e ignorando los verdaderos motivos de su dificultad para acertar con la conducta adecuada, mi tío repasaba los hechos tratando de analizar las respectivas posiciones, buscaba alternativas, intentaba justificarse, o, lo que es lo mismo, comenzó a preguntarse si el error existiría efectivamente, si no alentaba, en otro lugar. En el fondo —se dijo— también Tatiana resultaba responsable de… en ocasiones era un poco injusta. Y no sólo un poco. Exageraba. Todas las mujeres lo hacían. Estaba impreso en su carácteres, marcar la fuerza de una convicción con el abuso del *brío*. El problema nacía en la regulación de ese exceso o en el desboque de esa desmesura. En Tatiana, la falta de control la volvía *demasiado* injusta. ¡Después de todo, él lo había intentado, había hecho cosas por ella! ¿O no?

Convencido de que no podía acertar con lo que Tatiana esperaba de él (si es que aún esperaba algo), mi tío decidió de pronto confiar en su instinto. Intuitivamente, eligió responder a ese pedido que en rigor Tatiana nunca había formulado, profundizando en la dirección que ya escogiera y que tan malos resultados le había dado. Como un médico que calcula el éxito o el fracaso de una cura graduando las proporciones de un preparado, la sutil oscilación entre veneno y medicina, estimó que su error había radicado en una dispensa insuficiente de las dosis de su música: Tatiana la había conocido, se había empapado de ésta lo suficiente, pero no se había sumergido en sus profundidades la cantidad necesaria de veces como para que ese acto de comunión espiritual la transportara a una dimensión superior. Lo que le hacían falta ahora eran nuevos y masivos suministros de su don, una experiencia transformadora, algo que la situara a su altura, la hiciera como él, la volviera parte suya.

—Quiero que los torrentes de mi música pasen a través de su cuerpo metafísico y la inunden en una orgía de sensaciones —le escribió a su amigo y agente Koussevitsky.

9

Impedida de saber qué era exactamente lo que pasaba por la cabeza de Alexander, Tatiana sólo vio en su insistencia didáctica el gesto violento de un hombre carente de toda consideración por los sentimientos ajenos. De hecho, uno de los elementos más irritantes del asunto era que mi tío era alguien tenido públicamente por un abanderado de la nueva sensibilidad estética, junto a Blok, Diaghilev, Nijinsky, Stanislavsky, Artzibaschev y la Kschessinska, entre otros. ¿Qué podía pensarse del asunto, sino que esa conducta lo colocaba en las fronteras de la duplicidad moral, o de la llana hipocresía? Para Tatiana, esas características afectaban su música, o al menos empezaron a afectar la percepción que tenía de ésta. Progresivamente, las exasperaciones, los arrebatos románticos y los momentos de brumosa emoción (las famosas "atmósferas") de sus composiciones se le fueron volviendo intolerables. Y eso no se debía sólo a que la insistencia de Alexander funcionara como una imposición, sino también, y sobre todo, porque en el despliegue, cada uno de esos rasgos de estilo obraba como una capa que envolvía y adormecía sus gustos, la manifestación de sus propias posibilidades artísticas. Alexander —creyó Tatiana— era el vampiro que bebía de su sangre para volverla su propio espejo, el único en el que alguien de su especie podía contemplarse. Pero ese canje de juventud por inmortalidad exigía dos cosas que ella ya no estaba dispuesta a dar: ni admiración por el usurpador de su identidad (por tenue que ésta fuese), ni acuerdo para la operación. Así, al mismo tiempo que permanecía a su lado pese a todo —porque el amor ejerce un imperio superior a las razones que sirve la inteligencia para denigrarlo—, Tatiana ofrecía una resistencia creciente y utilizaba la llama de su odio como el elemento clave de su individuación. Se volvió cínica, en público se permitía respuestas tajantes, comentarios descalificadores al estilo de: "Yo sé bien quién es él en realidad".

Frente a ese estado de cosas, y con la mayor delicadeza, el círculo de amigos sugirió a Alexander la conveniencia de tomar distancia de una mujer que parecía haber aplicado lo mejor de sus energías para volver miserable su vida. Lo curioso —lo curioso para estos amigos— fue que ante estas propuestas mi tío mostrara una férrea negativa. En la destemplanza de su discípula parecía encontrar la materia de una vergonzosa satisfacción. Ellos, entonces, callaban o se apartaban para no seguir asistiendo a las muestras de ese espectáculo incómodo. Sobre todo porque, luego de un tiempo, aquellas manifestaciones de irritación femenina que sólo toleraban porque parecían haberse convertido en un requisito de admisión o de permanencia en las cercanías de Scriabin, adoptaban la forma de una confidencia. Tatiana había modificado la forma de ese trato y, en vez de afrontarlo directamente, empleaba a los amigos de Alexander como depositarios de su decepción y testigos de su herida incurable. Como si no le hubiera bastado con acosarlo, acusarlo y defenestrarlo en público, ahora los usaba para quejarse de él. Algunos de estos amigos, provistos de una razonable cuota de sutileza, veían en este cambio un cierto progreso. Si la ira había cedido paso al lamento, éste, una vez agotada su letanía, podía dar lugar a alguna variable de la reconciliación. Pero aquello no parecía ocurrir, o al menos no sucedía en lo inmediato. El lamento se continuaba en el tiempo, en la voz de Tatiana sonaba como un agudo, ya no impostado sino natural, un agudo perpetuo que perforaba los tímpanos y la paciencia. En esta época fueron muchos los que se apartaron de mi tío, alegando que había sido hipnotizado por una Medea capaz de arruinarlo todo. Otros denunciaban el efecto de una vanidad de signo negativo: Tatiana giraba alrededor de él al ritmo de sus acusaciones, por lo que en esas aguas oscuras del desplante mi tío encontraba los vestigios de una devoción sin par.

Una noche, sin embargo…

Como todas las noches del último tiempo, el círculo de los íntimos se había reunido en la gran sala de la casa, en la esperanza de que Alexander interpretara algo de lo nuevo en lo que estaba trabajando. A cambio de eso, y como ya era habitual, sólo obtenían su silencio, un silencio de apariencia reflexiva pero de cualidad oprimente, y el contraste filoso de los comentarios de Tatiana. El momento era bastante indigno; nunca como hasta entonces Tatiana se había atrevido a mostrar con tanta crudeza las llagas de un amor malogrado; a sus mordacidades habituales sumaba exhumaciones de intimidad: decía que la pasión que mi tío ofrecía al mundo, los torrentes de esa música que transportaba a incautos y a melómanos, ilusionándolos o apabullándolos con la promesa de un torrente infinito, eran en realidad regueros de una energía que se limitaba a expandirse en una sola dirección, porque —y aquí Tatiana elevaba el tono de su voz, palidecía y golpeándose el esternón con el pulgar derecho se presentaba como testigo y como prueba— *ella* sabía bien que el precio a pagar por la composición de esos encantamientos fatuos, mera *mélange* de acordes histéricos y arabescos caprichosos (el histérico arabesco de su caprichoso acorde), era la sustracción del autor a todo contacto humano. Cansada de tolerar sus remilgues y su renuencia, ella ya no podía ocultar el hecho de que Alexander se pasaba días, semanas, incluso meses, acusando un agotamiento terminal: reposaba a su lado como si fuera un muerto. Su pretendida absorbente pasión que lo llevara a emborronar un pentagrama y otro y otro, era entonces la representación de un don que encubría una farsa indigna, la imitación insuflada de lirismo de un Casanova impotente. Claro que a veces —aquí Tatiana se adelantaba a desestimar una objeción que nadie había formulado—, *a veces* Alexander pretendía arrancarse a la inacción; saliendo de su posición de momia viviente, a veces se inclinaba hacia ella, se dirigía en busca de su amor, pero ella entonces lo rechazaba con enojo, con asco. ¿Por qué lo hacía, ella? ¿Por qué no aceptaba las muestras de ese intento? No porque ya fuera muy tarde: ella ya había ofrecido las suficientes demostraciones de su paciencia, de su sacrificio personal por él, sacrificio que desde luego ya formaba parte del más antiguo de los pasados, se conservaba en el saco del más caro y precioso terciopelo, guardado en un cofre de cristal, en el rincón más recoleto del museo de su ingenuidad. Desde luego, no habría sido nunca tarde si Alexander hubiera obrado *sinceramente*. Pero ella, ay, ella lo sabía: en el gesto que cada muerte de obispo lo llevaba a requerirla como compañera y como mujer no había otra cosa que temor y cálculo; cálculo de las ventajas y desventajas de conservarla o perderla; y temor de que su rechazo a mantener un contacto normal y habitual la obligara alguna vez a denunciar, como precisamente ahora estaba haciendo, la imposible continuación de un vínculo de convivencia donde ella lo había dado todo, hasta la extenuación, hasta convertirse en un despojo humano, y él no había dado nada, en lo más mínimo. Nada. Nada, pero nada de nada. ¿Me expliqué bien, tengo que decir algo más, o ya me entienden?

Luego de decir todas estas cosas Tatiana calló, agotada, y también algo asustada. Lo dicho había roto algo; el exceso cortejaba el fantasma de lo irreparable. Alexander, que durante todo el monólogo de la mujer había permanecido en silencio, con la mandíbula apoyada gravemente sobre el pecho, ahora alzó la cabeza y comentó en tono casual:

—Hace tiempo que siento la necesidad de viajar.

Tras esas palabras, los amigos pretextaron las excusas del caso y partieron. Aquella vez fue Tatiana quien visitó el cuarto de mi tío. Se quedó durante toda la noche.

10

Tildado por muchos de "aristocratizante", mi tío emprendió un viaje idéntico a aquellos tan caros al misticismo itinerante del campesinado ruso. No se trata de las ropas que llevaba, ni de las deidades que veneró, sino de abandonarlo todo, desapegarse y "morir" simbólicamente para el prójimo. El camino exterior, el peregrinaje, se vuelve camino interior, y el peregrino, ese muerto andariego, es un *stranniki*...

Aquel período de errancia constituye uno de los períodos más fascinantes y menos conocidos de su vida. La falta de información precisa y las versiones contradictorias lo sitúan en la estrecha franja del mito y la leyenda.[10] Su viaje fue dilatado en el tiempo y ex-

---

[10] Por impreciso y vago que fuese, este recorrido resultó fuertemente inspirador para buena parte de la *intelligentzia* rusa; sobre todo para los "exotistas" de vario pelaje. Su influjo creció hasta el paroxismo en el caso de George Ivanovitch Gurdjieff, que en su fabulada autobiografía *Encuentros con hombres notables* se atribuye todas y cada una de las experiencias vitales de mi tío.

Pero además, siguiendo miméticamente ese recorrido, el autoproclamado "maestro del Cuarto Camino" también se adjudica facultades de compositor, alimentadas por su discípulo y acompañante, el pianista

tenso en el espacio. Contrajo malaria en Bokara, disentería en Beluchistán, escorbuto en Kurdistán, *bedinka* en Aschkabadian e hidropesía en el Tíbet. Conoció sacerdotes, ingenieros, doctores y príncipes, personas destacadas no por su apariencia sino por su vigor, autocontrol y compasión. Con algunos hizo parte de su recorrido. Yermos rocosos, lugares inaccesibles. Algo de aquello, sobre todo en los sitios donde la naturaleza era de un esplendor desolado, se le transmitía como vibración de la materia, sonido. Era la verdad de las palabras de madame Blavatsky, que ahora se le volvían evidencia de primera mano. Esa vibración, que iba del mundo al Universo, o quizá del Universo al mundo, rebotaba, o más bien repercutía, de acuerdo a su altura y tonalidad, en su propio cuerpo. Era una experiencia fuerte y delicada, de una refinadísima sutileza, que, al tiempo que lo unía a las cosas, lo despegaba de su ser, lo separaba en infinidad de delgadas láminas psíquicas, y luego lo recomponía plegándolo a la totalidad pero haciéndolo distinto de ésta.

En Tabriz aprendió los secretos de la hipnosis, práctica que se prometió no emplear jamás. Atravesó el Turkestán, Orenburg, Sverdlovsk, Merv, Kafiristán,

---

Thomas de Hartmann, que había estudiado con Arensky y Taneiev, quienes en su momento le recomendaron vivamente la obra de mi tío. En rigor de verdad, toda la cháchara gurdjieffiana acerca de un presunto "Sistema" de su invención, sus enrevesadas Leyes del Siete y del Tres y su "Rayo de Creación" que convierte al Universo en un solfeo cosmológico (do es Dios, si es el Universo, la es la Vía Láctea, sol es nuestro Sol, fa es los planetas del Sol, mi es la Tierra y re es la Luna), pueden entenderse como una vulgarización extravagante de la obra de Alexander Scriabin.

el desierto del Gobi. Siguió el dorado sendero a Samarcanda. En algún momento, visitó el monasterio de Sarmung, recorrió los tres patios principales (que representan los círculos exotérico, mesotérico y esotérico de la humanidad); y aunque es probable que esta visita sólo haya ocurrido en el plano alegórico, o que haya accedido a sus patios y claustros por la vía privilegiada que a algunos hombres relevantes les concede la puerta de los sueños, lo cierto es que allí asistió a las demostraciones de bailes sagrados. En el monasterio, los sufíes lo introdujeron en el conocimiento del *mehkeness* y los talmudistas lo ilustraron acerca de los misterios de la Merkaba. Una noche de luna llena, un viejo sacerdote le suministró un brebaje que le produjo midriasis: con la pupila dilatada hasta lo absurdo, sus sensaciones visuales y auditivas se acrecentaron. Colores, tonos, reflejos, irisaciones con las que nunca antes había soñado. El mundo real y sus miserias y tormentos desaparecieron de su mente. Una atmósfera verdaderamente divina lo circundaba. Scriabin entendió qué era lo que había faltado en sus composiciones hasta el momento; su tarea como artista recién empezaba. Proyectada sobre el fondo del cielo negro tiemblan y empiezan a moverse las estrellas de esmalte y la materia pierde su realidad para convertirse en substancia.

Luego, se pierde en el Asia. Algunos viajeros lo ven circulando entre los gimnósofos de la Gedrosia, los koinobis de Egipto y los rishis de Cachemira. Se dice que peregrina con los monjes de la India llamados Hossein, que busca a los adoradores del fuego de

Zoroastro y a los magos persas y caldeos, que quiere imponerse de la verdad primigenia leyendo el original incorrupto del *Zend Avesta*. En la cadena de montañas que bordean la meseta del Tíbet descubre que bajo los matorrales de pasto seco y los taludes de arena hay ciudades sepultas que en la antigüedad competían en fasto con Babilonia. Al borde del oasis de Tchertchen se topa con las ruinas de inmensas ciudades destruidas en el siglo X por los mongoles. El viento, que sopla sin pausa, arrastra y oculta y descubre monedas de cobre, fragmentos de vidrio roto, ataúdes que contienen momias perfectamente conservadas de hombres altos y de cabellera abundante, con la piel estragada por la soriasis. Alexander encuentra a la verdadera Nofretamon, una joven sonriente con los ojos cerrados por discos de oro.

Hay quienes calculan que, en términos terrestres, todo este tiempo de iniciación espiritual debería medirse en años. Sin embargo, la cifra casi exacta puede deducirse del hecho de que Julián Scriabin nació a los pocos días de que mi tío regresara a San Petersburgo.

La llegada del hijo pareció aligerar los problemas en la pareja. Con Tatiana ocupada en la lactancia, Alexander pudo por fin volver a componer y a dar conciertos sin mayores perturbaciones. Desde luego, esta afirmación es relativa, porque la serenidad del ambiente se veía algo alterada: el uso del trino, que en los trabajos de mi tío abandona toda función decorativa para volverse una insistencia dramática, debería leerse en relación directa con las manifestaciones de la criatura, que había nacido con ciertos trastornos digestivos. El empleo que hace de esta circunstancia lo muestra como un artista maduro y capaz de incorporar cualquier elemento, aun los más disímiles, en el desarrollo de su obra. En rigor, es precisamente entonces cuando Alexander advierte la posibilidad de que su producción tenga un "uso" distinto al de las intenciones expresivas y estéticas que le dieron origen.

Ese descubrimiento fue consecuencia de su vínculo con un par de personajes de la época.

11

P. Badmaev, médico notable o farsante inescrupu-
loso que afirmaba dominar la medicina tibetana, era
quien proporcionaba a Grigori Yefímovich Rasputín
las hierbas y perfumes y cataplasmas con las que éste
trataba el histerismo de la Zarina y la hemofilia del
príncipe heredero Alexis. En cualquier caso, el sucio
staretz y su proveedor se habían vuelto una pareja in-
fluyente en la intimidad de la familia imperial. En el
dúo, Rasputín funcionaba como la *prima donna*, era
la figura pública, en tanto que Badmaev hacía las veces de poder detrás del trono. Pero por sus acciones,
ambos se habían ganado el odio de los sectores más
cerradamente eslavófilos del ejército ruso, que los acusaban de espías al servicio de las potencias extranjeras,
lo que resulta paradojal porque si en su momento el
necio de Nicolás II hubiera hecho caso de las advertencias del monje lúbrico, Rusia no se habría embarcado en la guerra con Alemania que desembocó en la
Revolución de Octubre y en la masacre que liquidó a
la dinastía Romanov, disolvió a su imperial ejército e
instaló en el Kremlin a la dirigencia bolchevique que,

manipulada por los servicios de inteligencia de Guillermo de Prusia, terminó firmando en Brest-Litovsk la entrega de buena parte del territorio a los bárbaros germanos. Por cierto, siendo de la calaña que eran, sólo el estúpido del Zar y la cretina de su esposa importada podían creer en la sinceridad y pureza de las intenciones del dúo taumatúrgico, lo que demuestra que la imbecilidad acierta más veces que el buen criterio. Efectivamente, aunque se juntaran "con la hez de la política de San Petersburgo" (la frase pertenece al delicado príncipe Yusupov), compuesta por personajes tales como el periodista Manusévich Manuilov y el príncipe M.M. Andrónikov, en términos políticos Rasputín y Badmaev sólo velaban por los superiores intereses de la nación y de su monarca. Por supuesto, esto no disimula el hecho flagrante de que aprovecharan las dádivas del Autócrata para enriquecerse impunemente. Además, el afecto real los había vuelto soberbios y groseros. Rasputín no callaba que en su opinión la aristocracia carecía de sangre rusa, llamaba perros a sus integrantes y los acusaba de parásitos implantados en un suelo generoso del que en cualquier momento serían brutalmente arrancados, mientras que se definía a sí mismo como "la verdad del futuro y el león de dos mundos que los salvaría de la hecatombe revolucionaria". De hecho, en el ambiente enrarecido de la corte, no faltaban quienes argüían que lo intolerable de su conducta, el carácter incomprensible y fragmentario de sus manifestaciones y la incorrección de su discurso debían entenderse como un signo de los nuevos tiempos, a los que, por su propia supervivencia, los nobles debían amoldarse. Y por eso lo adoraban aunque les repugnara y le entregaban a sus hijas, madres, esposas y amantes.

Badmaev, que tenía apetitos sexuales menos intensos o intereses más diversificados, advirtió que la conducta brutal de Rasputín no hacía sino alimentar las condiciones de su desgracia próxima y se aplicó a buscar remedio a una situación que ellos mismos propiciaban. Sobre todo porque los últimos reveses políticos y militares habían achicado severamente la creencia general en la monarquía por derecho divino. En resumen: era una situación en la que nadie tenía la vida comprada, y mucho menos este par de marginales. No es extraño que en su búsqueda desesperada de protección, y luego de recorrer los distintos despachos de gobierno pidiendo garantías a funcionarios que días más tarde eran agujereados a balazos o saltaban hechos pedazos por los aires, Badmaev pensara en Alexander Scriabin.

El médico tibetano se presentó ante mi tío aduciendo la intención de encargarle alguna composición destinada a celebrar el cumpleaños del jardinero de la corte. Aunque tenía alguna noticia acerca de su visitante, mi tío mostró poco interés por la oferta. Alertado por la sequedad del recibimiento, Badmaev descartó las excusas y expuso su verdadero propósito:

—Mi querido Alexander Nicolayevitch, vengo a usted como un peregrino que implora escuchen sus rogativas. Conozco al detalle las características de su viaje reciente y he podido realizar una evaluación certera de los planos donde transcurren sus preocupaciones actuales, así como sé bien, ¡mejor aun que usted mismo!, las dimensiones y alcances de sus preocupaciones futuras.

—¿A qué se refiere? —dijo mi tío.

—¡Mi querido Alexander Nicolayevitch! De todos los compositores actuales, es usted el único que entiende la música como una revelación superior impregnada de energía invisible que podría influir en el mundo de los fenómenos; es usted el único heredero del saber antiguo. Es por eso que me atrevo a molestarlo con un pedido que podrá parecerle una ridiculez, casi una abyección, pero que en el fondo está directamente ligado al desarrollo de sus tareas. Se trata de proteger el envoltorio terrestre de un alma santa pero de apariencia extraviada, y por supuesto el mío propio… Necesito… es poca cosa pedirlo pero sería un milagro obtenerlo… Necesito una armonía, una vibración particular, adecuada a esa alma, algo como un acorde del pleroma, una especie de plenitud capaz de modificar las reglas del universo físico, dotando de invulnerabilidad al individuo sobre el que la armonía recae. ¿Es posible lograr esto?

—¿Usted me pide un aura personal hecha de música? —preguntó Scriabin.

Advirtiendo un dejo burlón en el tono de mi tío, Badmaev se puso de pie y respondió fríamente:

—Entre místicos no nos vamos a pisar las triples coronas… Si estuviera presente alguna reencarnación de su maestro griego, le pediría a él este favor. Como eso es imposible, se lo pido a usted. Y desde luego, sus esfuerzos serán espléndidamente recompensados. En este y en los otros mundos.

Y con un gesto más elegante del que pudiera esperarse de alguien de su contextura y apariencia, soltó su tarjeta de visita, que dio tres giros en el aire (Alexander oyó su desplazamiento como una sucesión de intervalos de cuartas de distinta especie), y luego cayó con un limpio aleteo sobre el plato de peltre donde se acumulaban las cenizas del incienso perfumado de la India.

12

Aún no había pasado una semana de la visita cuando mi tío decidió estudiar el contenido de la oferta de Badmaev. Quizá, como el médico lo afirmara, la propuesta estuviera en la línea de sus intereses y apuntara al desarrollo de aquellos saberes tradicionales con los que había vuelto a tomar contacto durante su viaje. Además, algo en Badmaev le resultaba muy familiar... ¿Podía pensárselo como una versión achinada y macilenta de madame Blavatsky, que retornaba desde uno de sus espejos facetados para pegarle otro empujón hacia alguna forma de la verdad?

El período de colaboración de Alexander Scriabin con P. Badmaev y Grigori Rasputín constituye un capítulo poco conocido de la historia de la música y de la mística rusa. Usualmente, se tiende a pensar que mi tío resultó otra de las tantas víctimas del poderoso magnetismo del protegido de la Zarina. Pero lo cierto es que, para él, Rasputín significó poco más que un estrafalario animal de laboratorio y un objeto de curiosidad al que tuvo el buen criterio de mantener apartado de su hogar. Sin embargo, le llamaba la atención la desprolijidad y el descuido del monje, su fascinación por las tediosas ceremonias de la vida disoluta, su desinterés por las alegrías de la inteligencia.

—Mis pensamientos son como los pájaros del cielo, van de un lado para el otro sin que yo pueda impedirlo —decía Rasputín.

Era un hombre que leía mal, escribía torcido y no conocía las reglas de la ortografía, que jamás memorizaba los apellidos de sus conocidos —a las mujeres, luego de someterlas a sus instintos, las llamaba con apodos como Belleza, Estrellita, Abejita, Ricitos o Bella. Todo para no confundir sus nombres. Era histriónico, exhibicionista, la clase de feminoide que necesitaba reafirmar su personalidad convirtiéndose en permanente centro de atención.

—Todos quieren ser el primero, pero sólo uno consigue llegar a serlo —le dijo a mi tío el día en que los presentó Badmaev. Luego lo paseó por sus aposentos y le mostró sus propiedades—: Yo tenía una choza mugrienta y en cambio mira ahora el caserón que me he ligado. Esta alfombra cuesta seiscientos rublos y este crucifijo de oro ni precio tiene, me lo regaló el Zar, como signo de distinción. ¿Ves? Tiene una N, N de Nicolás, grabada a fuego. ¿Y este retrato mío, qué te parece? ¡Qué ojos de fuego! No creas que estoy sacándome restos de comida de la barba mientras el pintor me pinta. Estoy pensando. Tengo muchas cosas en que pensar. Te asombrarías si te contara uno solo de mis pensamientos. ¿Ves estos íconos de Pascua, estos huevos de oro de miniatura?

Haciendo girar una manivela, se parte el rubí por el medio y sale una carroza tachonada de diamantes. En la carroza están el Zar y la Zarina y los niños, y ese muñequito que gira saludando con las manos soy yo, bendiciendo el mundo. ¡Mira, mira esta carta de Alexandra Fiodorovna! Me la dio ella misma, de propia mano. ¿Qué dice? ¿Puedes leer? No sé donde dejé los anteojos...

—"Soy incapaz de tomar ninguna decisión, Grigori, sin haberte consultado antes; siempre te lo preguntaré todo... Aunque todos se levanten contra ti yo no te voy a abandonar" —leyó mi tío.

—Mamá me quiere mucho —Rasputín derramó una lágrima falsa. Después le quitó la carta y lo llevó a su taberna favorita, donde pasaron buena parte de la noche. Mientras Alexander lo observaba, el monje bebió, bailó chillando, dio taconazos, gritó, abrazó a los ejecutantes de balalaicas, arrojó copas por el aire y luego las pisoteó con sus botas de reno, se abrió la camisa para mostrar el pecho peludo. Luego, agotado, se sentó al lado de mi tío y le soltó sus confidencias:

—Aunque algunos crean que actúo, no soy un payaso. Desde niño comprendí que había una fuerza enorme dentro de mí y que yo no tenía poder sobre ella. Lo único que sé es todo lo que hay que saber en la vida: cómo se hace para impresionar a los demás. Cuando uno quiere crear un efecto fuerte debe hablar poco, limitándose a pronunciar frases breves y entrecortadas, incluso incomprensibles. No hay que preocuparse por el sentido; los demás se encargarán de encontrárselo. La gente, cuando menos comprende algo, más valor le da. Tontos hay en todas partes y el Espíritu sopla donde quiere. ¡Sé lo que estás pensando, querido...! ¿Donde está Badmaev? A veces creo que a cambio de facilitarme medicinas tibetanas me surte de productos químicos. Al menos el olor... ¿Qué está dando vueltas por esta cabecita? ¡Me gustaría que me abrazaras! Eres mi amigo, ¿no? El pueblo sufre mucho y no hay día ni hora en que su Padrecito no piense en él. La guerra sería una demencia. Veo mares rojos. Nuestro ejército no está preparado para un enfrentamiento. Mucho menos contra una maquinaria de precisión como la alemana. En la batalla sólo sabremos derramar generosamente nuestra sangre eslava. La guerra es brutal y sanguinaria, en ella no hay verdad ni hermosura. Cuando bebo hablo de nuestro país, pero nunca suelto nada que le sirva a una potencia extranjera. Por supuesto, acepto cualquier contribución para la causa de la paz. Grábate esto en el cerebro: pronto, muy pronto, habrá un enorme incendio. El fuego se lo tragará todo. Si antes de que concluyas tu trabajo soy víctima de un atentado criminal, quiero que difundas que el autor intelectual del hecho no es nuestro pobre Zar sino esos inmundos bichitos colorados. ¿Te interesa la política? Conquistar un fuerte amurallado y conquistar a una mujer exige la misma táctica. A las damas hay que tratarlas como a cualquieras y a las cualquieras como damas: he allí el éxito en el amor. ¿Qué diferencia a una dama de una cualquiera? El dinero y la posición. Todos son iguales y nadie es nadie. Y ¿quién soy yo?

El padre Grigori, aquel que deja que Rusia hable por su boca. Tú debes protegerme, porque si yo muriera, la catástrofe sería en nuestra tierra. ¡Abrázame! ¿Eres o no eres mi amigo?

Después de aquella larga noche que terminó con el *staretz* bautizando con sus vómitos el aserrín del piso, mi tío aceptó el pedido de Badmaev. Aunque el médico tibetano había ofrecido una cifra astronómica por la creación de una coraza protectora musical que resultara efectiva, a él no lo movía el interés por el dinero sino que en el encargo había atisbado un elemento, tan antiguo como nuevo, que resultaría central al momento de trazar las coordenadas del *Mysterium*.

Por cierto, no faltan quienes señalan cierta incongruencia en el hecho de que una obra como esa, que por propósito y resultados no tiene parangón en toda la historia de la humanidad, haya encontrado su punto de orígen en Rasputín. ¿Por qué él y no otro cualquiera? ¿Por qué rodear a esa bestia de un aura protectora?

Más allá de que la combinación de lo grosero y lo sublime forma parte del panorama estético de aquella época, no deja de ser comprensible que, debido a la vida que vivía, el monje disoluto encarnara para mi tío una figura interesante; en sentido estricto, podía homologarse con un Judas de taberna, una representación de nuestra degradada especie. En ese punto, rescatarlo de las tinieblas con la magia llameante de su arte resultaría una labor prometéica, o, para continuar con la comparación y extender el ejercicio de la hipérbole, lo convertiría a él en un nuevo Jesús.[11]

Ahora, se abría para Alexander el problema de la realización. El encargo de Badmaev no había sido una mera alegoría sino un ruego desesperado. Badmaev creía en la posibilidad de que la música se "materializara". Y después de todo... si Pitágoras había afirmado que el Universo vibraba en do, ¿por qué no sería factible crear un campo musical alrededor de un cuerpo...? Una determinada vibración en una determinada frecuencia podía generar hechos físicos. Los acordes en un piano A, que resuenan en un piano B situado en otra habitación ("resonancia simpática"). La contralto quebrando con su agudo una copa de cristal. *Sí.* Claro que ese era un ejercicio fácil. Pero justo por eso Badmaev había recurrido a él: para que fuera más allá, volviendo factible lo difícil hasta volver real lo inverosímil. Ahora bien, ¿qué notas o sonidos servirían para proteger a Rasputín de un asesinato, transformándolo en alguien invulnerable o tal vez invisible?

Decidido a no dejarse devorar por la incertidumbre, mi tío optó por avanzar en la hipótesis de que

---

[11] Desde luego, sólo tiempo más tarde, e impulsado por la desdicha, mi tío advertiría que el equilibrio necesario para preservar de la catástrofe el microcosmos de cada individuo se correlaciona con aquel indispensable para sostener el macrocosmos. Al respecto, ya podemos revelar que el rasgo más difundido de su obra, el "acorde místico", es a escala humana lo que el *Mysterium* expresa a escala universal. Y es por esa diferencia de escala que el acorde resulta un efecto prácticamente instantáneo, mientras que el *Mysterium* es una obra que debe desarrollarse en el tiempo para que su beneficio se esparza por toda la Creación.

la "coraza" tenía que responder de alguna manera a la esencia de Rasputín, expresar mediante la notación musical el ser mismo del monje, que debería entrar en vibración cuando fueran ejecutadas las melodías, armonías y acordes que le correspondieran. Su idea, que evocaba los nuevos descubrimientos acerca de la corriente eléctrica, posee sin embargo más afinidades con ciertas experiencias realizadas por insectólogos de la época, quienes habían llegado a la conclusión de que las coberturas superficiales quitinosas que caracterizan a cucarachas, escarabajos peloteros, caracoles y vaquitas de San Antonio, no eran producto de fenómenos casuales que los azares de la evolución incorporan al desarrollo de la especie sino resultado de una secreción interna programada: como si esos bichos descerebrados formaran parte integral de un plan que incluía el perfeccionamiento de sus defensas naturales, en beneficio de su supervivencia y preservación. Claro que el proceso podía medirse en milenios, en millones de años, y para ayudar al favorito de la Zarina no se contaba con tanto tiempo: había que encontrarle rápido las pocas notas-coraza que se correspondieran con su tosca sustancia personal. Si mi tío se equivocaba respecto de la notación adecuada y, una vez ejecutado el acorde, el ser de Rasputín entraba en una frecuencia vibratoria errónea, el monje correría (entre otros) el riesgo de disolverse en un charco de agua.

La cuestión era, ¿en qué frecuencia vibraban las cuerdas del alma de ese individuo? Según algunos ironistas, el trágico fin del *staret* colocó a su asesino, el príncipe Félix Yusúpov, en un papel tan inesperado como temible: el de crítico musical de los esfuerzos de Alexander Scriabin. Pero lo cierto es que esa resulta una perspectiva miope para contemplar el curso de los acontecimientos.

Durante un tiempo mi tío trató de cumplir con el encargo. Seguía a Rasputín a todas partes, estudiaba sus gestos, comportamiento y relaciones. Pero veía en éste una energía oscura, algo indomable, una especie de coraza interna o emanación baja que le impedía escrutar su interior. De hecho, aún hoy existen quienes siguen creyendo que el acorde místico

(C/F#/Bb/E/A/D) fue un intento fallido y provisorio por expresar el carácter demoníaco del monje. Lo único cierto es que mi tío realizó una serie de tentativas, y que éstas no dieron los mejores resultados. Cuando le comunicó a Badmaev que el alma o esencia de Rasputín tenía la opacidad de una letrina y que era hora de abandonarlo a su suerte, el médico tibetano no formuló objeción. Con una sonrisa triste y algo enigmática, le respondió que, aunque Alexander no pudiera estimarlo en aquel momento, sus esfuerzos fructificarían a lo largo del tiempo.[12]

[12] ¿Tendría Badmaev premoniciones? ¿Dominaba el médico tibetano las artes anticipatorias? El hecho de que en su momento recurriera a mi tío demuestra que al menos poseía los suficientes conocimientos de física y de acústica como para saber que los objetos vibran en frecuencias específicas, y que, dados dos objetos sensibles a las mismas frecuencias, y próximos o conectados en el espacio, la vibración de uno producirá la del otro a modo de eco o de respuesta. En rigor, el conocimiento acerca de estas cuestiones no implicaba ningún saber hermético en particular: hasta los periódicos divulgaban por entonces la noticia de que un científico americano había construido un "oído fonoautógrafo" empleando un tallo de heno en cuyo extremo había acomodado el oído de un hombre muerto. El científico hablaba al oído y el heno trazaba las ondas de sonido sobre la superficie de un trozo de vidrio ahumado. El resultado parecía imitar las ondas de niebla sobre el agua.

¿Conocieron Badmaev y Alexander Scriabin más detalles acerca de esta experiencia? Lo cierto es que la combinación heterogénea parece aportar cierta luz al propósito del *Mysterium*: una composición, una vibración (o más bien, una organizada combinación de vibraciones), cuyo propósito último era tramar una serie ondulante de modificaciones en toda la superficie y profanidad del Universo.

13

San Petersburgo es una gloria. El sonido de las campanas limpia el aire, las cúpulas doradas de las iglesias ortodoxas, el brillo de la nieve, patinadoras trazan arabescos en la superficie helada del río Neva que pronto ocultará bajo su capa blanca el cadaver del monje loco. Luego de una jornada dedicada a la composición, Alexander celebra las bellezas del atardecer jugando con su hijo Julián. La vida se derrama como líquida miel sobre una rebanada crujiente de pan negro bien untada de manteca. Se entretienen interpretando a cuatro manos algunas piezas de gran dificultad. Julián es un joven genio, un fenómeno musical a su altura, y por supuesto mi tío está convencido de que en el curso de los años opacará la fama de Mozart. Aunque no es su primogénito, recién con él ha descubierto las dichas de la paternidad, y eso no por algo atribuible a los hijos habidos en su matrimonio con Vera, cuya falta sigue lacerándolo, sino porque entonces estaba demasiado ocupado en los asuntos propios del comienzo de su vocación artística y escuchaba gritos y llantos y reclamos como una interferencia en su labor.

Ahora, en cambio, no le importa ceder el uso de sus horas. Hay un goce incomparable en el hecho de asistir al crecimiento de un retoño de nuestra sangre mientras aprendemos a cultivar las virtudes de nuestra propia desaparición. Julián: su piel cetrina, sus ojos de gris acerado, su mirada despejada, los bucles morenos, como de árabe... Su risa clara. Arpegios.

Las estaciones pasan. Diremos muy poco más de este niño, mi primo, aunque el resto de la crónica dedicada a Alexander Scriabin esté marcada por su hálito. Verano. Tatiana (una Tatiana increíblemente reconciliada con su suerte; madre amante, esposa tierna y fiel) lo prepara para una excursión junto a sus compañeros de colegio (almuerzo y merienda a orillas del Dnieper). Trajecito de marinero, pantalones cortos, saco azul y blanco sobre la camisa azul profundo (lino y botones de nácar), zapatos de cuero negro, medias blancas hasta las rodillas. ¿Corbata? No. Un sombrero de paja que circunvala una cinta de terciopelo negro, para protegerlo de la resolana. Trémolo de hojas. Abedules. Julián parte a bordo de una moderna maquinaria humeante llamada *auto mobile*. Al llegar, medallones de luz y sombra, serpenteos de agua. Hay una barca pequeña fondeada en la ensenada, no era algo que estuviera previsto en el paisaje. Los niños son traviesos. Julián acaba de componer sus cuatro preludios para piano (aún hoy se consiguen en una versión bastante decorosa de Egveny Zarafiants). Él y un par de amigos se suben a la barca, que la amable institutriz empuja. Ni viento hay, es un juego de flotación. Lento, presto. Luego, algo se riza. Puntillismo del paisaje. Burbujas.

No se trata de sugerir, de producir el efecto mediante el cual lo que desaparece será evocado por aquello que lo alude. Habría que decirlo todo, una y otra vez, hasta que la palabra y la cosa se vuelvan una. Ese dedo que salió de la nada y cuya tibia carne rosada una vez tomó en alianza el dedo de mi tío. Adiós, Julián. Vida. Vida. Vida.

Poco diré acerca del dolor de mi tío, de la cadena imparable. Tuvo un padre al que no conoció y en cuya búsqueda perdió a su madre y extravió a su hermano; apartó a su primera mujer y a los hijos para que la desgracia no cayera sobre ellos; luego Julián...

Al recibir la noticia, Tatiana se entregó al padecimiento. Ya no volveremos a saber de ella. Alexander encaneció de la noche a la mañana; sus manos temblaban, su mirada parecía perdida aunque las pupilas fulguraban más que nunca. No dejó de trabajar ni siquiera por un instante.

De aquella época es su opus 60, *Prometheus: Poema del fuego*, que comienza el ciclo de las realizaciones más extraordinarias de este genio excepcional. Quizá resulte arriesgado decir que mi tío compuso esta obra para rescatar literal y simbólicamente a su hijo de las garras de la muerte. Pero es cierto. La influencia de la teosofía, las prácticas espiritistas... los mundos sombríos y sentimentales de la necrofilia son capaces de alentar creencias incluso más audaces que ésta. Así como la experiencia de la "coraza protectora" de Rasputín se había constituido en su primera prueba técnica acerca de la posibilidad de producir un efecto físico con la vibración sonora, la tragedia de

Julián lo impulsará a multiplicar su intento, porque esa muerte resultará para él la evidencia más clara de que —cósmicamente— el desequilibrio es el orden prevaleciente.

Prometeo: el Titán que se opone a Zeus y porta una antorcha de fuego para iluminar a una humanidad en sombras. Luego, debido al sincretismo cristiano, se convierte en Lucifer, *Luce ferre*, el dador de luz. ¿Cómo no pensar que Alexander Scriabin quiso buscar entre las aguas el cuerpo inerte de mi primo Julián? Buscarlo, rescatarlo. En un hijo, la humanidad entera. Desde luego, la lección de la cristiandad es que el Dios Escondido cierra los ojos ante la desgracia, lo que no sucedió con mi tío.

Prometheus se escribe entonces contra un designio divino que tiende a la aniquilación, tanto por indiferencia a lo creado como por castigo a los actos humanos, o quizá por deseo de reconciliación y reforma de la propia obra, es decir, por impulso de regresar a la Nada Primera. Alexander Scriabin se rebela contra ese gesto que considera inmoral porque no contempla la opinión ni la voluntad humanas. "Si Dios existe y ha creado lo existente, ya sea una región de plenitud en la cual habitar, su pleroma o infernículo privado, ya una región a la que descender ocultándose bajo figuras distintas.., lo cierto es que también los hombres viven en su propio universo aunque no lo hayan creado, y tienen derecho a habitarlo y a opinar sobre las condiciones de su existencia y duración, porque dentro de ese Universo general han creado sus universos particulares y sus mundos propios, y sobre ellos imperan como Dioses de sus propias creaciones", escribió para el programa de la obra, en ocasión de su estreno —realizado en Moscú el 15 de marzo de 1911, con dirección a cargo de Serge Koussevitzky.

Musicalmente... *Prometheus* es una composición para piano, orquesta y teclado de luz llamado "Chromola", o "Tastiera per Luce", una especie de "órgano de color" que mi tío encargó a un tal Preston Millar (no tengo más referencias). El resultado general es altamente disonante; prima el acorde místico, sobre todo en el comienzo, como expresión del caos dominante, y luego la obra se eleva en medio de una progresiva ascesis hasta la apoteótica promesa de resurrección —cuya intensidad deja muy atrás lo que hizo Gustav Mahler en su *Kindertotenlieder*— que concluye con un acorde agudo más tradicional de F.

Mientras trabajaba sobre el pentagrama, mi tío veía ejes de esplendor, hojas en llamas, lenguetas de fuego que ascendían por su pensamiento y que trató de trasladar a escena. Además del plano estrictamente compositivo, el caracter mesiánico de la obra se encuentra marcado por las vestimentas blancas del coro y por la "Chromola", que debía proyectar colores relacionados con el plano armónico sobre una pantalla, sobre el pasillo de la sala y sobre los espectadores, de modo de inducir a su evolución espiritual.

Ciertamente, en esta relación entre música, luz y mensaje, pueden encontrarse tanto elementos de inspiración teosófica como cabalística; de hecho, el concepto de lo ascensional parece una directa alusión al árbol de las Sephirot. Pero sobre todo *Prometheus* es el esbozo maduro y brillante de una comprensión próxima. La ira ante la desidia o voluntad de destrucción que anima al elemento divino dará lugar a la conciencia plena de la catástrofe por venir, y la subsecuente comprensión de que ese vacío donde se filtra el apocalipsis debe ser clausurado: así, de la denuncia por el horror presente, Alexander Scriabin pasará en el curso de poco tiempo a la concepción del *Mysterium*, la obra de arte total destinada a salvar al Universo.

14

Temeroso de la novedad implícita en el proyecto de *Prometheus*, o tal vez de su propia transfiguración, en el estreno Koussevitzky omitió el empleo de la máquina lumínica alegando que las imágenes en color distraerían la atención del público, lo que derivó en un enfrentamiento personal con mi tío. No obstante, más allá de la dolorosa traición de su mecenas y representante, lo que más afectó a Alexander fue saber que, independientemente de la recepción obtenida, su música no había resultado efectiva en la dimensión en que se había propuesto obtener un triunfo. *Su Opus 60 no había cambiado nada.* Ni modificó al público, ni le regresó el querido cuerpo ya disuelto de Julián y su almita pura que lo seguía llamando… Esta evidencia lo sacudió. ¿Se trataba de un error técnico, el de insistir con el acorde de su invención hasta convertirlo en eje de su estética? ¿O…?

Resulta curioso observar que mientras la crítica lo consideraba el adalid más destacado de una corriente del arte subjetiva, el ejemplo más audaz de la renovación de las estructuras formales en pos de un imperativo extremo de emociones personales,

Alexander Scriabin se pensara a sí mismo —y obrara en consecuencia— como el continuador de una tradición de arte objetivo que en el curso del tiempo se había reducido a una especie de realismo psíquico que postulaba que la configuración particular de los sonidos evoca alguna clase de respuesta en la mente humana, traducida bajo la figura de la "experiencia interior". Por cierto, esa *reductio ad hominem* no era desdeñable: indicaba una precisa relación matemática entre las propiedades del sonido y algún aspecto de nuestro aparato receptor, que por ejemplo determina la capacidad de cierta música, dentro del marco de cierta cultura concreta, de generar cierta clase de reacción instintiva (canto gregoriano-arrodillarse-rezar / marchas militares-desfiles-sentimiento marcial); su aspiración de máxima se limitaba entonces a inducir a la repetición de conductas prefijadas, tipificadas. Para mi tío, había que ir más lejos (aunque ese viaje lo llevara muy atrás en el tiempo), ampliar esa posibilidad. Si el hombre fue concebido como la figura de lo distinto dentro de lo heterogéneo de la creación, éste debía hacer algo más que reproducir lo ya dado con los elementos que tenía a su alcance. La debilidad de toda teoría del reflejo es que postula una identidad total entre Ser y Copia, cuando, como sabemos, no hay circulación de ente alguno sin pérdida de energía en el curso de su recorrido. Así —creía mi tío—, para que resultara verdaderamente poderosa, la música debía abandonar su carácter de eco y convertirse en acción.

En ese sentido, ahora Alexander reconocía que su error con Rasputín había sido el de creer que por el simple hecho de suministrarle una serie de acordes particulares, el *staret* habría podido finalmente generar un campo propio, una emanación interna, un reflejo de la vibración de sus átomos a modo de "cáscara"... como si la música fuera una vacuna que genera la reacción inmunológica del organismo afectado. Pero eso era como producir algo para ampliar los límites de una condición anterior, semejante a educar a un niño ante el piano para que perciba la sutil vibración del campo energético entre mi y fa y entre si y do. ¡Más bien debía tratarse de producir una diferencia de grado que arrancara a las personas y las cosas de su ser para arrojarlas directamente hacia lo nuevo, hacia el Prometeo Universal!

Pero, ¿qué era lo nuevo y cómo encontrarlo? Y, ¿hacia dónde ir?

Impulsado por esa pregunta, mi tío fue hacia atrás, revisó de nuevo a Pitágoras, vía Aristóteles. Todo es matemático. El movimiento de los cuerpos celestes debe producir un sonido, dado que en la Tierra el movimiento de cuerpos de mucho menor tamaño produce dicho efecto. Si el Sol, la Luna y las estrellas se mueven tan rápidamente, ¿cómo podrían no producir un sonido mayor? La observación de sus velocidades y la medida de sus distancias guardan igual proporción que las consonancias musicales, por lo que el sonido proveniente del movimiento circular de las estrellas produce una armonía... Si no escuchamos ese sonido, la música de ese movimiento circular, esto se debe a que nos acompaña desde que nacemos y por lo tanto no lo distinguimos del silencio...

Luego, por deriva lógica de esa lectura, consultó la obra de Johannes Kepler, uno de los grandes genios de la Alta Edad Media, quizá el primer atormentado de la modernidad.

¿Cómo se desarrollaron las verdades de ese científico dentro del esquema conceptual de mi tío? Había, sin duda, elementos con los que se sentía afín: Kepler retomaba la idea de totalidad y unidad de lo existente, propia de las cosmogonías antiguas. Para Kepler el alma individual contiene el potencial de todo el cielo y reacciona a la luz de los planetas del mismo modo que el oído reacciona a las armonías matemáticas de la música y el ojo a las armonías del color. Así, las miríadas de luz de las galaxias más lejanas y las deyecciones de un cosaco están relacionadas, no porque constituyan la misma materia ni porque se vean afectadas por la identidad de forma (la diversidad de lo existente desmiente este supuesto), sino por su *disposición*. Si los planetas nos *afectan* según los ángulos que forman entre sí y las armonías o disonancias geométricas resultantes, la afinidad de nuestra alma individual con el *anima mundi*, que está sujeto a leyes estrictas, es un hecho. Para lanzarse hacia el futuro, le daba la razón a Pitágoras y su teoría de la Armonía de las Esferas.

Básicamente, en su primer libro, *Mysterium Cosmographicum*, Kepler afirma que las esferas de los planetas (los cinco que él conocía) están separadas las unas de las otras por cinco sólidos perfectos, simétricos, situados en un espacio tridimensional y colocados entre las seis órbitas planetarias, donde "encajan a la perfección". Estos "sólidos perfectos" (el tetraedro, el cubo, el octaedro, el dodecaedro y el icosaedro) tienen caras idénticas y pueden ser inscriptos dentro de una esfera, de tal modo que todos sus vértices se apoyen en la superficie de la esfera. La idea de Kepler: "la geometría existe desde antes de la Creación, es coeterna con la mente de Dios, es el propio Dios". Y si Dios creó lo existente según un modelo geométrico, y dotó al hombre de comprensión de la geometría, entonces tiene que ser posible —pensó—, deducir todo el sistema del universo a través de un puro razonamiento, leyendo la mente del Creador. Los astrónomos son los sacerdotes de Dios, llamados a interpretar el Libro de la Naturaleza.

Claramente, Kepler estaba en busca de una ley matemática para explicar la armonía universal…

Pero después, con el tiempo, comprendió que las cosas no funcionaban así. El movimiento de los planetas… Lo hacían de tal manera que, si los sólidos perfectos hubieran existido realmente, habrían terminado estallando en el espacio, destruidos por el desplazamiento… Eso aniquilaba también la posibilidad de que el movimiento universal funcionara de acuerdo a las armonías musicales de la escala pitagórica. Un planeta no se mueve a una velocidad uniforme sino más rápido cuando se halla más cerca del sol, no "suena" en un tono estable sino que oscila entre notas más bajas y otras más altas, y el intervalo entre las dos notas depende de la asimetría o excentricidad de su órbita. Entonces… "Entonces", se dijo mi tío en la noche de sus lecturas. "Si la armonía de las esferas existiera tal como la pensaban los antiguos griegos, la perfección sería un hecho y Julián no habría muerto".

Incapaz de aceptar que Dios no hubiera dispuesto que los planetas describieran figuras geométricas simples (poliedros perfectos), Kepler se dedicó a probar con toda suerte de combinaciones hasta que finalmente descubrió que los planetas no giraban alrededor del Sol en órbitas circulares sino elípticas… (Tal como sabía ya Tycho Brahe). ¿Qué decía eso del Universo? ¿Qué decía eso de Dios? ¿Y de su mente? Donde uno querría encontrar la divina simetría… aparece… ¡Una elipse!

Para un espíritu cristiano como el suyo, el esfuerzo por aceptar la veracidad de sus propias conclusiones debió de haber sido gigantesco. Y en rigor, sólo cuando admitió que su error se hallaba en el hecho de haber atribuido una determinada jerarquía de valores a una determinada elección de forma (sin duda, un resto del influjo pitagórico o quizá un efecto de sus incursiones por las ciencias ocultas, la astrología y la numerología), el científico pudo aportar al mundo las Tres Leyes[13] que le valieron la fama y que derivaron en un mundo nuevo: en *Astronomia Nova*, pero sobre todo en *Harmonices Mundi*, Kepler, al final de su recorrido, volvió, pero de manera distinta, a sus orígenes. Además de insistir en un concepto viejo y adorable

---

[13] 1ª Ley: Los planetas tienen movimientos elípticos alrededor del Sol, estando éste situado en uno de los focos de la elipse. 2ª Ley: Los planetas, en su recorrido por la elipse, barren áreas iguales en el mismo tiempo. 3ª Ley: El cuadrado de los períodos de los planetas es proporcional al cubo de la distancia media al Sol.

como "la gran música del mundo", que a esta altura de los conocimientos parecía tanto un saber como una metáfora, demostró que los planetas producen diferentes sonidos debido a los diferentes grados de velocidad a los que giran, y estableció que un astro emite un sonido tanto más agudo cuanto más rápido es su movimiento (si conocemos la masa y la velocidad de un objeto en giro podremos calcular su sonido en cada uno de los puntos de su trayectoria), por lo que en el Universo existen intervalos musicales bien definidos.

¿No era extraordinario —pensó mi tío— que un hombre nacido y muerto hacía ya más de dos siglos le estuviera indicando el camino? El pobre Johannes —escrofuloso, hijo de una bruja, sifilítico— había llegado a componer seis melodías que se correspondían con los seis planetas del sistema solar que se conocían en la época. Al combinarse, estas melodías podían producir cuatro acordes distintos... Y Kepler creía que uno de éstos hacía sonar la música del principio del Universo y otro aquella que la acompañaría en su fin...

La totalidad... la totalidad de lo existente. A la que él ya se había acercado —¿tibiamente?— con el *Prometheus*.

15

—Día primaveral. Una bandada de gaviotas cruza el cielo cristalino y se pierde en el firmamento, un banco de salmones sube la corriente para desovar. Al moverse a gran velocidad, peces y aves trazan difíciles figuras. La cuestión es, ¿por qué no chocan? ¿Cuál es el factor enigmático que les allana el rumbo, o, lo que es lo mismo, que les impide desviarse y generar la confusión y el caos en su marcha? ¿Es instintivo, hay alguna clase de acuerdo...? Dicho de otra manera: ¿podemos pensar en la existencia de un campo hipotético que explicaría la evolución simultánea de la misma función en poblaciones biológicas no contiguas? Como estoy seguro de que nadie atinará con la respuesta, dejo constancia de que mi interrogante es puramente retórico...

La voz de Vladimir Ivanovich Vernadski vibra como la de un bajo en el Aula Magna de la Academia Rusa de Ciencias. Cruzado de brazos, con el trasero apoyado contra el borde de la mesa, el profesor de mineralogía y cristalografía aprovecha el suplemento que le confiere la tarima para contemplar con desprecio evidente y decepción nada disimulada (melancolía, melancolía) el mar de cabezas confundidas que se mecen siguiendo sus movimientos. Excepto una, que le responde:

—Quizá podríamos pensar esa bandada y ese banco no como una suma de singularidades sino como una unidad compuesta de un número equis de elementos que resuenan al unísono, o que comparten una conciencia, incluso una información. Esa resonancia sería idéntica a aquella que en música se expresa como sonidos armónicos. Pero lo relevante del asunto es si esta unidad de acción puede entenderse como manifestación de la singularidad propia de algunas especies o como una constante del plan universal.

Vernadski abre y cierra la boca, estudia por un instante a su interlocutor: aspecto agradable, mirada inquieta, frente despejada, bigotes manubrio, pelo prematuramente encanecido. ¿Habrá visto su fotografía en un periódico, su retrato en alguna pintura al óleo, sus facciones reproducidas en un programa? ¿O se lo cruzó en alguna reunión académica, un meeting político clandestino, un cabaret?

—Usted —dice finalmente—, representa un rayo de luz entre tanta oscuridad.

Alexander Nicoláyevich Scriabin y Vladimir Ivanovich Vernadsky se hicieron amigos. Cuando tenían un rato libre, salían a pasear por las afueras de la ciudad. Aunque los alrededores de San Petersburgo eran poco más que un lodazal, testimonio de su pasado pantanoso, en esos alrededores Vernadsky encontraba restos geológicos de gran interés. Con su bastón revolvía entre piedras opacas y arena sucia buscando polvo estelar y ceniza precámbrica. A veces se apoyaba en un hombro de mi tío. No tiene sentido reproducir los fragmentos casuales de diálogo, sí transcribir el momento en que tuvieron su conversación central:

—¿Puede la vida orgánica modificar el rumbo de la existencia inerte? Esa es la cuestión —dice Vernadksy.

—¿A qué se refiere, mi apreciado Vladimir Ivanovich?

—Una roca es una roca, siempre. En la era Criptozoica se formaban los mismos minerales y rocas que ahora. En cambio, en el transcurso del tiempo geológico la materia viva cambia. Y su historia es el cuento de la modificación de los organismos que la componen: una historia lenta y extraordinaria. Mi tesis es que la evolución de la materia procede en una dirección definida. ¿Se trata de Dios? ¿La armonía? Antes de intentar una respuesta, deberíamos considerar una serie de factores —sonrió Vernadsky—. En una serie de investigaciones realizadas en el océano Pacífico por Jan Kruzenshtern, redes de arrastre arrojadas a los fosos abisales recogieron ejemplares de crustáceos que se mostraban en los inicios del comienzo de cefalización. El proceso de crecimiento del sistema nervioso central es irregular, pero, una vez que alcanza cierto nivel evolutivo, el cerebro no está sujeto a retrogresiones: sólo es capaz de progresar. Esto implica que podemos imaginar a la biósfera como un coro resplandeciente de inteligencias poderosísimas… De aquí a veinte mil millones de años. Mientras tanto… tenemos al hombre como avanzada de este proceso. Y sus logros son asombrosos. En una treintena de siglos ha colonizado cada uno de los territorios, llegando incluso a modificar lo inerte, fabricando minerales artificiales. Y esto es sólo el comienzo de una modificación radical. ¿Pueden nuestros ideales establecer relaciones de consonancia con las leyes de la naturaleza? Es necesario averiguarlo. Mientras tanto... Convengamos en que el hombre ha devenido una fuerza geológica a gran escala, capaz de cambiar hasta lo que existe fuera de su propio hábitat. Por eso lo apuesto todo al esfuerzo de nuestra especie. Para evitar la catástrofe.

—¿Está hablando de...?

—¿No es una paradoja que, siendo una fracción casi infinitesimal de la masa total de este planeta, nuestro destino sea el de preocuparnos por el cosmos? Si el hombre modificó la biósfera, de la ampliación de sus talentos puede aguardarse también una transformación a escala universal. De todos modos, soy algo pesimista respecto de nuestras posibilidades. Tal vez deberíamos haber nacido unos millones de años antes: habríamos tenido tiempo de desarrollar verdaderamente nuestros cerebros...

—¿Lo de la catástrofe es una especie de alegoría?

—No. Tengo certeza en la existencia de una dirección, no de un destino. Y he observado que algo parecido al fin de los tiempos... se acerca. En *De Alaska al borde del Polo*, mi colega Jacob Tujacevich dejó constancia de que estamos experimentando el deslizamiento del manto y la corteza terrestre sobre el núcleo líquido del planeta. Es un movimiento que aumenta progresivamente de velocidad. A medida que el ecuador anterior al desplazamiento avance sobre nuevas regiones de la superficie terrestre, éstas comenzarán a sufrir cambios en las fuerzas centrífugas y el nivel de los mares, lo que generará nuevas distribuciones del mar y la tierra, derretimiento de los glaciares que fijan las placas tectónicas de la corteza, calamidades sísmicas y volcánicas. Por otra parte, pronto el Sol empezará un ciclo de actividad inusual, generando más manchas, estallidos y erupciones, lanzando enormes nubes de gas al espacio y, en fin, comportándose como no lo hacía desde el inicio de la última Era del Hielo. Eso probablemente se deba, aunque no como única razón, a la modificación del campo magnético terrestre, y por lo tanto de su campo gravitacional. Es, desde luego, un sistema de doble atracción Tierra-Sol. Por suerte, hasta el momento nos salvamos de achicharrarnos porque el efecto de ambas masas se ve licuado por la distancia. El aumento del efecto, la proliferación de las manchas solares, ¿se deberá quizá a un cambio en la alineación de nuestro planeta? ¿Estaremos saliendo de nuestra órbita? ¿Acercándonos demasiado al sol? No es insensato estimar que… A fin de cuentas, aun con su tamaño, nuestro astro rey no es más que una gigantesca burbuja incandescente que se mantiene unida por efecto de la gravedad, y por lo tanto es más susceptible a los tironeos y empujones de los planetas más duros y densos y fríos que orbitan a su alrededor. Como la Tierra.

—¿Cree que esa doble atracción terminará sacando de su eje a nuestro planeta…?

—Sí, y sobre todo al sol, que se adosará a su costado, al modo en que se adosa el trasero de un elefante al caer encima del mosquito que lo pica. Antes de que se produzca semejante acoplamiento, desde luego que la tierra desaparecerá en medio de las llamas. En general, lo que ocurre es que el sol no se inclina ni cae sino que se tambalea y se expande en la dirección del centro de la masa del sistema solar. Cuanto más fuerte es el efecto gravitacional, más probabilidades hay de fisuras o "desgarros" en su superficie. De ocurrir esto, se liberará una increíble cantidad de radiación atrapada en el interior de la bola radiante. ¡Imagina esa explosión en medio de los espacios interestelares! Un espectáculo digno de contemplarse, claro que no alcanzaremos a disfrutarlo más de un millonésimo de segundo. Naturalmente, no pienso el Apocalipsis en términos religiosos, aunque ya los astrónomos sumerios estimaron que las anomalías orbitales del Sol se debían menos a la Tierra que a una influencia gravitacional externa, a un compañero binario que aún no hemos podido observar: ellos lo llamaron Nibiru y dicen que cuando aparezca en los cielos como un sol rojo, será el fin de nuestro planeta. Por cierto, los cortesanos débiles mentales que pululan alrededor de Nicolás I intentaron relacionar esta profecía con la aparición ritual de banderas rojas en las manifestaciones antigubernamentales, pero al respecto ni siquiera pudieron articular un sistema metafórico convincente. Y ese no es el único peligro. ¿Recuerda la explosión de Irkutsk, hace ya algunos años? Miles de hectáreas devastadas en un punto desierto de la Siberia, y una sola víctima, un pastor muerto, testimonio de la deficiente política poblacional de nuestro Imperio. Pues bien: no se trató en absoluto del "Rayo de la Muerte" que dijo haber inventado Nicola Tesla, sino la consecuencia de la caída de un meteorito. Lo cierto es que cada 62 millones de años la órbita de nuestro sistema solar pasa a través de una región de la Vía Láctea que posee una densidad gravitacional extraordinaria. Hace 62 millones de años, uno de esos meteoritos cayó sobre nuestro planeta y extinguió la mayor parte de la vida del planeta, incluyendo a los dinosaurios que son mi objeto de estudio aparente. Y hace 124 millones de años hubo otro impacto similar, como lo prueba la anterior capa de fósiles... En realidad, yo soy bio-geoquímico y escatopaleontólogo, aquel que busca entre las cenizas del pasado y el verdor engañoso del presente los rastros que anuncian el fin. Pues bien, al respecto debo reiterar una verdad que nunca termina de recordarse lo bastante bien: en contra de lo que indica la percepción ordinaria, las estrellas no están fijas en el espacio. Se mueven en una carrera desaforada a través de las galaxias. El universo es una cita amorosa donde lo semejante busca a lo semejante. Las mujeres hablarán del alma, pero tenemos razón los hombres cuando decimos que el motor único del amor es la atracción: las leyes de la física así lo indican. En ese sentido, nuestra Vía Láctea está siendo atraída hacia un masivo cúmulo de estrellas llamado Cúmulo de Virgo. Allí...

—No puedo apreciar los detalles técnicos —dijo mi tío.

—Se trata de que cuando llegue a una distancia de algunos millones de kilómetros, el proceso de acercamientos sufrirá un salto cualitativo, y la combinación de luz y gases y calor...

—¿Chocaremos?

—Sí.

—¿Es el fin y usted se contenta con enunciarlo?

—¿Quiere que parpadee para subrayar mi desazón? —dijo Vernadsky—. No tengo esposa e hijos; no debo preocuparme entonces por mi descendencia.

—Si uno estudia un planeta, o más aún, el cosmos, hasta el punto de entenderlo todo, ¿qué sentido tiene despreciar a la humanidad al punto de desentenderse de su destino? —dijo mi tío.

—Pero, ¿está llorando, mi amigo? ¿Por qué? Ante lo irremediable, el estoicismo...

—Usted parece contener parejas dosis de fascinación por los logros del saber y por los panoramas de la aniquilación, mi querido Vladimir Ivanovich. En todo caso, la anunciación del mal no justifica la complacencia, basada en el mísero argumento de que uno no tiene nada que perder. Lo que hemos visto... Lo que hemos sabido... No sé yo qué habrá en los confines del Universo, no sé qué nos sucederá. Pero ahora no se me ocurre tarea más digna que apostar todo a la preservación de nuestra especie.

—¿De verdad cree que hay algo que merezca ser rescatado? ¡Si su propia obra, *Prometheus: el poema del fuego*, condensa el dilema entre la salvación y la condenación! La llama que alza el Titán para iluminar a la humanidad es la misma que se enciende en la caída...

—Cierto —dice Alexander—. Pero la pregunta que abrió nuestra pequeña charla no es simplemente retórica, ¿no? Creo que usted la formuló como una incitación.

Vernadsky sonríe:

—En la soledad de mi laboratorio escucho las notas que producen las estrellas a través de sus vibraciones. El Sol canta. Las estrellas cantan. Silbidos fantasmales, tamborileos, zumbidos. En el caso del Sol y de otras radiantes, expresan el pasaje de energía desde el infierno nuclear hacia la superficie, y en su escape hacia el espacio. Toda la Vía Láctea oscila y vibra como un tambor. Pero ese sonido se ha... desafinado, y allí radica el peligro.

—Entonces —dice Scriabin— La armonía de las esferas existe...

—Existía. Esa relación se ha arruinado. La cuestión, mi querido salvador de la humanidad, es si podremos obrar la restitución de ese orden perdido.

16

¿Por qué un músico, sólo un músico, ni más ni menos que un músico, decide poner en marcha lo imposible? ¿Cómo puede alguien convertirse en un salvador del cosmos, un cruzado de la humanidad? Sin duda, con *Prometheus*, mi tío había hecho su primer gran esfuerzo para transformar la conciencia de nuestra especie (aunque ésta se viera reducida a la de sus eventuales oyentes). Pero en el fondo eso no había sido más que un juego de niños, comparado con la tarea que Vernadsky había dejado en sus manos: modificar la estructura de la realidad, restituyendo el Universo a su Orden Armonioso para impedir el Apocalipsis final.

Ahora bien, ¿cómo hacerlo? ¿Se trataba de exacerbar sus procedimientos anteriores, llevarlos a una intensificación inconcebible, hasta que lo inusitado ocurriera? Si Vernadsky tenía razón, era un asunto de lógica pura: la vida es un proceso cósmico, una instancia de progresiva colonización donde los elementos autoconscientes operan reformas radicales sobre aquellos que carecen de conocimiento acerca de sí. El Universo, en cambio, opera graciosa o terriblemente, pero siempre de manera involuntaria: es la Gran Cosa, pero no el Ser. De este, y de sus acciones, tenía que ocuparse mi tío, asumiendo (como Prometeo) su delegación. Desde luego, había que considerar la escala: un hombre, Uno contra el tropismo erróneo del Universo. Pero, ¿con qué recursos contaba? ¿Acaso su "acorde místico"? ¡Si ni siquiera había dado resultados con la "coraza armónica" de Rasputín! El desafío era incomparable con cualquier otro; las probabilidades de éxito resultaban minúsculas, pero el resultado no estaba sellado de antemano. Quizá a causa de eso mi tío decidió bautizar su proyecto de mega-composición transformadora, a proyectar en los abismos infinitos, con el nombre de *Mysterium*. Por supuesto, el título aludía al *Mysterium Cosmographicum* de Johannes Kepler.

En este punto, la posteridad ha colaborado a empañar su actividad con los brillos engañosos del mito y la leyenda. De lo que tienen gran parte de responsabilidad los discípulos ortodoxos y heterodoxos de madame Blavatsky. La narración resultante posee un aire de inocultable exotismo teosófico.

Así, a seguir de esta versión, mi tío planeó la ejecución del *Mysterium* en el Himalaya. Durante siete días, una orquesta integrada por dos mil músicos y situada cerca de la cima del monte Everest ejecutaría la composición mientras una multitud de chromolas o tastieras da luce distribuidas a distintas alturas de la montañas vecinas (Annapurna, Shisha Pangma, Makalu, Cho Oyu, etcétera) arrojarían a lo alto sus colores, sobre los que ascenderían llamas de un fuego azul-oro-rojo-azul, en tanto que máquinas similares a modernos aspersores lanzarían perfumes para arrobamiento y elevación de una multitud de participantes vestidos con togas blancas, que seguirían el concierto dejándose envolver místicamente por sus efectos, o se trenzarían en danzas extático-orgiásticas con bailarines indios. Cada amanecer sería un preludio y cada atardecer una coda. Pero esto no era todo: colgando de los cielos (de seguro sostenidas por los Mahatmas invisibles), campanas de oro alquímico, brillantes como espejos, harían vibrar los espacios celestes. Y al fin de los siete días la Totalidad entera, como una precipitación súbita, cambiaría.

Desde luego, como este evento no ocurrió, los blavatskyanos arguyen que unos pocos meses antes de la culminación de su labor, estando en plena tarea de redacción del borrador de su *Mysterium* —bautizado como *Boceto Final, Acción Preparatoria para el Misterio Final* o *Acción Preliminar*—, Alexander Scriabin tuvo una iluminación: la obra que planeaba realizar era contradictoria con su propósito, por lo que debía interrumpirla.

Parece un disparate imaginar que siquiera por un instante mi tío imaginó que su coherencia como artista dependía del abandono de su trabajo, pero en este punto el extravío de los discípulos de madame Blavatsky no carece de cierto criterio, al menos de acuerdo a los supuestos de la teosofía. Según ellos, lo que le sucedió fue que sobre él se derramó una fulguración omnicomprensiva y de carácter instantáneo, en la que aprehendió la Verdad de golpe, y de una vez y para siempre. Y esa Verdad le reveló que los atributos materiales del mundo fenoménico son aparentes. En ese sentido —habría pensado—, la música, su música, *toda* la música, era un concepto pero también, y principalmente, materia, la expresión sonora de esa idea transmitida mediante objetos físicos que vibran con su propio espectro de frecuencias. De ese modo, tanto el boceto inicial, la *Acción Preparatoria*, como su paso siguiente, la obra magna, el *Mysterium*, serían también ilusorias, tramas del velo de Maya que ellas mismas intentaban rasgar. La idea (o Idea) sería entonces: si el mundo fenoménico es un engaño, el único modo de que el *Mysterium* tuviese éxito como medio de transformación universal era que permaneciese en la esfera del concepto absoluto porque, una vez traducido en sonido, su poder se desvanecería.

Así, habiendo comprendido esto, mi tío habría dado el único paso coherente: su transfiguración artística y su muerte física, resignando lo corpóreo de su ser y la materia de su obra para disolverse en un prolongado Nirvana, en una deliciosa insustancialidad.

El único problema de esta teoría (tan idealista como conmovedora) es que resulta falsa. Podríamos decir incluso que la gran apuesta de Alexander Scriabin es de un materialismo extremo: es la construcción de un gran sistema musical-físico-sonoro para alterar el rumbo de la realidad. Que la muerte lo tomara antes o después de que él obtuviese los resultados buscados… es la cuestión que enseguida abordaremos. Pero no cabe la menor duda de que su propósito no era místico e inefable sino estético, político, cósmico y cosmológico. ¿Qué importa si la materia es una forma de la energía o a la inversa? Lo que él se propuso fue generar un rayo continuo musical transmitido bajo la forma de una vibración luminosa constante que, proyectándose sobre todos los confines del Universo, generara una onda de choque capaz de reacomodar todos los planetas con su impacto.

¿Energía? ¿Materia? ¿Música? ¿Onda? ¿Vibración?

Ahora, por fin, ha llegado el momento de ocuparnos del *Mysterium*.

17

En la edad Media, Rudolf de St-Strond (*Quaestiones in Musica*) atribuyó a cada modo un color. En el siglo XVI, Franchinus Gaffurius conmovió el alma de más de una doncella comparando el efecto de un *glissando* con la imagen de un arco iris, porque, en ambos, sonidos y colores se suceden en una metamorfosis interrumpida. En el XVIII, Marin Cureau de la Chambre y Marin Mersenne diseñaron nuevas escalas sonoro-cromáticas, e Isaac Newton fundamentó científicamente la existencia de una división musical del espectro luminoso según los siete sonidos naturales, sobre cuya base cromática Jean-Jacques Rameau imaginó un "clavecín ocular". Alexander Scriabin retomó la tradición de unir los colores a los sonidos y le dio un giro extraordinario cuando decidió apelar al signo primero y prístino de todos los colores, su fuente de origen, el paso previo a la descomposición del prisma, la luz misma, con el fin de que ésta transmitiera cada una de las notas de su composición a todos los rincones del Universo.

En ese sentido, la metáfora del Himalaya puede ser útil para dar cuenta de las dimensiones de su intención, pero nada más. Lo cierto es que para lograr su objetivo mi tío debió recurrir al auxilio de la ciencia y la técnica de la época. Porque, como todos sabemos, a diferencia de la luz, el sonido no puede viajar en el vacío. "Música luminosa". Quizá la explicación debería ser breve. Las ondas de luz son energía electromagnética y las de sonido energía mecánica, por lo que, debido a su naturaleza, éstas últimas pueden cambiar de rango. Un teléfono: el transmisor contiene una bobina de alambre y un campo magnético, que convierten la onda de sonido —la voz del hablante— en una señal eléctrica que se puede transmitir a través del cable telefónico. La bobina del receptor recibe la señal eléctrica y genera un segundo campo, que hace que una delgada membrana —un símil ordinario y efectivo del maravilloso oído humano, con sus aurículas y pabellones y su delicado rosa y sus doradas capas de cera— vibre en respuesta a la señal eléctrica, y la vuelva a convertir en sonido.

Ahora bien, los planetas carecen de un aparato parecido. El Universo existe pero no habla. Quizá sea llegada la hora de decir que las campanas que colgarían del Himalaya, "brillantes como espejos", *eran* espejos. Los que usaría mi tío para transportar su música. Y que la máquina para disparar el *Mysterium* a todos los cielos... esa máquina se construyó.

Por supuesto, para hacerlo, Vernadsky tuvo que utilizar sus recursos; entre ellos el engaño y la adulación. Los fondos que un ministro inútil recaudó para la refacción del edificio del observatorio de Pulkovo y la renovación de su telescopio se derivaron hacia la fabricación del cañón disparador de haces luminosos más grande que conoce la historia, algo único en su clase, aunque técnicamente no resulte más que una aplicación práctica, descomunal por su tamaño, pero en teoría ajustada a los fines buscados, del fotófono inventado en 1880 por Alexander Bell.[14]

Por cierto, Vernadsky no pudo engañar durante demasiado tiempo a sus colegas acerca de la verdadera condición de la máquina que estaba montando, y debió utilizar buena parte de su prestigio y del peso de su autoridad para acallar a los díscolos y evitar que los rumores se desparramaran. Aun así, soterradas y todo, las voces se hicieron sentir, en susurros, cayendo casi siempre en oídos poco capacitados para interpretar correctamente el contenido del mensaje, de modo que con los años la versión que terminó imponiéndose —la más disparatada pero, a la vez, la más acorde con el espíritu de la época— fue aquella que sostiene que mi tío logró convencer a Vernadsky de la necesidad de fabricar un aparato apto para entablar comunicación con fantasmas y aparecidos. No resulta extraño que esto ocurriera. El espiritismo no es más que una apropiación oscura de esa clara solución técnica, o quizá, al revés, la ciencia vuelve reales los sueños ab-

---

[14] Pensado como una derivación lógica y más importante del teléfono, el fotófono debía transmitir la voz (o cualquier otro sonido) por vía de una membrana espejada llamada espejo parabólico-vibratorio (o emisor), que reflejaba la luz solar y la enfocaba a través de un lente hacia un receptor colocado a unos setecientos pies de distancia, en cuyo centro se encontraba un detector de selenio conectado a una batería y un auricular con un teléfono incorporado.

surdos de nuestra especie: Thomas Alva Edison trató de capitalizar su empresa asegurando que gracias al teléfono se podría hablar con los muertos y Mary Baker Eddy, fundadora de la Escuela de la Ciencia Cristiana, ordenó a sus fieles que la enterraran con uno de esos aparatos por si se le ocurría transmitir nuevas revelaciones ultraterrenas. Así, Alexander Scriabin habría utilizado a Vernadsky para volver a hablar con Julián.

El fotófono —que acabó devorado por las llamas durante la revuelta bolchevique de octubre de 1917, y cuya réplica a escala reducida ahora se exhibe en la Sala Verde del Observatorio— medía veinticinco metros de alto, contaba con diez metros de diámetro y, gracias a sus dos cañones, tenía una notable similitud con un triceratops.

En su momento, Bell había tenido problemas para hacer funcionar su máquina en días nublados y sólo consiguió transmitir algo en un radio máximo de un par de decenas de metros. Básicamente, el sonido partía de un hablante humano que debía articular con extrema lentitud y precisión palabras mayormente monosilábicas, a lo sumo bisílabos. Quizá porque con el teléfono había resuelto esa cuestión aplicando otra técnica, o porque no le veía perspectivas de evolución y explotación económica inmediata, Bell se olvidó del fotófono, de modo que cuando Vernadsky y mi tío se aplicaron al asunto, la máquina hacía más de tres décadas que no recibía actualizaciones y ya era poco más que un rezago pronto a caer en un museo tecnológico. Para Vernadsky fue casi un juego mejorar la parte óptica; dispuesto ahora en forma de diafragma sobre un tubo de escucha, el selenio favorecía la emisión clara e inmediata de los sonidos cuando era iluminado por una luz modulada, cuyo pasaje se producía a través de un disco rotatorio agujereado. Incluso, adicionándole un espectrófono, logró que la intensidad del sonido emitido dependiera de la longitud de onda (o color) de la luz que ingresaba al mecanismo a través del telescopio. Las ondas sonoras generadas se propagaban a través del tubo de escucha y provocaban el efecto fotoacústico buscado.

Técnicamente, entonces, el asunto estaba resuelto. Por supuesto, a los incrédulos de toda clase les resultará una expresión de conmovedora ingenuidad, algo patético y lindante con la estupidez, el hecho de que un músico genial y un científico solitario hayan creído que se podía atravesar los espacios, realinear los planetas y evitar el Apocalipsis mediante la sencilla adaptación de una máquina en desuso. ¿Puede un triceratops vencer a un *Tyrannosaurius*, el rey de la creación? Ellos pensaron que sí. El principio temporal que rigió la concepción del *Mysterium* parece señalar en esa dirección. Es evidente que Scriabin y Vernadsky decidieron que a la masa había que oponerle masa, a la longitud, longitud, y tiempo musical al tiempo del fin. Es evidente que supieron que para cambiar la dirección del Universo no alcanzaría simplemente con hacer sonar una sola nota a intervalos regulares. Un repique mínimo y perpetuo no bastaría para alterar el tránsito de la Vía Láctea rumbo a su perdición. Pensado el cosmos como una especie de mesa de billar, el *Mysterium* debía ser entonces una especie de dispositivo sonoro compuesto de un número prácticamente ilimitado de brillantes bolas de luz blanca que rodarían por el espacio del paño negro y que por efecto de su extensión, relaciones e intensidad, entrarían en colisión con la serie incontable de los planetas en movimiento desplazándolos de sus órbitas. Las bolas estelares.

Ahora bien, a los acotados fines de la historia de la música, el hecho de que el *Mysterium* permanezca inconcluso debido al inesperado fallecimiento de mi tío… eso no desmerece lo hecho hasta el momento. La *Acción Preparatoria* es un bosquejo avanzado de lo que vendría y en sí misma resulta una obra tan soberbia como extraña, y quien se disponga a escucharla, apenas iniciados los primeros compases, entenderá claramente que ni Scriabin ni Vernadsky creían en la existencia de un puro caos. Ni la *Acción Preparatoria* es, ni el *Mysterium* iba a ser, algo comparable a una sucesión azarosa de notas lanzadas sin ton ni son, en la extravagante esperanza de que, una vez sueltas en el espacio, se las arreglarían de algún modo para evitar el catastrófico choque y la ignición de nuestra galaxia con el Cúmulo de Virgo. El *Mysterium* no estaba destinado a ser una mera masa sonora transfigurada en luz, ruido acumulatorio y sucesivo. Todo lo contrario. Consistiría en un orbe musical premeditado, un sistema rigurosamente compuesto para producir un efecto previsible y pautado de acuerdo a las reglas de la ciencia. En ese sentido, su forzosa inconclusión deja todo, si no a la deriva, en un punto de suspensión que permite albergar más hipótesis que certezas.

Alexander Scriabin se levantó una mañana sintiendo un fuerte dolor en el labio superior; en el curso del día se le desarrolló un forúnculo. Habituado al desdén de su cuerpo y a las formas alternativas de la medicina, consultó a su viejo conocido Badmaev, quien le dispensó algunos glóbulos o coágulos homeopáticos o yuyos tibetanos que debía hervir y luego tomar en infusión. A consecuencia de ese tratamiento, el mal primero pareció remitir, pero luego el forúnculo se inflamó aun más, la cara se le hinchó y se le deformó; era como el tejido múltiple y verrugoso propio de una bestia antediluviana, un monstruo de sangre fría, salvo que la suya hervía y se desparramaba con impulso contaminante por el cuerpo. No deja de llamar la atención que, en su fin, alguien que buscaba el bien supremo haya padecido una apariencia execrable. Se le practicaron varias incisiones pero la hinchazón no cedía y de las heridas manaba un pus maloliente, una especie de magma cuyo flujo constante lo debilitaba. Mi tío pedía más y más cortes. Estaba convencido de que la mortificación de la carne era necesaria. O quizá creía, como lo creyeron antes que él los babilonios, los asirios, los mayas, los egipcios, los sumerios y los judíos, que un cuerpo sometido a desangramiento puede, con su sacrificio, preservar las vidas de los seres queridos, mientras que en su proceso el desangrado accede a un contacto ritual con los espíritus del otro mundo. Dicen que en el momento definitivo besó una cruz, ya fuera copta, ortodoxa rusa o católica apostólica. En cualquier caso, sus últimos pensamientos fueron para su familia ausente y para Julián, su hijo muerto.

El 27 de abril de 1915, durante la Pascua de Resurrección, Alexander Scriabin falleció de septicemia. Lo que nos lleva a preguntarnos qué sucumbe y por qué, cómo y de qué manera algo revive.

18

Leibniz decía que las relaciones entre las cosas se organizan de acuerdo a leyes intrincadas, específicas, y de acuerdo a los ámbitos en que discurren los elementos a considerar. En el caso que nos ocupa, y que abarca la totalidad de lo existente, debemos convenir en que ha de tratarse de un sistema de leyes particularmente complejas.

Una manera brutal de abordar la cuestión sería la de aseverar que ignoramos si, finalmente, el *Mysterium* se "proyectó" o no; si, conciente de la cercanía de su muerte, mi tío persuadió a Vernadsky de que enviaran al espacio, por medio de alguna forma de transcripción, ya no una grabación primitiva pero fehaciente de los bocetos de la *Acción Preparatoria*, sino su notación. Tampoco sabemos si, aun de haber sido realizado, ese envío alcanzó para evitar el Armagedón de la Vía Láctea o si, por la deficiencia de tales recursos, y subrayando lo infructuoso de todo esfuerzo humano, nuestra galaxia terminará chocando contra cúmulos, bolsones, nubes estelares, alumbrando la noche del cosmos con las luces que anunció Vernadsky.

Incluso de haberlo conseguido, y aun en el caso de que geólogo y músico hubieran logrado disparar la música al centro de los cielos, no podríamos deducir de este hecho que esa "luz sonora" estuviera preparada para expandirse interminablemente por todos los confines. Pero tampoco podemos dejar de considerar la posibilidad opuesta. Quizá mi tío envió las notas a la estratósfera a medida que las concebía, quizá la *Acción Preparatoria* fue en sí misma una obra total y suficiente (mientras que el *Mysterium* tal vez habría resultado demasiado fuerte para nuestra galaxia); quizá, para preservar el orden universal, bastó con enviar una sola nota.

Y esto no es todo. Subsisten otros enigmas, que de seguro la ciencia develará alguna vez. ¿Cuál era la fuerza de la música proyectada bajo la forma de luz, y cuál su punto de apoyo? ¿O su condición de energía vibratoria volvía innecesaria la existencia de una base material de proyección, ya fuese ésta el fotófono en sí, el observatorio Pulkovo, o nuestro planeta por entero? Otra cuestión: ¿cómo alterar la trayectoria de la Vía Láctea con un rayo de luz que se emite desde uno de sus rincones y se envía *más allá de ésta*? O, lo que es idéntico, ¿dónde deberían haberse ubicado Scriabin y su aparato para corregir el rumbo de nuestro sistema solar? Al uso antiapocalíptico del fotófono, el famoso cosmista Nicolai Andreyevich Kozyrev le agrega una nueva función, la de servir para la verificación experimental de una de las últimas teorías de Vernadsky, según la cual, superada una distancia equis, *la luz no continúa avanzando sino que se pliega sobre sí misma*, por lo que en algún momento la luz sonora o luz musical de mi tío debería volver a su fuente de emisión. Esa hipótesis, sospecho, intenta demostrar que el Universo no es infinito, o en todo caso que lo infinito no es el espacio sino el tiempo. Si así fuera, Vernadksy debe de haber pensado que, cerrada la elíptica completa de su recorrido, la luz emitida por el fotófono sería capturada por el cañón receptor, reprocesada en el interior de la máquina, y lanzada nuevamente al cosmos, dando lugar a una circulación continua y sin interrupciones.

Por supuesto, la sospecha de Kozyrev se sostiene en un cálculo ideal, desprecia la falibilidad de los objetos y la fatiga de los materiales. Pero además, exhibe una falla que resulta en una insospechada riqueza estética: en su recorrido, en el contacto con las cosas que rozó o atravesó, en medio de las mareas galácticas que experimentó, sometida a los arcos de choque del espacio y a la propia densidad de los planetas, y llegada a su último límite, la música de Scriabin (esa luz), por mucho que se plegara, no habría podido volver a su punto de origen en condiciones idénticas a las de su lanzamiento. Forzosamente, debía de haber regresado transformada. ¿Mejor o peor? No lo sabemos. Pero sí, distinta. Quizá, finalmente, ese proceso de transformación perpetua sea la resolución de un imposible, la música de las esferas que soñó Pitágoras y que Alexander Scriabin puso en marcha con su *Mysterium*.

19

¿Disparó finalmente el fotófono su carga musical? ¿Recibió el Universo su impacto, lo sigue recibiendo de manera imperceptible y constante? Yo creo que sí. Y se me ocurre también que la *Acción Preparatoria* es el señuelo que mi tío dejó para que el mundo creyera que lo único que había podido obtener y producir era la evidencia de su fracaso. Quizá lo hizo así por modestia, porque se le antojó que la apariencia de lo no realizado era una representación más digna de las posibilidades humanas que la demostración clara y definitiva de que él había atravesado todo límite e ingresado a las cumbres de la gloria absoluta. Se me ocurre que en su trato con Vernadsky, Alexander Scriabin arribó a más verdades que las que puedo conocer y que, luego de realizar su tarea, decidió pasar él mismo a una dimensión más plena. ¿Proyectó su música sobre sí mismo y con eso se trasladó material y espiritualmente a otro ámbito? Quizá tenía razón madame Blavatsky, quizá el Universo contiene una miríada de universos infinitamente facetados (la noósfera de Vernadsky es uno de ellos). En ese caso, tal vez sea cierto que, como un nuevo dios, otro de tantos, mi tío decidió permanecer girando alrededor de alguno de estos universos y desde allí, desde donde estuviera, empezó a llamar a mi padre. Lo fue llamando, lo fue arrastrando, trayéndolo consigo, diciéndole que debían ser Uno de nuevo, como lo fueron en el vientre de su madre.

LIBRO 5

SEBASTIÁN DELIUSKIN

El verdadero músico no es el que compone o ejecuta la música, sino más bien el que emplea la razón para comprender las leyes de la música y, a través de ellas, el orden del mundo.

BERNARD FOCCROULLE, *La música y el nacimiento del individuo moderno*

1

Giovani y Giacomo Tocci compartían dos cabezas y dos cuellos, cuatro brazos, dos corazones, cuatro pulmones, dos diafragmas, un aparato digestivo, un ano y un aparato reproductor; a sus padres les resultaba difícil castigar la falta de uno porque el otro debía soportar solidariamente la reprimenda. En la adultez se casaron con dos hermanas, aunque la Iglesia se negó a consagrar los vínculos dado que la fusión anatómica impedía que la consumación sexual (del que fuese) sucediera con el debido recato. Dentro del inventario de monstruos de circo se encuentran los bicéfalos, tetra o bibráquicos, craneopágicos, individuos unidos por el tórax, la espalda, el coxis y el sacro, los sagrados onfálicos que se ven unidos desde la cintura hasta el pecho... Las enumeraciones que proporciona la teratología siempre corren detrás de los caprichos de una naturaleza que celebra a cuentagotas el impulso repentino de lo barroco, pero nada son esas florescencias si se las compara con la conexión que durante años mantuvieron Alexander Scriabin y Sebastián Deliuskin, y que volvió una unidad a dos artistas extraordinarios.

De la obra de mi tío, ¿cuánto se debe al propio Alexander? ¿Qué era lo que Sebastián dictaba desde el otro lado del océano? ¿Componía Alexander y corregía Sebastián, o fue a la inversa? ¿Lo hacían al unísono, a dúo, y era Alexander el que transcribía las notas en el pentagrama? ¿Lo que resonaba en un cerebro encontraba su forma en el otro? A veces tengo la sospecha de que la escritura del *Mysterium* no acabó con la muerte de mi tío ni con el "derrame cerebral progresivo" (tal lo calificaron los neurólogos) que aquejó a mi padre. En ese sentido, estoy segura de que Sebastián Deliuskin continuó con esa obra en la medida en que se lo permitían sus fuerzas. A veces tiendo a imaginar el retroceso de sus facultades como un *diminuendo* que se escribía sobre su cuerpo en el estilo en que una composición tiende a su fin, cortejando las artes del silencio después de haber entregado todo su programa de procedimientos, en tanto que él, con su voluntad de durar, trataba de escribir nuevas páginas de gloria alzándose por encima de su ruina progresiva. Claro que pareciera que no estoy hablando de música, pero eso no es cierto.

Mi primer recuerdo es de los tres años. En una mañana invernal, estoy entrando en el patio descubierto del jardín de infantes. Una canilla pierde. Hace tanto frío que parece que la gota que se desliza por el pico fuera a congelarse en el aire. Como las niñas de aquella época, llevo zapatos abotinados sobre medias de color crema y una pollera azul de tela rústica. Siento el viento acariciándome las piernas. Mi capote de goma vulcanizada me abriga, pero tiemblo.

¿Quién me llevaba diariamente hasta el jardín? ¿Quién me esperaba a la salida? Desde luego, a esa edad yo no podía vestirme ni viajar sin compañía, por lo que... Lo único que sé es que un par de horas más tarde, cuando estaba en mi rincón favorito armando una pila de cubos de colores, la directora del turno asomó en la Salita Azul y al verme armó su mueca de emoción adulta, el gesto de compasión adecuada ante una pobre criatura. Vino, me abrazó, me encajó de cualquier manera la capota, me alzó en brazos y me sacó de allí apretándome contra su axila, sofocándome con las vaharadas a sobaco impregnadas en la lana húmeda de su suéter. A lo lejos, recortada por los losanges de vidrio rojo y amarillo de la puerta de entrada, me esperaba mi abuela. De esa escena recuerdo también la palidez de mis nudillos que emergían del apretón de su mano mientras caminábamos rumbo a una estación de tren. Mi abuela me hablaba en voz baja y dulce, y yo no entendía lo que me iba diciendo, porque mezclaba las palabras del castellano con otras de acentos más fuertes. Después llegamos a un parque rectangular, rodeado de hileras de álamos. Al fondo, un edificio antiguo, pintado a la cal. Había hombres con guardapolvos y cuartos con camas y gente en las camas. Una figura larga y melancólica, acostada, con los ojos cerrados y la cabeza envuelta en una especie de turbante. Una tarjeta de papel, escrita con tinta negra, en la cabecera: "Sebastián Delivsky". Mi abuela sacó su lapicera a fuente, trató de corregir. De pronto desistió:

—Tu padre se vistió de hindú porque va a tocar en una fiesta oriental —dijo y empezó a llorar.

—¿Está muerto?

—No, mi hermosa. Le hicieron un encantamiento pero ya va a despertar.

—¿Por qué lo operaron, abuela?

—No hables. Ahora está descansando.

Durante años creí que el acceso neurológico de mi padre era una consecuencia de la desaparición o partida de mi madre y no un efecto acaecido luego de la muerte repentina de mi tío. Para alguien que no ha vivido en la comunidad simbiótica establecida por los hermanos —y mi mente infantil no guardaba aún información al respecto—, es difícil de imaginar un fenómeno de esta naturaleza. La muerte de Alexander fue un rápido rayo rojo que a Sebastián lo partió al medio.

La recuperación de mi padre. La recuperación de mi padre. En los días de sol un enfermero lo paseaba en silla de ruedas por las galerías vidriadas. Él tenía la mirada perdida, se ausentaba de las conversaciones, parecía no escuchar cuando se le dirigía la palabra. Era como si el derrame hubiera obrado una supresión radical de sus sentidos. Todos —los médicos, los fisioterapeutas, las aves negras que operaban las máquinas de electroshock y su corte carroñera de instituciones psiquiátricas, fabricantes de camisas de fuerza y vendedores de nichos de cementerio— daban por hecho que los movimientos de sus manos respondían a una mecánica de impulsos dirigidos por un sistema nervioso desquiciado, pero yo ya sabía, aunque no pudiera explicarlo con las palabras correctas, que aquel temblor del índice (que se alzaba apenas y luego caía sobre el apoyabrazos de la silla y se alzaba de nuevo y volvía a caer) reflejaba el impulso por seguir los movimientos de la música que seguía sonando en su cerebro.

2

No es inusual que el mundo admire la eclosión de un genio mientras ignora el surgimiento de otro de idéntica relevancia, pero lo verdaderamente asombroso es que ambos fenómenos hayan ocurrido en perfecta simetría y que los dos genios resulten, en el fondo, el mismo. Sobre ese mapa de desigualdades se tramó la continuidad de la fama póstuma de Alexander Scriabin y el aparente derrumbe progresivo de Sebastián Deliuskin. Mientras el dedo de mi padre gastaba con su *ostinato* la funda de felpa del apoyabrazos, ofreciendo el espectáculo inadvertido por todos (excepto por mí) de su resistencia a convertirme en huérfana, tras la muerte de mi tío la alta cultura europea vivió un período de fanatismo scriabiniano, si bien esa apoteosis (ni siquiera interrumpida durante el stalinismo) tendió a limitarse a lo estrictamente musical y se desentendió de la dimensión cosmogónica de su obra; primó el criterio de que esa dimensión era puramente metafórica, un efecto de la mezcla del pastiche teosófico con el fermento de los ideales anarco-socialistas. Así, la idea de que el *Mysterium* había sido compuesto y ejecutado para salvar a nuestra Vía Láctea —y quizá al Universo entero— se entendió como una consecuencia de la megalomanía de Alexander Scriabin, que recurría a las exageraciones para propiciar su propia leyenda. En cualquier caso, el nombre de mi tío aún no había entrado en el cono del olvido o en la nota al pie perdida en la abigarrada historia del siglo, cuando mi padre alcanzó eso que los médicos llamaron su "recuperación parcial". Bendecido sea Dios, que no existe, por haber obrado ese milagro que le permitió salir del hospital y tomarme de la mano cuando nos subimos a nuestro primer tren.

Recuerdo como si fuera hoy la sensación contrastante y deliciosa de la vista del campo abierto —pasturas, vacas imbéciles, trigales— a través de los vidrios empañados. En aquella época, cada vagón tenía su pequeño brasero de leña, que alcanzaba para entibiar el ambiente. Mi padre permanecía en silencio, aunque me sonreía cada tanto. Bajamos al atardecer. Alguien debía venir a buscarnos al término de ese viaje, el representante de una comisión de cultura local, con el gorro descubierto, la calvicie al aire, el ramo de flores en la mano para recibir al pianista insigne y a su pequeña hija, pero excepto por el detalle costumbrista de las gallinas picoteando alrededor de las vías y los perros tumbados y lamiéndose, el lugar parecía desierto. Nos arreglamos caminando hacia la sala, el salón del club. No puedo precisar nada del concierto de aquella noche, que el presentador denominó "potpurrí musical": ni lo que tocó mi padre, ni la cantidad de público, ni la calidad del piano, su temperatura y afinación. Sí, en cambio, tengo presente la tristeza del hotel que nos asignaron para pasar la noche: el frente, un falso alpino con las tejas partidas y una rama seca saliendo de la canaleta de desagüe, la alfombra de rojo desteñido en el hall de recepción donde un fantasma en malas condiciones mira el reloj cucú justo cuando canta el pajarito de madera, se escarba la oreja con el lápiz antes de llenar la ficha con nuestros nombres y guiarnos por la escalera de caracol, señalarnos el agujero negro del baño (con lavatorio roto, sin papel higiénico ni espejo) al fondo del pasillo, la puerta de la habitación 313 donde nos esperan los colchones de resorte que chillarán toda la noche, el jarrón con las sucias rosas de plástico, las sábanas húmedas y el cuadro de lana tejida, una escena de caza embellecida por las moscas. Mi padre y yo, solos. Nuestra valija apoyada sobre una de las dos camas. Mientras él se cambia de ropa para la cena, yo miro hacia la calle. Un tubo de luz violácea serpentea sobre una cruz metálica: "Farmacia Vivoratá".

Durante un tiempo seguí creyendo que nuestras giras por el país eran un pretexto para la búsqueda de mi madre. Envuelta por un aura dorada a la que yo sacaba lustre mentalmente, mamá volvía una y otra vez, una figura grave y elevada y noble, numen de un sueño reiterado, aunque en el centro de ese resplandor había un rostro del que no podía recuperar los rasgos. Detalle que hubiera podido salvarse de contar con una fotografía, aunque fuese tan pequeña como para apretarse bajo un mechón de pelo en un relicario. Pero yo no la tenía, y al parecer las que guardó mi padre se habían extraviado junto con el resto de sus pertenencias. Como tantas otras cosas, él no recordaba dónde y con quién habíamos vivido antes de sufrir su accidente. Desde luego, yo confiaba en que si los médicos le habían dado el alta era porque estaban seguros de que en algún momento habrían de secarse las lagunas de su memoria, y que entonces obtendríamos los datos que faltaban. Lo que no sabía era que lo habían dejado partir porque creían haber hecho todo lo posible.

Y entretanto viajábamos. Nos presentábamos en comedores de hoteles, salones sindicales, clubes sociales, en salas de concierto cerradas por desuso y reabiertas para la ocasión, en domicilios de profesoras de piano jubiladas, amparados por el renombre del intérprete y también por la noticia de que sus prodigiosas facultades se podían contratar a precio de liquidación. He visto a más de un empresario de variedades haciendo una oferta miserable y recurriendo al argumento de una disminución en la musicalidad (el *pianismo*), un desequilibrio y una fluctuación de intensidad, algo como una vacilación en el ataque del meñique de la mano izquierda.

¿Qué llevaba a mi padre a aceptar primero esos cachets vergonzosos y denunciar después que lo habían estafado? Su vena roja y palpitante en la sien, una amenaza... Es cierto que en más de una oportunidad sus protestas lograron una mejora en la remuneración, pero como consecuencia dejaban en estado de temblorosa crispación el vínculo con los contratantes, lo que a la larga ponía en riesgo nuestras fuentes de ingresos.

De algún modo, mi padre consideraba tales escenas como parte del concierto. Pero esos gestos, usuales en intérpretes estrellas y en practicantes de los procedimientos más exteriores de la música contemporánea, en su caso se verificaban ante un público inadecuado, o al menos incapaz de reconocer su rango de apuesta estética. ¿Cuánto *vale* un concierto? ¿Cuánto vale la singularidad de una ejecución? Quizá ya no se daba cuenta de las diferencias, o quizá sabía demasiado, y lo que todos —incluyéndome— pensábamos como secuelas de su derrame, en él no eran sino la marca de esa singularidad arrasadora, el signo de un genio convertido en un estigma. Sólo él conocía la enorme distancia que había entre su presente de pianista de giras de provincia y lo que verdaderamente representaba. Muerto su hermano Alexander, Sebastián Deliuskin era el único portaestandarte en el mundo de algo que lo había cambiado todo sin haber sido advertido, o de algo que aún no terminaba de manifestarse.

3

En los días libres que teníamos entre concierto y concierto, si hacía buen tiempo, mi padre me vestía como una princesa y me llevaba a tomar helados. Nos sentábamos en los bancos de madera de alguna plaza y mirábamos las vueltas al perro de las buenas gentes. Nunca hablábamos de mi madre, pero esos paseos eran para mí como citas armadas con la esperanza. Al fin de la tarde, el fresco nos obligaba a retirarnos a nuestra pieza de hotel.

Recuerdo sobre todo algunas salidas. Algo del orden de la certeza anticipada —tal vez el simple deseo de preservarme de la decepción—, lo llevaba a abreviar el recorrido. Cambiábamos el rumbo e íbamos al cine. En alguno de esos galpones convertidos en salas de proyección, habían instalado techos corredizos. Durante las noches de verano, entre película y película, se oía el zumbido eléctrico del motor que empezaba a tirar de cables y poleas, y luego la estructura de hierro y chapa se deslizaba dejando ver una pieza de arquitectura rectangular y refulgente: el paisaje del cielo con sus constelaciones. No sé bien en qué pensaba, tal vez en la música que compuso con Alexander Scriabin y que seguía rebotando por las lejanas galaxias, pero en aquellos momentos casi parecía feliz. Incluso su dedo febril se aquietaba sobre el apoyabrazos de la butaca. Las películas no le importaban. Cerraba los ojos y a cambio de seguir las animaciones de la historia escuchaba las voces de los actores como un ruido informe o como música aleatoria y no compuesta.

4

Ya en los primeros meses luego de que lo autorizaran a abandonar el hospital, mi padre descubrió que sus procesos cerebrales continuaban siendo irregulares. Si la memoria es como un tapiz tramado con hilos de distintos colores que se van uniendo hasta crear la forma general, el diseño completo del pasado, lo que a él le ocurría era que esas conexiones, que había supuesto se irían restaurando con el tiempo, se veían, por el contrario, perjudicadas por la erosión. Los hilos se *cortaban*, eran devorados por las termitas de ese proceso de deterioro. Aunque todavía pudiera reconocer a grandes rasgos esa "forma general", llegaría un momento en que el dibujo se volvería indiscernible. En algunas notas que escribió (y que no transcribiré), mencionaba ese momento como aquel en que su conciencia dejaría de reconocer a su propio ser. Pero su preocupación no era tanto la de perderse a sí mismo, sino que temía no recordar alguna vez que yo era su hija. Su miedo más profundo era llegar incluso a olvidar que me amaba, y ese terror lo impulsaba a amarme desesperadamente, yo era su bien precioso, su bien frágil y huidizo. Temía sobre todo extraviarse de manera definitiva antes de que estuviera preparada para vivir sin él. Por eso buscaba las maneras de demorar aquel punto en el tiempo y el espacio en el cual ya no sabría qué era el mundo, ni quién era yo, ni qué sería él. Sus anotaciones eran un recaudo: allí se describía, dejaba constancia de las imágenes de lo existente y del modo en que su mente organizaba y catalogaba los recuerdos, y trataba de diferenciarlos de los sueños y las pesadillas, adelantándose al período final. Hace unos meses, revisando esos papeles, encontré una vieja fotografía pegada en una de las páginas. Estamos en el jardín zoológico de La Plata, yo tengo puesto un saco de lana pesada y oscura y un gorro con orejeras. Él, en cambio, lleva una camisa de manga corta y está en cuclillas para que nuestras cabezas queden a la misma altura. Mi bracito cuelga sobre su hombro mientras miro a la cámara y papá me contempla. Las emociones son inexpresables, un juego de palabras de la mente en fuga, pero en su mirada ahora creo encontrar una infinita dulzura, una tristeza infinita. Al lado de la foto, la letra que tiembla: "Este soy yo. Ella es mi hija, Alejandra Deliuskin-Scriabin".

Claro que... claro que en ese proceso de descomposición que arrastraba con sus mareas de sangre y neuronas y sus remolinos de conocimientos y recuerdos, era de suponerse que algún día *tampoco* podría leer lo que había escrito. Por eso, en su combate contra lo inevitable, mi padre instrumentó una serie de procedimientos inusuales para cada uno de sus conciertos. ¿Cómo tocar algo si no se recuerda la música? ¿Cómo sentarnos ante el público sabiendo que algún día ni siquiera conoceremos las palabras necesarias para nombrar lo que estamos haciendo? Desde luego, mi padre fue un pianista extraordinario, alguien perfectamente conciente de la importancia de la técnica instrumental, por lo que sabía que cuando lo peor ocurriera él aún contaría con algún tiempo durante el cual la impronta de su aprendizaje lo habilitaría para seguir tocando, aunque más no fuese como un pianista sonámbulo o como una máquina enloquecida que ignora lo que produce. Ese tiempo suplementario duraría lo suyo y acabaría también, pero mi padre confiaba en estirar el plazo. Así, sus conciertos fueron dando paso a un recurso meditado: la improvisación como una segunda memoria. A cambio de lo que marcaba el programa, lo que él ejecutaba era una telaraña sutil de desvíos que progresaba melódica y armónicamente muy lejos de las reiteraciones sonoras y conceptuales, los límites que permiten reconocer el "estilo personal" de un compositor: haciendo creer a los demás que respetaba rigurosamente su programa de repertorio, interpretaba en estricta soledad la música del futuro.

5

No sé en qué momento advertí que aquello que afectaba a mi padre no era una característica propia de los adultos sino un rasgo particular. Oscuramente intuí que las giras ya no tenían por propósito el reencuentro con mi madre y la reconstrucción de la familia sino que eran parte de su intento desesperado por procurarme algún resguardo antes de que su mal lo perdiera para siempre. En la noche, cuando me creía dormida, escribía cartas: a conocidos, a instituciones de amparo. Por la mañana las arrojábamos a los buzones, esperando respuestas que no llegaban porque él no consignaba ninguna dirección en el remitente. Tal vez daba por hecho que cualquier interesado podría seguirnos el rastro buscando en las reseñas de los periódicos locales, los afiches pegados en las puertas de entrada de los pequeños teatros, las voces en el espacio que difundían su nombre en las radiofónicas provinciales.

Entiendo su dolor ante la certeza de que nunca iba a saber en manos de quién quedaría su hija. Ya entonces, a veces yo era capaz de adentrarme en la órbita de sus pensamientos, avanzando en una conexión habilitada por nuestra carne y nuestra sangre, la comunidad de nuestro ser. Esos pensamientos podrían definirse como impresiones y tonalidades, letras y sonidos, formas en movimiento. Mi riesgo vital, el panorama que debería afrontar cuando no pudiera contar con él, se escuchaba como algo que palpitaba en el silencio y estaba siempre a punto de ejecutarse. Eso lo devastaba: leer mis pensamientos (como yo lo hacía con los suyos) y saber que empezaba a darme cuenta de todo. Por eso recurría a métodos ineptos en un intento por preservar mi inocencia. Como si pudiera velar la luz excesiva que exponía su mente a mi escrutinio, se entregaba a la música para aturdirse y a la bebida para no sufrir. Es claro que conservaba el suficiente control como para que nadie lo advirtiera (salvo yo). Ebrio, con las neuronas en fuga y empastadas por el alcohol, se olvidaba del tiempo y podía subir a un escenario: ahí sentía que cada nota alcanzaba su propio espesor y duración, vibraba en el éter y resplandecía, mientras que los enlaces entre ellas tenían una cualidad alegre y novedosa, como una canción de Navidad. Por supuesto, para que ese efecto mantuviera su intensidad, cada vez debía beber más; pero así y todo, pasado el momento de esplendor inicial, el alcohol se neutralizaba y todo sonaba a hueco. Nadie mejor que él comprendía lo penoso de la situación. Conciertos suspendidos, dolores de cabeza, temblores de manos. Sin buscarlo, aquel fue un breve período en que experimentó de manera artificial cómo sería todo cuando yo debiera encargarme de él. Por cierto, había cosas que no podía hacer, como cargarlo en brazos y acostarlo sobre la cama, aunque sí era capaz de quitarle los zapatos, servirle un vaso de agua y arroparlo, quedarme la noche despierta y cuidar de su sueño. Cuando lo supo, mi padre dejó de beber. Su intento de curación excedió los límites de una mera abstinencia; buscó remontar la cuesta.

Empezó a anotar todo. Como si cada letra pudiera inscribir un nuevo orden en su mente, se convirtió en un obsesivo de los sistemas que reglan las relaciones entre las cosas: límites, signos, relaciones. Anotaba las distancias entre un pueblo y otro, los accidentes minúsculos del paisaje, los nombres de los hospitales, la cantidad de árboles de cada calle, lo que debía guardar en la valija para cada viaje, las prendas que llevábamos, el color de cada píldora anticonvulsiva, una descripción de la mancha dorada en la pupila de mi ojo izquierdo, las letras de mi nombre. Por la noche repasaba esas anotaciones: incluso, con un lápiz de punta fina, trazaba unas líneas tenues que unían una dirección con un objeto, un objeto con un número, un número con una palabra inconclusa; la trama de esas geometrías no parece apuntar a un sentido particular, pero la mecánica del hábito sin duda lo llevaba a ejercitar ciertos modos del pensamiento. Esa especie de gramática visual fue su último esfuerzo por conservar el mundo, el último intento verdaderamente orgánico y conciente de curación.

6

Creo que este relato de su vida —de nuestras vidas enlazadas— debería concluir a la manera de una coda interrumpida por el fin inesperado del compositor. Pero me resisto, como él, a detenerme. Con sus facultades deterioradas, a veces mi padre se sentaba ante el pentagrama en blanco y trataba de escribir algo, no sé bien qué, aunque sospecho que intentaba completar el *Mysterium*, tarea cuya consumación había quedado postergada o abolida tras la muerte de Alexander Scriabin. Desde luego, como sabemos, el boceto inicial, la *Acción Preparatoria*, puede haber servido para que el Apocalipsis no se produjese —o al menos se difiriese. Pero que en sus condiciones Sebastián Deliuskin intentara llevar a cabo una tarea como aquella, que con sus dones alterados tratara de continuar y concluir la tarea de la transformación del Universo... eso habla de un intento específicamente humano por atravesar las barreras de lo posible y alcanzar las dimensiones de la divinidad.

A los antiguos místicos, músicos y matemáticos, nunca se les ocurrió que sus palabras, fórmulas y composiciones podían vincularse con objetos del mundo físico, y mucho menos con la totalidad; instintivamente creían que sus prácticas se construían como orbes paralelos que no se ajustaban al funcionamiento de los ámbitos materiales. Sólo los gnósticos, antes que Alexander Scriabin y Sebastián Deliuskin, se mostraron capaces de descubrir en cada palabra de sus libros religiosos un indicio o un nombre de algunos de los "lugares espirituales" cuyas mutuas relaciones determinan la ley del cosmos, y fueron mi tío y mi padre quienes supieron leer el Absoluto como un pentagrama con las notas puestas en el lugar equivocado y determinarse a ordenarlo por medio de una obra y una acción llamada a perdurar. En ese sentido, ambos son el punto más alto de la evolución familiar, los genios de los genios, aquellos que llegaron más lejos siguiendo la senda de sus precursores. En su caso, ya no se trataba solamente de componer una sinfonía que representara una intuición poderosa, una marea de música excepcional que interpretara el sentido de la vida y la situación del hombre en el mundo (Frantisek), ni de leer la religión en clave política y proponer un plan de acción (Andrei), ni de tratar de llevarlo a cabo (Esaú), sino, directamente, de tomar por asalto la estructura íntima del Universo y someterlo a una enorme transfiguración.

Pero, ¿y si el *Mysterium* es esto? ¿Y si lo que ocurrió fue que yo misma, movida por la misma ambición que animó a mi familia, intenté cambiar la realidad y su percepción aunque más no sea en la mente de los lectores? Esta crónica: una serie de escalas ascendentes y descendentes, atisbos de información proporcionada por viejos archivos familiares, el auxilio de algunos libros sueltos, la insolente y oportuna pregunta de Stravinsky —*"¿quién es Scriabin, quiénes son sus antepasados?"*—, y mi voluntad de que la totalidad cambie de una buena vez por todas —o si no que estalle para siempre.

Puede ser que sea así, puede ser que esto sea así. Quizá la vida agónica de mi padre se tramó como una composición encriptada, una obra apta para ser leída cuando el mundo estuviera en condiciones de entenderla. A veces imagino que si llego a adentrarme en los abismos de su conciencia afectada por el daño, si soy capaz de reconstruir el sentido de su experiencia, podré deducir el *Mysterium* completo, su función y significado. Entonces, me concentro en los instantes finales, cierro los ojos y lo veo. Una tarde, poco antes de ofrecer otro concierto, mi padre se acuesta a descansar sobre la cama del último cuarto de hotel. El crepúsculo deja entrar sus azules pútridos por la ventana. Con la ropa puesta, Sebastián Deliuskin parece dormir mientras un hilo de sangre se desliza por su oreja y traza un círculo rojo sobre la sábana. Mi padre. Pasan los años y pienso en él y me siento sola, pero me consuela saber que no lo estuve mientras escribía. Hasta el punto final, viví junto a mis ancestros.

LIBRO 6

YO

Escribo esto con amargura… porque no creo en que alguna vez pudiera realizarse en mí este salto a la limitación. El cosmos seguirá tragándome.

WITOLD GOMBROWICZ, *Diario argentino*

¿Deben autodestruirse siempre las máquinas del tiempo en el momento en que empiezan a funcionar?

KIP THORNE

Alguna vez, en las pruebas escolares, mi maestra alineó sobre su escritorio diez copas de cristal y las fue llenando de agua según una progresión creciente, un cálculo matemático aproximativo, y luego empezó a golpearlas con una cucharita de té, de a una por vez. Como nunca habíamos asistido a un experimento semejante, nos asombró advertir que, luego de cada pequeño golpe, en vez de brotar un sonido seco y acabado, fluía una especie de vibración sonora que permanecía temblando durante segundos sin apagarse. Sobre esa vibración inicial la maestra imprimía otra, y otra, de modo que la primera copa se volvía un arco de vibraciones idénticas, y sin embargo distinguibles entre sí; esa diferencia en la identidad era un milagro que la maestra decidió multiplicar por el número de copas existentes, desplazando la cucharita al costado de la copa siguiente, y golpeándola de modo que un segundo sonido (ya no recuerdo si más grave o más agudo) se superpusiera al primero y se desplegara en su propia identidad. Golpeó una y otra copa, a un ritmo creciente, hasta que el tintineo logró superponer todas las vibraciones de la hilera de copas y las de cada una de ellas, vueltas a ejecutar antes de que su temblor original se hubiera apagado. Esa música angélica servía para ilustrar alguna ley física que he olvidado.

—Todo canta —dijo la maestra.

Años después, yo vería cada planeta deslizándose en el espacio como una gota de agua vibrátil que sonaba de acuerdo a la sacudida que le brindaba un estímulo exterior y la fuerza antigravitatoria de su propia masa, determinada por su elipse angular, pero entonces, en aquellos días de mi infancia, sólo pude ver en aquella música temblorosa y elemental, el triunfo de una armonía suprema. La humillante vida escolar, la tediosa sucesión de enseñanzas que nada me importaban, había dado paso a una lección sobre la belleza y la verdad. Y ese misterio abierto como una flor (sólo gracias al auxilio del roce de una cucharita) pronto daría lugar a otro del que yo no había encontrado hasta entonces explicación, y que sólo resolvería en el curso de mi viaje a través del tiempo: el misterio de la ausencia de mi madre.

1

En aquella época, a veces sorprendía a mi madre absorta, perdida en la línea imaginaria que se abría tras de los espejos. Al encontrarla así, inmóvil ante el reflejo de su imagen, no podía sino pensar que había sido capturada por la fascinación que le producía su propia belleza, al punto de que mi propia presencia le pasaba inadvertida. Tiempo después comprendería que en el destello de sus ojos ella buscaba rescatarse de sus propios pensamientos, perdidos en algún punto del pasado: tal vez en el momento en que perdió a su padre, Sebastián Deliuskin. A tal punto estaba ella capturada por la intensidad de esas ideas o recuerdos, que todo lo demás, incluyéndome, parecía pasarle desapercibido. En ese proceso, que se acentuaría con el paso del tiempo, debe hallarse sin duda el núcleo de su decisión de escribir la biografía de cada uno de los genios de nuestra familia.

Buena parte de mi infancia transcurrió en la contemplación de una puerta cerrada. Aquella detrás de la que se ocultaba mi madre. Conozco de memoria cada marca de ese rectángulo de madera basta, cada veta del material. Niño como era, sin capacidad de acceder a los secretos que guardaba su conducta, tomaba entonces ese ocultamiento como una muestra de rechazo. Fui el resultado de su entrega a una causa que no incluía mi crianza. Me eduqué como un chico malhumorado, irritable, demasiado sensible para ser aceptado por los compañeros de colegio. La soledad, la soledad. Ella nunca entró en mi cuarto para darme el beso de las buenas noches. ¿Cómo obtener el amor de una madre? Quizá en esa pregunta se anudó el drama de mi vida, que en su despliegue encontraría una respuesta distinta de aquellas que acepta el resto de los mortales. Yo encontraría ese amor en una apuesta infinita, en la forma particular que adoptaría nuestro encuentro.

Por lo demás, el resto de mi familia se ocupaba bastante de mí. En una zona de suburbios de la provincia, mis abuelos y mi padre llevaban adelante un pequeño negocio cuyas ganancias nos permitían vivir dignamente, aunque cuidando de cada moneda que se gastara. Me crié a fuerza de sopas de gallina hervidas en grandes ollas para que en su cocción la materia carnosa fuera soltando sus nutrientes, disgregándose en el caldo denso. La gallina se trozaba y luego se introducía en la olla sin descartar las vísceras rojas y negras. Puestas a fuego lento, estas partes se hervían junto con legumbres y verduras y el cocido resultante era una constelación de lamparones de grasa amarilla, coágulos que brillaban en la superficie, algunas veces atravesados por las garras de la gallina hervida, que emergían desde el fondo.

Mentiría si pusiese que aquello me repugnaba. Al contrario, los restos del origen bestial me unían con el pasado remoto en la cadena de las generaciones. Así como la gallina supo ser dinosaurio y el dinosaurio emergió anfibio de las aguas, nosotros, que fuimos simios y conocimos antes la condición de pez, estuvimos juntos en el caldo originario. Tomar esa garra como una presa, morder con fruición la parte del músculo donde nace la pata, era, de alguna forma, como girar, enroscarme y darme una dentellada dolorosa y feliz, capturar algo de mí mismo. Por eso también me gustaba acompañar a mi abuela a la feria barrial. Yo iba montado sobre el changuito, en realidad adentro de la bolsa, como un canguro. Era una feria al aire libre, que condensaba lo moderno de la época y su variedad —licuadoras, productos alimenticios en paquetes amarillos, matamoscas de alambre, cortinas de plástico multicolores (el arco iris de los pobres)—, pero también lo que continuaba idéntico desde el medioevo: bestias muertas y vivas que se exponían sobre los mostradores de madera. En espera de ese momento, quería que pasáramos sin detenernos ante el puesto donde vendían artículos de bazar. Me molestaban las tazas y teteras de porcelana pintarrajeadas con chinos falsos metidos en paisajes de montaña que se borroneaban al primer enjuague; el olor metálico de las ollas a presión de aluminio; el aspecto obsceno, como de monstruo dormido, de los cubiertos de peltre y de las jarras de loza vitrificada. En cambio, mi interés iba creciendo a medida que nos acercábamos a la región donde, bajo un toldo de tela gruesa que filtraba los rayos del sol, los pescaderos manipulaban su mercadería ante la vista del público. Llevaban botas de caucho negras y vestían pantalones y camisas blancas de algodón muy grueso, que en el comienzo de sus tareas, al menos durante un par de horas, seguían manteniendo un aspecto inmaculado, pero que a lo largo del día terminaban manchándose con la materia de los órganos internos de las especies que trabajaban con sus cuchillos cortos y afiladísimos, con los líquidos escasos que pudieran saltar de alguno de aquellos cuerpos, pero sobre todo con su propia sangre, ya que a veces se herían al abrir al pescado por el vientre, o se atravesaban con alguna espina dorsal o una aleta. Los gajes del oficio. Era curioso ver el contraste, de acuerdo a la hora en que mi abuela y yo decidiéramos ir a la feria. Si temprano, parecían estar apenas un escalón por debajo de la jerarquía de los médicos y cirujanos, a los que se parecían en el uso de las boinas con las que contenían sus crenchas. Si de tarde, se veían rodeados de cabezas cortadas, con las ropas cruzadas de lamparones, envueltos por el olor y circundados por el aleteo de las moscas. Pero por encima de todo llamaban mi atención los ojos de los pescados. La fijeza de la muerte en esas esferas pequeñas y que mantenían sin embargo una cierta intensidad vital en el punto amarillo que refulgía dentro del círculo negro y átono, cuando el pescado era fresco, o que se iban hundiendo en la opacidad a medida que pasaban las horas, hasta que su brillo se atenuaba y la esclerótica y su bola empezaban a perderse en el cuenco. Qué habían visto, qué habrían querido ver.

Parecía como si en sus últimos momentos aquellas bestias prácticamente descerebradas hubiesen encontrado algo, un resto de voluntad, la determinación para dar testimonio de su existencia.

Pero el centro de ese universo era para mí el puesto donde vendían gallinas vivas. Por principios de economía o por conveniencias de traslado, los feriantes las traían apretujadas en las jaulas, por lo que aquellas que habían sido introducidas primero terminaban con las alas machucadas por la presión de las que entraron luego, cloqueando su desesperación que nadie advertía. Podían protestar hasta agotarse, que nadie se detendría a analizar si en ese ruido habitaban anhelos del alma o circulaban mensajes acerca de un extraño mundo nuevo: su alharaca disminuía pronto, un descenso que era proporcional a la cantidad de ejemplares extraída de la jaula para su venta y exterminio. El puestero sacrificaba a la gallina torciéndole bruscamente el cuello; lo hacía con tal precisión y velocidad que el animal se desplomaba sin advertir lo definitivo del acontecimiento. Luego de desnucada, le arrancaban las plumas más gruesas y la abrían por el vientre para quitarle las vísceras, ya fueran comestibles como el corazón y los pulmones, ya descartables como todo el negro correaje intestinal. En el hogar se completaba la tarea sumergiendo a la gallina en agua hirviente. El calor aflojaba la piel y dilataba los poros, lo que permitía extraer más fácilmente el plumaje residual...

Nunca me importó el destino de esas bestias y tampoco me preocupó la mayor o menor medida de sufrimiento que conocieran en su fin. Como animales adultos, habían alcanzado su dimensión y no permitían ilusionarse con ningún despliegue de posibilidades de sus seres (salvo que ocurriera el milagro de una mutación completa)… Y lo mismo podría decirse de las crías, los pollitos que enternecen con la tibieza de sus cuerpos y la tenuidad de sus dorados plumones. En tanto nacidos, hechos, y por tanto condenados. En cambio, me interesaba muchísimo un fenómeno anterior: el huevo. Allí, en esa zona de transparencias, donde pequeñas manchas o brillos y sustancias se iban adensando y se consolidaban, por el lapso de unas horas se consolidaba una negación de todo límite futuro, aunque de hecho aquellas sustancias coloidales fueran su confirmación. Sin embargo, lo que constituía un presente absoluto para una mente que se abstrajera del espectáculo del tiempo, era lo indeterminado, la pura potencia. También atrapaba mi atención el contraste entre esa alquimia en desarrollo y la delicada manera que la naturaleza había obrado para ofrecerle un receptáculo (la cáscara esférica y su helicoide, una pieza de suprema orfebrería), y el método basto y singularmente grosero en que el huevo, luego de producidas la serie de mitosis, hacía su aparición: a través del agujero del culo de la gallina.

Durante años me abstuve de comer huevos. Me asqueaba la evidencia de que antes de convertirse en alimento habían atravesado el recto del ave. Ya fueran blancas, verduzcas o grisáceas, las manchas de mierda de gallina me producían una repulsión que no lograba superar aunque mi abuela lavara la cáscara bajo el chorro de la canilla, enjabonándola y frotándola con un cepillo. El efecto era idéntico. Comer el contenido de un huevo suponía alguna clase de contacto con la inmundicia que lo rodeaba en su recorrido de salida hacia el exterior. Y además, implicaba la aniquilación de las posibilidades de una vida por nacer. De algún modo, eso se homologaba con mi propia existencia, la de alguien que, habiendo apenas empezado a atisbar las increíbles potencialidades de su desarrollo, se encontraba con que el universo inhóspito se lanzaba a devorarlo, y lo hacía sin cesar.

2

Todos los días, a las cinco de la tarde, mi abuela me llevaba a tomar la merienda a la confitería San Martín. Era un edificio de principios de siglo pasado, grande como cinco establos, con salón comedor y reservado de familias. Apenas empezada la primavera los dueños sacaban mesas a la calle, y mi abuela y yo nos sentábamos en cualquiera de éstas, cerca del cordón de la vereda. Mi abuela era una inmigrante que durante todos los años que vivió en este exilio jamás pudo pronunciar correctamente una palabra que contuviera un diptongo (cuando me ofrecía un huevo decía "boibo"), pero sus pesadillas, todas sus humillaciones y vergüenzas desaparecían cuando alzaba la mano para llamar a Héctor, el mozo que nos atendía. Entonces se volvía verdaderamente imperial, un efecto de la dicha: iba a darle de comer a su nieto. Alzaba la mano y pedía una bebida gaseosa y "un sambuchito" triple de jamón y tomate.

—Lo de siempre —decía Héctor y al rato regresaba trayendo en alto su bandeja redonda donde lucía el plato de loza del que desbordaba el rectángulo de pan de miga, y a su lado la botella de vidrio grueso, de molde tramado sobre las curvas ideales de una mujer, en cuyo interior se veía el jarabe rojo espeso que empezaba a burbujear apenas Héctor apoyaba su base sobre la mesa, y en un solo movimiento de la mano, seco y preciso, la destapaba. Ese movimiento y el ruido resultante —una mezcla de efecto de succión y liberación— llamaban la atención; por una fracción de segundo, la vista se apartaba de la mano para ir al pico de la botella, esperando asistir al explosivo derrame burbujeante del contenido. Luego, como esa explosión no acontecía, la mirada volvía a la mano de Héctor, pero éste había aprovechado aquel segundo para operar su verdadera magia y ocultar el objeto de su función: la tapita de chapa de la gaseosa. Había mozos que, apenas retirada, la guardaban en el bolsillo de su uniforme blanco. Héctor, en cambio, producía esa desaparición episódica, generando unos instantes de pequeño suspenso que realzaban lo que ocurría luego. Y era que, sin que pudiera distinguirse el modo, sin que mi abuela y yo alcanzáramos a develarlo, la tapita, que suponíamos oculta en el hueco de la palma, estaba de pronto volando por el aire como si se hubiera desmaterializado durante un segundo para liberarse de la sujeción, y una vez hecho esto se hubiera materializado de nuevo, lo que suponía no sólo una modificación de las leyes de gravedad sino un nuevo principio científico, la animación súbita o autopropulsión de lo inerte —aunque es claro que se trataba sólo de un truco destinado a maravillarme. Como fuese, la tapita hacía su recorrido por el aire.

Siendo de forma circular, tenía, como sus semejantes de bebidas similares, una especie de corola dentada que servía para provocar un efecto de cierre hermético sobre el pico de vidrio de la botella, por lo que, puesta en vuelo, esa dentición giratoria permitía imaginar el tránsito de una estrella hacia los confines. En este caso el asfalto negro de la calle equivalía al cielo nocturno del universo, ausente por el momento la radiación de fondo, y cuando la tapita caía cerca de otras tantas previamente arrojadas a lo largo de días y meses y años era porque había ido a ocupar su lugar de destino luego de un recorrido de eras tras la explosión original: quedaba allí hasta que el paso de algún vehículo terminara hundiéndola junto con sus hermanas, una constelación de redondeces que en el verano brillaba sobre el alquitrán. Fanta, Coca, Crush, Bidú, Mirinda, Seven Up, Indian Tonic, Aldebarán.

Después de haber destapado la botella y de haberme servido su contenido hasta la mitad del vaso, Héctor dejaba sobre la mesa el plato con el sanguche, daba media vuelta y se retiraba con la bandeja bajo el brazo.

Mi abuela me miraba. La pregunta de sus ojos. ¿Y? Yo sonreía. Entonces ella tomaba un borde de la tapa del pan de miga y lo alzaba —la delicadeza con la que se movían sus dedos deformados por la artrosis— para examinar los interiores. Aquello era el territorio privilegiado de su mejor estudio: la golosina comestible de su nieto. Las dos rodajas de tomate tenían que ser frescas, fresquísimas, recién cortadas, del grosor suficiente para que la rojez del fruto no se viera afectada por ninguna transparencia, reveladora de lo ajustado del corte, y no tan gruesas como para que su sabor se impusiera sobre el del jamón. La miga debía ser esponjosa, pero en su medida justa, porque de lo contrario, cuando se la untaba con manteca, la materia sólida láctea podía romper su trama. Por ello, en la confitería San Martín, donde conocían el gusto de la clientela y estaban dispuestos a satisfacerlo, desde una hora antes de nuestra visita dejaban fuera de la heladera la porción de manteca a utilizar, lo que permitía que adquiriese la blandura necesaria para ser esparcida sin dificultades, al tiempo que evitaban que un exceso de exposición a la temperatura ambiente la volviera rancia. Pero lo que me llevaba a considerar a un sanguche de jamón y tomate como el non plus ultra de la exquisitez era el espesor de la lonja de jamón, que en la degustación permitía apreciar la textura y el sabor de la carne; ese corte, que combinaba densidad de materia y vacío, volvía innecesario el trabajo de los dientes. Su esponjosidad era agradable al roce de la lengua. Allí, en su finura, yo encontraba el secreto de la apreciación del manjar, que, girando una y otra vez en la cavidad de la boca, terminaba desintegrándose en una sucesión de éxtasis y adecuándose al objetivo de mi abuela, quien consideraba que de esa manera —por así decirlo esencial— las nutrientes de los alimentos se aprovechaban de manera íntegra y sin desperdiciar nada.

Esa creencia, que nacía de su historia personal, llena de crímenes étnicos, orfandades repentinas, encierros, privaciones y miserias, había hecho de la escasez una condición de la que extraía un sistema de valores.

Más aún. Era un ejercicio de regulación alimenticia que ofrecía una enseñanza: el ahorro como aspecto de la moral. Esas pilas y pilas de triples de miga acompañaron mi infancia porque, por amor a mi abuela, convertí lo que no era sino una serie de rebanamientos en el ejemplo más elevado de lo deseable. De allí que mis primeras indagaciones autónomas sobre la ciencia de la duración se desplazaran en más de un sentido por el territorio marcado por ella.

Esto sucedió durante la época en que se desató su enfermedad.

Hasta ese momento, yo no había asistido a una agonía; menos aún me había hecho a la idea de que el dolor del enfermo, cuando ya no se puede albergar una ilusión razonable de cura, genera en los parientes un sentimiento ambiguo, que combina tanto el bondadoso anhelo del cese del dolor de un ser querido como el brutal y ciego deseo de que ese tormento acabe de una buena vez por todas. En territorio salvaje un moribundo es una bestia herida cuya supresión no se hace esperar. Pero en esto que llamamos el orbe civilizado, y gracias a los paliativos de la medicina, el término de una vida sentenciada puede demorarse por meses o años. Cuando el horizonte último no es la cura, esa prolongación aparece como un propósito sin objeto, pero en el fondo expresa un deseo más humano que cualquier otro, el de preservar la propia individualidad a cualquier costo. Es claro que, en el caso de mi abuela, apenas las cosas se volvieron complicadas ella manifestó firmemente su decisión de morir en paz, pero ninguno de los adultos de nuestra familia aceptó sin resistencia ese mandato que habría exigido suspender tratamientos y operaciones ya programadas, de las que no podía esperarse otra cosa que una serie de agravamientos y dosis mayores de dolor. De alguna manera, su voluntad de irse de una buena vez por todas chocaba contra la voluntad general, que prefería depararle sufrimientos complementarios antes que admitir que se había dejado algo por hacer. En ese punto, por supuesto, la actitud de mis mayores era como un signo lanzado hacia el futuro, un aviso que inscribían en mi memoria y en la de mis primos: cuando les tocara ocupar el lugar de los moribundos, deberíamos ocuparnos y luchar por sus vidas aunque se tratara de un esfuerzo sin esperanzas. Era una posición legítima. Entonces, yo mismo habría dado lo imposible para que mi abuela se curase. Estaba dispuesto a admitirla en los extremos del deterioro y la senectud, con tal de no perderla. Siempre había algo que hacer, en apariencia. A mi abuela la abrían, la cerraban, le cambiaban órganos de lugar, la suturaban, le cortaban metros y metros de intestino... Fue un largo recorrido durante el cual medité acerca del sentido y las condiciones de la existencia. Obtuve mi conclusión durante el velorio. Siendo nosotros la única especie dotada de raciocinio, lenguaje y comprensión, era completamente injusto que fuéramos también los únicos que advertíamos la verdadera dimensión de nuestra tragedia.

En ese sentido, y aunque no lo supiera aún, me estaba convirtiendo en un digno exponente de mi familia. Si —cosa que no sabía aún— uno de mis ancestros había compuesto su música para salvar al Universo, yo estaba decidido a hacer lo posible para que el amor de mi abuela permaneciera siempre a mi lado. Quería encontrar la manera de que la raza humana se volviera inmortal

3

Tras la muerte de mi abuela se desplomó sobre mí un telón negro y oleoso: la fealdad del mundo. La fealdad del mundo consumando su obra y desplegando sus alas verdinegras. El frío de las mañanas, camino hacia el colegio, con los restos ácidos del desayuno subiendo por el esófago y explotando en vómito por la garganta. Las cuadras sucias de barro y escarcha, las ventanas bajas y enrejadas, las flores mustias alrededor del enano de jardín que alza su carretilla de cemento. El sonido de las campanas de la iglesia llamando los domingos a misa y el frío de esa salvación suministrada en latín a través de los altoparlantes. El rezo rebota contra los vidrios sangrantes, espanta a las palomas y a sus piojos. *Sancta Maria, Mater Dei, ora pro nobis peccatoribus nunc et in ora mortis...* Sin embargo, al mismo tiempo, y descubierta la naturaleza de mi misión, todo se volvió más luminoso. La capacidad de mi cerebro se expandió. Empezó a circular por mis neuronas la fuerza de un impulso nervioso nuevo. Reconocí las secretas conexiones entre las cosas. No era un proceso místico, que yo supiese. Dar a luz, en nuestra naturaleza, las condiciones de una inmortalidad que hasta el momento se había negado a todo lo existente (excepto a lo inerte, que es cosa pero no ser), entrar en la perspectiva de una temporalidad ilimitada, suponía menos incursionar en las promesas de la teología que en las formas materiales que asume la duración.

Como mi propósito era resolver el problema central de la humanidad, supe desde el principio que no debía desviarme realizando tareas de corte académico, del tipo de aquellas que investigan las técnicas de momificación de los egipcios, las predicciones sobrenaturales de los babilonios y las pócimas mágicas de los druidas; tampoco necesitaba aplicarme al conocimiento de la evolución histórica de la medicina y de sus aplicaciones usuales. Mi campo de operaciones se situaba entre las coordenadas establecidas por la matemática, la física y la geometría. La aprehensión mental de ese mundo objetivo me proveyó de otras amistades: Euler, Gaus, Hipaso, Minkowitz, Hildeberg, Einstein, Park-Button, Maxwell...

Como he dicho, debido al influjo de mi abuela yo había establecido que cierta clase de relaciones estimables entre densidad de materia y espacio vacío permitían establecer alguna especie de constante de conservación de la energía. Aunque en el origen esto sólo se aplicara a la gastronomía, había un principio que podía extenderse a ámbitos más amplios, ya que, básicamente, la vida orgánica supone la existencia de una administración saludable (racional) de las fuentes de energía, y su cese o desequilibrio extremo propende a la mutación de esa vida o directamente a su fin. No era extraño entonces que en el universo desordenado y ávido de mis lecturas terminara interesándome en los aportes del astrofísico ruso Nikolai Kardashov y en las contribuciones de otro científico, el americano John Freeman Dyson.

En 1964, Kardashov estableció tres categorías para medir el grado de evolución tecnológica de una civilización, basándose en la cantidad de energía de que dispone. Aquella situada en el primer grado, o tipo uno, era capaz de emplear toda la energía disponible en un único planeta. La de tipo dos podía beneficiarse con la de una única estrella, desde luego externa al planeta que la aprovecha, en tanto que la de tipo tres estaría en condiciones de utilizar la de una galaxia entera.[15]

Pensado desde una perspectiva terrícola, era evidente que en nuestro planeta no habíamos conseguido llegar ni por asomo al primer estadio. Imposibilidad de conversión del gradiente térmico oceánico, falta de aerogeneradores y aprovechadores del gas de los volcanes... Exasperado por ese panorama de retraso que llevaría centurias o milenios superar, arrebatado por las exigencias del presente, Freeman Dyson concibió un mecanismo capaz de trasladarnos, del cero casi absoluto al que parecíamos condenados, directamente hacia el nivel dos. Su artefacto era una delicada urdimbre sintética, artificial, una estructura esférica

---

[15] Kardashov calculaba la energía disponible en la tierra en aproximadamente 10 (a la 16) W. La de una estrella promedio rondaría los 10 a la 26 W, tomando en cuenta que el sol emite 3,86 x 10 a la veintiséis. Desde luego, la existencia actual de civilizaciones como las descritas es hipotética.

opaca que en su propio honor denominó "esfera de Dyson". Esa estructura o traje espacial orbitante a una distancia antigravitatoria equis de la tierra, estaría compuesta de miles de millones de paneles colectores solares que derivarían parte de esa energía ígnea a habitáculos próximos —especie de ciudades espaciales que constituirían la plataforma de lanzamiento de la humanidad a otras galaxias—, mientras que la mayoría de lo capturado sería reenviado a la tierra en un procedimiento exógeno-endógeno.

La simplicidad conceptual de las teorías de Kardashov y el carácter geométrico de la invención de Dyson determinaron la rápida difusión de sus propuestas: las búsquedas de vida en otros planetas fueron determinadas por ambos paradigmas. Los astrónomos apuntaban sus telescopios hacia el cielo buscando estrellas con picos de infrarrojo inusuales, que sólo podrían explicarse por la adición de una esfera artificial. Los cines de barrio comenzaron a alternar su programación habitual, compuesta de películas de vaqueros y de espías, con filmes de ciencia ficción repletos de astronautas que visitaban planetas recubiertos de módulos plagiados de las maquetas de telgopor de las esferas dysonianas. El mismo Dyson contribuyó a ese desarrollo de la cultura popular asesorando a los guionistas de aquellas historias. A su vez, ese contacto o perfusión con los gustos masivos produjo sus efectos en el científico, que dedicó sus últimos años a inventariar las características que debía poseer un arbusto diseñado genéticamente para crecer y desarrollarse en la materia sólida de los cometas y que, una vez esparcida su simiente, produciría la masa de oxígeno suficiente como para generar las condiciones de existencia de una atmósfera respirable para la especie humana.

Tras la muerte de Dyson, los herederos donaron sus dibujos a la Universidad de Yale, dando por hecho que sus fantasías eran impracticables. Pero ni la discreción de ese gesto ni su carácter de sentencia póstuma calmaron a los detractores que al difamarlo mantenían el culto de su memoria y difundían la posibilidad teórica de sus invenciones. "¿Cómo se siembra una especie vegetal en una cometa? ¿De qué se alimenta? ¿Quién la riega? Si no la quema durante la fricción del desplazamiento, ¿cómo procesa los componentes de las atmósferas que atraviesa hasta convertirlos en algo parecido al oxígeno?" (Albert Geobb). "La nueva composición de las atmósferas podría implicar la aniquilación de esas neo-civilizaciones dysonianas distribuidas en el hiperespacio, ya que, caso de existir, nada sabemos de lo que respiran *ellos*" (Friedrich Mittelhaus).

Más allá de esas especulaciones, la esfera de Dyson —su deliciosa combinación de materiales novedosos, diseño vanguardista, geometría clásica y alucinación contemporánea destinados al aprovechamiento integral de las fuentes de energía— era un orbe de perfecciones que ocupó mi pensamiento durante largas noches. Pero aun en mi obsesión por esa forma, yo sabía que si una mañana, al despertarme, veía el horizonte oculto tras un tejido de paneles reflectantes y absorbentes, eso serviría para proteger a la humanidad de las lluvia de asteroides y para proveerla de una fuente de energía inagotable, pero no ayudaría a mi propósito de volverme inmortal.

Puesto a reflexionar sobre la manera de hacerlo, las primeras cosas que se me ocurrieron estaban relacionadas a las propuestas medicinales de la época: cirugías, trasplantes, etcétera. Maneras materiales de sustituir órganos gastados por el uso, subsidiarias de un cuerpo que podría durar en tanto cada parte pudiera ser reemplazada, durar aunque el envoltorio fuera envejeciendo, la piel volviéndose colgajos que serían recortados y suturados, los huesos sustituidos por aleaciones de plástico y titanio… pero esa preservación tenía sus límites y algún día terminaría siendo intolerable para su portador. Para no hablar de la declinación de las facultades inherente a las partes sin reemplazo (el cerebro, núcleo de la memoria, estandarte de la identidad). Descartado este recurso, obvié los cuentos de la religión, que no sabe explicar el motivo por el cual una figura omnipresente y a la que se le atribuyen cualidades paternas podría tener alguna clase de interés en nuestra supervivencia, ya fuera como alma, espíritu o soplo. De las disquisiciones acerca de la reencarnación, concluí que el relato acerca de cuerpos habitados por identidades emigrantes servía para ilustrar a las mentes débiles acerca de un misterio mayor: el del tiempo. El viaje en el tiempo era el gran sueño colectivo, otra burbuja que flotaba cargando el espíritu de la época. Al respecto, mis conocimientos aún eran insuficientes como para que pudiera participar activamente en un proyecto de esa envergadura —de hecho, ni siquiera había terminado de cursar la escuela primaria—, pero contaba con la información básica necesaria para entender que el espacio y el tiempo forman cuatro dimensiones continuas, por lo que si el recorrido gravitatorio propio de una estrella puede deformar ese calidoscopio dimensional, es decir, si una masa es capaz de curvar el espacio tiempo por efecto de la interacción gravitacional, resultaba posible también que el tiempo se curvara con auxilio del espacio hasta que la flecha del tiempo se enroscara sobre sí misma formando el bendito bucle que nos permitiría viajar hacia el pasado.

Por supuesto, para realizar este viaje era imprescindible fabricar una máquina del tiempo que generase las condiciones básicas para el lanzamiento de los viajeros. El único inconveniente, insubsanable por el momento, era que la máquina sería en la práctica un túnel en el que la entrada estaría sujeta a la evolución del tiempo, sincronizada con éste en el presente perpetuo (en la perpetua sucesión del presente de cada momento), en tanto la salida permanecería inmóvil en el momento y lugar de su creación, por lo que sólo podrían viajar al pasado quienes vivieran *luego* de que la máquina creara el bucle, y sólo mientras existiese esta máquina. En resumen: ningún neandertal provisto de su hacha de piedra podría subirse a ella y toquetear sus comandos, lo que era una ventaja, pero también un grave inconveniente, ya que la máquina no existía aún y yo no tenía ninguna certeza de que pudiera fabricarse durante el curso de mi vida. Y además había problemas teóricos no menores, ligados a la cuestión del regreso, que bien podía darse a través de una puerta paralela, la puerta de un espacio tiempo paralelo y distinto… Para no hablar de las paradojas que estimulaban intelectualmente a las familias del mundo, reunidas cada atardecer frente a la pantalla de sus televisores hogareños para asistir a la emisión de un nuevo capítulo de la serie *El túnel del tiempo*.

Oculta en el interior de una montaña de Arizona, hay una base que ampara el mayor proyecto secreto del gobierno americano: un túnel del tiempo. La máquina es una especie de inductor de espiral gigante que gira hipnóticamente llevando a través del tiempo a dos científicos, Tony y Douglas. Debido a una falla, luego del viaje inaugural Tony y Douglas no pueden regresar al presente de la serie y se la pasan rebotando por distintos períodos de la historia. Había que ser muy frío para no emocionarse ante el espectáculo en blanco y negro de los dos aventureros que volaban agitando las manos sobre un fondo blanco mientras un ventilador les alborotaba el cabello y les pegaba las ropas al cuerpo…

Más allá de lo previsible de la mecánica narrativa, que se se repetía en cada capítulo —situación de riesgo de los científicos, rescate obrado desde el laboratorio de Arizona, traslado a nueva época—, lo que la serie ponía entre signos de duda era la posibilidad de alterar el curso de la historia a partir de la intervención de un protagonista de nuestro presente en un hecho del pasado. Digamos: si Tony y Douglas se cruzaban con el mayor de los criminales, con Adolf

Hitler, ¿debían ajusticiarlo, o de hacerlo desencadenarían una catástrofe peor que aquella que con su acción creían evitar? Lo interesante de la serie era que contrastaba la voluntad de los protagonistas de ejercer el bien a toda costa con el determinismo de hierro del guión, cuyas peripecias estaban delineadas para probar que el pasado era inmodificable. Por supuesto, parte de su encanto radicaba en la habilidad con que el relato nos convencía de que nuestros héroes no habían conseguido su objetivo por culpa del azar o por pura mala suerte. Pero al mismo tiempo, ¿qué otra cosa hubiese sido factible? De haber logrado el dúo, por ejemplo, abolir un acontecimiento históricamente fechado —la Revolución Francesa, la caída de Bizancio, las anotaciones de Andrei Deliuskin a los *Ejercicios Espirituales* de Loyola, etcétera— esa abolición habría modificado sin duda la cadena de futuros virtuales que colgaban del árbol eterno de las alternativas no consumadas, dando por resultado un desencadenamiento de efectos que tal vez habrían terminado por aniquilar nuestro tiempo tal como lo conocemos. Imaginemos por un instante que, recién llegado al Paleolítico, Tony carga tiernamente en brazos a un cachorro de velociraptor y al hacerlo impide que la bestia antediluviana pise a una babosa, por lo que la babosa sobrevive, se sube a una planta y devora sus hojas. Al ingerir la babosa esas hojas, la oruga que se alimentaría de ellas perece, por lo que el pájaro que la atraparía cambia su vuelo y no es presa de un reptil que a su vez… y así sucesivamente hasta la explosión o la disolución entrópica del túnel del tiempo televisivo, de la televisión, de nuestra civilización y de nosotros mismos. A la vez, que la serie siguiera existiendo y que estuviéramos viéndola, demostraba que la causa-dinosaurio y su ristra de efectos no habían sido alteradas.[16]

Lamentablemente, en abril de 1967, una reducción brutal del presupuesto de los estudios determinó la interrupción repentina de *El túnel del tiempo* y liquidó esas garantías. Las grabaciones no fueron retomadas y Tony y Douglas quedaron flotando a la deriva, en las tinieblas de lo inconcluso. De todos modos, el mensaje ya había sido sembrado y la semilla del pensamiento especulativo germinó en el ámbito escolar y en el de las familias de los alumnos. En mi aula al menos, alborotado por las primicias de la pre pubertad, no había varoncito que dejara de considerar la alternativa de que en alguno de sus viajes uno de los dos científicos se acostara con, por ejemplo, la propia tatarabuela, convirtiéndose a sí mismos en sus propios

---

[16] En su Principio de Consistencia, Igor Novikov afirma que si un evento existe y provoca una paradoja —por ejemplo, la del viajero que va hacia el pasado cercano para impedir un incendio en el que muere su madre, y al llegar vuelca "accidentalmente" la lámpara que da origen al fuego—, entonces la probabilidad de ocurrencia de ese evento es cero y no un matricidio. Hugh Everett rechaza este Principio y asegura que el universo se divide cada vez que se explora una nueva posibilidad física. Dado un número de alternativas posibles resultantes, cada una de ellas se realiza en su propio universo. Así, la condición de este Pluri o Multiverso es que el incendio a combatir por el bombero del tiempo se multiplique en todos los universos existentes. Incluso, ese fuego existe en el universo original del cual partió el ignífugo involuntario, pero *no* en aquel que se creó a partir de la volcadura de la lámpara, que genera su propia serie. Por lo tanto, no habría efecto que anulara su causa, sino efectos que crean causas nuevas, en bucles infinitos.

genito-tataranietos. O, complicando un poco más el asunto: ¿Qué pasaba si Tony se encontraba con su abuelo y lo mataba en una pelea de borrachos en un bar? Al hacerlo, desde luego, eliminaba de paso su ser futuro. Pero, si a causa de ese crimen se veía suprimido su nacimiento, ¿cómo era que sin embargo existía y había asesinado al padre de su padre? Y a la vez, si se podía viajar al pasado, y permanecer allí y luego volver, ¿no resultaba posible también que nuestro presente fuese el pasado de cientos o miles de viajeros del futuro? ¿No era posible y hermoso que el mundo y el tiempo resultaran tal y como lo conocíamos *precisamente* porque había legiones y legiones de viajeros del tiempo que desde todas las épocas del futuro caían en sus paracaídas o a bordo de naves espaciales o pétalos iridiscentes en todos los rincones del tiempo espacio, ingresando y modificando las cosas para que nosotros (y nuestros antecesores y descendientes) siguiéramos percibiendo lo existente tal como lo percibíamos?

En ese caso, el viaje en el tiempo sería como el arte luminoso de las hadas, que al ritmo de sus varitas mágicas sostienen los hilos de la realidad para que no sobrevenga la nada.

4

Mi madre quedó embarazada poco después de que muriera mi abuela. La novedad no alteró su rutina de encierro, cuyo sentido verdadero yo ignoraba. A cambio, arribó a nuestra casa una serie de albañiles, plomeros y carpinteros contratados para construir un cuarto que pudiera alojar al nuevo integrante, y de paso agregar ortopédicamente un garage, avanzando sobre el jardín de entrada. La casa se convirtió para mí, más que en un territorio de juegos, en un campo de experimentación acerca de las modificaciones espaciales: cada madera montada sobre una pila de ladrillos apilados en el patio y tapados por una chapa galvanizada, era un escondite en el que podía pasarme horas hasta que lo desmontaban para hacer un muro portante o alzar una nueva pared, lo que implicaba otra modificación. Lo curioso era que, así como esos ambientes provisorios iban mudando a cada rato, a la vez era evidente que aquellos trabajadores se pasaban las horas sin hacer nada excepto juntar esas chapas, cortar esas maderas y alzar una pequeña pila de ladrillos para preparar el asado de los mediodías, lo que desesperaba a mi padre, que veía cómo la casa seguía en obra cuando ya se nos venía encima la fecha del nacimiento de mi hermana. Pero los contratados lo oían como si lloviera. Carecían de toda sensibilidad respecto de las necesidades ajenas, o simplemente vivían en su propio ritmo (su tiempo propio), por lo que primero era el armado de la parrilla, luego la preparación del fuego y la transformación de la madera en brasa, después el corte y salado de la carne, su distribución cuidadosa sobre el alambre tejido, la atención a los tiempos de cocción… después venía el corte de las verduras para las ensaladas, el arreglo de la mesa, la compra del pan y las bebidas. Tras el almuerzo regado con botellas y botellas de vino apenas mezclado con chorritos de soda que arrancaban al borde de los vasos una espuma violeta, la siesta resultaba obligatoria. Era verano. Ellos se tiraban a la sombra del parral, precaviéndose de poner entre los mosaicos y sus cuerpos cansados algunas páginas de los diarios que previamente habían leído durante sus largos desayunos hechos a base de mate cocido y sanguches de mortadela y queso. Sin embargo, tal vez porque el fresco era más necesario que la poca blandura que aquellas hojas podían proporcionarles, muchos de esos periódicos quedaban apilados o desparramados por los rincones. Eran diarios populares, saturados de información sobre romances de estrellas de cine y teatro, gestas futbolísticas, proezas delictivas y aspectos de la programación televisiva. Pero el núcleo duro de esos productos eran unas revistas que se incluían como parte de la publicación. Por su redacción vulgar y su intención escandalosa, mi padre me había prohibido que las tocara, menos aún que las leyera, por lo que yo no podía hacer otra cosa que apoderarme de ellas con la mayor discreción y esconderme a devorarlas en mis escondites. La revista que más atraía mi atención se titulaba *Así*. Venía en formato tabloide, con fotos en tamaño catástrofe y epígrafes muy breves; en las páginas pares aparecían beldades conocidas y desconocidas, vestidas o desvestidas al límite de lo que aceptaba la época —bombachudos que apenas permitían atisbar alguna franja de nalga, manos tapando pechos voluminosos, la sonrisa de la actriz, modelo, aspirante o prostituta mirando a cámara—, y en las impares se reproducían fotografías de criminales perforados a balazos por la policía, niños descuartizados y arrojados en tachos de basura, restos de torsos humanos, incautos o suicidas atropellados por trenes, mujeres violadas y asesinadas. En esa alternancia, en la doble página abierta que iba de atisbo de pubis a tira de intestinos eviscerados, uno podía imaginar que, plegada la revista, las partes se mezclaban y el tajo sangriento se convertía en una penetración: el criterio editorial de *Así* favorecía tales asociaciones, por lo que no resultó extraño que un día yo atestiguara que el propósito subliminal había llegado a la apoteosis.

Fue cuando en su tapa apareció la fotografía de la difunta esposa de un presidente depuesto, Juan Domingo Perón, a quien se denominaba como "el tirano prófugo". Eva Duarte, "Evita". La momificada estaba en su féretro. Su pelo trenzado parecía hecho de paja y por la blancura su cara era en sí una máscara mor-

tuoria, y a la altura del hombro y del cuello se veían
los golpes y tajos que le habían propinado los rebeldes que derrocaron a su marido, golpes y tajos que le
habían desgarrado la piel y que permitían, o así me
lo pareció a mí, que apareciera la estopa del relleno.
Después... Después eran los pechos pequeños y duros,
la fragilidad de los huesos del tórax, la cintura elegante,
el álgebra de su ombligo sobre el misterio de la curva
del vientre, el monte de Venus donde creían los pelos
duros de su pubis.

No tiene mucho sentido abordar la naturaleza de
las emociones que invadieron a un niño que se asomaba por primera vez a las combinaciones arduas que
puede producir un cuerpo desnudo y entregado al
goce inmóvil de la vida ultraterrena. La fuente misma
del erotismo manaba hacia mí a borbotones. Nunca
antes había tenido una impresión de tal intensidad.
Miraba aquella piel traslúcida, los restos tirantes de
esa carne que me iba revelando su fórmula particular
para encarar los secretos de la muerte, y al mismo
tiempo trataba de arrancarme a la materia de su encantamiento, por lo que intenté concentrarme en la
crónica periodística que relataba las peregrinaciones
secretas del cadáver y las técnicas ancestrales empleadas para conservarlo. Pero estas palabras eran puro
signo tipográfico, volaban como moscardones esca-
pados del féretro, no había manera de fijar un orden
y un sentido que me arrancara a la atracción de aquel
cuerpo; apenas podía prestar atención a las menciones
acerca de su enfermedad y a los recursos de la taxider-
mia. Pero si el cáncer y sus devastaciones provocaron

como respuesta las inyecciones de formaldehído, si las sales de nitrato y los destilados de mercurio intentaron mantener la apariencia de juventud, lo que básicamente se me estaba revelando era un secreto al que yo no me había asomado todavía: el amor adulto. Porque mucho debió de haber amado el señor Perón a su esposa para mantenerla imputrescible, una cáscara tironeada y maltratada por los avatares de la política, traída y llevada a todos los destinos, con sus órganos seguramente puestos a buen resguardo, aptos para ser restituidos al cuerpo cuando la medicina convirtera al cáncer en una enfermedad curable.

Evita era entonces (también ella) un correo lanzado hacia el futuro, un sueño de supervivencia que atravesaba el espacio del mito y las posibilidades del matrimonio (ya que Perón moriría antes de que su esposa volviera de las sombras) para colocarse en el ámbito propio de la inmortalidad.

Claro que a mí no me preocupaba ya el aspecto ligado al culto arcaico de la resurrección, sino la posibilidad abierta por la mirada de un Perón desprendido y visionario —¿puede un dictador ser también un genio?—, que al considerar viable la perspectiva de curación a largo plazo para la mujer amada, apuntaba también al momento en que la ciencia descubriría la sanación de todas las enfermedades y por lo tanto de aquella que incluía a todas: la muerte en sí.

En ese punto, junto a la miríada de científicos cuyos nombres eran mi compañía verdadera, yo debía incluir también a ese presidente depuesto como mi precursor. Un precursor limitado, porque Perón dejaba la solución del problema en manos ajenas y al arbitrio de los tiempos venideros, en tanto que yo estaba decidido a hacer que todos los tiempos vinieran hacia mí —y si era necesario iría hacia ellos. No obstante eso, no podía dejar de considerar la manera espléndida en que se presentaban algunos elementos de la realidad. Era como si el azar mismo estuviera armando las cosas a mi favor para que yo arribara a los resultados que deseaba. Sin duda, lo entregado ya era mucho, pero yo estaba ávido aún de adentrarme en otras revelaciones cuya inminencia hacía palpitar los segundos de mi demora. Temblaba en la duda, no estaba convencido aún de que debiera abandonar a Evita y pasar la página. Quizá, temía, en búsqueda de lo nuevo, incurso en una "traición" a la vez sentimental, sexual y científica, perdería todo lo bueno a lo que ya había accedido. Pero al mismo tiempo, cómo averiguar algo sin arriesgarse. En todo caso, me dije, si la próxima página no me ofrecía nada nuevo, salvo el espejismo del olvido, yo podría volver a la anterior, a esa donde restallaba la imagen del cadáver de Evita, y en todo caso el hojear de la revista me serviría para atenuar la violencia de las emociones que me agitaban al contemplarla...

Mojo el dedo en la lengua, doy vuelta la página. Lo siguiente con lo que me encuentro es una sección fija, hecha en su mayor parte con cables de agencias ya publicados en todos los diarios y revistas del país, y cuyos contenidos el editor considera oportuno refrescarle al consumidor de su producto. Pero tampoco faltan las fantasías atribuibles al apuro de un redactor por llenar la página: nacimientos de terneros de tres cabezas, hipnosis de porcinos, abducciones a cargo de extraterrestres, ataques de serpientes genitofágicas, amaestramiento de pulgas, carreras de enanos, etcétera. Lo curioso es que, en medio de todos estos disparates, se filtra (o materializa) la información que yo necesito para avanzar en el cumplimiento de mi designio. Un americano había inventado una máquina para viajar por el tiempo. Y *Así* daba algunas pistas acerca de su construcción.

5

Mi primer impulso fue el de precipitarme a adquirir las publicaciones científicas que contuvieran las instrucciones necesarias para armar esa máquina, y luego proyectarme hasta llegar al tiempo en que se hubiera descubierto la fórmula de la inmortalidad.

Naturalmente, una segunda lectura de aquel recuadro —titulado *Créase o no*— me permitió darme cuenta de que, antes de poner manos a la obra, yo precisaba de mayor información en todos los niveles: científicos, de diseño, evaluación de riesgos, etcétera, etcétera. Incluso, aunque por milagro obtuviera todas esas respuestas en algún número de otra publicación de la época, *Mecánica popular*, esas investigaciones preliminares implicaban un esfuerzo y una privacidad con la que no contaba por el momento. Armar en algún rincón de la casa una máquina del tiempo no es lo mismo que dedicarse al aeromodelismo. Pero las dificultades no me desanimaron. Seguí estudiando.

En 1917, Karl Schwarzchild descubrió que las estrellas podían colapsar en puntos de diámetro infinitesimal distribuidos en el espacio de densidad infinita. Él no supo nombrar esos puntos ni precisar las características de ese espacio o de sus particulares distribuciones, que hoy se llaman agujeros negros. A mediados de la década del 50, Roy Kerr descubrió que algunas estrellas no se cierran totalmente: atraviesan un ciclo de formación que no concluyen, y colapsan mientras van rotando. En esa rotación generan anillos (conocidos como los anillos de Kerr) dotados de fuerzas gravitacionales tan intensas que pueden distorsionar el tiempo-espacio, permitiendo que objetos grandes entren por un lado y salgan por el otro. Según Kerr, esos agujeros negros servirían como portales al pasado o al futuro, y, si uno tiene grandes deseos de realizar la experiencia, lo único que debe hacer es encontrar uno y emprender su viaje.

Ahora bien, salvo en las condiciones inverosímiles que plantea la literatura fantástica, donde proliferan objetos mágicos capaces de condensar en un pequeño objeto la totalidad del Universo, no resulta frecuente que tengamos la suerte de toparnos con un agujero negro en el silencio de nuestra propia habitación. Kerr ofrecía otra opción para obtenerlo: bastaba con que uno creara su propio anillo, reuniendo la materia equivalente a la masa de Júpiter, y lo comprimiera hasta alcanzar unos 5 pies de diámetro. La fuerza necesaria para apretar semejante masa pondría en rotación la materia, y una vez que la velocidad del giro se acercara a la de la luz, un agujero negro se formaría en el centro, por lo que el operador de tal proeza podría luego introducirse por ese portal, pasar por el agujero y ser llevado a otro punto del espacio y del tiempo. Infortunadamente, ese anillo doméstico de Kerr era un anillo de un solo sentido, y su viaje era un viaje sin vuelta.

Durante un breve período me entusiasmé con la burbuja Warp, que exploraba las posibilidades de la geometría alterada, operando contracciones del espacio anterior y posterior de la nave viajera, que así podría viajar a mayor velocidad que la luz. Era como remar en el vacío convertido en tiempo. Pero tras algunos cálculos comprendí que para obrar esas contracciones necesitaría más energía de la que disponía nuestra galaxia. En 1937, Willem van Stockum calculó que la única forma de viajar al pasado *sería por medio de un enorme cilindro de alta densidad, que debería girar a velocidades cercanas a la de la luz*. Al rotar, el cilindro arrastraría consigo el espacio y el tiempo, cerrándose sobre sí mismo y trazando una curva temporal cerrada. Claro que para que esto ocurriese, el cilindro debería tener una longitud infinita. Pero en 1949 Kurt Gödel descubrió que si el universo entero estuviese en rotación, habría curvas temporales cerradas por todas partes: el universo mismo sería una gran máquina del tiempo. Sin embargo, como el universo *no rota*, sino que se expande, la idea de construir un cilindro se me volvió, además de impracticable, innecesaria.

Derivando directamente de las teorías de Einstein, Kip Thorne aseguró que en el espacio-tiempo existían desgarros —los llamados agujeros de gusanos— que servían como accesos directos a otros espacios-tiempos, y que —precisamente— era cuestión de tiempo saber manejarlos para que horadaran a voluntad esas dimensiones, de forma que pudiéramos pasar por esas puertas del cielo a momentos y espacios lejanísimos, o distantes pocos metros y minutos de nuestro lugar y hora de partida. Pero Thorne no sólo abría la perspectiva de obtener un viaje a medida de cada usuario, sino que además proponía una manera de llevarlo a cabo. Se trataba de erigir cuatro placas metálicas preferentemente rectangulares y de un diámetro no menor al de varios kilómetros, y colocarlas paralelas entre sí, pero a una distancia extremadamente pequeña, de modo que la fuerza atractiva que actúa entre los paralelos generara las fluctuaciones cuánticas del vacío del campo electromagnético. Una vez construido ese ámbito, se dividían las placas en dos pares y se los conectaba a través de un agujero de gusano.

Pero Thorne se enfrentaba a un problema práctico: para que el proceso alcanzara los parámetros de eficacia indispensables, las placas no podían estar separadas por una distancia mayor al diámetro de un átomo y el agujero de gusano debía tener un tamaño proporcional, de modo de incluirse entero en esa distancia. Siendo así de pequeño, la resultante era que un ser humano no se vería impedido de entrar y salir de su interior, incluso si se solucionaba los temas relativos a la radiación emitida, o el efecto destructor de su gravedad. Melancólicamente, Thorne concluía en que el primer viaje a través de las paredes terminaría realizándolo algún nano-robot provisto de distintos modelos de sensores aptos para registrar los aspectos de la travesía.

Aunque mi eufórico punto de partida fue el límite donde se había desmoralizado Thorne, yo no ignoraba las dificultades con las que me enfrentaría: tan sólo obtener placas metálicas kilométricas resultaba una tarea de resolución dudosa. Habría requerido del apoyo de la comunidad científica, de fundaciones privadas, de contactos adecuados en los distintos niveles del Estado... condiciones todas fuera de mi alcance. Por eso decidí invertir el procedimiento basándome en esta conjetura: si a Thorne lo inmensamente grande lo obligaba a la introducción de elementos a micro escala, yo debía construir una serie de placas pequeñas —que se podían disimular en mi cuarto como si fueran paneles de telgopor para una maqueta escolar—, de modo que el agujero de gusano que atravesara mi máquina y los objetos que viajaran en su interior resultaran de una dimensión que excediera la boca de entrada.

Resueltas de antemano una serie de cuestiones de física teórica que habían llevado a mi precursor a un callejón sin salida, sólo me faltaba realizar el concepto. Sin embargo, la comprensión de las dimensiones de aquello me demoró el momento de la realización. Aunque la máquina del futuro no fuera para mí un propósito en sí mismo, sino una simple vía para la obtención de la fórmula de la inmortalidad —fórmula que daba por hecho se conocería en alguno de los futuros que visitaría—, el hecho de saberme capaz de construirla, y de constituirme por lo tanto en el único humano que hasta el presente se encontraba capacitado para realizarla... eso alzaría una barrera en la historia de nuestra evolución y por lo tanto me convertiría a mí en... No quería ni pensarlo.

Digámoslo claramente: no se trata (sólo) de ser un genio; genios hay a patadas, en todas las áreas. Los genios trazan incisiones en el campo de lo conocido y abren espacio para el fuego de lo nuevo; esos magmas salen a la superficie y pronto se cristalizan. Lo que fue lava se transforma en roca solidificada, paisaje que nuevos genios horadan a su vez para a su vez luego… y así. Lo que yo estaba por hacer, en cambio, era dar paso a que nuevos conocimientos robados al futuro transformaran radicalmente las posibilidades de ser de lo existente, estaba a punto de conseguir que la llama de lo eterno cauterizara en nuestra carne la herida de la muerte. Y en ese punto, también, imaginaba nuevos panoramas: alzar la antorcha de esa eternidad conquistada y retroceder en el tiempo, alzando a los muertos de sus tumbas para hacerlos vivir de nuevo. Por supuesto, empezaría por recuperar a mi abuela…

6

El armado de la máquina fue sencillo. Luego de hacer mis pruebas la colocaba en un estante de la biblioteca de mi cuarto. Tenía una presencia "natural", sus paneles móviles, conectados por un tubo, le daban un aspecto entre abstracto y decorativo, muy en el estilo de las lámparas de diseño realizadas en aluminio o acrílico naranja, cuadradas o esferoides, que durante aquellos años fueron el *súmmum* ornamental de la pequeña burguesía nativa. Y fue por eso, porque parecía uno de aquellos cachivaches que atiborraban nuestra casa primero ampliada y luego arreglada de acuerdo a los criterios de las revistas de decoración, que nadie sospechó acerca de su verdadero carácter.

Ahora que empiezo a ingresar en el centro de mi relato, quiero decir lo siguiente de manera que no parezca vano: el arte es una cuestión mental. La ciencia, más aún. Ciencia y arte son lo contrario de la decoración, que se complace en lo aleatorio y ofrece como justificativo último de su existencia el argumento vacuo de la libertad. En cambio, toda actividad seria reduce el margen de las opciones y se somete a su objeto último. Nadie es libre, ni siquiera yo (sobre todo yo) que opté por supeditarme a lo necesario. Y tanto fue así, que en el curso de mis trabajos debí dejar atrás a todo y a todos, incluso a alguien que empezaba a ser importante para mí... mi novia de cuarto grado, Alba.

Todos los sábados de aquella primavera, a la hora de la siesta, la pasaba a buscar por su casa y partíamos de excursión llevando grandes pedazos de cartulina rígida a una plaza desierta y suburbana, la John Fitzgerald Kennedy, en cuyo centro empezaba a alzarse y se interrumpía abruptamente (al igual que la vida del presidente homenajeado), una especie de monstruosidad elíptica de hierro y cemento. Allí, a la sombra de unos eucaliptos, recortábamos y pegábamos las cartulinas con plasticola y cinta scotch. Yo la había convencido de que estaba diseñando el modelo de la mansión donde viviríamos cuando fuésemos grandes.

Claramente, aquellos eran mis primeros intentos; aún no me había distanciado del criterio de Thorne, por lo que daba por hecho que la desmesura de la máquina resultaba condición de la travesía, pero a la vez ya era conciente de que tanto los tamaños como los materiales a mi alcance diferían de los estándares exigidos por el proyecto original. Lejos de desesperarme, consideré aquello como un estímulo y un desafío; si el modelo de Thorne era hipotético, mi aplicación podía permitirse el lujo de la experimentación y la extravagancia.

En cuanto a Alba... En cuanto a Alba... ella aceptaba mis rarezas (los progresos en mis investigaciones) y le gustaba participar de éstas. Quizá, cuando recortaba las cartulinas o pegaba sus lados, soñaba con trabajar como modista para María Fernanda, la conductora del programa *El arte de la elegancia de Jean Cartier.*

Un día me aparecí con unos delantales de un corte que le pareció "de mal gusto". Reía al ponerse el suyo, y se asombró del peso. Me abstuve de explicarle que la tela forraba el interior de plomo que impediría el paso de elementos radiactivos, y le dije que, así como "nuestra casa" pertenecía aún al reino de la imaginación, lo que hacíamos dentro de esta también debía encuadrarse dentro del ámbito de los sueños, y que a partir de entonces yo iba a avanzar en ese rumbo. La animaba a seguirme, pero también le expliqué que no me enojaría si ella prefería renunciar. Alba me miró con esa mirada luminosa suya, y me abrazó.

En función de algunos desacuerdos con las conjeturas de Thorne, había empezado a producir algunas modificaciones en el diseño de la máquina. En algunos momentos mi maqueta se parecía a un laberinto y en otros adoptaba la apariencia de un barco, un chalet californiano, un dique hidráulico. Pero no se trataba sólo de su forma, sino también de su tamaño: a veces pensaba en construir pistas para alcanzar la velocidad de la luz, las que según cálculos no debían contar con una extensión menor a los cien kilómetros, otras... También tenía que ubicar, y de manera muy exacta, el sitio donde introduciría el agujero de gusano. Estaba seguro de que todo dependía de eso. Por lo tanto, en la búsqueda de precisiones, ocupaba buena parte de esas tardes en desplazar a mi novia por todos los puntos posibles de condensación y traslado. Alba relacionaba esa actividad con las representaciones hieráticas de aquellas mujeres a las que su madre denominaba "manequinns", y al principio le encantaba imitarlas. Creía estar interpretando una versión particular del juego de las estatuas, juego para el que tenía un gran talento, ya que podía pasarse largos ratos quieta y sin moverse, casi sin respirar. Nunca como entonces me conmovió tanto su belleza. A veces interrumpía mi trabajo para contemplarla de cerca, el brillo de sus pupilas en las que se reflejaban los rayos del sol, el viento que agitaba su cabello rubio en vaivenes en apariencia parejos, como los del oleaje, pero a los que, observándolos con detención, se les notaba el tropismo de la divergencia. Estática y expansión, en distintas longitudes de onda. Ella misma, su cuerpo, me llenaba de nuevas ideas… ¡Qué razón tienen los físicos cuando afirman que, aplicadas a su campo, las conclusiones de los matemáticos son completamente irrelevantes! No de la teoría sino de aquellas ondas capilares aprendí lo que sé sobre el espacio y el tiempo. En esos instantes estallaban esquirlas, atisbos de la inmortalidad que yo buscaba, epifanías de lo verdadero.

¿Fue porque las cartulinas se doblaban, el pegamento le manchaba los dedos, el calor le hacía doler la cabeza? ¿Fue porque nuestra vida como adultos quedaba demasiado lejos y yo estaba demasiado abstraído en mi tarea como para considerar esos detalles que son el deleite de los primeros romances? Una de esas tardes (ya era verano) pasé a buscarla. Toqué el timbre y me quedé esperándola en la puerta de su casa. Al rato apareció la madre y me dijo que Alba no podía salir porque estaba estudiando. Eso me llamó la atención, porque mi novia era buena alumna sin necesidad de mayores esfuerzos. Pero no insistí en verla ni en hablar con ella porque comprendí que su ausencia inesperada me facilitaría aplicarme a ciertas zonas de la experimentación de manera más intensa y desembozada. Incluso, la parte egoísta de mi pasión científica evaluó como beneficiosa la perspectiva de que esas ausencias volvieran a repetirse, de modo de permitirme avanzar más velozmente en mis asuntos.

Esa certeza me llevó a despedirme de su madre, y rápida y alegremente fui hacia la plaza Kennedy. Y aunque lo que hice aquella tarde me resultó de gran utilidad, mis progresos no alcanzaron la dimensión que esperaba. La parte de mi cerebro que se ocupaba de arbitrar mis estrategias de disimulo con Alba estaba ahora ocupada en la constatación de los efectos de su ausencia. Un suave halo de melancolía, como un disco de acrecimiento, me envolvió durante toda la jornada, hasta que al atardecer desarmé mi campamento de cartulinas y volví a casa.

A la mañana siguiente, en el aula, Alba se me acercó y me dijo que había decidido romper conmigo.

No pude interponer palabra. Alba me abandonaba justo cuando empezaba a ser la mujer de mi vida. Retrocedí mientras ella me seguía para castigarme con la humillante enumeración de unas explicaciones que se iban filtrando como un ruido agudo, chirriante, enloquecedor, mientras yo recitaba la letanía de los nombres de Vilenkin y Hartle y Hubble y Heráclito y Bruno y Khoury y Ovrut y Turok y Aiyangar Ramanujan... Pese al halo protector de mi invocación, tuve que enterarme.

Durante los recreos, escuchándolo relatar los episodios de *El hombre que volvió de la muerte*, se había enamorado de Rodolfo Batista, un chico de sexto grado.

No sé —no lo supe entonces, no lo sé aún— qué cautivó a Alba, ni qué la arrancó de mi lado. Si fue la persona misma de Batista o si él sirvió a su vez de vehículo para conducirla en dirección a una fascinación anterior, la que experimentan algunas mujeres ante las historias complejas, sobre todo si son ridículas. Tan absurda y tan sórdida era esa serie de producción nacional, tan grotesca y barata su concepción y realización, tan sobreactuada y siniestra resultaba en todos los aspectos, que una chica nacida y criada en el seno de una familia de formación cultural precaria no podía sino caer fascinada. Por el contrario, en casa... Con buen criterio mi padre me había prohibido sentarme ante el televisor a la hora en que se emitía; así, yo era el único niño de mi aula que no había podido ver ni uno de sus capítulos, aunque finalmente, en los comentarios de pasillo, terminara enterándome de su eje argumental: trataba acerca de la prolongada venganza sobre sus rivales, ejecutada por su protagonista, Elmer van Hess, un hombre que finge estar muerto y que cubre su rostro con un velo que se agita con el viento de sus palabras.

7

Sufrí. El proyecto de toda mi vida y sus enormes implicancias me parecieron de pronto ajenos. Ya no pretendía ser el primer inmortal ni rescatar a la especie humana de las garras de la muerte; sólo quería recuperar a Alba.

Debido a mi desconocimiento de los métodos de seducción de mujeres, a cambio de trazarme una estrategia procedí instintivamente. Merodeaba a su alrededor, en los recreos iba tras de ella escudándome en los cuerpos de los colegiales que saltaban la cuerda, jugaban a la mancha o a la pelota; no quería que me viera siguiendo el rumbo de sus desplazamientos que terminaban siempre junto a Batista; tampoco quería que observara mi rictus de desasosiego, la desesperación que estiraba la comisura de mis labios hasta desgarrarlos en una mueca trágica a medida que en su cara se iba trazando la expresión inversa, de entusiasmo, ante la conversación de su nuevo novio.

A veces, para ahondar dulcemente en la fuente de mi padecimiento, me complacía en el recuerdo de sus palabras, refrescaba mi sufrimiento hundiéndome en el gesto de dichosa mezquindad que se dibujó en su rostro al darme la noticia de que me abandonaba. Incluso era capaz de reproducir el estallido de su lengua contra el paladar, un signo de autocomplacencia como los que siguen a la ingesta de un manjar, y luego el chasquido seco de los labios que lo siguió, semejante al que produce una lechuza cuando, luego de tragar el cuerpo entero, pasa a través del pico hasta el último centímetro de la cola de una rata de campo. ¿La adoraba porque me hacía sufrir o era la pena que me produjo su abandono lo que me hizo darme cuenta de cuánto lo amaba? Para empeorarlo todo, su vínculo con Batista iba en serio. Paseaban por el patio escolar tomados de la mano; él parecía estar presentándole siempre los panoramas de una dicha compartida y ella se desplazaba con el aire de una joven esposa satisfecha.

Todo intento de recuperación supone una cierta dosis de firmeza y equilibrio personal en el espíritu de su practicante. En el fondo, es una política fácil, porque se triunfa o se fracasa en el esfuerzo, y la consecuencia cierra el asunto: es un resultado. En cambio yo había descubierto una veta nueva, de la que quería explorar sus riquezas: era la veta del dolor. En el aula me pasaba las horas mirando a Alba, cambiaba de banco para estudiarla desde distintos ángulos; evaluaba sus perfecciones, sí, pero sobre todo trataba de registrar si aún existía en su corazón alguna clase de sentimiento amoroso (o siquiera piadoso), y, de carecerlo, si yo era capaz de inoculárselos a fuerza de fijeza y, mediante transmisión telepática, lograr que saliera del ensueño que la tenía atada a Batista.

Me concentraba, entonces, y, como hacen los actores cuando quieren provocarse la mecánica del llanto, oprimía las sienes con los índices. Claro que no pretendía llorar sino imponerme. Y algo, contra todo pronóstico, ocurría. Tanto en mí, que empezaba a ver nublado, mis pupilas se envolvían en una especie de niebla vaporosa sobre la que de inmediato empezaban a flotar rectángulos brillantes, estrellas de colores, parpadeos de centellas que recorrían en explosión de fugacidad todo el arco de mi retina y luego caían hacia oriente, como en Alba, que, concentrada en el dictado de la clase, no permanecía sin embargo ajena a la existencia de un elemento perturbador, cuya causa no sabía a qué atribuir, y que se imponía a su atención. Tal vez a ella mi muda plegaria intensa y su pretendido carácter hipnótico se le presentaban bajo la forma de un zumbido. En cualquier caso, era algo que la distraía, obligándola a abandonar su actitud de buena alumna y a buscar el origen de su malestar. Desde luego, si yo hubiera seguido estrictamente la conducta que me fijara, debería haber aprovechado esos instantes en que Alba se mostraba fuera de sí para lanzarle inmisericorde el rayo de mi mirada cautivadora (tal como procedía Elmer Van Hess). De haberlo hecho, tal vez ella ahora seguiría siendo mía; anulada como persona pero en éxtasis, una mujer zombie poseída por mi amor y para siempre mía. Pero apenas la veía girar la cabeza, apenas ella se volvía en una y otra dirección, el temor me atenazaba la garganta. Yo podía prever sus próximos movimientos, cada rotación y ángulo, el brillo de su piel que se volvía en mi dirección, pero lo que no estaba seguro de haber conseguido era conocer la intención y el sentido de su mirada a instantes de entrar en contacto con la mía… y eso me devastaba. A punto de capturarla, de ejercer mi poder absoluto sobre su alma, yo sufría un sacudón emocional equivalente a una descarga eléctrica. Y ese acceso me dejaba inerme. El terror me dominaba, obligándome a anticiparme por un microsegundo al cruce de nuestras pupilas. Y entonces bajaba la vista…

Finalmente, loco de amor, caí en extremos de adoración. Me precipitaba a apoderarme de las cosas con las que había mantenido algún contacto —hojas de papel arrugadas, gomas de borrar gastadas, lápices comidos en las puntas—, besaba las superficies que rozara, hasta las del piso, trataba de establecer cualquier clase de vínculo hasta con las amigas que ella había desechado. Después de algunos rechazos, me acerqué a las amigas de las amigas, a las conocidas, en un circuito que sólo entregaba resplandores cada vez más tenues de la luminosidad primera. Una noche, en mi cuarto, comprendí que aquello no tenía fin y que la exposición continua de mi pérdida me había convertido en un chico despreciable. Decidí acabar con mi vida.

Abandoné la cama, agarré una tijera y salí a la calle. El acto de la muerte debía acatar en lo posible los dictados de una realización estética, ya que había nacido bajo la forma de la desgracia amorosa. Me proponía entrar furtivamente en el hogar de Alba, deslizarme en su habitación y, cuidándome de no alterar su sueño, seccionarle la cabellera que llevaba larga hasta la cintura, y luego trenzarla para hacer la soga con la que me ahorcaría. Anticipaba la cuadra desierta, el farol que se sacude, mi cuerpo que cuelga, la carta a los pies que lo explica todo.

Por supuesto, más allá de los énfasis de mi imaginación,, teniendo en cuenta mi inexperiencia como Romeo y mi ineptitud como asaltante, lo más probable habría sido que la policía me detuviera apenas intentara entrar a la casa. Lo curioso fue que nada semejante sucedió. En esa época, San Martín era un barrio bastante seguro, la gente dejaba en la calle las bicicletas sin cadenas, los coches con las llaves puestas, y, en noches tan calurosas como las de aquel verano, las ventanas abiertas.

Entré por la del frente. En mi carácter de compañero de colegio de Alba, había sido invitado varias veces a tomar la leche, por lo que conocía la disposición de ese living espantoso, con sus sillas de patas anchas y pesadas, que hacían ruido al arrastrarse, y la mesa —herencia de una abuela española— voluptuosa de curvas como una araña o una gárgola. El reloj alpino, con su pajarito cucú, colgado arriba del bargueño lleno de copitas de vermú. Las fotos de los antepasados en sepia, apretados por los marcos dorados: muertos mudos de horror brillando detrás de los vidrios baratos. Subí por las escaleras alfombradas. También conocía el dibujo de la planta alta. Nada sonó, nada crujió bajo mis pasos.

Alba dormía destapada, sólo cubierta por un camisón de algodón blanco estampado con florcitas amarillas. En la quietud, descubrí las formas que siempre se me habían ocultado bajo los disfraces ridículos de la escolaridad. Ese cuerpo que yo no conocería de adulto. "Alba", murmuré. Ella estaba perdida en su sueño. Era una mujer que dormida viaja atravesando el tiempo en una barca de velas blancas. ¿Por qué, me dije, debería renunciar a poseerla? Que supiera, no obraba sobre ella un hechizo irreparable. Nadie la conocía mejor que yo; nadie la había visto como yo la veía. Nada eran los cuentos que los padres cuentan para dormir a sus criaturas, comparados con la dominación que ejercía mi vigilia… Alba abrió los ojos, por un instante la pupila negra hizo un giro átono sobre el fondo acuoso, y luego el párpado cayó, y ella susurró algo, un nombre o una frase que no me incluía pero que tampoco me condenaba a la desaparición eterna. Luego se volvió de costado, con un chasquido de labios. En el movimiento, el camisón se alzó hacia la mitad del muslo. La parte que correspondía a las caderas se acomodó con tal precisión que advertí que no llevaba ropa interior bajo la prenda. A mi edad yo no podía ofrecer nada definitivo ante ese descubrimiento, pero tal vez sí tenía otras formas de hacerla mía. Me incliné sobre sus labios casi hasta rozarlos con los míos, sentí el relente un poco acre de su aliento. Aspiré esos efluvios, en los que discerní la materia de su alimentación y el perfume de sus ácidos, pero también, para mi desconcierto, un olor ajeno. Lo particular de ese olor impropio era que, sin compartir ningún rasgo con el de Alba, pretendía sin embargo mezclarse con éste; de hecho, yo percibía perfectamente la naturaleza de su operación, como una danza de neutrones que giraba eléctricamente alrededor de un núcleo, soltando sus descargas, sólo que en este caso no era para mantener vivo el funcionamiento de un átomo sino para apoderarse de su alma. Era el olor de Rodolfo Batista que se difuminaba en el sueño de Alba. Ya había entrado en ráfagas, llevado por las corrientes cálidas, y ahora estaba perforando todo lo que en ella hubiera de resistencia, sometiéndola a su influjo pernicioso, fatal para mis deseos. Era magia negra, o tal vez efecto de una invocación, que en su inocencia la misma Alba realizaba.

A tarascones de rabia empecé a aspirar esa condensación distinta, quería desocupar a mi amada. Yo separaba grandemente las mandíbulas, respirando a bocanadas aquel aire. En lo incierto del combate sentía que la iba purificando, arrancándole esa pestilencia, pero de golpe el poder ajeno me vaciaba de lo conquistado, volvía a entrar en ella, y todo recomenzaba... En algún momento, la luna, que había iluminado su cuerpo de manera lateral, cayó a pique sobre su cara. La nitidez de esa luz deformó sus rasgos, convirtiéndolos en una efigie necrótica de la masculinidad; después, por unos segundos, esa distorsión se desvaneció y pude atestiguar los queridos rasgos lisos y suaves, y también por unos segundos me pareció que sin haberme dado cuenta había logrado el milagro esperado, hasta que de pronto —la luna lacerante seguía fija allá arriba— los labios de Alba se afinaron y su nariz se estiró. Entonces vi cómo la cara de Batista se imprimía sobre la suya hasta fundirse, y luego de hacerlo, como si supiera de mis intenciones y de su ineficacia, la máscara resultante se desprendió como una imantación, y flotando a centímetros de la cara originaria, abrió los ojos y me sonrió.

No digo que esto haya ocurrido realmente, pero sí asevero que fue lo que vi. Y entendí también que no tenía sentido viajar hacia atrás en el tiempo y llegar al momento anterior al primer encuentro entre Alba y Batista, llegar justo a tiempo para *evitarlo*. No se trataba ya de la posibilidad de torcer o no el pasado y modificar el rumbo del presente, ni siquiera de resolver la extrañeza que le produciría eventualmente a esa Alba del pasado inmediato y a mi yo de entonces la presencia de mi yo de este presente —Alba no entendería nada, y mi yo se vería seguramente asombrado y dichoso de encontrarse con su sueño realizado—; a esta altura de los hechos, era evidente en todas las series del universo y en todas sus líneas de tiempo que Alba era de Rodolfo Batista y lo sería siempre, o, y suena más triste al escribirlo ahora, que ya no volvería a ser mía.

8

Durante unos días escribí un diario de la pérdida de Alba. Tenía la ilusión de abarcar de un trazo instantáneo la totalidad de ese dolor, pero lo único que conseguí fue dibujar curvas asintóticas entre la experiencia vivida y su narración, ya que ésta apenas daba cuenta de alguna parte de lo ocurrido y siempre "atrasaba" en la captura de las emociones e impresiones de mi presente. El mismo acto de escribir creaba el tiempo y su demora, pero no impedía que esas emociones e impresiones siguieran acumulándose, ni siquiera las atenuaba. Así que abandoné esa actividad, que de todos modos había producido su verdadero efecto: obsedido por interpretar el sentido de los hechos, ni siquiera me di cuenta de que había olvidado a Alba.

La máquina del tiempo... Un día volví a verla... Ahora advierto que en el apuro por relatar mi desventura amorosa omití el detalle de sus progresos; cómo había pasado de aquel proto modelo, un laberinto de cartulinas inabarcables, a ese dispositivo de tamaño discreto que me esperaba destellando en el estante. Y quizá no valga la pena detenerme en el tema. Pues bien, allí estaba. Sólo había que probarla...

Como está dicho, en el modelo concebido por Kip Thorne, la máquina del tiempo alcanza un tamaño superior al de varios estadios y sólo puede transportar cosas chicas, por lo que yo había invertido la ecuación y conseguido que la mía, portátil, trasladara volúmenes superiores a su tamaño. No tiene sentido entrar en detalles técnicos acerca del modo en que, sin plegar, destruir ni cambiar nada, fui capaz de introducir lo grande en lo pequeño —o más bien el modo en que la máquina los amoldaba a su forma. Las transportaciones eran rápidamente verificables. Ubicada la máquina en mi cuarto e introducido un objeto en su interior (una abrochadora, una plancha, un estetoscopio), éste aparecía al día siguiente en el living. Esas pruebas modestas me sirvieron para ganar confianza. Luego pasé a cuestiones más complejas, el tiempo dentro del tiempo. En la pantalla de un reloj pulsera que viajó de la sala al comedor un día lunes y apareció el lunes siguiente, la aguja del segundero apenas se corrió dos lugares. Hice un cálculo: si me deslizaba dentro de la máquina y reaparecía en mi domicilio diez años más tarde, mi cuerpo no envejecería más que unos trece minutos treinta segundos. Por lo tanto, el cruce de un siglo no me insumiría más de dos horas y unos minutos y el arribo al próximo milenio se llevaría veinticuatro horas de mi vida. Así, la llegada al momento de la historia en que ya se habría descubierto la fórmula de la inmortalidad, y que yo calculaba ocurriría en un plazo máximo de cinco mil años, no me tomaría más que unos pocos días…

Sin embargo, esos resultados hipotéticos se vieron invalidados en la práctica. Metodológicamente, yo debía pasar de la experimentación con los objetos inertes a la travesía de los objetos vivos. Mi primer intento fue con una estructura esférica: un huevo crudo. Dominado por la ansiedad, lo envié al futuro más inmediato: el minuto próximo, y a sólo un metro de la máquina. Para mi desazón, el huevo apareció en el tiempo y lugar fijados, pero frito. ¿Era posible que mi máquina desplazara sin problemas a las cosas y en cambio alterara sus coordenadas en la materia viva, introduciendo una dimensión aleatoria del futuro en esos organismos, envejeciéndolos a paso acelerado? En tal caso, yo tenía que cuidarme de no morir de viejo apenas iniciado mi primer intento (si es que las fuerzas de atracción del gusano de tiempo no deformaban o destruían mi anatomía de maneras inimaginables). Probé el huevo frito, ensopando la yema con un pedazo de pan. Estaba exquisito: el viaje no había modificado su estructura íntima. Quedaba por evaluar el sistema de cocción. ¿Por qué, por ejemplo, no se había convertido en un huevo duro? Y además, ¿significaba lo ocurrido que si enviaba al huevo en un viaje al pasado, su destino no sería un retroceso temporal hacia la nada sino su pasaje a la red original, de huevo a gallina y de gallina a dinosaurio? Dicho así parece una broma. Pero las consecuencias eran dramáticas. A cambio de un inmortal, un orate.

9

Desde el punto de vista de un viajero, la máquina del tiempo acelera la evolución física del resto del Universo; en cambio, desde el punto de vista de un observador externo que permanece quieto en su lugar, la máquina obra como un instrumento de conservación, demorando todos los procesos biológicos de ese viajero para que pueda avanzar o retroceder en el tiempo sin envejecer. De alguna manera yo había alterado esta ley, logrando a cambio de lo esperado una máquina para acelerar o modificar las funciones orgánicas. Introduje hormigas, cucarachas, lauchas, y los resultados siempre fueron diversos: un bicho crecía, el otro se disolvía en fragmentos, un tercero se convertía en una superficie carcinogenética, el cuarto se desparramaba bajo la forma de exórganos inflados y hervorosos, un quinto... La máquina no parecía responder a norma alguna, lo que configuraba un peligro que no podía permitirme correr. Y sin embargo, tenía que investigar el asunto.

Cuando entré, la máquina se sacudió. Como no la había construido siguiendo el modelo clásico de los relatos de ciencia ficción, su interior era un pasillo desierto, un laberinto parecido a una rosca de Pascuas, que oscilaba y temblaba y tendía a volcarse hacia los lados. Las agujas de mi reloj se movían discordantes, iban y venían, giraban y se detenían. Todo estaba brumoso y oscuro. Después hubo un relampagueo y la sombra vino hacia mí.

Durante algunos segundos di por hecho que estaba yendo al futuro. Pero eso sólo fue hasta que advertí que algo de ese movimiento se estaba deteniendo. No estaba yendo al futuro sino *hacia atrás*, al instante anterior a la explosión universal.

Primero vi una forma ovalada, aplanada, que atravesaba una enorme línea de gas blanco, aunque bien podía ser una nube: tenía a la vez la apariencia de sustancia y el brillo de los copos de azucar coloreados, su trama exquisita, como de infinitas cristalizaciones, pero al mismo tiempo admitía o incorporaba los reflejos que venía de otros confines. En todo caso no era la línea lo que importaba, esa línea era su anillo de acreción, el compromiso que fijaba a la forma ovalada con su existencia. Yo no sabía qué era eso, y al mismo tiempo, sí: era el Universo. Yo era el testigo de aquello que se desplegaba de manera simultánea mientras iba girando y juntando, armando y pegando sus partes: un mapa colorido que veía completo aun estando en su interior. El viaje era velocísimo, no tiene sentido pensar en velocidades posibles, aun extremas, como la de la luz. Verlo todo no es entrar en la discriminación de los detalles sino en las instancias primeras de lo abismal. Y yo estaba ahí, veía hasta lo que los ojos humanos no pueden ver, la radiación de fondo, la luz que nació después de que la temperatura se enfriara lo suficiente como para permitir que se formaran los átomos de hidrógeno. Sus fluctuaciones retrataban las diferentes densidades de la materia, sus momentos de condensación. Claro que este es un momento anterior, porque en mi viaje estaba atravesando el tiempo hacia el origen... Era el despliegue de un acto mágico, sólo que invertido: yo estaba viendo cómo el mago guardaba sus conejos en la galera, y luego la galera desaparecía, y después la mesa de doble fondo sobre la que se apoyaba, y tras la mesa el mago iba retrocediendo hasta el momento previo a tocar el timbre de la puerta de mi casa, en el día de mi cumpleaños que todavía no era, no estaban mis amigos dispuestos a festejar, a abalanzarse sobre los sándwiches de miga que mi abuela había encargado especialmente en la confitería, tampoco volaban por el aire las tapitas de las bebidas de gaseosas, todo era el alquitrán del tiempo sobre el que se hundían, desaparecía San Martín y el colegio y mi familia.

Y el comienzo iba llegando o yo iba hacia allí.

Vi brillantes nudos creando miles de cúmulos estelares que rebosaban de soles supergigantes, estrellas masivas que en mi retroceso en el tiempo iban desde su destello final hasta el ardor de su inicio; vi los corazones de esos cúmulos que resonaban con el eco del choque de las galaxias; vi galaxias espiral que segaban una elíptica precipitando la formación de nuevos cúmulos, cuyos impactos desataban torrentes de radiación mientras sus formas de monstruos se dilataban en bocas que se alimentaban de la materia sobrante, de planetas desplazados, y el gas huía de esos vórtices y era aspirado por grandes agujeros, creando ondas que viajaban a cientos de miles de años luz, sonando en si bemol, cincuenta y siete octavas más bajo que un do menor y mil billones de veces más graves que nuestro límite de audición; vi brotes de estrellas calientes azules rodeadas de nubes rojas de hidrógeno, retrocediendo luego de ser expelidas, ocultas detrás de densas máscaras de polvo, entrando en la boca de su caníbal galáctico que las envuelve con su halo externo; vi las luchas de esas galaxias por prevalecer, el tiempo iba y venía para mí, pero finalmente retrocedía.

Antes o después, la máquina y yo atravesamos una zona negra, no había luz ni destellos ni matices de opacidad. Ese negro no brillaba ni se desplegaba como un telón para que en el curso de la travesía yo pudiera advertir la seda oleosa de sus reverberaciones. Era un negro absoluto, una masa uniforme, y aunque la estaba atravesando, lo indiferenciado de su textura anulaba el tiempo, o más bien el tiempo palpitaba proyectado sobre lo oscuro. Entonces comprendí que no iba hacia otra parte que en dirección de mi propia muerte, hacia el centro de un agujero supermasivo. La máquina era mi ataúd y mi catafalco, y sus límites y bordes también eran devorados por esa negrura sin fin. No pude menos que preguntarme quién me había mandado a emprender ese viaje, ya no sabía para demostrar qué. Si al principio había alentado el deseo de ser inmortal, ahora que iba camino a la aniquilación, camino al origen mismo, no podía menos que descubrir la tontera de mi sueño inicial. Si el tiempo tiene un comienzo y hay algo anterior, ese algo no se puede tocar ni medir porque está fuera de la existencia de las cosas, se subsume en la categoría mayor de lo no existente, y no se puede llegar hasta allí, donde lo no existente se encuentra, y no puede hallárselo precisamente porque de su existencia sólo tenemos algún atisbo cuando lo que es sale de su nada y con su indiscreto aleteo nos muestra que había alentado durante eras incontables para ser. Así, ahora que me precipitaba en dirección de la anterioridad misma, estaba siendo devorado por el cosmos, o más bien por el pre-cosmos. Quizá, en algún momento, la negrura daría paso a la llama propia de la velocidad excesiva y fulminante, y entonces todo acabaría para mí. Se trataba de segundos o de milenios, no podía saberlo aún, pero sí podía ajustar mis cuentas y reírme de mí mismo. ¿Para qué había querido ser inmortal yo, que no había vivido casi nada, salvo ocho, nueve años de una existencia rutinaria, sometida a la traición de la primera novia y al tedio de la escolarización? ¿Para qué quería ser eterno yo que no había conocido siquiera las características del amor adulto ni los imperativos de la procreación ni la lujuria, los celos, la pulsión criminal…? Y sin embargo, en mi inexperiencia, ya lo había probado todo. Lo que me restaba por conocer —que era mi fin— estaba de alguna manera contenido en lo vivido, y eso anulaba de antemano su necesidad. ¡Quizá lo gratuito de mi acabamiento me preservara de la muerte! Tal vez yo no hacía falta para que continuara funcionando el Universo, que por otra parte no tenía plan, y eso podía salvarme…

Vi un resplandor. Provenía de una especie de araña de gas y polvo, es decir, una galaxia que contenía en su interior el resplandor de una masa pesada y ardiente, mil soles en uno, o tal vez un cúmulo de estrellas que habían estallado y lanzaban su luz por el tiempo espacio. Ese resplandor, que debía haber fundido mi cuerpo y la materia de mi máquina en un millonésimo de segundo, llegaba sin embargo nítido y atenuado por la distancia, lo que brindaba otra explicación a la naturaleza de mi viaje. Yo estaba yendo, sí, hacia el origen del Universo, pero en una línea paralela, recorriendo la estructura de una cuerda que me transportaba de aquí para allá. Ese cúmulo debía de estar a cientos de miles de años luz del punto donde yo me ubicaba. Lamenté carecer de instrumentos de medición para determinar exactamente el calor y estimar además los efectos de absorción lumínica del polvo interestelar, que armaba su tejido en base a destellos y explosiones doradas. Tras el oro, se veía también un ocre que palpitaba, la sístole y diástole de un corazón de fuego. Esos brillos me permitían adivinar la masa de la estrella y su posición dentro del cúmulo, las jóvenes que soltaban su alegre azul cerca de la gravedad de la anciana roja. Probablemente se tratara de una enorme masa de gas (principalmente hidrógeno) y polvo, de unos 100 años luz de diámetro, una auténtica fábrica de soles con su cúmulo estelar abierto; la radiación ultravioleta de las estrellas era lo que ionizaba el gas y lo hacía brillar, a la vez que la presión del gas, la gravedad, condensaba el polvo y lo convertía en estrellas incendiadas que iluminaban lo circundante: una nebulosa de emisión rosa, surcada por oscuros senderos de piedra, y junto a ella, una nebulosa de reflexión azul. Ambas giraban en direcciones opuestas, a favor o en contra de la dirección de un reloj, y entonces advertí que mi máquina iba en su rumbo, como si se tratara de pasar indemne entre ellas o por el contrario, de ser triturados por el efecto desintegratorio de sus vórtices. El efecto de la atracción sacudía mi cuerpo. Como no había previsto sillas ni cinturones de seguridad ni implemento alguno de sujeción, yo iba rebotando contra los bordes y las esquinas de mi máquina, destrozándome la piel, soltando líneas de sangre que estallaban y quedaban suspendidas, una película que impregnaba mis ojos y que yo limpiaba con parpadeos. Era una sucesión de escenas, como telones superpuestos que ocupaban el centro para ocultar el Acontecimiento y su peso: el instante inicial.

De pronto, lo que faltaba estuvo allí. Era lo inconcebible, aquello que sólo se podía entender por alusión, pero a la vez eso supone un absurdo, la primacía de ésta sobre lo representado. Lo que yo vi concentrándose y condensándose en la masa más dura, oscura y marrón, era la piedra originaria que existía antes del estallido, una piedra tan pequeña que cabía en el habitáculo más estrecho, y si éste era cóncavo y húmedo podría disolverse allí, con todos sus olores y sabores, en el curso de un tiempo muy acotado: era el Universo previo a su despliegue, desnudo de todo envoltorio, como uno de esos caramelos duros y amargos que parecen hechos de alquitrán y se disuelven como piedras en la boca. Era eso, y estalló.

10

Años antes, en mi cama, por las noches, yo esperaba la visita y el beso de mi madre, que no llegaban; entonces tenía que contentarme con las palabras de mi abuela, su frase a medias pronunciada en castellano, a medias en una lengua extranjera, invitándome al sueño... Mi abuela se besaba la yema del dedo índice y la apoyaba en mi frente, ese era su adiós. Un punto impalpable, un círculo de amor, como si fuera una idea obsesiva. Luego, ella se iba y yo me quedaba con eso, con esa presión, girando en las órbitas de mi mente. Y ese era el comienzo de mi fiesta nocturna. Con la luz del cuarto ya apagada, empezaba a soñar el nacimiento del Universo, imaginaba su explosión siguiendo las formas y dibujos variables que se trazaban cuando, en imitación del gesto de mi abuela, ponía mis dedos sobre los párpados y empezaba a apretarlos hundiendo suavemente las pupilas hasta que veía chisporroteos, haces eléctricos, trazas de esferoides y tubos y circunferencias violetas y amarillas y verdes y negras, cometas invadidos por el fondo rojo, el puntillismo de la presión. El recuerdo de esos espectáculos infantiles, de los que mi abuela era la inspiradora, me había llevado a esperar que sucediera algo parecido cuando me subí a la máquina. Pero lo que ocurrió en mi primer y último viaje, mi único viaje verdadero, fue algo parecido a la implosión de una estrella. La masa negra se expandió a una velocidad imposible, milésimas de microsegundos que desglosaban la eternidad de esa materia liberada, pero esa materia fue encerrada; la circunferencia crítica del aro la contuvo y rotó a su alrededor. Lo asombroso es que esa tremenda sujeción instantánea activó los cuásares y los núcleos activos de la galaxia, por lo que lo comprimido y liberado fue uno al mismo tiempo. Y allí vi todo a la vez: la desaparición del Universo en el agujero negro que lo absorbía y su multiplicación en redes arbóreas que extendían sus ramas destellantes, hechas de piedras de fuego y humo y gases explosivos, su fronda que se desplegaba hasta los infinitos posibles y realizaba su propio absoluto, extendiendo sus ramas hacia atrás, tan atrás que creaban su propio círculo y raíz, y ahí entendí que el Universo no tiene principio y se hace a sí mismo.

Pero antes de llegar a esta conclusión, dentro de la simultaneidad a la que estaba asistiendo, verifiqué algo más, algo que hubiera debido saber desde mis propios comienzos y que sin embargo recién entonces se me revelaba: el mapa de mi genealogía y el sentido de mi existencia.

Fue una conmoción en sordina, como si el verdadero sentido de los hechos estuviera llegándome desde el fondo de las cosas, ya no se trataba del tiempo en el que discurren ni del espacio en el que se desplazan, sino de la duración. Se trataba de sonidos, y del modo en que se combinaban, aunque no se tratase de música o de algo que tuviera por tal, sino de ruidos imprecisables, que se iban engarzando de acuerdo a tono y medida. Esos sonidos venían desde atrás del silencio, no opacándolo ni sustituyéndolo. Al contrario, se hacían uno con el silencio y le daban su relieve, como si la esencia de ese vacío fuera su aptitud para alojarse acústicamente en el centro del oído y hacerlo vibrar. El canto del mundo, había dicho mi maestra, hablándonos de esa música angélica, el sonido de las copas que servía para ilustrar alguna ley física que he olvidado. Yo veía cada planeta deslizándose en el espacio como una gota de agua que sonaba de acuerdo a la sacudida que le brindaba un estímulo exterior. No se trataba, es claro, de algo exterior al Universo, sino de algo que no tenía que ver con la trayectoria propia de los planetas, y que sin embargo los regía. Sólo puedo decirlo con palabras. Era el triunfo de un enigma eficiente, un misterio trabajoso y constante cuya armonía suprema había logrado imponerse sobre la nada: se trataba de la belleza y la verdad. Y ese misterio se abría a otro y exponía aquel del que yo nunca había tenido la menor explicación, y que me había atormentado hasta el momento de iniciar mi viaje: era el misterio de la ausencia de mi madre.

No es que ella no estuviera presente cuando la necesitaba, sino que se reservaba lo más valioso, en una especie de más allá del que yo no lograba atisbar detalle alguno. Esos panoramas lejanos, que me oprimieron el alma durante toda la infancia, hallaron de pronto su explicación en ese momento de música universal. Porque mientras los planetas giraban y sonaba la música de las esferas, descubrí también (y fue un momento tan sucesivo como simultáneo, tan lineal como infinitamente ramificado) el motivo de esa sustracción. Vi a mi madre escribiendo la historia de mi familia, me asomé a sus momentos de desánimo, a esa espiral descendente que la devoraba cuando, de pronto, luego de creer por meses y años que había contribuido a la reivindicación y consagración de nuestros ancestros, caía en la sospecha de que había sido víctima de un tremendo error inicial, un error monstruoso de perspectiva. Quizá, pensaba entonces, sería conveniente quemar cada una de sus páginas, aceptar que ellos no habían sido los genios que imaginó sino patéticas presencias conmovedoras, figurantes de una ilusión distinta de la verdad que se había ido abriendo paso a medida que reconstruía sus biografías. Así, en realidad, Frantisek Deliuskin resultaría la fuente originaria de toda la confusión: un libertino sifilítico que en su soberbia soñó con ser un artista adelantado a su época y murió cornudo y ciego; y era su sangre apestada la que había contaminado a toda la descendencia: a Andrei Deliuskin, una mota de polvo extraviada en los jeroglíficos de la mística cristiana y la campaña oriental napoleónica; a Esaú Deliuskin, un rústico que ancló su vida a las arenas del desierto buscando realizar las fantasías utópicas de su padre; a Alexander Scriabin, un fumista febril que se escondió tras nubes de aspiraciones cosmológicas y chafalonería espiritista, y cuyo

Mysterium, que él pretendió obra magna, totalizadora y cósmicamente transformadora, resultaría una nota al pie en la historia de la composición, una extravagancia que a lo sumo influyó en la música psicodélica y que inspiró las bandas sonoras de algunas películas de ciencia ficción en las que atacaban marcianos y aterrizaban platos voladores; y por último, en un trino doloroso estaría mi abuelo, su padre, Sebastián Deliuskin., un virtuoso de provincias, un pianista fracasado... Ella y su crónica familiar, un absurdo desaforado, esa pretensión sin medida que daría risa y lástima a los pocos que lo leyeran. La sorpresa y la piedad de los amigos, el desprecio de los desconocidos. Ella y su hijo enclenque y tartamudo. Madre, no me amaste nunca, o viste en mí por adelantado el retoño final, mustio y estéril, de esa estirpe de vampiros muertos.

Así, en ese instante que se prolongaba como el tañido de una campana que estira el temblor del aire y la pureza de los cielos, así yo pulsé el secreto de su melancolía y pude entender la tristeza que a veces la acompañaba por las noches, luego de horas de trazar sus signos sobre el papel, y además, en ese instante concentrado y precioso, pude leer cada una de las palabras que había escrito. Y entonces supe que en algún momento ella se había alzado sobre esas mareas de desasosiego y había visto por fin, y claramente, la dimensión de los hechos de los genios de nuestra familia, y había comprendido su tarea, que, bajo la máscara de su abandono, era la de instruirme duramente en la escuela de nuestra tradición familiar que ahora refulge y esparce su sentido. Y fue entonces, en ese instante de los instantes, que por fin vi que en otra dimensión del tiempo (una de tantas) yo también agregaba mi letra a la suya, continuaba con el legado. Tu libro, madre, no estaba terminado. Y desde luego, en ese regreso interminable, observé como tiempo pasado el momento futuro en que yo depositaria sobre su mesa de trabajo la versión completa, el libro que no había sido escrito del todo, el libro que nadie había terminado de leer.

Por lo demás, sí: aquello que sonaba entre los planetas era el canto de la salvación universal, el *Mysterium* transfigurado.

ÍNDICE